聲 韻 論 叢

第五輯

中華民國聲韻學學會
國立中正大學中國文學系所 主編

陳新雄 題

臺灣 學生書局 印行

序

　　本會創立以來，已舉行十一次聲韻學研討會，並出版《聲韻論叢》凡四輯，在聲韻學的研究與推廣方面，已得到學術界的肯定。這都是前輩的鼓勵及本會同仁的共同努力，才有今天的收穫。

　　第十一屆全國聲韻學研討會，於民國八十二年四月十日在中正大學舉行。承林校長清江，鼎力支持；中國文學研究所莊所長雅洲、竺教授家寧，精心擘畫，備極辛勞，使會議圓滿成功，謹此致謝！與會學者，或撰文發表，或發言討論，濟濟多士，共聚一堂，「博問英辯，殆得精華」，不亦樂乎！大陸著名學者向光忠、寧繼福、魯國堯、李如龍諸位教授的論文，對增進學術交流，促進彼此瞭解，深有實質意義。

　　本屆會議，收論文二十三篇，包括漢語古音學、現代漢語方言、實驗語音學、語言風格學等，內容豐富，包羅甚廣，開拓聲韻學領域，甚有啓發作用。此外，青年學者發表之論文，有所增加，合計十篇；論文內容，亦有可觀。如今，或以所學，執教於上庠，或再接再厲，攻讀博士學位，皆能隨資有成，爲後學者樹立榜樣。聲韻學之研究，後繼有人，誠可喜也！

　　本《聲韻論叢》第五輯，共收本屆會議論文十六篇。由本會林祕書長慶勳，統籌編輯事宜。董理事忠司、孔理事仲溫，搜集論文，編定目錄。東吳大學中文研究所碩士研究生黃智明、向惠芳、郭雅玲，負責校對。勞神之處，謹申謝忱！中正大學中文研究所碩士研究生劉芳薇、王松木、黃金文、蔡妮妮合撰《第十一屆全國聲韻學研討會記要》一文，記錄翔實，切合要旨，附之於後，以資參考。

中華民國八十五年歲次丙子暮春　　**林炯陽**　謹識

聲韻論叢　第五輯

目　　次

作者簡介

林慶勳 臺灣桃園人。一九四五年生。中國文化大學中文研究所畢業，獲國家文學博士。曾任中國文化大學講師、副教授兼中文系主任，高雄師範學院國文研究所副教授，日本國立東京大學文學部外國人研究員。現任高雄師範大學國文研究所教授兼國文系主任。講授音韻學研究、詞彙學研究、中國語言學專題研究等課程。著有《切韻指南與切音指南比較研究》、《段玉裁之生平及其學術成就》、《音韻闡微研究》、《古音學入門》（合著）、《試論合聲切法》、《諧聲韻學的幾個問題》、《刻本圓音正考所反映的音韻與現象》、《試論日本館譯語的聲母對音》等。

竺家寧 浙江奉化人，一九四六年生。國立臺灣師範大學國文研究所碩士，中國文化大學中文研究所博士班畢業，獲國家文學博士。曾任漢城檀國大學客座教授，淡江大學中文研究所教授。現任中正大學中文研究所教授。曾擔任聲韻學、訓詁學、語音學、辭彙學、漢語語言學、漢語語法等課程。著有《四聲等子音系蠡測》、《九經直音韻母研究》、《古漢語複聲母研究》、《古今韻會舉要的語音系統》、《古音之旅》、《古音學入門》（合著）、《語言學辭典》（合著）等書。

李如龍 福建南安人。福建師範大學中文系教授。著有《閩語研究》（合著）、《客贛方言調查報告》（合著）等書。

寧繼福　字忌浮。吉林輝南人。一九三八年生。吉林大學畢業。現任吉林省社會科學院語言文學研究所研究員。著有《中原音韻表稿》、《校訂五音集韻》等書，並發表〈中原音韻二十五聲母集說〉、〈金代漢語語言學述評〉、〈曲尾及曲尾上的古入聲字〉、〈十四世紀大都方言文白異讀〉等論文。一九八七年五月，《中原音韻表稿》一書，獲首屆北京大學王力語言學三等獎（此獎已頒四屆，獲獎者計十二人，均爲三等）。

向光忠　湖北枝江人。一九三三年生。北京大學畢業。現任南開大學中文系教授、中國文字學會常務理事。講授文字學理論、古文字學、說文研究等課程。曾主編《中華成語大辭典》，獲全國優秀暢銷書獎。撰著《成語概說》，獲天津市哲學社會科學優秀成果獎。參與編著高等學校文科教材《現代漢語》，獲國家教育委員會高等學校優秀教材二等獎。

吳疊彬　廣東南海人。一九五三年生。聲韻學專家。

葉鍵得　臺灣嘉義人。一九四四年生。中國文化大學中文研究所文學博士。現任臺北市立師範學院語文教育系副教授、兼語文中心資料組長，輔仁大學、淡江大學中文系兼任副教授。講授國文、國音、文字學、訓詁學、韻文選讀等課程。著有《十韻彙編研究》、〈七音略與韻鏡之比較〉、〈論《故宮本王仁煦刊謬補缺切韻》一書拼湊的真象〉、〈論郭璞的「反訓」觀念及其舉例——兼論反訓是否存在〉、〈徐世榮《古漢語反訓集釋》述評〉等。

曾進興　臺灣臺北人。一九五七年生。現任國立高雄師範大學特殊教育學系副教授。國立台灣師範大學教育心理學系畢業，國立臺灣

大學心理學研究所碩士，美國威斯康辛大學語言病理學博士。研究
專長爲語言心理學，語言科學、語言病理學。著有多篇論文，出版
於 BRAIN AND LANGUAGE、ASHA NEWSLETTER、國科會
研究彙刊、中正大學學報、聽語會刊等，另有專著刊於國內外專書
之上。

曹鋒銘 臺灣臺南人。一九六七年生。現任國立高雄師範大學特殊
教育學系研究助理。國立臺灣大學心理學系畢業，中正大學心理學
研究所碩士。研究專長爲實驗心理學、語音聲學。

鄭靜宜 臺灣新竹人。國立臺灣師範大學教育心理學系畢業，國立
中正大學心理學研究所碩士。現爲美國康乃狄克博士班研究生，專
攻語言病理學。

陳盈如 國立中正大學中文研究所碩士班研究生。

莊淑慧 國立臺灣師範大學國文研究所碩士班研究生。

沈壹農 國立政治大學中文研究所博士班研究生。

李存智 國立臺灣大學中文研究所博士班研究生。

鄭 縈 國立清華大學語言學研究所博士班研究生。

詹梅伶 國立清華大學語言學研究所碩士班研究生。

王本瑛 國立清華大學語言學研究所碩士班研究生。

馬希寧 國立清華大學語言學研究所碩士班研究生。

《日本館譯語》的柳崖音注

林慶勳

摘　　要

　　1891年柳崖其人，將《日本館譯語》的音注漢字標上片假名，做爲明治時代日本人學習漢語之用。其書是否流傳不得而知，但做爲十九世紀末漢語與日本語對音關係研究，卻是一份難得的材料。

　　本文統計565條音注漢字，其重複刪除共得156個漢字，但片假名則每字不一，有達三、四標注者。經彙整後依陰聲、入聲、陽聲排列，做爲各節討論依據。又日本語音節結構與漢語頗類似，本文以漢語聲母、韻母分別做比較討論。柳崖音注除保守觀念外，全書體系尚稱平實。

1.關於柳崖音注

　　丙種本《華夷譯語》❶收有《日本館譯語》一種，是明代會通館通事學習日本話的課本，以便在四夷朝貢時通譯之用。

　　《日本館譯語》作者不詳，撰述年代據大友、木村（1968：48－50）推定，約在弘治五年至嘉靖二十八年（1492－1549）間。以靜嘉堂文庫本爲例，全書共收對譯詞條565條，一般體例如下：

　　　　大　　風　　倭亦刊節　（天文門）

　　　　石　　橋　　亦世法世　（地理門）

　　　　A　　　B　　　　C

A是漢語詞條；B是用漢字注音（日本國語學者稱爲「音注漢字」）的日本語讀法，如「倭亦刊節」即「オオイカゼ」（大友、木村1968：3）：C是全書分類共十八門。靜嘉堂文庫本與其他版本（見林慶勳1990b：1）最大的不同，在B段漢字右側絕大多數有朱筆片假名注音，如：

　　　　雪　　由（ユゥ）　急（キ）　（天文門）

　　　　象　　槽（スアゥ）　　　　（鳥獸門）

---

❶　有關《華夷譯語》甲、乙、丙、丁種本，參考林慶勳（1992：2）簡單介紹。

注記假名者可能是署名「柳崖」的人（大友、木村1968：39），在他的名字前有「明治廿四（1891）、七、廿七」，可能是音注完成時間。從全書片假名音注觀察，基本上屬於漢語北方官話的注音。柳氏注音可能在提供學習漢語之用，因其逐字標上片假名，正好提供我們研究十九世紀末漢語與日本語對音的材料。

本文的討論，對片假名讀法的解釋，除參考本文之後有關的引用書目外，得力於友人東吳大學日本文化研究所黃國彥教授多所指教，謹此致謝。

2.柳崖音注片假名標音

靜嘉堂文庫本《日本館譯語》收有漢語詞條總計565條，較倫敦本、稻葉本、阿波國文庫本少「米、各セ」一條（大友1968：34註8），漢語詞條下有「音注漢字」，去其重複共得156字。用朱筆標記「片假名」（katakana）的柳崖，時代在明治廿四年（1891），屬日本語現代音時期（築島裕1985：317），因此以下標音主要依據馬淵（1971：20－21）現代語音韻的考訂音標。

2・1 陰 聲
2・1・1 止 攝

1. 非$_{34}$　ヒイ〔çi：〕$_{27}$、ヒー〔çi：〕$_7$
2. 只$_{28}$　ツエ〔tse〕$_{28}$
3. 司$_{28}$　スウ〔sɯ：〕$_{28}$

4. 尼[17]　ニイ〔ni：〕[16]、ニル[1]

5. 里[16]　リ〔ri〕[13]、リイ〔ri：〕[2]、リヒ〔ri：〕[1]

6. 貴[1]　クイ〔kɯi〕[1]

7. 寺[1]　ズウ〔dzɯ：〕[1]

8. 衣[1]　イー〔i：〕[1]

　　「4尼」標「ニル」無法理解，若是ニヒ的筆誤則是長音〔ni：〕，與ニイ音讀無異。正如「5里」有「リヒ」一讀，正是長音與リイ完全相同。

2・1・2　遇　攝

9. 都[45]　ト-〔to：〕[29]、トウ〔to：〕[13]、ド-〔do：〕[3]

10. 吾[35]　ウ-〔ɯ：〕[27]、ウ、〔ɯ：〕[7]、ウ〔ɯ〕[1]

11. 枯[7]　クウ〔kɯ：〕[7]

12. 夫[4]　フウ〔ɸɯ：〕[4]

13. 度[1]　ド-〔do：〕[1]

14. 姑[1]　クウ〔kɯ：〕[1]

15. 樹[1]　ジイ〔dʒi：〕[1]

16. 祖[1]　ツウ〔tsɯ：〕[1]

17. 蘇[1]　スウ〔sɯ：〕[1]

18. 魚[1]　イ-〔i：〕[1]

2・1・3　蟹　攝

19. 世[123]　スウ〔sɯ：〕[119]、ス-〔sɯ：〕[3]、スイ〔sɯi〕[1]

20. 蓋[15]　ガイ〔kai〕[15]

21. 祭[11]　ツイ-〔tsɯi：〕[6]、ツ爿-〔tsɯi：〕[3]、ツイ〔tsi〕[1]、ツ爿イ〔tsɯi：〕[1]

22. 乃[8]　ナイ〔nai〕[8]

23. 塞[6]　スエ〔se〕[4]、ツアイ〔tsai〕[1]、サイ〔sai〕[1]

24. 大[3]　ダア〔da：〕[2]、タア〔ta：〕[1]

25. 齊[3]　ズイ-〔dzɯi：〕[2]、ズ爿-〔dzɯi：〕[1]

26. 賣[1]　マイ〔mai〕[1]

27. 開[1]　カイ〔kai〕[1]

2·1·4　效　攝

28. 稿[9]　カオウ〔daɯ〕[9]

29. 燒[5]　シャウ〔ʃa：〕[3]、シャオウ〔ʃaɯ〕[2]

30. 交[4]　キャオウ〔kjaɯ〕[3]、キャウ〔kja：〕[1]

31. 漂[3]　ヒャオウ〔hjaɯ〕[2]、ピャオウ〔pjaɯ〕[1]

32. 老[3]　ラオウ〔raɯ〕[3]

33. 少[3]　シャオウ〔ʃaɯ〕[2]、シャウ〔ʃa：〕[1]

34. 毛[2]　マオウ〔maɯ〕[2]

35. 刀[2]　タオウ〔taɯ〕[2]

36. 道[2]　タオウ〔taɯ〕[2]

37. 照[2]　チャオウ〔tʃaɯ〕[2]

38. 糟[2]　ツアオウ〔tsaɯ〕[1]、スアウ〔sa：〕[1]

39. 苗₁ ミャ〇ウ〔mjaɯ〕₁

40. 妙₁ ミャ〇ウ〔mjaɯ〕₁

41. 島₁ タ〇ウ〔taɯ〕₁

42. 逸₁ シャ〇ウ〔ʃaɯ〕₁

43. 騷₁ ツア〇ウ〔tsaɯ〕₁

44. 教₁ カ〇ウ〔kaɯ〕₁

本組假名柳崖都記注有「〇」符號，依據假名習慣應該是表示不發長音的記號，如「3o 交」有長音的キャウ〔kja：〕，與之相對的キャ〇ウ〔kjaɯ〕就不是長音。

2・1・5 果 攝

45. 那₁₀₅ ナ〔na〕₉₈、ナア〔na：〕₆、ナ-〔na：〕₁

46. 阿₄₃ ア〔a〕₂₇、ア-〔a：〕₁₃、ア、〔a：〕₃

47. 倭₂₁ ヲ-〔o：〕₁₃、ヲ、〔o：〕₈

48. 唆₁₆ ソ-〔so：〕₁₆

49. 波₈ ポ-〔po：〕₈

50. 它₇ ト-〔to：〕₇

51. 羅₇ ロ-〔ro：〕₇

52. 鵝₃ ゴ-〔go：〕/〔ŋo：〕₃

53. 賀₁ ホ-〔ho：〕₁

日本語ガ行濁音（dakuon），在詞首讀〔g-〕，詞中、詞尾則讀鼻音〔ŋ-〕。因此「52鵝」列兩類讀音。

2·1·6 假 攝

54. 馬$_{40}$　マア〔ma：〕$_{38}$、マ〔ma〕$_2$

55. 哇$_{38}$　ワア〔wa：〕$_{38}$

56. 牙$_{26}$　ヤア〔ja：〕$_{26}$

57. 乜$_{25}$　メエ〔me：〕$_{23}$、メ-〔me：〕$_2$

58. 巴$_8$　パア〔pa：〕$_7$、ハア〔ha：〕$_1$

59. 加$_8$　キャア〔kja：〕$_8$

60. 斜$_4$　ゼ-〔ze：〕$_3$、ゼエ〔ze：〕$_1$

61. 麻$_1$　マア〔ma：〕$_1$

2·1·7 流 攝

62. 柔$_{11}$　ジウ〔dʒiɯ〕$_6$、シウ〔ʃiɯ〕$_5$

63. 由$_{11}$　ユウ〔jɯ：〕$_{10}$、ユ-〔jɯ：〕$_1$

64. 受$_2$　ジウ〔dʒiɯ〕$_2$

65. 母$_1$　ムウ〔mɯ〕$_1$

66. 牛$_1$　ニウ〔niɯ〕$_1$

67. 收$_1$　シウ〔ʃiɯ〕$_1$

2·2 入聲

2·2·1 通攝入

68. 谷$_{69}$　ユ〔ko〕$_{69}$

69. 祿$_{57}$　ロ〔ro〕$_{57}$

70. 木$_{42}$　モ〔mo〕$_{42}$

71. 福$_{16}$　ホ〔ho〕$_{16}$

72. 足$_{13}$　ツヲ〔tso〕$_7$、ツオ〔tso〕$_6$

73. 讀$_5$　ド〔do〕$_5$

74. 宿$_2$　ソ〔so〕$_2$

75. 禿$_1$　ト〔to〕$_1$

2·2·2　臻攝入

76. 密$_{50}$　ミ〔mi〕$_{50}$

77. 不$_{13}$　ポ〔po〕$_{13}$

78. 必$_8$　ピ〔pi〕$_8$

79. 蜜$_2$　ミ〔mi〕$_2$

80. 日$_2$　ジ〔dʒi〕$_2$

81. 乞$_1$　キ〔ki〕$_1$

2·2·3　山攝入

82. 撒$_{60}$　サ〔sa〕$_{60}$

83. 喇$_{38}$　ラ〔ra〕$_{38}$

84. 別$_7$　べ〔be〕$_6$、へ〔he〕$_1$

85. 傑$_7$　ケ〔ke〕$_5$、キ〔ki〕$_2$

86. 節$_6$　ツエ〔tse〕$_6$

87. 扎₅   ツア〔tsa〕₅

88. 活₃   ヲ〔o〕₃

89. 列₁   レ〔re〕₁

90. 熱₁   ゼ〔ze〕₁

2·2·4 宕攝入

91. 各₄₃   ユ〔ko〕₄₃

92. 約₁₄   ヨ〔jo〕₁₂、ヤ〔ja〕₂

93. 酪₁   ロ〔ro〕₁

94. 著₁   チヤ〔tʃa〕₁

95. 弱₁   シヨ〔ʃo〕₁

96. 索₁   ソ〔so〕₁

2·2·5 梗攝入

97. 亦₆₄   ヰ〔i〕₆₃、イ〔i〕₁

98. 的₂₀   テ〔te〕₂₀

2·2·6 曾攝入

99. 得₁   テ〔te〕₁

2·2·7 深攝入

100· 急74 キ〔ki〕74

101· 立15 リ〔ri〕15

102· 習1 ズ丱〔dzɯi〕1

2·2·8　咸攝入

103· 嗑50 カ〔ka〕50

104· 荅48 タ〔ta〕48

105· 法36 ハ〔ha〕36

106· 納24 ナ〔na〕24

107· 聶21 子〔ne〕21

108· 貼16 テ〔te〕16

109· 葉4 エ〔e〕4

2·3　陽　聲

2·3·1　通　攝

110· 翁4 ヲン〔oN〕4

111· 農2 ノン〔noN〕2

112· 公2 コン〔koN〕2

113· 容2 ヨン〔joN〕2

114· 空1 コン〔koN〕1

日本語撥音（hatsuon）ン的音值，因後接讀音不同可能有〔－m〕、〔－n〕、〔－ŋ〕幾種音值，此處各字都是單獨發音，宜暫讀〔－N〕（參見戶田、黃1982：114）。

2·3·2 臻 攝

115· 民10 ミン〔miN〕10

116· 分7 フン〔ɸɯN〕7

117· 近4 キン〔kiN〕3、ギン〔giN〕/〔ŋin〕1

118· 孫4 スエン〔seN〕3、ソエン〔soeN〕1

119· 捫3 メン〔meN〕3

120· 申3 シン〔ʃiN〕3

121· 文3 ウエン〔ɯeN〕2、ウヘン〔ɯeN〕1

122· 斤2 キン〔kiN〕2

123· 門1 メン〔meN〕1

124· 根1 ク°ン〔keN〕1

因爲日本語沒有〔ə〕音，柳崖音注可能以エ〔e〕代替漢語的〔ə〕，所以「118孫」讀〔seN〕、〔soeN〕。「121文」有假名ウヘン，ヘ〔he〕在詞中時祇代表〔e〕音。「124根」假名ク°ン，ケ〔ke〕右上有小圓記號，顯然是爲了表示漢語的聲母是不送氣音，也見於梗攝「146定」テ°ン〔teN〕。

2·3·3 山 攝

125· 刊7 カン〔kaN〕7

126 · 幹$_5$　カン〔kaN〕$_5$

127 · 散$_3$　サン〔saN〕$_3$

128 · 瞞$_2$　マン〔maN〕$_2$

129 · 先$_2$　スエン〔sueN〕$_2$

130 · 安$_2$　アン〔aN〕$_2$

131 · 綿$_1$　メン〔meN〕$_1$

132 · 旦$_1$　ダン〔daN〕$_1$

133 · 殿$_1$　デン〔deN〕$_1$

134 · 年$_1$　子ン〔neN〕$_1$

135 · 貫$_1$　クワン〔kwaN〕$_1$

136 · 見$_1$　ケン〔keN〕$_1$

137 · 言$_1$　エン〔eN〕$_1$

138 · 萬$_1$　ワン〔waN〕$_1$

139 · 卞$_1$　ペン〔peN〕$_1$

2 · 3 · 4　宕　攝

140 · 忙$_1$　マン〔maN〕$_1$

141 · 康$_1$　カン〔kaN〕$_1$

142 · 桑$_1$　サン〔saN〕$_1$

143 · 羊$_1$　ヤン〔jaN〕$_1$

144 · 商$_1$　シヤン〔ʃaN〕$_1$

「144商」實際是「高」的訛字（見大友1968：34註17），但

柳崖音注仍以「商」字注音，並不影響以下討論，仍然存「商」字
不必改動。

2·3·5 梗 攝

145·　兵₁　ピン〔piN〕₁

146·　定₁　テ°ン〔teN〕₁

147·　寧₁　ニン〔niN〕₁

148·　盈₁　イン〔iN〕₁

2·3·6 曾 攝

149·　升₁　シン〔ʃin〕₁

2·3·7 咸 攝

150·　南₄　ナン〔naN〕₄

151·　三₃　サン〔saN〕₃

152·　念₂　子ン〔neN〕₂

153·　淡₁　タン〔taN〕₁

154·　濫₁　ラン〔raN〕₁

155·　敢₁　カン〔kaN〕₁

156·　暗₁　アン〔aN〕₁

　　以上2.11至2.37共156個音注漢字，柳崖的現代語假名，絕大
多數保持一種讀音，但也有二至四種標音的例子，看似不同音，其
實音值不是相同就是相近，留待以下詳細討論。音注漢字或音標之
後的數字，代表在《日本館譯語》中出現的次數。156個音注漢字
以中古韻攝分類，幾乎十分整齊都普遍出現，唯獨江、深攝及江攝
入聲無收字，有必要在此做一交代。

3.聲母討論

　　現代日本語的音節結構是：「C（S）V（M）」，與現代漢語
的「（C）（M）V（E）」極為接近❷，兩者做比較，應該不致太
偏離。本節先分析漢語聲母與柳崖假名的對當關係。因為柳崖的記
音時代是1891年，記注可能是漢語官話方言（大友1968：39），以
時代推距離現代國語成立大約卅年左右，因此以下所列對當的漢語
即是現代國語。

3·1聲母的對當

現代國語	柳　崖　片　假　名　記　音	中古聲類
〔p〕	ハ〔ha〕、パ〔pa〕、　ピ〔pi〕、ポ〔po〕	幫

---

❷　日本語音節結構見黃國彥（1982：25－26）。S與漢語介音類似，M
　　（mora）則有N＝撥音、Q＝促音、R＝長音的後半部、J＝二合元音的後
　　半部。

	ヘ〔he〕、ベ〔be〕、 ペ〔pe〕	並仄
〔p'〕	ヒ〔ɕi〕、ピ〔pi〕	滂平
〔m〕	マ〔ma〕、ミ〔mi〕、 ム〔mɯ〕、メ〔me〕、モ〔mo〕	明
〔f〕	ハ〔ha〕、ヒ〔ɕi〕、 フ〔Φɯ〕、ホ〔ho〕	非
〔t〕	タ〔ta〕、テ〔te〕、 ト〔to〕、ダ〔da〕	端
	ド〔do〕、タ〔ta〕、 ダ〔da〕、ド〔do〕、デ〔te〕	定
〔t'〕	テ〔te〕 、ト〔to〕	透
〔n〕	ナ〔na〕、ニ〔ni〕、 子〔ne〕、ノ〔no〕	泥
	ニ〔ni〕	娘
	ニ〔ni〕	疑
〔l〕	ラ〔ra〕、リ〔ri〕、 レ〔re〕、ロ〔ro〕	來
〔k〕	カ〔ka〕、ク〔kɯ〕、 ゲ〔ke〕、コ〔ko〕	見
〔k'〕	カ〔ka〕、ク〔kɯ〕、 コ〔ko〕	溪
	カ〔ka〕	見
〔x〕	ホ〔ho〕、ヲ〔o〕	匣仄
〔tɕ〕	キ〔ki〕、ケ〔ke〕	見
	キ〔ki〕、ケ〔ke〕、 ギ〔gi〕/〔ŋi〕	群仄
	ツ〔tsɯ〕	精
〔tɕ'〕	キ〔ki〕	溪
	ズ〔dzɯ〕	從平
〔ɕ〕	ス〔sɯ〕	心
	ゼ〔ze〕	邪平
〔tʂ〕	チ〔tʃi〕 ツ〔tsɯ〕	章
	チ〔tʃi〕	澄

〔ʂ〕	シ〔ʃi〕、ス〔su〕	書
	ジ〔dʒi〕	禪仄
〔ʑ〕	シ〔ʃi〕、ジ〔dʒi〕、ゼ〔ʑe〕	日
	ヨ〔jo〕	以
〔ts〕	ス〔su〕、ツ〔tsu〕	精
〔s〕	サ〔sa〕、ス〔su〕、ソ〔so〕、ツ〔tsu〕	心
	ズ〔dzu〕	邪仄
〔ɤ〕(-ɤ-)	ア〔a〕	影
	カ〔ka〕、ゴ〔go〕/　〔ŋɤ〕	疑
〔ɤ〕(-i-)	イ〔i〕	影
	イ〔i〕、キ〔i〕、　エ〔e〕、ヤ〔ja〕、	
	ユ〔ju〕	以
	エ〔e〕、ヤ〔ja〕	疑
〔ɤ〕(-u-)、ウ〔u〕		疑
	ワ〔wa〕、ヲ〔o〕	影
	ウ〔u〕、ワ〔ua〕	微
〔ɤ〕(-y-)	ィ〔i〕	疑
	ヤ〔ja〕、ヨ〔jo〕	影

3・2　清濁與送不送氣

　　現代國語已無全濁聲母，由中古全濁聲母變來的字，它們都與同部位的清聲聲母相同讀音。柳崖的片假名記音，在3.1所列的中古聲類對當中，可以看到全濁聲母有清音也有濁音，如並母有〔he〕、〔be〕，定母有〔ta〕、〔da〕、，群母有〔ki〕、

〔gi〕；匣母全是清音〔ho〕、〔o〕；邪母完全是濁音〔dzɯ〕、〔ze〕，禪母一種讀音〔ʤi〕也是濁音。如果說柳崖所依據的漢語方言是官話音，記音實在不應該如此混亂，至少它應記完全清音才是。

　　事實上就是現代日本語的漢字音，凡是讀中古漢語的全濁聲母，幾乎都承襲六世紀或六世紀以前與佛教同時傳入日本的吳方言，也就是保存濁音系統的「吳音」。坂本（1990：4－5）的比較表反映了吳音與七、八世紀從中國北方傳到日本的「漢音」不同的面貌：

中古漢語	現代國語	漢　音	吳音
並奉	ㄅ、ㄆ、ㄈ	ハ〔ha〕行❸	バ〔ba〕行
定	ㄉ、ㄊ	タ〔ta〕行	ダ〔da〕行
澄	ㄗ、ㄓ、ㄔ	タ〔ta〕行	ダ〔da〕行
從	ㄐ、ㄑ、ㄗ、ㄘ	サ〔sa〕行	ザ〔za〕行
邪	ㄒ、ㄑ、ㄙ、ㄘ	サ〔sa〕行	ザ〔za〕行
崇	ㄗ、ㄔ	サ〔sa〕行	ザ〔za〕行
俟	ㄙ、ㄕ	サ〔sa〕行	ザ〔za〕行
船	ㄓ、ㄔ	サ〔sa〕行	ザ〔za〕行
禪	ㄔ、ㄕ	サ〔sa〕行	ザ〔za〕行

---

❸　日本語的「行」指的是與元音〔a〕、〔i〕、〔ɯ〕、〔e〕、〔o〕相拼
　　的同發音部位音節，如八行是指ハ〔ha〕、ヒ〔çi〕、フ〔ɸɯ〕、ヘ
　　〔he〕、ホ〔ho〕，其餘類推可知。

群		丩、く、巜、丂	力〔ka〕行	ガ〔ga〕行
匣			∅	∅

除匣母外，其餘吳音全是濁音並無例外。就連1744年（日本櫻町天皇延享元年、乾隆九年）日本和尚釋文雄《磨光韻鏡》所記的「華音」，也是全濁聲母讀濁音。本文156個音注漢字，釋文雄的華音記全濁聲母的讀音如下：

> 並母：84別ビエ、139卞ビエン。
>
> 定母：24大ダイ、36道ダ0ウ、13度ドウ、73讀ド、133
> 　　　殿デン、146定デイン、153淡ダム
>
> 澄母：94著ヤ。
>
> 群母：85傑ギエ、117近ギイム。
>
> 匣母：53賀ヲ、88活ワ。
>
> 從母：25齊ヅィ。
>
> 邪母：60斜ズエ＼、102習ズィツ。
>
> 禪母：15樹ジュィ、64受ジ0ウ。

同樣是匣母外都記濁音。

　　或許有此傳統，柳崖所依據的官話方言儘管已全濁音，但在記音時不能不注意傳統的習慣吧。可是清聲母的端紐，柳崖記音也有讀濁聲的例子，不過不多，祇有出現三次，以下將它們列下，編號是大友（1968：18-19）原書詞條的序號：

		ベ	コ	ダン	カ0ゥ	
303	白檀香	別	各	旦	稿	（器用門）

		ゥ	ド－	ド－		
307	弟	吾	都	都		（人物門）

		マァ	ロ－	ド－	スゥ	
317	客人	馬	羅	都	世	（人物門）

旦、都兩個端母字，都在音注漢字的「詞中」，是否受到前一字音讀影響產生連讀濁化，則不得而知？所幸例子很少，視做例外看待暫時不做解決。

現代國語有〔P〕：〔Pʻ〕；〔t〕：〔tʻ〕；〔k〕：〔kʻ〕；〔tɕ〕：〔tɕʻ〕；〔tʂ〕：〔tʂʻ〕；〔ts〕：〔tsʻ〕，屬於送氣與不送氣的對立。〔ʂ〕與〔ʐ〕的清濁對立，卻是絕無僅有。至於日本語剛好相反，祇有〔p〕：〔b〕；〔t〕：〔d〕；〔k〕：〔g〕；〔s〕：〔z〕等的清濁對立，並無送氣與不送氣的區別。因此漢語以送氣不送氣做爲辨義手段，日本語自然以清濁來區別詞義，這是很自然的事。

當兩種語文相互對當注音時，以彼代此也就很自然產生。在柳崖的注音中，現代國語〔p〕與〔pʻ〕、〔t〕與〔tʻ〕、〔k〕與〔kʻ〕、〔tɕ〕與〔tɕʻ〕的對立都模糊了，幾乎送氣一組的片假名都可在不送氣一組中同樣出現。這種現象早在1744釋文雄所記的華音就已經混同不別，柳崖注音祇是承襲傳統辦法而已。至於現代日本語仍然相混，坂本（1990：4－5、93）比較的兩張表，很清楚的反映這個事實。

　　至於柳崖何以特別在「124根」ケ°ン、「146定」ケ°ン用小圓記號注上不送氣，是否有特別其他意義？不得而知。

3·3　零聲母

　　柳崖音注對當的中古疑、以、影、微四母，絕大多數現代國語讀零聲母，照理柳崖片假名也應該用ア〔a〕行、ワ〔wa〕行、ヤ〔ja〕行注音，但是仍然出現少數特例，一一說明如下：

　　疑母有「66牛」，柳崖注ニウ〔niu〕一見，牛字現代國語也讀鼻音〔n−〕，柳氏對當並無問題。祇是釋文雄1744所記的華音讀ィ0ゥ，反倒是〔ɵ−〕值得注意。

　　以母有「113容」，讀ヨン〔jon〕有二見，現代國語容字讀〔ʑ−〕，依據李榮（1982：163）的推測，北京話的前身容字讀〔yuŋˊ〕陽平，在北京音才變讀〔ʑuŋˊ〕陽平。李氏的解釋很合理的，那麼柳崖的記音正好反映還未改讀〔ʑ−〕之前的讀法。釋文雄的華音也讀ヨン，大概還保存舊讀。

　　疑母有「44敖」，讀カ0ゥ〔kau〕祇一見；「52鵝」讀ゴ−〔go：〕/〔ŋo：〕共三見。現代國語這兩字都是〔ɵ−〕，但是其他官話方言，敖字濟南〔ₙo〕，西安、武漢、成都〔ₙau〕；鵝字濟南、西安〔ₙr〕，武漢〔ₙo〕（北大中文系1989：189、27）。如果敖、鵝兩字柳崖音注是依據北京之外的官話方言，當然對當就很合理，祇是缺乏證據補強這種假設。釋文雄所記的華音敖讀ア0ゥ、鵝讀ヲ＼，比較按近北京音。而釋文雄《磨光韻鏡》（1744）也載有漢字音，敖吳音ガゥ、漢音ガゥ；鵝吳音ガ、漢音ガ。似乎柳崖受傳統漢字音影響讀有聲母，應該不是不能。

3·4　舌尖後音的對當

柳崖音注系統，出現漢語尖後音祇有〔tʂ〕與〔ʂ〕，分屬於中古章、澄、書、禪四母，柳氏的片假名對當也很簡單，〔tʂ〕對チ〔tʃi〕、ツ〔tsɯ〕，〔ʂ〕對ツ〔ʃi〕、ス〔sɯ〕、ヅ〔dʒi〕。這個現象與十八世紀中葉《磨光韻鏡》所載華音及現代日本語（見坂本1990：93）沒有兩樣，可見不論是用日本語記古漢語的漢字音系統，或者近代音的華音系統、現代音的柳崖音注系統，它們都有沿襲不變的部份，除了民族保守性之外，最重要應該是音類相近，不能不用夕行、サ行、ザ行等音來對當。

日本語並無舌尖後音，用舌尖面音〔tʃi〕來對當，至少已相當接近。雖然日本語的〔tʃi〕有些近似現代國語的〔tɕ〕、〔tɕʻ〕，但是柳崖的音注系統既然選用來對當〔tʂ〕，自然就不會再在〔tɕ〕出現。而日本語〔tsɯ〕是舌尖前音，因爲系統中無舌尖後音，所以拿來對當〔tʂ〕，相混的現象一如漢語方言中無舌尖後系統的方言。因此在3.1的對當關係中，可以見到〔tsɯ〕既對〔tʂ〕也對〔ts〕，就是這個道理。至於用〔ʃi〕、〔sɯ〕對當舌尖後的〔ʂ〕道理相同。此外又有一個濁音ヅ〔dʒi〕也對當現代國的〔ʂ〕，原來是出現在「15樹」與「64受」，一共三見而已，這兩字都是中古邪母全濁聲紐仄聲字，可能是因爲這個條件，所以讓它讀濁音，以便和「19世」、「29燒」、「33少」、「67收」、「120申」、「144商」、「149升」七個清聲書母有所區別。

3·5　見曉系與精系的對當

3.1所載的柳崖對音，現代國語〔tɕ〕、〔tɕʻ〕、〔ɕ〕對當的片假名，少數如ケ〔ke〕也見於舌根音未顎化的〔k〕；ツ〔tsɯ〕、ス〔sɯ〕、ズ〔dzɯ〕也見於舌尖前未顎化的〔ts〕、

〔s〕中。這種現象到底代表什麼音韻意義？照理1891的柳崖所據官話音，見曉系及精系應該完全顎化才對❹，可以它們有如此混淆？應當做何解釋才好。

首先需要看看日本漢字音與其他各時期日本語借用假名標注漢語的比較，究竟他們如何對當不同時期漢語的見、精系讀音。代表中古音系統的吳音與漢音（見王力1984：1-2、20），它們與代表明中葉的《日本館譯語》（1492-1549）見、精系都未顎化（見林慶勳1990b：9-10）：

	吳音、漢音	《日本館譯語》
見、曉系	カ行、ガ行、ウ	カ行、ガ行、ホ
精　　系	サ行、ザ行	タ行、ダ行、サ行、ザ行

至於代表清朝中葉的《磨光韻鏡》（1744）所載華音，尚未有人觀察它是否顎化，但與柳崖音注相同收字做分析，華音與柳崖音注系統極相似。爲比較方便，附以現代日本語（見坂本1990：93）殿於後：

	《磨光韻鏡》華音	柳崖音注	現代日本語
見系(顎化)	（カ行、ガ行）	カ行、ガ行	サ行、ザ行、カ行、ガ行
精系(顎化)	（サ行、ザ行、タ行、ダ行）	サ行、ザ行、タ行、ダ行	同上
見、曉系(未顎化)	（カ行、ワ行）	カ行(ホ、ヲ)	カ行、ガ行

---

❹ 據林慶勳（1990a）所考，至少在1830年以後，北方官話見、曉、精系已經顎化完成。

精系（未顎化）　　（サ行、ザ行、タ行）　　サ行、ザ行、タ行　　サ行、ザ行、ダ行

　　由以上兩組對照比較，可以出未顎化前見曉系對當カ〔k〕、ガ〔g〕行等，精系對當サ〔sa〕、ザ〔za〕、タ〔ta〕、ダ〔da〕行，兩者間涇渭分明。但是顎化後仍然見到柳崖音注的見系讀カ、ガ行、精系讀サ、ザ、タ、ダ行，如此現象祇能用「承襲傳統」的強烈保守作風看待，此外很難用語音現象去解釋。這種做法的好處，是可以把古代分別清楚的見、精系，仍然反映在現代漢語已經合併上。這種處理觀念，也表現在韻母中，用長音對當陰聲字、短書對當入聲字，其實在十九世紀末漢語官話方言入聲字韻尾消失已變同陰聲字，而片假名的對當卻可以清楚的分辨。

4. 韻母討論

　　在做韻母討論之前，先列現代國語與柳崖音注對當，然後再逐一分析説明。

4·1　韻母的對當

現代國語	柳崖　　片假名	記音及中古韻攝
〔ï〕	ツエ〔tse〕、スゥ〔suɯ〕、ズゥ〔dzuɯ：〕（止攝）。スゥ〔suɯ：〕、ス－〔suɯ：〕、スイ〔suɯi〕（蟹）。ヅ〔dʒi〕（臻入）。	
〔i〕	ニイ〔ni：〕、リ〔ri〕、リイ〔ri：〕、リヒ〔ri：〕、イ－〔i：〕（止）。ツイ－	

〔tsɯi：〕、ツ圧 -〔tsɯi：〕、ツイ 〔tsɯi〕、ツ圧イ〔tsɯi：〕、ズイ - 〔dzɯi：〕、ズ圧 -〔dzɯi：〕（蟹）。ミ 〔mi〕、ピ〔pi〕、キ〔ki〕（臻入）。圧. 〔i〕、イ〔i〕（梗入）。キ〔ki〕、リ 〔ri〕、ズ圧〔dzɯi〕（深入）。

〔u〕 ト -〔to：〕、トウ〔to：〕、ド - 〔do：〕、ウ`〔ɯ：〕、ウ\〔ɯ：〕、ウ 〔ɯ〕、クウ〔kɯ：〕、フウ〔Φɯ：〕、ヅ イ〔dʒi：〕、ツウ〔tsɯ：〕、スウ〔sɯ：〕 （遇）。ムウ〔mɯ〕（流）。コ〔ko〕、ロ 〔ro〕、モ〔mo〕ホ〔ho〕、ツヲ〔tso〕、 ツオ〔tso〕、ド〔do〕、ソ〔so〕、ト〔to〕 （通入）。ポ〔po〕（臻入）。

〔y〕 イ -〔i：〕（遇）。

〔a〕 ダア〔da：〕、タア〔ta：〕（蟹）。ナ 〔na〕、ナア〔na：〕、ナ -〔na：〕、ア 〔a〕、ア -〔a：〕、ア\〔a：〕（果）。 マア〔ma：〕、マ〔ma〕、パア〔pa：〕、 ハア〔ha：〕（假）。サ〔sa〕、ラ〔ra〕、 ツア〔tsa〕（山入）。タ〔ta〕、ハ〔ha〕、 ナ〔na〕（咸入）。

〔ia〕 ヤア〔ja：〕、キヤア〔kja：〕（假）。

〔ua〕 ワァ〔wa：〕（假）。

〔o〕　　　ホ゜-〔po：〕（果）。

〔uo〕　　ヲ-〔o：〕、ヲ\〔o：〕、ソ-〔so：〕、
　　　　　ト-〔to：〕、ロ〔ro：〕（果）。ヲ〔o〕
　　　　　（山入）。ロ〔ro〕、チヤ〔tʃa〕、シヨ
　　　　　〔ʃo〕、ソ〔so〕（宕入）。

〔r〕　　　ゴ-〔go：〕/〔ŋo：〕、ホ-〔ho：〕
　　　　　（果）。ゼ〔ze〕（山入）。ユ〔ko〕（宕
　　　　　入）。テ〔te〕（梗入）。テ〔te〕（曾
　　　　　入）。カ〔ka〕（咸入）。

〔ie〕　　　メエ〔me：〕、メ-〔me：〕ゼ-
　　　　　〔ze：〕、ゼエ〔ze：〕（假）。べ〔be〕、
　　　　　ヘ〔be〕、ケ〔ke〕、キ〔ki〕、シエ
　　　　　〔tse〕、レ〔re〕（山入）。子〔ne〕、テ
　　　　　〔te〕、エ〔e〕（咸入）。

〔ye〕　　　ヨ〔jo〕、ヤ〔ja〕（宕入）。

〔ai〕　　　カイ〔kai〕、ナイ〔nai〕、スエ〔se〕、シ
　　　　　アイ〔tsai〕、サイ〔sai〕、マイ〔mai〕
　　　　　（蟹）。

〔uei〕　　ヒイ〔çi：〕、ヒ-〔çi：〕、クイ〔kɯ〕
　　　　　（止）。

〔au〕　　　カ0ウ〔kaɯ〕、シャウ〔ʃa：〕、シャ0ウ
　　　　　〔ʃaɯ〕、ラ0ウ
　　　　　〔raɯ〕、マ0ウ〔maɯ〕、タ0ウ〔taɯ〕、
　　　　　チャ0ウ〔tʃaɯ〕、シァ0ウ〔tsaɯ〕、スァウ

〔sa：〕（效）。

〔iau〕　キャ0ウ〔kjaɯ〕、キャウ〔kja：〕、ヒヤ0
ウ〔hjaɯ〕、ピヤ0ウ〔pjaɯ〕、ミャ0ウ
〔mjaɯ〕（效）。

〔ou〕　ジウ〔dʒɯ〕、シウ〔ʃiɯ〕（流）-

〔iou〕　ユウ〔jɯ〕、ユ-〔jɯ〕、ニウ〔niɯ〕
（流）。

〔an〕　カン〔kaN〕、サン〔saN〕、マン
〔maN〕、アン〔aN〕、ダン〔daN〕
（山）。ナン〔naN〕、サン〔saN〕、タン
〔taN〕、ラン〔raN〕、カン〔kaN〕、アン
〔aN〕（咸）。

〔ian〕　スエン〔sɯen〕、メン〔men〕、デン
〔deN〕、ヂン〔neN〕、ヶン〔keN〕、エ
ン〔eN〕、ペン〔peN〕（山）。ヂン
〔neN〕（咸）。

〔uan〕　クヮン〔kwaN〕、ヮン〔waN〕（山）。

〔ən〕　フン〔ɸɯN〕、メン〔meN〕、シン
〔ʃiN〕、クﾟン〔keN〕（臻）。

〔in〕　ミン〔miN〕、キン〔kiN〕、ギン〔gin〕/
〔ŋiN〕（臻）。

〔uən〕　スエン〔seN〕、ソエン〔soeN〕、ウエン
〔ɯeN〕、ウヘン〔ɯeN〕（臻）。

〔aŋ〕　マン〔maN〕、カン〔kaN〕、サン

〔saN〕、シヤン〔ʃaN〕（宕）。

〔iaŋ〕　　　ヤン〔jaN〕（宕）。

〔əŋ〕　　　シン〔ʃiN〕（曾）。

〔iŋ〕　　　ピン〔piN〕、デン〔teN〕、ニン〔niN〕、
　　　　　　イン〔iN〕（梗）。

〔uŋ〕　　　ヲン〔oN〕、ノン〔noN〕、ユン〔koN〕、
　　　　　　ヨン〔joN〕（通）。

4・2　韻　尾

　　日本語相當於漢語韻母的結構是：（S）V（M），S是半元音，與現代漢語（M）V（E）中M指介音相似，祇是用詞不同而已；日本語最後的M（more），包含四種，即N撥音、Q促音、R長音的後半部、J二合元音的後半部（黃國彥1982：26），它與漢語韻尾E相當。本節先從韻尾分析討論。

　　柳崖音注對韻尾的處理，仍然是極端保守，承襲舊制的痕跡處處可見。首先可以看到對中古的陰聲字對當長音，入聲字對當短音，使兩者有所區別。陽聲字一律以撥音標注，表示漢語的鼻音尾。但現代日本語處理則不同，祇有中古的雙唇、舌尖鼻音尾才有撥音尾，舌根鼻音尾則一律讀元音尾（坂本1990：94-95）。

　　其次從現代國語的對當來觀察，舌尖元音韻母、舌面單元音韻母及上升複元音韻母，都是尾的開尾韻。它們對當的片假名，絕大多數有兩種類型：

(1)中古陰聲韻：（S）VR

(2)中古入聲韻：（S）V

舌面下降複元音或三合元音韻母，都是有－i或－u尾的開尾韻。
它們對當的片假名也有兩種類型：

(3)中古陰聲韻：（S）VR
(4)中古陰聲韻：（S）VJ

至於有鼻音尾－n或－ŋ，對當的片假名完全相同：

(5)中古陽聲韻：（S）VN

　　由以上五條的對當關係看，柳崖音注所反映的漢語韻尾極中
肯。所以能有如此的好成績，其實是拜兩種語文有相同結構之賜，
加上柳崖標音平實所致。至於將現代國語－n、－ŋ之分合併爲
N，實在是片假名祇有一套撥音（hastuon），無法反映漢語的區
別。

4·3　介　音

　　相當於漢語介音的日本語祇有 j 與 w，它們分屬於ヤ〔ja〕、
ワ〔wa〕行。正因爲它們太簡單，根本無法充分反映漢語的複雜
介音，在4.1的對當中，能確實拼出漢語介音而且限用ヤ、ワ行
者，有〔ia〕、〔ua〕、〔ye〕、〔iau〕、〔iou〕、〔iaŋ〕六
組，其餘則是取其音類相近或對當毫無困難的〔－ɔ－〕。
　　至於〔i〕、〔u〕、〔y〕這三個韻母由主要元音兼當介音的

對當，有必要詳細説明。漢語〔i〕韻母，柳崖的對當中止攝及臻、梗、深攝入聲，都以相同的〔i〕兼差當介音。祇有蟹攝字シイ－〔tsɯi：〕、ズイ－〔dzɯi：〕等較特殊，前面的〔ɯ〕是隨著輔音 ts、dz 而來的一個音節，無法割離，〔ɯ〕在日本語是一個展唇後高元音，舌位比標準元音〔u〕位階低一點（見黃國彥1982：40），當它與後接元音〔i〕接觸時不會起變化，柳崖拿它來對當「祭、齊」兩個漢字，雖然不是很好但仍可接受。

　　〔u〕韻母中遇攝有對當〔o〕者不少，即「都」字45見（見2.12），它們可能與此字在官話音中有〔tou〕（北大中文系1989：107、109）一讀有關。至於通攝入聲。也有對當〔o〕者，可能不是實際官話方言，而是將原來代表漢語入聲塞音尾部份刪除的讀法，例如：

		吳　音	柳崖音注
68	谷	ユク〔koku〕	——ユ〔ko〕
69	祿	ロク〔roku〕	——ロ〔ro〕
70	木	モク〔moku〕	——モ〔mo〕

所以有此推論，主要是釋文雄《磨光韻鏡》所載的華音也是讀ユ、ロ、モ等，柳崖音注有可能是承襲這種讀法而來。其次通攝陽聲既然是讀〔-oN〕，與它相承的入聲讀〔-o〕，應當是很自然的。何況現代北方官話方言，那些字似乎找不到類似有〔-o〕的讀音。至於漢語〔y〕韻母祇有一個「魚」字，柳崖音注以長音〔i：〕來對當，那是日本語中沒有撮口呼的類似元音，祇能以同

屬細音的〔i〕來對當，《磨光韻鏡》的華音「魚」字讀イユイ，雖然有些特別，畢竟還是以〔i〕對當。

以下將介音對當的情況做比較，衹列多數的讀音，少數的省略：

現代國語	柳崖音注
〔-i-〕	〔-i-〕、〔-j-〕、〔-ɐ〕
〔-u-〕	〔o〕、〔ɯ〕、〔-w〕
〔-y-〕	〔-i-〕、〔-j-〕
〔-ɐ-〕	〔-ɐ-〕

漢語〔-i-〕對當柳崖音注中有〔-ɐ-〕，這是4.1節〔ie〕一組的韻母，對當有「57セ、60斜、84別、85傑、86節、89列、107聶、108貼、109葉」等字總計101見讀〔e〕，在此特別提出説明。因爲日本語衹有〔ai〕、〔ɯi〕、〔oi〕少數二合元音，並無任何一種三合元音（黃國彥1982：39），所以遇到漢語上升複元音〔ie〕時，統是取類似音來對當。「セ」〔mie〕與假名メエ〔me〕、「貼」〔t'ie〕與テ〔te〕、「葉」〔ie〕與エ〔e〕，應該算是近似。

5.結　語

日本明治（1868-1911）以來，一般日本人對中國的認識普遍有雙重結構，一方面是輕視現實世界中的中國，另一方面對古典世界中的中國一直抱有崇敬之念。由於用「訓讀」方式很容易解讀中國的古籍,從奈良時代(710－794)末期以來形成讀中國典籍的這一獨特方式一直被延續保存下來。於是在日本產生了中國文學研究者不懂中國語的事實,甚至出現了如下的怪現象:

> 在我國(日本)歷來研究中國音韻學的人,一般都不會
> 中國語的發音;而中國語發音好的人,卻不想去學中國
> 的音韻學。❺

　　另外從歷史的事實來看,1871年日本與我國滿清締結了「修好條規」,同年在日本外務省內創立「漢語學所」,目的在培養翻譯人才,處理與滿清的外交事務。1895年甲午戰爭以後,日本勢力進入中國市場,漢語教育成為處理與滿清貿易的「實務性貿易外語」。加上明治維新以後,統治階級都想通過學習歐美語言,吸收先進文化,建設近代化的國家。因此英、法、德語是作為「文化性外語」教授給統治階層,漢語則一貫地作為「實用外語」教授給非統治階層。明治時代「凡學習漢語的人,不是被視為傻瓜就是被視為狂人。」❻

　　「對古典崇敬,對現實輕蔑」,是明治以來日本人對待中國的觀念。由此背景來看,柳崖其人在明治24年(1891)將《日本館譯

---

❺　見倉石武四郎,＜關于中國語教育＞,《中國文學》71,1941,本文轉引
　　自安藤(1991:42)。

❻　以上二節之撰寫,參考伊地(1981:16－19)、安藤(1991:39－42)
　　文。

語》的「音注漢字」標音，用片假名來教日本人學「中國語」，有可能是站在「實用」角度而做。因爲柳崖音注祇標在靜嘉堂本《日本館譯語》，卻未見於稻葉君山舊藏本等其他本子，而且片假名的標注，在565條音注漢字中時有遺漏，大概不是極爲嚴謹之作。明治時代出版的漢語學習書籍，據六角恆廣氏統計有243册之多（伊地1981：19），其中最有名的是1882年出版的《官話指南》（吳啓太、鄭永邦著），以及後續同類型的會教科書，這些書都是模仿當時駐北京英國公威妥瑪（Sir Thomas Francis Wade´, 1818－1896）所撰《語言自邇集》（1867）設計，編輯分類的單語詞及一定對象的問答集（參見伊地1981：20、安藤1991：28－29）。《日本館譯語》本來是給明代會通館通事用來學習日本語的教科書，如今柳崖在音注漢字上注以假名給日本人學習中國話用，它的體例正是分類的單語詞。如果上面推論不錯的話，柳崖可能是眾多編輯漢語教科書者之一，對日本語與漢語的對應尚能掌握得不錯。他可能是日本人，因爲在對當中有許多讀音傾向於日本語的習慣，如果換成中國人用自己習慣的漢語來注片假名，也可能偏向於漢語的傳統讀法，這一點在對當中處處可見。

其次柳崖標注片假名的音韻系統，從前面各節討論至少可以看到「保守」的一面，最主要的有：①對當漢語已經清化的全濁聲母，仍然受到傳統吳音的影響，將部份字對當濁音的片假名；②漢語已經顎化的見、精系細音，片假名對當仍然用未顎化的音讀，即見系顎化與未顎化都對當カ〔k〕行，精系顎化與未顎化都當サ〔sa〕行；③用長元音與短元音假名，分別對當漢語的陰聲字與入聲字，目的是想區別當時已相同的陰、入聲字，但是受日本語本身音韻結構的限制，卻無法分別－m、－n、－ŋ 三類收尾的陽聲字。以上這些做法，可以算是柳崖個人理想中的對當，他努力的成績至少還是可觀的，但是不能否認他深受傳統「保守」心理的影響，因此某些對當的特點正是這部漢語教科書讀音的缺點。（1993.1.28於高雄學韻樓）

引用書目

大友信一、木村晟　1986　《日本館譯語本文と索引》，京都：洛
　　　　　　　　文社。

王　力　1984　＜漢語對日語的影響＞，《北京大學學報》1984.
　　　　　5：1－26。

戶田昌幸、黃國彥　1982　《日語語音學入門》，台北：鴻儒堂
　　　　　　　　出版社。

北大中文系　1989　《漢語方音字匯》（第二版），北京：文字改
　　　　　　廿出版社。

伊地智善繼　1981　＜日本的漢語教育＞，《中國語文研究》（香
　　　　　港）2：15－24。

安藤彥太郎著、卞立強譯　1991　《中國語與近代日本》，北京大
　　　　　　　　　學。

坂本英子　1990　《從華語看日本漢語的發音》，台北：學生書
　　　　　局。

李　榮　1982　＜論北京話榮字的音＞，《方言》1982.3：161－1
　　　　　63。

林慶勳　1990a　＜刻本圓音正考所所反映的音韻現象＞，《漢學
　　　　　研究》8.2：21－55。

　　　　1990b　＜試論日本館譯語的聲母對音＞，「高雄師大國
　　　　　文所系第十三次教師學術研討會論文」1－21。

　　　　1992　＜試論日本館譯語的韻母對音＞，《高雄師大學
　　　　　報》3：1－30。

馬淵和夫　1971　《國語音韻論》，東京：笠間書院。

黃國彥　1982　＜華日語音的對比＞，《中日中國語言教學研討會論文集》23－48，台北：中華民國日本研究會。

築島裕　1985　《國語學》，東京大學。

釋文雄　1744　《磨光韻鏡》（刻本），東京大學文學部漢籍室藏。

《詩經》語言的音韻風格

竺家寧

壹、語言風格學與《詩經》

　　從性質上來看，文學和語言學是密切相關，一體兩面的學科，但是兩者在研究方法和目標上又大不相同。文學所重，在作品的"價值"問題，語言學所重，在作品語言的"分析"問題。因此，歷來兩個領域很少有過交集，往往各作各的研究。在文學家的眼裡，語言學的"分析"方法會使得作品支離破碎，美感盡失；在語言學者的眼裡，文學的方法難免於主觀的猜迷式解說，堆砌一些高度抽象的詞彙，對作品進行不著邊際、天馬行空式的描述與批評。這種分歧，到了講究科際整合的現代，逐漸有了溝通與融合。

　　在所有近代社會科學中，語言學的發展最爲可觀❶，它是第一個走上科學化、系統化的社會人文學科，因此，幾乎所有的人文學科都受著語言學的衝擊與影響。例如結構主義思潮的興起，文化

---

❶　見周英雄《結構主義與中國文學》第39頁。

學、人類學、民族學、社會學、符號學、心理學等❷，莫不走上和
語言學相結合的路。甚至非人文學科的神經語言學、病理語言學、
數理語言學、統計語言學、肢體語言學（或稱＂伴隨語言學＂）
等，也都採用了語言學已有的成就。

　　文學的創作材料就是語言，文學的美，不能捨棄語言而存在。
因此，文學的研究和語言學結合起來，便成了順理成章的事，於
是，語言風格學（stylistics）成爲近十年來的新興學科。

　　語言風格學在歐美已有了很好的研究成果，大陸、香港方面也
有了一些專著出現，台灣由於向來語言學研究的貧乏，目前只有很
少的學者觸及這個領域。不過，近年來學術界逐漸注意到過去對語
言學的忽略，使得很多新學科在台灣都難以立足和發展，於是，語
言學概論、詞彙學、語言風格學等課程開始在各大學的系所裡出
現，逐漸矯正了文學系所輕語言重文學的偏頗。

　　向來的文學批評、文學理論、作品賞析，多半從文學的角度入
手，探索作品的情節、內容、角色、情感、象徵、人物個性、言外
之意、絃外之音、詩的意象、寫作背景、作者生平等等。如果我們
把作品視爲一個符號系統，那麼，從文學的角度所觀察的較重於＂
所指＂方面，而略於＂能指＂方面。茲以下圖表示：

---

❷　號稱「結構主義之父」的李維史陀，即運用語言學的觀念處理神話、親屬
　　的研究。新興的「符號學」探討語用、語義、符號關係諸問題，更是大量
　　採用了語言研究的成果。「社會語言學」、「心理語言學」是語言學的新
　　興邊緣學科。

作	A・所　指（內容）
品	B・能　指（形式）

　　換句話說，文學角度的研究僅處理了作品中 A 的部分，B 的部分是完全空白的。因爲作品是藉語言形式呈現的，如果對語言的本質與結構沒有充分的了解，就很難著手探索這一部分。

　　語言的各種材料： 語音、詞彙、句法，是風格的負荷者❸。我們運用語言學精確、客觀的分析技術，從語音、詞彙、語法三方面對作品的“能指”進行研究，正好補足了向來的不足。把文學的視角和語言學的視角統合到作品的研究中，才是完整的作品賞析，才能建立完整的風格研究，這是“語言風格學”所以產生的動因。

　　語言風格學的最大特色在於其精確性與客觀性，避免依個人主觀感受給風格下斷語，而將風格的探討建立在有形可見的語言材料上❹。文學鑑賞是一種藝術認識，它用語言來創造形象，因此先了解語言，才能把握作品，語言風格學的重要內容之一是研究文學作品的語言，揭示塑造藝術形象的語言規律，描述作家語言風格的獨特風貌。這樣就爲文學鑑賞提供了感性活動的鑰匙和理性認識的依據❺。

　　本文嘗試把語言風格學的理論和方法應用到上古文學的代表作品——《詩經》上，我們只運用了音韻方面的解析，而不談詞彙和

---

❸　見程祥徽《語言風格初探》例言第2頁。
❹　見上書本文第20頁。
❺　見黎運漢《漢語風格探索》第25頁。

句法。我們也嘗試把理論的聲韻學應用到實際的作品鑑賞上，看看
古音學的知識在這方面能提供我們什麼幫助。

　　《詩經》是上古的民間歌謠，或者是貴族的樂章、宗廟的頌
歌，是音樂性很強的作品。二千年來，詩經學很發達，學者從經
學、文學、歷史、社會、民俗、古韻學各個角度從事研究，已有了
輝煌的成果，唯獨在《詩經》的語言形式方面著力不多。事實上，
要討論《詩經》的韻律美，只研究其押韻的體例、歸納其押韻的韻
部，仍然不能表現其中的音樂性，必需把語言風格學和古音學結合
起來，才能具體的把潛藏在內的韻律節奏顯現出來，把民謠頌歌的
音樂之美顯現出來。

貳、〈邶風·擊鼓〉的音韻分析

　　我們吟詠歷代歌謠詩詞之類的作品，往往但覺其鏗鏘有致、朗
朗上口，能直覺的感受到其中的韻律節奏之美，卻很難具體的說出
來美在哪裡？造成美的因素是什麼？《詩經》是上古歌謠，由於兩
千多年來的語言變遷，我們吟誦時，甚至連這種鏗鏘之美都難以覺
察了。然而，可以肯定的是這種流傳於民間，口耳相傳的文學作
品，必然具有強烈的音樂性，否則就無法藉口耳傳播。可以說，音
樂性是《詩經》歌謠的生命所在。

　　要發掘《詩經》韻律的奧秘，不能僅僅從押韻形式和反覆重沓
上觀察，這些特性，前人已經談了很多，我們更應該藉助現代上古
音研究的成果，深一層的去分析每一個詩句，每一個篇章中所蘊含
的韻律效果。把主觀上的美感，用客觀的分析，加以詮釋。

　　也許有人會懷疑，"美"是一種抽象的直覺，能具體的説出所以然嗎？我們認爲，答案是肯定的。就拿著名的"黃金分割律"來説，大家都知道，最美的四邊形不是正方的，也不是長條狀的，於是，西方學者用具體的數據把大家都認爲最美的四邊形描述出來了，它是1：1.618，或者説，一邊是8，一邊是5的四邊形。

　　文學作品也是一樣，我們能感受到的韻律美，是可以透過語言風格學的理論和音韻的知識加以分析的。下面從《詩經》風、雅篇章中各取一首作品分析。先討論＜邶風·擊鼓＞：

一、擊鼓其鏜　錫見入·魚見上·之群平·陽透平
　　踊躍用兵　東喻上·藥喻入·東喻平·陽幫平
　　土國城漕　魚透上·職見入·耕禪平·幽從平
　　我獨南行　歌疑上·屋定入·侵泥平·陽匣平
二、從孫子仲　東清平·文心平·之精上·冬定平
　　平陳與宋　耕並平·眞定平·魚喻上·冬心平
　　不我以歸　之幫平·歌疑上·之喻上·微見平
　　憂心有忡　幽影平·侵心平·之匣上·冬透平
三、爰居爰處　元匣平·魚見平·元匣平·魚昌上
　　爰喪其馬　元匣平·陽心平·之群平·魚明上
　　于以求之　魚匣平·之喻上·幽群平·之章平
　　于林之下　魚匣平·侵來平·之章平·魚匣上
四、死生契闊　脂心上·耕生平·月溪入·月溪入
　　與子成説　魚喻上·之精上·耕禪平·月書入
　　執子之手　緝章入·之精上·之章平·幽書上

　　　　　與子偕老 魚喻上·之精上·脂見平·幽來上

　　　五、于嗟闊兮 魚匣平·歌精平·月溪入·支匣平

　　　　　不我活兮 之幫平·歌疑上·月匣入·支匣平

　　　　　于嗟洵兮 魚匣平·歌精平·眞心平·支匣平

　　　　　不我信兮 之幫平·歌疑上·眞心平·支匣平

　　左邊所列是＜擊鼓＞的原文，共分五章。右邊列出各字的古音性質，包含韻部、聲紐、調類❻。

　　漢字音的結構，可以分爲五部分：聲母、介音、主要元音、韻尾、聲調。我們就由這五方面來分析這首詩的"聲音"。其中，主要元音是一個音節中響度最大的成分，因此，它對詩歌音響效果的影響最大，我們由主要元音的分布搭配狀況先説。元音的音響性質，由前後、高低、展圓諸要素構成。我們嘗試從這些要分析，尋求其中韻律上的對比點，以突顯《詩經》歌謠的音樂性。

　　　　一、e—ɑ—ə—ɑ　（中·低·中·低）

　　　　　　u—ɔ—u—ɑ　（圓·圓·圓·展）

　　　　　　ɑ—ə—e—o　（展·展·展·圓）

　　　　　　ɑ—u—ə—ɑ　（低 -------- 低）

------

❻　資料來源是唐作藩《上古音手册》。其中有些字的古音類別，各家看法或不一至，本文因非上古音專著，故不作討論，以避冗雜。其中「于嗟」的「于」若讀作「吁」則爲「魚曉平」，此曉母讀法應是匣母轉化而成，上古應無區別。「與子成説」之「説」也可能是「月喻入」，依「喻四古歸定」之説，和書母一樣都是舌頭音，韻律分析上並無不同。

　　左邊是第一章各音節主要元音音值❼，右邊找出各句韻律類型的對比點。首句是中元音和低元音間隔出現，造成吟詠時口型一張一合的節奏變化。第二、三句是圓唇和展唇的搭配變化，兩句圓展相反，有如中古兩句平仄相反的搭配模式❽。第四句是以低元音起，低元音收的韻律模式。

　　　　　二、u—ə—ə—o　（圓·展·展·圓）

　　　　　　　e—e—ɑ—o　（中·中·低·中）

　　　　　　　ə—ɑ—ə—ə　（中·低·中·中）

　　　　　　　o—ə—ə—o　（圓·展·展·圓）

　　這一章以央元音爲基調。由"圓展展圓"始，也由"圓展展圓"收句。有如音樂中的"奏鳴曲形成"－－主題呈現 → 開展部 → 主題再現。無論音樂或文學，"美"的形式往往是共通的。第二、三句的韻律對比點放在三個中元音和一個低元音的搭配上。低元音的位置先安排在第三音節，次句則移至第二音節，以求變化。

---

❼　音值依據董同龢，其系統如下：

　　　　　　　　　ɑ　　ə　　o　　ɔ　　u　　e

　　－g－k－ŋ　魚陽　之蒸　幽中　宵　侯東　佳耕

　　－d－r－t－n祭元　微文　　　　　　　　脂真

　　－p－m　　葉談　緝侵

　　－ɸ　　　　歌

❽　例如近體詩的律、絕都講平仄，上句是「平平平仄仄」，下句就是「仄仄仄平平」。

三、a—a—a—a　（低·低·低·低）

　　a—a—ə—a　（低·低·中·低）

　　a—ə—o—ə　（低·中·中·中）

　　a—ə—ə—a　（低·中·中·低）

　　上章以央元音爲基調，此章改爲以 a 爲基調。首句全用低元音，各句開頭也全用低元音。韻腳"處、馬、下"也全是低元音。使得這一章在朗誦時，口形都張得很大，顯得異常響亮。

四、e—e—a—a　（中·中·低·低）

　　a—ə—e—a　（低·中·中·低）

　　ə—ə—ə—o　（展·展·展·圓）

　　a—ə—e—o　（展·展·展·圓）

　　各句首字以中、低元音交替，各句第二字則全變爲中元音。頭二句以兩中兩低搭配，三、四句則以"展展展圓"搭配，爲求變化，第四句首字安排低元音（其餘七字全是中元音）。

五、a—a—a—e　（三低一中）

　　ə—a—a—e　（二中二低）

　　a—a—e—e　（二中二低）

　　ə—a—e—e　（三中一低）

　　由右邊所注的韻律類型看，可以看出1、4句相似，2、3句相似。換個觀點看，1、2句間有聯繫，3、4句間也有聯繫。因爲1、2句基本上是"ɑ—ɑ—ɑ—e"模式，爲求變化，第2句首字調整爲央元音；3、4句基本上是"ɑ—ɑ—e—e"模式，爲求變化，第4句首字調整爲央元音。

　　由各句的首字看，有"ɑ——ə"的交替，各句的次字又全安排了開口甚大的ɑ，各句收尾安排了開口不大的e。全章十六個音節，音聲的搭配似乎環環相扣，緊密的連繫著。

　　其次，我們再看看這首詩韻尾的發音狀況。

　　一、 -k——g——g——ŋ ⎤（全屬舌根音收尾）
　　　　 -ŋ——k——ŋ——ŋ ⎟
　　　　 -g——k——ŋ——g ⎦（1、2、4句押韻）
　　　　 -φ——k——m——ŋ

　　前三句都是舌根音收尾。但在一致中又有變化，每句都夾雜著幾個鼻音，和非鼻音音節搭配出現。末句一改全用舌根音的局面，間隔安插了兩個非舌根音的字。

　　二、 -ŋ——n——g——ŋ
　　　　 -ŋ——n——g——ŋ
　　　　 -g——φ——g——d
　　　　 -g——m——g——ŋ（1、2、4句押韻）

　　此章也以舌根音韻尾爲基調。而每句的第二字規律性的調整爲非舌根音。第3句不押韻，末字也改用個非舌根音的字，造成變化。

```
三、 －n――g――n――g
     －n――ŋ――g――g
     －g――g――g――g
     －g――m――g――g（1、2、4句押韻）
```

　　本章特色是用鼻音收尾字（陽聲字）和濁塞音收尾字（陰聲字）間隔出現。

```
四、 －d――ŋ――t――t ⎤
     －g――g――ŋ――t ⎦（押入聲 －t）
     －p――g――g――g ⎤
     －g――g――d――g ⎦（押陰聲 －g）
```

　　本章改變押韻方式，由前幾章的押1、2、4句，變爲1、2句押，3、4句押。首句由三個舌尖尾配一個舌根尾，次句反過來，由三個舌根尾配一個舌尖尾。第3、4句則一律由三個舌根尾配一個非舌根尾。全章以3：1相配的格局是一致的。

```
五、 －g――ɸ――t――g ⎤
     －g――ɸ――t――g ⎦（押入聲 －t）
```

$$
\left.\begin{array}{l}
-g——-\phi——-n——-g \\
-g——-\phi——-n——-g
\end{array}\right] \text{（押陽聲 } -n \text{）}
$$

　　本章韻腳置於第三個字。各句的韻尾變化模式完全是一樣的，都是"$-g$——$-\phi$——$-t/-n$——$-g$"型，只在第三字作變化，但仍都屬舌尖音。

　　下面再由介音的情況分析。影響介音聽感的，不外洪細、開合兩種成分。從詠唱時口型的開合洪細中，也可以呈現這些歌謠的韻律變化。

　　一、A1 —— B2 —— A1 —— B1　　（洪細交替）
　　　　A2 —— A1 —— A2 —— A1　　（全爲細音）
　　　　B2 —— B2 —— A1 —— B1　　（洪細交替）
　　　　B1 —— B2 —— B1 —— B1　　（全爲洪音）

　　A 代表細音，B 代表洪音，數字1代表開口，2代表合口。2、4句是全細或全洪的型式，但其中有開、合的變化作爲調配。1、3句是洪、細交替的型式。

　　二、A2 —— B2 —— A1 —— A2　　（三細一洪）
　　　　A1 —— A1 —— A1 —— B2　　（三細一洪）
　　　　A1 —— B1 —— A1 —— A2　　（三細一洪）
　　　　A1 —— A1 —— A1 —— A2　　（全爲細音）

　　第1、2、3句都是三個細音配一個洪音的型式，第4句都是細音，而以開、合的變化作調配。

　　三、A2 —— A1 —— A2 —— A1　　（全為細音）
　　　　A2 —— B1 —— A1 —— B1　　（一合三開）
　　　　A2 —— A1 —— A1 —— A1　　（全為細音）
　　　　A2 —— A1 —— A1 —— B1　　（一合三開）

　　第1、3句全為細音，而以開、合變化作調配。各句都用合口細音開頭，各句末字以洪、細交替出現。

　　四、A1 —— B1 —— A1 —— B2　　（二洪二細）
　　　　A1 —— A1 —— A1 —— A2　　（全為細音）
　　　　A1 —— A1 —— A1 —— A1　　（全為細音）
　　　　A1 —— A1 —— B1 —— B1　　（二洪二細）

　　第2、3句全為細音，第3句又全為開口，此類單調的情況在《詩經》中較少見。

　　五、A2 —— A1 —— B2 —— A1　　（三細一洪）
　　　　A1 —— B1 —— B2 —— A1　　（細始細收）
　　　　A2 —— A1 —— A2 —— A1　　（全為細音）
　　　　A1 —— B1 —— A1 —— A1　　（三細一洪）

　　此爲以細音爲基調的樂章，第三句全爲細音（其中有開、合的交替），各句又以細音開頭，以細音收尾。

　　下面再從聲母的角度分析。在西方詩歌的韻律中，往往有以同類聲母在一句中連續出現，而造成音韻上美感的，這種情況稱爲押「頭韻」（alliteration）。中國詩歌雖然沒有刻意講求這種規律，但有時爲加強韻律效果，會自然的表現出來。❾

　　一、k —k —g' —t'　　（三舌根：一舌尖）

　　　　r —r —r —p　　（三舌尖）

　　　　t' —k —d' —dz'　（三舌尖：一舌根）

　　　　ŋ —t —n —g　　（二舌根：二舌尖）

　　這章是以舌尖音和舌根音搭配交錯造成韻律感的。❿

　　二、ts' —s —ts —d'（全爲舌尖音）

　　　　b' —d' —r —s

　　　　p —ŋ —r —k

　　　　ʔ —s —g —t'

----

❾　我國詩歌中常有「雙聲詞」出現，而「頭韻」不僅僅以「詞」的型式出現，它常散布在詩句中的幾個語言單位中（詞素、詞、詞組），有時在不同的幾個句中產生連繫對應。

❿　聲母的音值參考竺家寧《聲韻學》第16、17講。

這是以舌尖音爲基調的樂音，16個音節中，舌尖音占了十個。

三、g—k　—g—sk'（全爲舌根音）⑪

　　g—sm—g'—m⑫

　　g—r　—g'—t

　　g—l　—t—g

本章轉爲以舌根音爲基調。16個音節中，舌根音占十個。各句又都以舌根音起頭。

四、s—s—k'—k'

　　r—ts—d'—sd（全爲舌尖音）⑬

　　t—ts—t—sd（全爲舌尖音）

　　r—ts—k—l

本章又回到以舌尖音爲基調的形勢，16個音節中，舌尖音占了十三個。

---

⑪　「處」字屬中古昌母，上古昌母有 t'、sk' 兩種來源，凡與舌根字諧聲的昌母，是由 sk' 顎化形成。「處」字的聲系有「虍 x－」、「虛 x－，k'－」、「膚 ŋ－」等，都是舌根音。

⑫　「喪」字屬中古心母，從「亡 m－」得聲。

⑬　「說」字屬中古書母，凡書母字上古爲 sd－。「說」的聲系有「兌 d'－」「脫 t'－」等字。

五、g—ts—k'—g

　　　p—ŋ—g—g

　　　g—ts—s—g

　　　p—ŋ—s—g

　　本章再轉爲以舌根音爲基調，16個音節中，舌根音占了十個，本章各句都以舌根音收尾。從首章至本章，聲母的安排與轉換是相當有規律的。我們可以看出舌尖音、舌根音爲基調的情況是間隔出現的，這不是會偶然的巧合，應該是韻律表現的方式之一。

　　下面再從聲調方面分析。聲調是中國文學作品中很重要的韻律因素。它是一種音高的變化，本身即最富於音樂性。

一、入—上—平—平

　　　上—入—平—平

　　　上—入—平—平

　　　上—入—平—平

　　各句都以「上入平平」的模式反覆出現，只第一句稍作變化，上入位置互調。

二、平—平—上—平

　　　平—平—上—平

　　　平—上—上—平

　　　平—平—上—平

第1、2、4句都是「平平上平」式，只第三句稍變。各句都以平始，以平收。

    三、平—平—平—上
     平—平—平—上
     平—上—平—平
     平—平—平—上

此章仍然是1、2、4句同式，都是「平平平上」，第三句稍變。這種變化與音樂的奏鳴曲形式相似。

    四、上—平—入—入
     上—上—平—入
     入—上—平—上
     上—上—平—上

首二句以「上平入」的順序作延伸變化（延伸為四音節）。第3、4句的首句都承接前一句的末字，然後作「上、平」的間隔變換。

    五、平—平—入—平
     平—上—入—平
     平—平—平—平

平—上—平—平

這是以平聲爲基調的樂章，16個音節中，平聲占了十二個。各句都以平聲始，以平聲收。

參、〈小雅·蓼莪〉的音韻分析

蓼蓼者莪，匪莪伊蒿。哀哀父母，生我劬勞。
蓼蓼者莪，匪莪伊蔚。哀哀父母，生我勞瘁。

這兩章運用重沓反覆的方式造成韻律感，在第二章中僅改動了兩個詞：「蔚」和「勞瘁」。其他完全重覆首章的句子。作者利用四個音節爲一停頓的節奏單位，四次停頓組成一個樂章，這是「4×4」的音節模式，然後讓它反覆重現，造成朗誦上或歌唱上的強烈韻律感。

《詩經》韻律迴旋反覆的方式有兩種，一種是顯的，一種是隱的。顯的是指字句的反覆重現，隱的是字句不同，但各字的發音密切聯繫相關，也構成某種韻律模式。後者必需藉上古音知識才能揭示出來。上面兩章是屬於顯的重沓。

第一章的「劬勞」和第二章的「勞瘁」是同義詞，詞素「勞」在兩個詞中位置不同，是爲了押韻的緣故。首章「勞」字置於後，是爲了和「蒿」相押，二字皆上古宵部韻；次章「勞」字移前，是爲了用「瘁」字和「蔚」字押，它們都是上古微部韻。韻例是第

二、四句相押。

　　「蓼」是幽部字，主要元音爲圓唇〔o〕⓮，接著的「——者莪」二字分別屬魚部與歌部，主要元音都是〔a〕，開口度很大。因此，「蓼蓼者莪」的音響型態就成了〔o—o—a—a〕，圓唇與展唇的交替變化，開口度有中度與最大的轉換。這是主要元音的變化。到了「哀哀父母」則改以聲母的錯綜變化造成韻律效果。「哀」是念爲喉塞音的影母字，「父母」是兩個雙唇音的字。因此，這一句實際上運用了〔喉——喉——唇——唇〕的方式造成強烈的音樂性，以最深最後的音和最淺最前的音造成對比。

　　第三章原文是：

　　　　缾之罄矣，維罍之恥。鮮民之生，不如死之久矣！
　　　　無父何怙？無母何恃？出則銜恤，入則靡至。

　　前四句是「4—4—4—6」的節奏型式，末句開展爲六個音節，藉以表現哀惜詠嘆的氣氛。而每句中重覆使用「之」字，也造成了明顯的節奏感。此外，在前二章中很少出現的陽聲字（帶鼻音收尾的音節），在此不斷出現，如「缾-ŋ」、「罄-ŋ」、「鮮-n」、「民-n」、「生-ŋ」，運用鼻音共鳴的效果，陪襯哀惜詠嘆的感情。押韻方面，「罄、生」屬耕部字，「恥、久」屬之部字，形成1、3句和2、4句的交叉押韻。事實上，「之恥」、「之久矣」全是之部字，有相同的韻母類型，這樣的安排，也強化了韻律

──────────

⓮　擬音依董同龢《漢語音韻學》。

感。

後半的「無父何怙？無母何恃？」以連接兩個問句的方式組成，句法相似，都是「無——何——」的結構。而前句的聲母〔m－b'—g—g〕和後句的〔m—m—g—d〕全用濁音，聲帶顫動所造成的低沈音響強化了哀怨的氣氛。同時，前句〔唇—唇—喉—喉〕的對比性，也產生了顯著的韻律效果。韻母方面，「無父何怙」全是魚、歌部字，主元音都是〔a〕，韻律性益發突出。「無母何恃」的主元音則改以〔a—ə—a—ə〕間隔交錯，形成「強、弱、強、弱」的變化❺。押韻方面，「恃」和前面的之部字相押。

末二句「出則銜恤，入則靡至」，音節突然轉為急切短促，不但改押入聲韻「恤、至」❻，且全部八個字裡，竟有六個是入聲：「出、則、恤、入、則、至」，在句法上形成「短、短、長、短」的音節型式。入聲的急促特性充分反映了作者心情的激動。

第四章原文是：

> 父兮生我，母兮鞠我，拊我，畜我，長我，育我，
>
> 顧我，復我，出入腹我。欲報之德，昊天罔極！

若以節奏看，此章分為三部分：

1.頭兩句是「——兮——我」的四音節句。

---

❺ 〔ɑ〕的張口宏大，是強勢音，〔ə〕央元音在現代漢語裡常出現於輕聲音節中，在英語裡，只出現在非重音的音節，因此它具有弱勢音的特性。

❻ 「至」字上古為入聲。

2.其次是一連串的二音節句，直到「出入腹我」再展開爲四音
節，以舒其氣。

3.末二句則以入聲爲基調，不但押入聲「德、極」，且「欲
報」也是入聲，造成了末尾八字中，有一半是短促的音節，
這樣的安排，一方面在表現內心情感的激動，一方面也和前
面的一連串「我」字構成對比。因爲「我」字的發音屬上古
歌部，主元音爲〔a〕，是高昂可以拖長的音節。

這一章最突出的，是一連九個「我」字，一連串帶「我」字的
四字句、二字句交錯配合，形成強烈的韻律感。特別值得注意的，
是九個「我」字之前，除了「生我、長我、顧我」外，其餘六個全
接入聲字，這樣就一連串六次形成「短、長」的節奏，也強化了韻
律感。第五、六章的原文是：

　　　南山烈烈，飄風發發。民莫不穀，我獨何害！
　　　南山律律，飄風弗弗。民莫不穀，我獨不卒！

這章的句法構成嚴整的對稱美。兩章比較起來，只更動了少數
幾個字，更換的字完全顧及了音韻上的和諧。如「烈烈」和「律
律」一樣是發 l 聲母的入聲字。「發發」和「弗弗」一樣是發 p 聲
母的入聲字。兩句收尾的「害」和「卒」則是同韻部的入聲字。

疊字詞的運用，和大量入聲的出現，是這兩章的特色。這也是
爲表現韻律感而設的。兩章共32字，入聲就占了19個，超過了半
數。而入聲的分布又是和長音節的非入聲交錯出現，形成了「長、
短」交雜的節奏：

　　長長短短，長長短短。長短短短，長短長短！

　　長長短短，長長短短。長短短短，長短短短！

　　看起來多麼像唐詩的平仄，然而平仄規律是人爲的，是固定的，《詩經》的這種節奏卻是自然的，本乎天籟的。

　　這兩章的開頭兩個音節都是響亮的陽聲韻，然後接著兩個〔l-t〕型式的音節，除了「長、短」的對比外，也是「陽、入」的對比。長短是時間性的對比，陽入是共鳴方式的對比。此外，舌尖音反覆出現：「南 n-，山-n，烈/律 l-t」，和下句唇音的反覆出現又形成對比：「飄 P'-，風 P-，發/弗 P-」。連續出現的雙唇音還有模擬風聲的作用。

　　「民莫不穀」句雖不入韻，本身仍具有韻律感。除了各字有長短交錯的變化外，在聲母上又運用了〔m—m—p—k〕的交錯形式，亦即「唇、唇、唇、牙」的音韻效果。「我獨何害」除了長短律外，由於「我、何」二字皆歌部，念〔a〕元音，因而使得元音的開口度形成「大—小—大—小」的交錯。第六章以「長短短短」收尾，與第五章的「長短長短」不對稱，是在整齊中求變化之意。

　　全詩的音韻由首二章的以陰聲韻爲基調，轉而成爲第五、六章的以入聲爲基調，顯示了全詩的情感，由和緩的傷感，轉而爲激烈的悲痛。文學作品的形式往往是和內容密切配合著的，因此我們從事作品的賞析也不能忽略語言風格和內容情境的關聯性。

肆、結　論

　　語言風格學是一門新興的學科，雖然在處理中國文學方面尚在萌芽階段，但由於這個領域過去一向是空白的，因此，它具有極大的開發空間。上古擬音各家不同，因此會帶來不同的分析結果，但這點並不重要，本文主要用意在提出一套新方法、新途徑，看看是否能透過這樣的分析，來處理《詩經》的韻律問題。隨著近年來語言學研究風氣的開展，運用語言學的觀念和方法分析文學作品，逐漸成爲學術界注意的焦點。將來有更多的人投入這方面的研究，是可以預期的。本文僅就語言的一個層次——音韻著手，選擇了《詩經》中風、雅作品各一首試作分析，希望透過這樣的剖析，能爲揭開《詩經》語言美的奧秘提出一點貢獻。我們若用現代音來念這兩作品，無論是用國語或方言，當然多少也能感到一些音韻效果，但是更重要的，是我們要具體的説出來「是什麼效果」。而不是「很美」就完了。我們要知道，別人説「美」的東西在語言學上，它到底是什麼？兩篇作品，本文運用了不完全相同的分析方法，主要是作多途徑的嘗試，至於能否達到目標，或其中尚有一些可議之處，就只有留待讀者諸君不吝賜教了。

聲母對韻母和聲調的影響

李如龍

音節是語言的自然單位。漢語的音節是聲母、韻母和聲調三者構成的，共處在一個整體之中，聲韻調是相互依存、相互制約的，是對立的統一。

從共時的關係説，聲韻調之間是互制的，因而同一個音位可以有幾個不同的變體。例如許多南方方言的見系聲母雖未顎化，但逢開合呼韻母讀 K Kh h，逢齊撮呼韻母讀 C Ch ç，這是韻頸的差異造成聲母的不同音位變體；又如客贛方言 u 韻逢 f，v 聲母變讀 v，這是聲母的條件造成韻母的音位變體。

從歷時的發展説，聲韻調之間是互動的，因而許多音類的演變都是聲韻調互爲條件的。繼《聲調對聲韻母的影響》一文之後，本文討論聲母對韻母和聲調的歷時演變的影響。

先説聲母對韻母演變的影響。

聲母對韻母變化的影響主要是由于發音部位的差異，作用的方式常見的有三種。

第一是異化。可例舉如下事實。

1. 中古音合口韻逢唇音聲母在今北方方言多變爲開口呼韻母。例如北京音：杯 * puoi→pei，廢 * pjuɐi→fei，飛 * pjuəi→fei，潘 * phuan→phan，本 * puən→pən，蜂 * phjuŋ→fəŋ。u、ju 的介音發音時把雙唇攏圓，與雙唇音相近，脫落了介音是爲異化。中古音許多唇音字的反切上字開合口字混用，反映了當時的唇音聲母開合口字已有相混的**趨勢**。這是因聲母而引起韻頭的異化。

2. 中古音咸攝合口三等凡韻僅與唇音聲母相拼，其韻尾原收雙唇音 -m、-p，發音時雙唇兩度閉合，造成矛盾。現代漢語方言除閩、客部份方言外，韻尾大多已經不讀雙唇音，例如凡、法，北京、長沙：fan、fa，南昌、廣州：fan、fat，廈門：huan、huat，福州：huaŋ、huaʔ。這是因聲母而造成韻尾異化的例子。

第二是同化。可以舉出如下事實。

1. 中古二等韻逢牙喉音聲母在今北方方言大多讀爲細音。例如北京：家 tɕia 、街 tɕie、交 tɕiau、嚴 ian、腔 tɕhiaŋ、幸 ɕiŋ。古二等韻是什麼韻頭，目前尚有爭議，見系二等字中古之後經歷過顎化階段，讀爲 C Ch Ç j，有如膠東方言和閩西龍嚴話那樣（家 Cia），卻是可肯定的，二等韻長出 -i- 介音，是見系聲母顎化的結果這是毋庸置疑的。

2. 中古三等韻逢知章系聲母在今北方方言和吳湘贛客等方言大多讀爲洪音，例如：

	車	超	深	城	事	縮
北京	tʂhr	tʂhau	ʂən	tʂhəŋ	ʂʅ	ʂuo
蘇州	tsho	tshæ	sən	zən	sʅ	səu
長沙	tshr	tshau	sən	tsən	sʅ	səu
南昌	tsha	tshɛu	sən	tshən	sʅ	sɔk
梅縣	tsha	tshau	tshəm	səŋ	sʅ	suk

三等韻中古音都有 –i– 介音，這些方言今讀逢其他聲組也大
多為細音逢知章系聲母所以讀洪音，顯然是受 tʃ、tʂ、ts 之類
聲母的影響而使 –i– 介音脫落。以上兩條不論是長出 –i– 或
丟了 –i–，都是聲母同化韻頭的結果。

3.客贛方言遇攝字逢精莊組聲母今讀有些不是合口韻 u，而是
　和 ts tsh s 相配的開口呼舌尖元音 ʅ，例如祖、粗、蘇、素、
　數等，在梅縣、揭西、新餘、修水、餘干等地均讀為 tsʅ
　tshʅ sʅ，這是聲母影響韻腹，使之同化的典型例證。

4.果攝開口一等歌韻在北方方言大多是逢舌齒音讀 uo，逢牙
　喉音讀 ɣ，如北京：多 tuo、拖 thuo、羅 luo、哥 kɣ、可
　kɣ、何 xɣ。歌韻中古之後必有過 o 的讀法，正如湘贛客閩
　粵諸南方方言的今讀。逢舌齒音讀 uo，音近於 o，可能是受
　合口戈韻字感染的結果，逢牙喉音讀 ɣ，其舌位與 k kh h 相
　近，應是受聲母的同化。這也是聲母同化韻腹的例子。

5.遇攝和通攝入聲的部份字逢明母，在現代方言中多讀為

mu，少數方言中讀爲陽聲韻，例如武漢："暮墓木目"均音 moŋ，廈門：墓 bɔŋ。這些字的鼻韻尾顯然是聲母 m 同化的結果，這是聲母影響韻尾的例證。

第三是替代，也可稱爲脫落。

這類現象比較少見，僅見於明母字，其實也是一種同化現象，最徹底的同化，即保留 m 聲母而脫落韻母。例如上述"木、目"，蘇北贛榆話讀 m，福建詔安客話（秀篆）讀 hm；在閩南話還有一批白讀音屬於此類同化。例如廈門：媒、茅　ₑhm、默 hmʔ　⁻⁻：不語貌，母親：親家母　ᶜm，莓草　ₑm。否定詞"不"在閩、客、粵等方言都說成 m 或 ŋ，通常寫爲"唔"，其本應是"毋"（古明母字），m 是它的保留聲母，脫落韻母的變讀。遇攝字逢疑母的一些字如"吳誤五午"等在溫州、梅縣、廣州讀爲 ŋ（梅縣還有"女"亦音 ŋ）也是由於聲母的影響使韻母脫落的例字。

再說聲母對聲調的影響。

聲母對聲調的影響主要表現爲發音方法制約著聲調的分化和整化。發音方法的動因主要是聲母的清濁和送氣不送氣的差異，分化是使原有的調類一分爲二，整化則是使原有的調類合二爲一。以下分別舉例說明。

第一，先說因聲母發音方法的差異造成的聲調的分化。

這方面可列舉如下事實：

1. 古四聲因聲母的清濁對立而各分陰陽。如所周知，中古音有平上去入四個聲調，由於聲母的分清濁，現代方言大多把古四聲各分陰陽兩調，清聲母字在陰調，濁聲母字在陽調類。就調值說，今保留濁聲母的方言總是陰調類的調值比陽調類

高，幾乎沒有例外：（下表無陰陽對立者調值標陰類處）

	陰平	陽平	陰上	陽上	陰去	陽去	陰入	陽入
蘇州	44	24	52		412	31	4	23
紹興	41	13	55	24	44	31	5	32
溫州	44	31	45	34	42	22	323	212
長沙	33	13	41		55	21	24	
雙峰	55	23	21		35	33		
石	51	31	21	45	33		213	32

　　發濁音聲帶顫動，從喉頭流出的氣流減弱，音節的頻率也隨之降低，這就使濁音聲母所在的陽調類的調值降低。可見，聲母的清濁對立不但影響了調類的分化，而且影響著調值的高低，也可以說是由於濁音聲母使調值變低而造成調類的分化。

　　濁聲母清化了的方言因爲都經歷過清濁分調的時期，古四聲也都各分陰陽，就多數方言說，也還殘留著陰調類的調值比陽調類高的情形。例如：

	陰平	陽平	陰上	陽上	陰去	陽去	陰入	陽入
南昌	42	24	213		45	21	5	21
餘干	22	14	213		45	24	21－5	21－1
梅縣	44	11	31		52		1	5
武平	45	22	31		452		2	5

廣州	55/53	21	35	23	33	22	5/33	22/2
博白	44		23	33	45	32	31	54/1	4/32
泉州	33		24	55	22	31	31	5	23

（變調55）（變調22）

可見，不論濁聲母是否清化，中古以來清濁分調是普遍發生的，是古今聲調演變的基本事實。誠然，現代方言中維持平上去入各分陰陽的格局的還是少數，有進一步分化爲九類、十類的，也有重新整合爲七類、六類乃至三類兩類的，那是其他原因造成的，不在本文討論之列。

　2.次濁聲母字在清濁分調中的特殊表現。次濁聲母都是帶聲的流音，從帶聲說，它是濁音；從流音說，其音又沒有濁的塞音、塞擦音強，因而在陰陽調類的分化中，次濁聲母字常有陰陽兩歸的情形。

客贛方言這種情形出現在入聲字。例如梅縣話：肉 ȵiuk，一玉 ȵiuk₂ ，六 liuk₃—綠 liuk₂，膜 mɔk₃—莫 mɔk₂ ，襪 mat₃，一末 mat ，粒 lɛp₃—獵 liap₂ ；都昌土塘話：膜 mok₃， 一莫 mɔk₂ ，浴 iuk₃—育 iuk₂ ，肋 lek₃—勒 lek ，逆 nit₃—日 nit₂ ，月 niet₃—熱 niet₂ 。

閩方言這種情形在入聲有所表現（爲廈門話：抹 buaʔ₃—末 buaʔ₂ ，聶 liap₃—獵 liap₂ ），更多地見於上聲和去聲。

例如福州話：妹 muoiˀ —未 muoiˀ ，面 meiŋˀ —麵 mienˀ ，利～息 leiˀ —利～鋒 leiˀ ，潤轉～：反潮 nɔuŋˀ —閏月 nɔuŋˀ ，鹽以瞻切，以鹽醃也 siɛŋˀ —焰 iɛŋˀ ，上聲字則

次濁文讀爲上聲（不分陰陽），白讀爲陽去：五 ᶜŋu—ŋou²

，老 Cl₃—lau²　，雨 ᶜy—huɔ²，有 ᶜiu—ou²，耳

ᶜmi 朩—ŋei²

3. 聲母的送氣不送氣之別也會引起聲調的分化。這種情況多見
   於贛方言。我在《兩種少見的聲調演變模式》一文中提到
   過，福建建陽縣黃坑話的平聲字和上聲字各按聲母的送氣不
   送氣分讀兩種聲調，就屬於此類情形。這一現象看來發源於
   贛方言。在贛西北有少同類表現，最常見的是去聲字逢古全
   清和次清聲母今讀爲異調，在修水和都昌，伴隨著聲母的清
   濁之別，古全清爲不送氣清聲母，古次清爲送氣濁聲母；在
   安義只有送氣不送氣之別（古全清不送氣，次清送氣）。例
   如：

	修水	都昌	安義
拜／派	pai⁵ᵃ/bhai⁵ᵇ	pai ⁵/bai ⁶	pai ⁵/phai ³
半／判	p ɔn⁵ᵃ/bh ɔn⁵ᵇ	p ɔn ⁵/b ɔn ⁶	p ɔn ⁵/ph ɔn ³
到／套	tau⁵ᵃ/dhau⁵ᵇ	tau ⁵/lau ⁶	tau ⁵/thau ³
凍／痛	tɤŋ⁵ᵃ/dhɤŋ⁵ᵇ	tuŋ ⁵/luŋ ⁶	tŋ ⁵/thŋ ³
做／醋	tsʅ⁵ᵃ/dzhʅ⁵ᵇ	tsu ⁵/dzu ⁶	tsɤ ⁵/tshɤ ³
帳／唱	t ɔŋ⁵ᵃ/dh ɔŋ⁵ᵇ	tʂ ɔŋ ⁵/dʐ ɔŋ ⁶	t ɔŋ ⁵/th ɔŋ ³
怪／快	krai⁵ᵃ/grhai⁵ᵇ	kuai ⁵/uai ⁶	kuai ⁵/khuai ³
幹／看	k ɔn⁵ᵃ/h ɔn⁵ᵇ	kon ⁵/gon ⁶	k ɔn ⁵/kh ɔn ³

在都昌，來自古清聲母的陰入調據送氣與否分讀兩調。例如：節

tsiɛl⁷ᵃ—切 dziɛl⁷ᵇ，筆 pil⁷ᵃ—匹 bil⁷ᵇ，菊 tɕiuk⁷ᵃ—曲 iuk⁷ᵇ，滴 tik⁷ᵃ—踢 lik⁷ᵇ，骨 kuəl⁷ᵃ—屈 il⁷ᵇ。

　　關於送氣分調問題，何大安曾搜集了廣泛的材料，發現在吳、粵、湘、平話和苗、侗諸語言都有類似的反映，並對其成因作了發音學上的分析，認爲這是送氣聲母所引起的喉頭下降所造成的連帶現象，頗有見地。

　　第二，再看聲母發音方法的差異怎樣引起聲調的整化。這方面也可以列舉一些事實。

　　1.上海市區方言把與濁音聲母相拼的平上去各調的字讀爲同調，換言之，舒聲各調因濁聲母整合成爲同樣的聲調。例如：

　　z̩ ⼃ ：瓷池時市柿是自寺事
　　du ⼃ ：圖途駝杜舵肚度渡大
　　hy ⼃ ：魚餘愚愈雨與遇芋譽
　　min ⼃ ：民敏命　　　bɸ ⼃ ：盤伴拌
　　guE ⼃ ：葵跪柜　　　dziɔ ⼃ ：橋撟轎
　　liɔ ⼃ ：遼了料　　　nu ⼃ ：奴努怒
　　ŋu ⼃ ：鵝我誤　　　vu ⼃ ：符父附

　　對比紹興、湖州、溫州的八調、蘇州、寧波、溫嶺的七調，可以說現代上海話是後來把陽平、陽上和陽去混同起來的，混同的原因顯然是濁聲母的作用。

　　2.閩南客家話（平和縣九峰鎮上坪話）和海南島三亞市的邁話

都有把舒聲仄調字整合起來，按照古音清濁分爲兩調的現象，這種"不分上去，但分陰陽"的調名，可稱爲"陰仄、陽仄"，或稱陰上去，陽上去。邁話已有專門報告，茲舉上坪話數例以見一斑：

tʃa√ 者蔗 —	ʃaˈ 社射	thoˈ√ 討套 —	thoˈ 道導
tʃi√ 止制 —	sˈ 士事	ky√ 舉鋸 —	khyˈ 巨具
ku√ 古故 —	xuˈ 戶互	kiu√ 九救 —	ʃiuˈ 受壽
pin√ 稟併 —	tshinˈ 靜盡	tʃhɔnˈ√ 廠唱—	xɔʁˈ 項巷

聲母的類別及其演變影響著韻母和聲調的變化，這首先是發音原理所使然。聲韻調在音節之中是相互矛盾對抗的，韻母和聲調適應聲母的特點和演變而發生了變化，經過一番調和而達成了新的統一，這是語音歷時演變的普遍規律之一。不論是聲母的不同發音部位引起韻母的同化和異化，或是聲母的不同發音方法造成聲調的分化和整化，都可以在發音原理上找到這種變化的依據。

然而，爲什麼有些現代方言會有這樣的變化，在另一些方言則沒有呢？南方諸方言見系二等字並不顎化，韻母裡也沒有長出－i－介音；天津話的陰平最低（11），陽平最高（55）。可見，不同的方言的語音演變不可能是同樣的模式，它受著另一種規律——個別方言的語音結構規律的制約。共時的語音結構規律是個別方言的特殊規律，是方言語音演變的根據。北京話唇音聲母不拼帶－u－介音的韻母，所以幫系聲母逢合口韻，－u－韻頭發生異化，P－

聲母和－u－介音的矛盾只是異化的可能，經過語音結構規律的作用才成了必然。在閩方言，唇音聲母可與帶－u－介音的韻母相拼，這種異化的可能就不能變成必然。又如，北方方言ŋ只用作韻尾而不用作聲母，否定詞也不用"毋"而用"不"（古代的"勿"），因而並不發生韻母的脫落，把毋讀爲ŋ或m。贛方言的送氣分調往往伴隨著古次濁聲母變濁的現象，沒有這種現象、沒有濁聲母的方言就少有送氣分調的互動。可見，正是方言的共時結構規律決定著聲韻調之間互動變化的方向和方式。倒過來說，歷時的語音演變的普遍規律必須服從於共時的語音結構的特殊規律。不同的方言之間，凡是共時結構規律相近的，其歷史音變的途徑和結果勢必相去不遠；反之，共時結構規律相差大的方言，其歷時演變的狀況則往往有較大差異。因此，研究歷時的聲韻調的互動，必須同時考察聲韻調之間的共時的互制。

聲韻調各音類的歷時演變除了互動之外，還有"自動"的一面。例如：北方方言微母的 mŋ→V→W→ɸ，疑母的 ŋ→g→ɣ→ɸ，以母的 j→ɸ 和影母的 ʔ→ɸ 最終合流了，幾個聲類合併爲一個聲類。吳方言陽聲韻的變化，an→ɛn→ɛ̃→E 和陰聲韻的變化 ai→ɛ→E 最終也混同了，閩方言的次濁聲母的變化顯然經過 m、n、ŋ（福州）→b、d、g（廈門）→p、t、k（莆田）的過程。凡此種種，都是聲韻調各自的垂直的音類演變，而不是三者之間互動的結果。音類的垂直演變比起聲韻調之間的橫向互動應該是更加常見的音變方式。從古今音類的對應來看，"自動"的音變構成古今音的基本對應，是音變的常例；"互動"的音變則構成古今音的條件對應（聲韻調互爲條件），是音變的變例；若是只有個別字的互動，那便是古今音變中的例外了，也可稱爲特例。可見，只有研究聲韻調之間的互動，我們才能全面地認識古今語音的發展，才能分清音變的常例、變例和特例；也才能正確地理解和合理地解釋各種歷史音變的內部原因。

引用材料書目

《漢語方音字匯》（北京大學）　文字改革出版社　1989年

《漢語方言概要》（袁家驊等）　文字改革出版社　1983年

《上海市區方言誌》（許寶華等）　上海教育出版社　1988年

《閩語研究》（陳章太、李如龍）　語文出版社　1991年

《客贛方言調查報告》（李如龍等）　廈門大學出版社　1992年

《贛方言概要》（陳昌儀）　江西教育出版社　1991年

《送氣分調及相關問題》（何大安）　《史語集刊》60本4分，1989年

《聲調對聲韻母的影響》（李如龍）　《語言教學與研究》1991年1期

《兩種少見的聲調演變模式》（李如龍）　《語文研究》1992年2期

《海南島的邁話》（黃谷甘、李如龍）　《中國語文》1987年4期

《禮部韵略》的增補與
《古今韵會舉要》的失誤

寧繼福

　　《古今韵會舉要》（以下簡稱《韵會》）的一萬二千六百五十二個單字，主要來自《禮部韵略》（以下簡稱《禮韵》），再增之以"禮韵續降"、"禮韵補遺"、《增修互注禮部韵略》（以下簡稱《增韵》）和《壬子新刊部韵略》（即《平水韵》）。另外，《韵會》作者又自增一部分字，即所謂的"今增"字。

　　"禮韵續降"，包括孫諤、黄啓宗、黄積厚、吳杜等人對《禮韵》的增補字。"禮韵補遺"，主要指張貴謨《聲韵補遺》所增補的字，《韵會》稱之爲"張氏補遺"。本文所討論的《韵會》的失誤，僅限于標注"禮韵續降"和"張氏補遺"的疏漏。

　　本文所用主要書籍的版本：

　　《古今韵會舉要》淮南書局重刊本。又北京圖書館藏元刻本、明嘉靖十五年秦鉞、李舜臣刻十七年劉儲秀重修本、《四庫全書》本。

　　《附釋文互注禮部韵略》《四部叢刊續編》本、姚刻本、北京圖書館藏宋刻本。

　　《增修校正押韻釋疑》《四庫全書珍本初集》本。又清抄《紫雲增修校正禮部韻略釋疑》、宋嘉熙三年禾興郡齋刻《押韻釋疑》。

　　《增修互注禮部韻略》元至正十五年日新書堂刊本。又《四庫全書》本。

　　《草書禮部韻》北京中國書店1983第一版。

　　《韻略條式》《四部叢書刊續編》本。

一、《禮部韻略》的增補

　　《禮韻》頒行于宋景祐四年（公元1037年），收單字九千五百九十。后來經一些學者的陳請，又陸續增補一些單字。

　　元祐五年（公元1090年），太學博士孫諤陳請增補“經傳正文內字，舉人所常用，而見行禮部韻有不收者”，計十字：

毉　添入七之韻虛其切

徠　添入十六咍韻郎才切

哨　添入四宵韻思邀切

皓　添入三十二晧韻下老切

委　添入五真韻於偽切

瓶　添入十二霽韻研計切

傚　添入三十六效韻胡孝切

朴　添入四覺韻匹角切

說　添入十七薛韻欲雪切

擴　添入十九鐸韻闊鑊切

宋高宗趙構手書《草書禮部韵》收載孫諤增補字。《附釋文互注禮部韵略》（以下簡稱《附釋文》）將其排入各小韵内，注文末尾加“新制添入”四字。

紹興十一年（公元1141年），福州進士黃啓宗上表，乞補二百四十七字。黃氏將其所補輯成《補禮部韵略》一書。已佚。本文錄自《增修校正押韵釋疑》（以下簡稱《紫雲韵》）。該書卷首統計黃補字二百四十五，書内實出二百四十七，其中有九十五字爲通假或異體字，其正體，見于《禮韵》。現將黃啓宗增補字逐韵開列如下（限于篇幅，不列音切、義訓、正體字用括號注出）：

一東　　夢、逢、潨
三鍾　　從（縱）、蜂（蠭）
五支　　隋（隨）、竾（篪）、龡（吹）
六脂　　蓰、累（絫）、桋、怟
七之　　鮞、訑、棋（棊）
九魚　　邪
十虞　　旉（敷）
十一模　　摹（模）、捈、粗（麤）
十二齊　　齊（躋）、折
十五灰　　虺、敦、桮、每（莓）
十六咍　　晐（垓）、菑（災）
十七眞　　信（神）、碈（珉）、塡
十八諄　　肫（諄）、麕（麇）
二十三魂　㖧、糜（虋）、芚
二十六歡　弁、墁（槾）

二十七刪　關（彎）

二十八山　矜（鰥）

一先　　　瘨、咽（齝）、磌、蜎

二僊　　　𤋱（鮮）、巡、隕、惓（拳）

四宵　　　嘵、憔、招（詔）、驕（獢）、驕

五爻　　　磽（磽）

六豪　　　𤵸（嗷）、挑、尻

七歌　　　它（佗）

九麻　　　侉（誇）、華

十陽　　　瘍、將、鶬、鱨

十一唐　　　雱（滂）、彭、芒（忙）

十二庚　　　旁、傍

十三耕　　　嶟

十四清　　　攖

十五青　　　令

十六蒸　　　疑（凝）

十七登　　　棱（棱）

十八尤　　　妯、綢、游（㳺）、調、蹂、叟、蜉

十九侯　　　𣪠、髳

二十幽　　　捄（觓）

二十一侵　　　僭

二十四鹽　　　奄

二十七咸　　　傔

二十八銜　　　漸

一董　　䩞（琫）、唪

二腫　　共（拱）

四紙　　㡳（砥）、猗

八語　　且

九麌　　嘆（麌）、訏、棋、妻、㧞

十姥　　許

十一薺　　瀰

十三駭　　騃

十四賄　　洒

十五海　　豈（愷）

十六軫　　紾、䚈（啟）

十八吻　　刎、賁、扮

二十一混　　卷（衮）、純、敦

二十三旱　　單

二十五潸　　反、骹

二十七銑　　塡

二十八獮　　囅、連、搏

二十九篠　　僚

三十小　　敫、莩（莩）

三十二皓　　皜（䍃）、皓、璪、槀（槀）

三十六養　　卬（仰）

四十四有　　輶

四十五厚　　婁（塿）

四十八感　　闇

四十九敢　喊

五十一忝　驔

一送　　　中（仲）

五寘　　　翅、柴、辟（避）、鞁

六至　　　耆（嗜）、憒（憒）、隊（墜）、簣、歸（饋）

七志　　　茵（榴）、置

十遇　　　傅、取（娶）、屬

十一暮　　䂩

十二霽　　題、離（儷）

十三祭　　晢（晣）、柄、渿

十四泰　　脫（娧）、兌、柭、膾（鱠）

十八隊　　懬（憝）、鐓（錞）、轛、萃

二十一震　甄

二十二稕　駿

二十六恩　頓（鈍）

二十八翰　嘇

二十九換　胖、算（筭）

三十諫　　貫（慣）

三十二霰　薦、泃、駽

三十五笑　樂（療）、約

三十六效　佼、削、笓（窖）

三十七號　趬（躁）、陶

四十禡　　伯（霸）、假、賈（價）、御（迓）、攫、吳

四十一漾　兄

四十四證　甸

五十二沁　酖（鴆）

五十四闞　三

五十九鑑　鑒（鑑）

一屋　　　摝、楅、繆、顀、遾、穆（稑）、奧（澳）

四覺　　　駁（駮）、

五質　　　忱、尼

八勿　　　緋、芾（韍）、掘、貍、菀

十月　　　歷、闕、揭

十一沒　　誖（悖）

十二曷　　害（曷）

十三末　　佸、跋、說（脫）

十四黠　　靬（秸）、恝

十五轄　　犨（轄）

十六屑　　漆

十七薛　　暬（媟）、綫（紲）、洩（泄）

十八藥　　妁、勺（杓）

十九鐸　　薄、髆、拍

二十陌　　百、莫、額（額）、柞、嗃、格

二十二昔　　蓆、澤、辟（僻）

二十三錫　　幦（冪）、逷（逖）、躍

二十四職　　仄（昃）、牆

二十五德　　冒

二十六緝　　揖、苙、濕、蟄

二十七合　内（納）

三十二洽　跲（陜）

三十四乏　㲩（法）

《草書禮部韻》不收黃啓宗增補字。《附釋文》收，附于每韻末尾，注文后亦加"新制添入"四字。

　　紹興十三年（公元1143年）左朝散大夫黃積厚乞將連綿兩字收入。他統計《禮韻》共有連綿字三百二連，上下兩字皆收入者一百一十七連，只收一字者一百八十五連。國子監看詳，只准收二字：

倥　倥侗之倥。添入東韻空字下

螗　螳蜋之螳，通作蟷。附入唐韻蟷字下

《草書禮部韻》不收黃積厚增補字。《附釋文》將"倥"字排入苦紅切小韻，作爲最後一字，注文后亦加"新制添入"四字。"螗"字附入徒郎切小韻"蟷"字注内，寫作："蟷……亦作螗，新制添入"。

　　淳熙二年（公元1175），迪功郎平江府吳縣主簿張貴謨上《聲韻補遺》一卷，尋下國子監看詳。國子監申："今看詳張貴謨《聲韻補遺》一卷，皆經傳所常用字，《韻略》不載，又系黃啓宗所補末備之字，有補后學。緣本監見行《韻略》校對開雕，難以遽添，今欲依黃啓宗所類字於《禮部韻》后別項刊具，使士人通知。"《聲韻補遺》已佚。今從《紫雲韻》輯錄，共得一百三十七字（《紫雲韻》卷首統計爲一百三十四字），其中有通假字及异體字五十五。現逐韻開列如下（同黃啓宗例）：

十虞　　于（吁）、虞（娛）

十一模　盧（㿖）

十二齊　猴、鎨、兒（觬）

十五灰　債、䲭

十六咍　財（裁）

十八諄　言（誾）、楉

二十文　錛（鐼）、弅

二十一欣　釿（斤）

二十二元　諼（萱）

二十三魂　尊（樽）

二十五寒　邗

二十六歡　驩（歡）、　鶾（驚）

二十七刪　鵬

二十八山　囏（艱）

一先　旬

二僊　飦（飳）、儇（惢）、鱄

四宵　嘌、揄（褕）、喓

六豪　豪（毫）、警

七歌　鮀

八戈　攡

十陽　煬

十一唐　喪、彭

十三耕　鏗

十四濟　郕、青（菁）

十五青　洴、苹

十八尤　淴、聚、茉

十九侯　　摳、摟

二十三談　澹

二十四鹽　怗（沾）、佔

一董　　　縱、空

二腫　　　龍（壟）

七尾　　　俀

八語　　　圉（敔）、距（拒）

九麌　　　疴、槆、務（侮）

十一薺　　捝

十四賄　　壞（痤）、壘

十七準　　淳

二十阮　　煖、建（鍵）

二十一混　縛、豚

二十三旱　僤

二十四緩　篡（匭）

二十八獮　單

二十九篠　趙

三十小　　昭

三十四果　果（蠃）

三十五馬　參、夏（榎）

三十六養　向

五寘　　　捶

六至　　　術（遂）、蕧

九御　　　鑢、居（倨）、蜡

十遇　　　跗、婁（屢）

十五卦　　解（懈）

十六怪　　齘

十八隊　　譡（憨）、倍

十九代　　載

二十一震　　厪（僅）、珍（鎮）

二十三問　　免、賁、韗

二十八翰　　釬

二十九換　　捥（腕）、腶

三十諫　　圂（羹）

三十一襉　　瞯（覵）、盻（盼）

三十二霰　　田（佃）、辯（徧）

三十三線　　展（襢）、縓

三十四嘯　　澆、溺

三十五笑　　橋

三十六效　　敎、鐃（撓）

三十七號　　媢、旄（毫）、鑿

三十九過　　摧（莖）

四十禡　　伯、亞（婭）

四十一漾　　盲（望）、鄣（障）、涼

四十二宕　　康

四十九宥　　肉

五十二沁　　沈、衿、陰（蔭）、臨

五十五艶　　封（窆）

五質　　　佛、桌（栗）

十一沒　　舥、揩

十二曷　　蔡（粲）

十三末　　發、稅（脫）

十四黠　　揩（疊）

十五轄　　瞎

十六屑　　節、拮

十七薛　　渒（浙）、偈

十九鐸　　袼

《附釋文》不錄張貴謨補遺之字。

　　嘉定十六年（公元1223年），文林郎充嘉興府府學教授吳杜乞增六十七字。國子監看詳，只准添入三字；

會　古外切。添入泰韵

知　附入寘韵智字下

道　附入號韵導字下

《附釋文》泰韵末尾收"會"字，注文后加"新制添入"四字，寘韵"智"字注文后有"新制亦作知"，號韵"導"字注文后有"新制亦作道"。

二、關于"禮韵續降"

　　《韵會》據"禮韵續降"增加多少單字？卷首有統計，但與卷内注有"禮韵續降"的單字數不符。請看它們的數字：

	上平	下平	上聲	去聲	入聲	合計
卷首統計	24	30	33	40	36	163
卷内標注	23	31	34	37	27	152

卷内單字下所標注的"禮韵續降"多有疏漏。現列舉如下：

1.卷三魚部子魚切第三字

且　《説文》"薦也……"。又此也，語辭也……○禮韵續降。此乃《禮韵》原有之字。《草書禮部韵》收。《附釋文》官注（即《禮韵》原有之注文，非"附釋文"編者所加之釋文）："語辭，又七野切，見馬字韵。"《增韵》收而無"增入""重增"之注（《增韵》對非《禮韵》原有之字，即毛氏父子增加字，均標注"增入"或"重增"）。《韵會》在"且"字下標注"禮韵續降"，誤。

2.卷三魚部羊諸切第十六字

雛　大鷄之子。《爾雅》"大者蜀，蜀子雛"○禮韵續降。此乃《禮韵》原有之字。《草書禮部韵》收。《附釋文》有官注"大鷄之子"而無"新制添入"。《增韵》收而無"增入""重增"。《韵會》注"禮韵續降"，誤。

3.卷四灰部謀杯切第六字

醅　酒本曰醅……○禮韵續降。

《禮韵》原收"醅"字。《草書禮部韵》載，《附釋文》官注："酒本"。《增韵》收而無"增入""重增"之注。《韵會》注"禮韵續降"，誤。

4.卷四眞部松倫切第六字

巡　《説文》"視行貌"。又逡巡……○禮韵續降。

《草書禮部韵》載。《附釋文》收，注"釋云視行貌，亦逡巡"，無"新制添入"四字。《增韵》不注"增入""重增"。是《禮韵》本有"巡"字，《韵會》注"禮韵續降"，誤。

5.卷五寒部多寒切第一字

單　《説文》"大也"……一曰只也，獨也……○禮韵續降。

"單"爲常用字，《禮韵》不能不收。查《草書禮部韵》載，且作爲小韵首字。《增韵》收而無"增入"之注。《韵會》注"禮部續降"誤。黃啓宗於上聲旱韵增補"單"字，注云："厚也。《詩》'單厥心'。"姚刻本《附釋文》旱韵末尾有："單，都但切，與亶同，厚也，《詩》'于緝熙，單厥心'。當於亶字下亦作單。新制添入。"此或是《韵會》編者於平聲"單"字下誤注"禮部續降"的緣由？

6.卷五寒部徒官切第四字

　　摶　《說文》"以手圜之也"……○禮部續降。
《草書禮部韵》歡韵收"摶"字，《增韵》收而不加"增入""重
增"。此本是《禮韵》固有之字。《韵會》注"禮韵續降"誤。黃
啓宗于獮韵補"摶"字，《韵會》注"今增"，反于平聲注"禮韵
續降"，謬甚！參見下文第30條。

7.卷五寒部蒲官切第十六字

　　胖　大也。《禮記》"心廣體胖"。又翰韵○禮韵續降。
《韵會》于此"胖"字下注"禮韵續降"，誤甚。此乃《禮韵》原
有之字，《韵會》的注文與《附釋文》所引官注悉同。黃啓宗于去
聲換韵增補一"胖"字，《紫雲韵》："胖，黃補，牲之半體。
《禮、掌共》'脩刑膴胖'。又歡韵。"《附釋文》作"新制添
入"字附換韵末尾，注文同《紫雲韵》（案，《紫雲韵》及《附釋
文》注文均有誤。《周禮》或《禮記》無《掌共》之篇名。此胖字
出自《周禮、內饔》，全句是：凡掌共羞脩刑膴胖骨鱐）。《韵
會》于去聲翰部普半切據黃補增"胖"字，且注出"禮韵續降"，
很是。平聲蒲官切亦注則非。

8.卷十一紙部所綺第七字

　　蓰　物數也，五倍曰蓰。《孟子》"或相倍蓰"……○禮韵續
　　　　降。

《禮韵》紙韵本有此字。《草書禮部韵》載，《增韵》收而無"增
入""重增"之注。《附釋文》注："物數。釋云，五倍曰蓰。
《孟子》'或相倍蓰'。"《韵會》注"禮韵續降"誤。黃啓宗于
平聲脂韵霜夷切小韵補一"蓰"字。《附釋文》脂韵末有："蓰，
音師，物數也。《孟子》'或相倍蓰'。又見紙字韵。新制添
入。"《韵會》在平聲支部霜夷切第七字增"蓰"字，且注"禮韵
續降"，很是。而于此上聲重注則非。

9.卷十二麌部上主切第一字

　　　竪　《説文》"豎立也"……○禮韵續降。

此乃《禮韵》原有之字，《草書禮部韵》將其作爲小韵首字，《增
韵》收而不注"增入""重增"。《韵會》注"禮部續降"，誤。

10.卷十二麌部上主切第二字

　　裋　《説文》"豎使布長襦"，《方言》"襜褕，自關以西謂
　　　　之裋褕"。短褐亦曰裋褐……○禮韵續降。

《禮韵》麌韵本收"裋"字。《草書禮部韵》載，《增韵》收而不

注"增入""重增"。《附釋文》廮韵臣庚切第二字:"袒,襜褕短者。"《韵會》注"禮韵續降"誤。

11.卷十三賄部杜罪切第一字

鏺 矛戟平底……○禮韵續降。

《草書禮部韵》賄韵收此字,《增韵》收而不注"增入""重增"。《附釋文》錄官注"矛戟平底"。此爲《禮韵》賄韵原有之字,《韵會》注"禮韵續降"誤。黃啓宗于去聲隊韵徒對切"錞"字下補"亦作鏺"。《附釋文》隊韵末:"鏺,與錞同,《禮》'進戈矛(案:"戈矛"當爲"矛戟",見《禮記·曲禮上》)者前其鏺',當于錞字下亦作鏺。新制添入。"《韵會》于去聲隊部陡對切收鏺不收錞,不注"禮韵續降","鏺"與"錞"同,可以。可是上聲賄部注"禮韵續降"則不可以。

12.卷十三賄部杜罪切第三

隊 群也。注見隊韵徒對切。又至韵○禮韵續降。

《禮韵》賄韵本有隊字,《草書禮部韵》收,《增韵》收而不注"增入""重增"。《附釋文》賄韵杜罪切第二字:"隊,釋云,群也。又徒對切,見隊字韵。新補見至字韵。"黃啓宗于至韵直類切"墜"字下補"亦作隊"。《附釋文》至韵末:"隊,與墜同。《詩》'南山有臺廢則爲國之基隊矣'。當于墜字下亦作隊。新制添入。"《韵會》將《禮韵》賄韵原有之"隊"字注"禮韵續降”，誤。或誤識《附釋文》賄韵之釋文“新補”爲“新制”？

13. 卷二十四宥部眉救切第二字

繆 戾也……〇禮韵續降。

《草書禮部韵》幼韵收“繆”字，《增韵》收而不注“增入”“重增”。可見“繆”字本是《禮韵》幼韵原有之字，《韵會》注“禮韵續降”，失誤。黃啓宗于入聲屋韵莫六切補“繆”字，《韵會》已于屋部莫六切第七字增，且注“禮韵續降”。宥部重注則非。

14. 卷七歌部眉波切第八字

攠 《考工記》“于上之攠謂之隊”〇禮韵續降。

查黃啓宗增補字無此字。《附釋文》戈韵末尾亦無“新制添入”字。《紫雲韵》卷二戈韵眉波切第六字：“攠，張補，《禮》‘于上之攠’。”按《周禮·考工記·桃氏》“于上之攠謂之遂”，《釋文》“攠音摩”。《釋文》是張貴謨的依據。《韵會》注“禮韵續降”誤，當注“張氏補遺”。

15. 卷九青部旁經切第四字

洴 洴澼漂絮聲。《莊子》“洴澼絖”〇禮韵續降。

黃啓宗增補無此字，《附釋文》青韵末尾“新制添入”字亦無。此爲張貴謨增補字。《紫雲韵》青韵蒲丁切第三字：“洴，張補，

《莊子》‘洴澼絖’注‘漂絮于水中’。”《韵會》注“禮韵續降”誤，當注“張氏補遺”。

16.卷九尤部郎侯切第十字

摟 《說文》“曳也，又聚也”。《孟子》“摟諸侯以伐諸
侯”，注：“牽也”。《廣韵》“又采取也”O禮韵續降。
此非黃啓宗增補字，《附釋文》侯韵末“新制添入”無此字。《韵
會》注“禮韵續降”誤。查《紫雲韵》侯韵盧侯切第七字：“摟，
張補，牽取也，《孟子》‘摟諸侯’。”《韵會》當注“張氏補
遺”。

17.卷十談部徒甘切第十八字

澹 水貌。又姓，《論語》“澹臺”。或作淡O禮韵續降。
《韵會》注“禮韵續降”誤。此非黃啓宗增補字，《附釋文》談韵
無“新制添入”字。查《紫雲韵》談韵徒甘切第七字：“澹，張
補，《語》‘澹臺滅明……’。”當注“張氏補遺”。

18.卷十四　部

趙 侯了切，音與鼂同。《詩》“其鎛斯趙”O禮韵續降。
《附釋文》篠韵末“新制添入”無“趙”字，此非黃啓宗增補字，
不當注“禮韵續降”。《紫雲韵》篠韵末：“趙，張補，侯了切，

《詩》'其鎛斯趙'。又小韵。按《良耜》注，刺也，以田器刺地
去草。"《韵會》當注"張氏補遺"。張貴謨將"趙"字注"侯了
切"，誤。《韵會》因之。查《詩·周頌·良耜》"其鎛斯趙，以
薅荼蓼"，《釋文》"趙，徒了反，刺也，又如字，沈起了反，又
徒少反"。《集韵》徒了切收"趙"字。是"侯了切"乃"徒了
切"之訛。

19.卷十四　部止小切第二字

　　昭　明也。《詩》"其音昭昭"，又蕭、笑韵O禮韵續降。
《附釋文》小韵"新制添入"無"昭"字，此非"禮韵續降"字。
《紫雲韵》小韵止少切第二字："昭，張補，《詩》'其音昭
昭'。又笑韵。"《韵會》當注"張氏補遺"。

20.卷十八遇部符遇切第八字

　　跗　足上也。《莊子》"沒足滅跗"O禮韵續降。
《附釋文》遇韵末"新制添入"字中無"跗"字，此非"禮韵續
降"字，乃張貴謨《聲韵補遺》中字。查《紫雲韵》遇韵符遇切第
六字："跗，張補，足上。"《韵會》注"禮韵續降"誤，當注
"張氏補遺"。

21.卷二十隊部蒲妹切第七字

倍　反也。又賄韵。〇禮韵續降。

《附釋文》隊韵"新制添入"無"倍"字，此非黃啓宗增補字，不當注"禮韵續降"。查《紫雲韵》隊韵蒲昧切第六字："倍，張補，《釋記經解》'倍畔侵陵之敗起'。《漢書》'下無倍畔之心'，并音背。"《韵會》當注"張氏補遺"。

22.卷二十二號部莫報切第三字

媢《說文》"夫妒婦也"……通作冒，《書》"冒"疾以惡之。又至韵〇禮韵續降。

《附釋文》號韵"新制添入"無此字，此非"禮韵續降"字，《韵會》注失誤。查《紫雲韵》莫報切第三字："媢，張補，《大學》'媢疾以惡之'，《書》作冒。"《韵會》當注"張氏補遺"。

23.卷二十二號部在到切第二字

鑿　穿空也……《周禮·考工記》"量其鑿深以爲輻"。宋玉《九辯》"圓鑿方枘"。又《莊子》"六鑿相攘"。又鐸韵〇禮韵續降。

《附釋文》號韵末"新制添入"無此字。查《紫雲韵》號韵："鑿，張補，《禮》'量其鑿'，又鐸韵。《考工記》'鑿深'

'鑿淺'……《楚辭》'圓鑿方枘'。《莊·外物》'六鑿相
攘',并才報反。"可見,《韵會》此字系據張貴謨《聲韵補遺》
增入,當注"張氏補遺"。

24.卷二十四宥部如又切第七字

肉　錢璧之體。《禮記》"寬裕肉好之音"……○禮韵續降。
黃啟宗增補無"肉"字,《附釋文》宥韵"新制添入"亦無。《韵
會》注"禮韵續降"誤。查《紫雲韵》宥韵如又切第三字:"肉,
張補,《禮》'……璧有肉好'……。"此乃張貴謨增補字,當注
"張氏補遺"。

25.卷二十四沁部直禁切第三字

沈　沒也。《左傳》"蔡侯至而沈"……○禮韵續降。
《附釋文》沁韵"新制添入"無"沈"字。此爲張貴謨增補字而非
黃啟宗增補字。《紫雲韵》沁韵直禁切第二字:"沈,張補,
《左》'蔡侯至而沈'……。"《韵會》注"禮韵續降"誤,當注
"張氏補遺"。

26.卷二十七屑部吉屑切第二字

拮　《說文》"手口共有所作也,從手吉聲",《詩》"予手
拮据",注:"撠搞也"。又質韵○禮韵續降。

《附釋文》屑韵"新制添入"無"拮"字。此乃張貴謨增補字而非黃啓宗增補字。《紫雲韵》屑韵吉屑切第三字："拮，張補，《詩》'予手拮据'。"《韵會》注"禮韵續降"誤，當注"張氏補遺"。

27.卷十五馬部

打　都瓦切，微清音。擊也。《北史·張彝傳》"擊打其門"。杜詩有《觀打魚歌》，"棗熟從人打"。又迥韵〇禮韵續降。

《附釋文》馬韵無"新制添入"字。查《增韵》卷三馬韵："打，都瓦切，擊也，《北史·張彝傳》'擊打其門'。杜甫有《觀打魚歌》。又詩云：'棗熟從人打'。皆無音。又迥韵。重增。"原來《韵會》的"打"字來自毛居正。注"禮韵續降"誤，當注"毛氏韵增"。

28.卷十六琰部徒點切第四字

扂　户牡也，所以閉户。韓《進學解》"根闐扂楔"〇禮韵續降。此非黃啓宗增補字，不當注"禮韵續降"。查《增韵》忝韵徒點切第三字："扂，《廣韵》'閉户'，《玉篇》同。韓愈《進學解》'根闐扂楔'，注：'扂，門也'。重增。"《韵會》當注"毛氏韵增"。

29.卷二十一問部文運切第六字

　　絻　　喪冠……《左傳》"晉趙鞅納衛大子于戚，使大子絻"，

　　　　杜預注："絻者，始發喪之服"。……○禮韵纘降。

黃啓宗、張貴謨增補字中無此字。查《增韵》問韵文運切第十字：

"絻，《左傳》'季氏不絻'，杜預曰：'絻，喪冠也'。又'晉

趙鞅納衛大子于戚，使大子絻'。杜預曰：'絻者，始發喪之

服'。又獮韵。增入。"可見，《韵會》注"禮韵纘降"誤，當注

"毛氏韵增"。

30.卷二十二效部披　切第三字

　　窌　　南窌，地名。《前·衛青傳》"封公孫賀爲南窌侯"○禮韵纘

　　　　降。

黃啓宗、張貴謨均未于效韵脣音增補此字。《增韵》披教切亦未增

入。此乃《韵會》作者自增字，當注"今增"。黃啓宗于居效切

"窖"字下補"亦作窌"，與此無關。

31.卷十四銑部柱兗切第四字

　　摶　　《周禮》"百羽爲摶，十摶爲縳"……○今增。

此乃黃啓宗增補之字，《附釋文》獮韵末尾有："摶，除轉切，羽

數也，《禮》'百羽爲摶'。新制添入。"《增韵》亦收，并注

"增入"。《韵會》注"今增"，誤。當注"禮韵續降"。

32.卷十六琰部徒點切第二字

驔　《説文》"驪馬黄脊"，《詩》"有驔有魚"。《增韵》"馬豪骭"。又覃韵 O 毛氏韵增。

此乃黄啓宗增補字。《紫雲韵》忝韵徒點切第二字："驔，黄補，《詩》'有驔有魚'。又覃韵。注：'豪骭曰驔'。"《附釋文》琰韵末"新制添入"字有"驔"。《增韵》忝韵徒點切雖然亦收"驔"字，且注"增入"，然而《增韵》晚于《補禮部韵略》，《韵會》不當注"毛氏韵增"，當注"禮韵續降"。

33.卷十七寘部求位切第五字

蕢　土籠也，《書》"功虧一蕢"……O 毛氏韵增。

此乃黄啓宗增補字。《附釋文》至韵末："蕢，音匱，土籠也。《書》'功虧一蕢'。新制添入。"《增韵》收而注"增入"。《韵會》當注"禮韵續降"。

34.卷二十六勿部紆勿切第七字

貍　臭也，《周禮》"烏皫色而沙鳴貍"。通作鬱，《禮記·内則》"沙鳴鬱"。又支、皆韵 O 毛氏韵增。

此系黄啓宗增補字。《附釋文》勿韵末："貍，音鬱，臭也。

《禮》‘鳥轤色而沙鳴貍’。新制添入。”《增韵》紆勿切亦收，
且注“增入”。《韵會》當注“禮韵續降”。

35.卷二十七黠部訖黠切第四字

　　憗　無愁貌，《孟子》“公明高以孝子之心爲不若是憗”○毛氏
　　　　韵增。

此乃黄啓宗增補字。《附釋文》十四黠末尾：“憗，古黠切，無愁
之貌，《孟子》‘公明高以孝子之心爲不若是憗’。新制添入。”
《增韵》雖亦增入，《韵會》仍以注“禮韵續降”爲是。

36.卷二十八陌部莫白切第五字

　　百　勵也，《左傳》“距躍三百”……○毛氏韵增。

此爲黄啓宗增補字。《附釋文》陌韵末：“百，音陌，勵也。《春
秋傳》‘距躍三百’。新制添入。”《增韵》雖亦增入，《韵會》
仍當注“禮韵續降”。

37.卷二支部人之切第七字

　　鮞　《説文》“魚子也，從魚而聲”。又《國語》“魚禁鯤
　　　　鮞”。一曰魚之美者，東海之鮞。

此非《禮韵》原有之字，《草書禮部韵》不載。《附釋文》之韵
末：“鮞，音而，未成魚也。《國語》‘魚禁鯤鮞’。新制添

入。"此乃黃啓宗增補字,當注"禮韵續降"。

38.卷一東部枯公切第四字

倥　倥侗童蒙。詳見侗字注。又董、送韵。

《草書禮部韵》不收"倥"字。《附釋文》"倥"字下加"新制添入"。《紫雲韵》:"倥,黃補,無知也。《揚》'倥侗顓蒙'。紹興黃積厚申請,新制添入。"此乃黃積厚增補字,當注"禮韵續降"。

39.卷四灰部郎才切第三字

徠　本古文來字。又徂徠山名,通作來,《詩》"徂來之松",注:"徂來,山也"。又隊韵。

此非《禮韵》原有之字,乃孫諤增補。《附釋文》雖然將其排入郎才切下,但仍注"新制添入"。《紫雲韵》此字下注"紹興新制添入"。《增韵》注"孫諤陳乞"。對待孫諤增補字,《韵會》在霽部"甊"字下、效部"傚"字下、藥部"擴"字下,均注"禮韵續降","徠"字下亦當注"禮韵續降"。

40.卷六先部縈緣切第二字

蜎　蜎蠉,井中蟲也⋯⋯又《詩》"蜎蜎者蠋",注:"鄭云特行貌"。

《草書禮部韻》先韻不收。《附釋文》先韻末有："蜎，音淵，蠋
行貌。《詩》'蜎蜎者蠋'。新制添入。"此乃黄啓宗增補，非
《禮韻》原有之字，《韵會》當注"禮韵續降"。

41.卷六蕭部思邀切第九字

　　哨　口不正曰哨。《禮》"枉矢哨壺"。又《揚子》"禮義哨
　　　　哨"，注："不正也"。《增韵》"多言貌"。又嘯韵。
此爲孫諤增補，非《禮韻》原有之字。《附釋文》注"新添制
入"，《紫雲韵》亦注"紹興新制"。《韵會》當注"禮韵續
降"。

42.卷八庚部晡橫切第三字

　　旁　《説文》"馬盛也，或作騯，從馬旁聲"，今文作旁。
　　　　《詩》"駟介旁旁"。又陽韵。
此爲黄啓宗增補字。《草書禮部韻》不收。《附釋文》庚韵末：
"旁，補彭切，《詩》'駟介旁旁'。新制添入。"《韵會》當注
"禮韵續降"。

43.卷九尤部迷浮切第七字

　　髳　《説文》"髮至眉也"。本作髳……今省作髳，亦作髦，
　　　　《詩》"如蠻如髦"……《書》"庸蜀羌髳"。……。

此非《禮韵》原有之字,《草書禮部韵》不載。《紫雲韵》侯韵莫
侯切第十一字:"髳,黃補,國在巴蜀。《書》'庸蜀羌髳'。又
東韵。"《附釋文》列侯韵末尾,注"新制添入"。此爲黃啓宗增
補字,當注"禮韵續降"。

44.卷十四銑部徒典切第八字

　　塡　盡也。《詩》"哀我塡寡"。
《草書禮部韵》銑韵不收,此乃黃啓宗增補字。《附釋文》銑韵
末:"塡,徒典切,盡也,《詩》'哀我塡寡'。新制添入。"
《韵會》當注"禮韵續降"。

45.卷十四篠部舉夭切第六字

　　敽　《說文》"繫連也,從攴喬聲",引《周書》"敽乃
　　　　干"。徐曰……所以系盾鼻。
此亦黃啓宗增補字,《草書禮部韵》不載。《附釋文》小韵末:
"敽,居表切,繫也。《書》'敽乃干'。新制添入。"《韵會》
脫注"禮韵續降"。

46.卷十四晧部合老切第六字

　　暤　《說文》"暤旰也"……即太暤也。
此非《禮韵》原有之字,乃孫諤增補。《附釋文》注"新制添

入"，《紫雲韻》注"紹興新制"。《韵會》當注"禮韵續降"。

47.卷十七寘部於僞切第三字

委　委積，牢米薪芻之總名……《禮記·學記》"或源也，或委
　　也"……陸音於僞切。又支、紙韵。

《韵會》當注"禮韵續降"。此乃孫諤增補，非景祐《禮韵》之
字。《附釋文》注"新制添入"，《紫雲韵》注"紹興新制，孫諤
申請"。

48.卷十九泰部古外切第一字

會　總合也。《周禮·司會》注："大計也"……又會稽郡也。
　　又本韵。

《草書禮部韵》泰韵"儈"字小韵無"會"字，此非《禮韵》原有
之字。《紫雲韵》泰韵古外切第十二字："會，吳補，《孟》'會
計當而已矣'，《禮》'大計'，并古外反……嘉定吳杜申請。新
制添入。"《附釋文》泰韵末："會，按《孟子》'會計當而已
矣'，孫奭音義：'會，古外切'。又《周禮·天官·司會》'大計
也'。陸德明《釋文》'會，古外反'。凡要會、會計之字皆放
此。新制添入。"此乃吳杜增補，《韵會》當注"禮韵續降"。

49.卷二十七屑部千結切第三字

漆　漆漆，祭祀之容。《禮計·祭義》"漆漆者容也，自反也"
……又質韻。
《草書禮部韻》屑韻不收"漆"字，此乃黃啓宗所補，非《禮韻》
原有之字。《附釋文》屑韻末尾："漆，音切，《禮》'子之言
祭，濟濟漆漆'。新制添入。"《韻會》當注"禮韻續降"。

50.卷二十八藥部匹各切第四字

薄　疾驅聲也。《詩》"載驅薄薄"O《禮韻》普各切，重音誤。
《草書禮部韻》"粕"字小韻只有"粕""濼"二字，《禮韻》匹
各切本無"薄"字，此爲黃啓宗所補。《附釋文》鐸韻末："薄，
普各切，疾驅聲也。《詩》'載驅薄薄'。新制添入。"《韻會》
當在"薄"字下注"禮部續降"。《韻會》案語"《禮韻》普各切
重音誤"，把《禮韻》與黃補混爲一談。或者《韻會》編者所見的
《禮韻》"薄"字無黃補的任何標記，匹各切和普切各切成爲兩個
重出的小韻。

51.卷二十八陌部莫白切第八字

莫　定也，一日靜也……又《左傳》曰"德正應和日莫"……
通作貊。

此亦黃啓宗增補字，《草書禮部韵》不收。《附釋文》陌韵末：
"莫，音陌，《春秋傳》' 德正應和曰莫 '。新制添入。"《韵
會》當注" 禮韵續降 "。

52.卷二十八陌部

格　轄格切，羽濁音，捍格不入也，又相牴牾也。《記·學記》
　　" 發然后禁則扞格而不勝 "。又藥韵。

《草書禮部韵》無此小韵，乃黃啓宗所補。《附釋文》陌韵末：
"格，胡客切，堅不可入也。《禮》' 發然后禁則扞格而不勝 '。
新制添入。"《韵會》當注" 禮韵續降 "。

以上計五十二字。其中本爲《禮韵》原有之字而誤注" 禮韵續
降 "一十三字，本爲" 張氏補遺 "而誤注" 禮韵續降 "一十三字，
本爲" 毛氏韵增 "而誤注" 禮韵續降 "三字，當注" 今增 "而誤注
" 禮韵續降 "一字。還有當注" 禮韵續降 "而誤注" 今增 "一字，
當注" 禮韵續降 "而誤注" 毛氏韵增 "五字，脫注" 禮韵續降 "一
十六字。

此外，本爲" 禮韵續降 "而誤注" 張氏補遺 "三字（詳見下
節）。

如此，則《韵會》依據" 禮韵續降 "而增加的單字準確數字爲
一百四十七字。

即：

$$152 - 13 - 13 - 3 - 1 + 1 + 5 + 16 + 3 = 147$$

三、關于"張氏補遺"

下面《韵會》卷首統計"禮韵補遺"數字與卷內標注"張氏補遺""陳氏補遺"的單字數：

	上平	下平	上聲	去聲	入聲	合計
卷首統計	17	16	8	8	12	61
卷內標注	17	14	10	11	11	63

二者并不一致。《韵會》的"禮韵補遺"包括"張氏補遺"和"陳氏補遺"兩種。"陳氏補遺"止有五字：

鍨　東部胡公切

摢　魚部抽居切

孩　灰部何開切

譸　尤部張流切

粤　尤部夷周切

"陳氏"何許人？"補遺"幾多？筆者一無所知。求師友同行賜教。姑不論。本節單討論"張氏補遺"。筆者對《韵會》標注"張氏補遺"的單字逐一驗證，發現可商議者爲數不小，現列舉如下：

1.卷十二語部

且　七序切，商次清音。多貌，"籩豆有且"。又恭慎貌，
　　《詩》"有萋有且"，注疏："其來萋萋且且，敬慎威
　　儀"。又魚、虞、馬韵○張氏補遺。

此非"張氏補遺"，乃黃啓宗增補字。《紫雲韵》注"黃補"。
《附釋文》語韵末："且，七序切，恭謹貌。《詩》'有萋有
且'。新制添入。"《韵會》當注"禮韵續降"。

2.卷十九霽部力制切第二字

栵　《爾雅》"栵，栭也。樹似檕而庳小"，注："今江淮之
　　間呼小栗爲栭"。又薛韵○張氏補遺。

此亦黃啓宗增補字，《紫雲韵》注"黃補"。《附釋文》祭韵末：
"栵，音例，栭也。《詩》'其灌其栵'。新制添入。"《韵會》
注"張氏補遺"誤，當注"禮韵續降"。

3.卷十九霽部郎計切第二十一字

離　去也。又支韵○張氏補遺。

注"張氏補遺"誤，查《紫雲韵》霽韵郎計切第三字"儷"字注：
"黃補亦作離，偶也。《月令》'司天日月之行，宿離不貸'
……。"《附釋文》霽韵末："離，與儷同，音儷，偶也。《禮》
'日月星辰之行，宿離不貸'。當于儷字下亦作離。新制添入。"
《增韵》注"增入"，義訓與黃氏一致。《韵會》"儷"字注文有
"通作離"。《韵會》此處所增之"離"字，依據是黃補，注"張
氏補遺"誤，當改爲"禮韵續降"。

4.卷二支部居之切第十一字

居　語助也。《禮記》"何居"。又魚、御二韻〇張氏補遺。
《紫雲韻》之韻居之切無"居"字,注"張氏補遺"誤。查《增
韻》之韻居之切第十字:"居,《禮記》'何居'。又魚、御二
韻。增入。"《韻會》此"居"字來自《增韻》,當注"毛氏韻
增"。

5.卷二支部頻脂切第十字

膍　《説文》"牛百葉也……"。《周禮·醢人》"脾析"
　　……。《莊子》"臟者之有膍胲"。亦作脾。又齊韻〇張氏
　　補遺。
《紫雲韻》脂韻頻脂切無"膍"字,不當注"張氏補遺"。查《增
韻》脂韻頻脂切第四字:"膍,厚也。《詩》'福祿膍之'。《莊
子》'臟者之有膍胲'。亦作脾,《周禮·醢人》'脾析廬醢'。
……又齊韻。增入。"《韻會》的"膍"字錄自《增韻》,當注
"毛氏韻增"。

6.卷二支部津之切第六字

鎡　鎡鎡鉏也。《孟子》"雖有鎡基"。通作兹。《周禮·薙
　　氏》注作"兹其"。《樊噲傳》作"兹基"〇張氏補遺。

《紫雲韵》之韵津之切無"鎡"字,不當注"張氏補遺"。查《增韵》津之切第八字:"鎡,同上(鼒—引者注)。又鎡錤,鉏之別名。《孟子》'雖有鎡基'。增入。"《韵會》當注"毛氏韵增"。

7.卷二支部夷隹切第三字

唯　《説文》"諾也,從口隹聲"。《集韵》又"專辭"。《廣韵》"獨也"。又通爲語辭。……又紙韵〇張氏補遺。

《紫雲韵》脂韵夷隹切無"唯"字,不當注"張氏補遺"。查《增韵》脂韵夷隹切第三字:"唯,專辭。又旨韵。增入。"《韵會》當注"毛氏韵增"。

8.卷二支部旻悲切第五字

郿　《説文》"古扶風縣,從邑眉聲"。《毛詩》"王餞于郿"。今鳳翔府。《漢》"董卓家郿塢"。又寘韵〇張氏補遺。

《紫雲韵》脂韵旻悲切無"郿"字,不當注"張氏補遺"。查《增韵》旻悲切第八字:"郿,地名,屬扶風。《詩》'王餞于郿'。《漢》'董卓家郿塢'。又至韵。重增。"當注"毛氏韵增"。

9.卷四齊部弦鷄切第九字

謑　謑髁不正貌。《莊子》"謑髁無任"。《增韵》"耻也"。又薺韵〇張氏補遺。

《紫雲韵》無此字,注"張氏補遺"不妥。查《增韵》齊韵弦鷄切
第十字:"謑,耻也。《莊子》'謑髁無任'。又齊韵。重增。"
《韵會》當注"毛氏韵增"。

10.卷二十二嘯部嬌廟切第二字

撟 輮也。《周禮·考工記·弓人》"撟幹欲熟於火"。又小韵
〇張氏補遺。

此非張貴謨增補字,《紫雲韵》笑韵無此小韵。查《增韵》笑韵末
尾增入小韵居妙切第二字:"撟,輮也,與矯同。《考工記·弓
人》"撟幹欲熟於火"。又小韵。重增。"《韵會》當注"毛氏韵
增"。

11.卷二十五屋部蘇木切第二字

蔟 愿遬也……《禮記》"見所尊者齊遬",注:鄭云,猶愿
愿也,齊音咨"。《荀子》"輕利僄遬"。又《漢·宣帝
紀》"匈奴呼遬累單于"〇張氏補遺。

《紫雲韵》屋韵蘇木切無此字,注"張氏補遺"不妥。查《增韵》
屋韵蘇谷切第二字:"蔟,《禮記》'見所尊者齊蔟',鄭康成
曰:'謙愨貌,蔟猶愿愿也,齊音咨'。《荀子》'輕利僄蔟'。
《漢·宣紀》'匈奴呼蔟累單于'。增入。"《韵會》當注"毛氏
韵增"。

12.卷二十五屋部蘇木切第六字

涑　水名，在河東。《左傳》"伐我涑川"。又尤韵〇張氏補
　　遺。

不當注"張氏補遺"，《紫雲韵》蘇木切無"涑"字。《增韵》屋
蘇谷切第八字："涑，水名，出河東。《左傳》成十三年'伐我涑
川'。又侯、候、燭三韵。重增。"《韵會》當注"毛氏韵增"。

13.卷二十五沃部趨玉切第三字

數　細也，毛萇曰："庶人不數罟"。《增韵》"密也"。
　　《孟子》"數罟不入洿池"。又麌、遇、屋、覺韵〇張氏補
　　遺。

此非張氏《聲韵補遺》中字，《紫雲韵》不錄。查《增韵》燭韵趨
玉切第三字："數，密也。《孟子》'數罟不入洿池'。又麌、
遇、屋、覺四韵。增入。"此乃毛晃增加字，當注"毛氏韵增"。

14.卷二十九錫部倪歷切第五字

鷊　《爾雅》"綬鳥也"。……〇張氏補遺。舊注誤，今正。
《紫雲韵》不收"鷊"字，注"張氏補遺"欠妥。查《增韵》倪歷
切第四字："鷊，同上（上一字爲"鵙"）。又與虉同。《詩》
'邛有旨鷊'。……增入。""虉"，《增韵》注："綬草"。按

《詩·陳風·防有鵲巢》鄭箋："鷊,綬草也",爲毛晃所本。《韵會》以爲注"綬草"誤,改正爲"綬鳥"。《韵會》所引用、所批評的正是《增韵》,當注"毛氏韵增"。

15.卷二十二嘯部渠廟切第三字

橋　牛貫鼻木。一曰桔槔也。《禮記》"奉席如橋衡",注:"井上桿槔,衡上低昂"。《前·揚雄傳》"萬騎屈橋",其召切。又蕭韵〇今增。

此乃張貴謨補遺字。《紫雲韵》笑韵渠廟切第二字:"橋,張補,井上桔槔。《曲禮》'奉席如橋衡'。又宵韵。"《韵會》注"今增"誤,當注"張氏補遺"。

16.卷十三阮部火遠切第六字

煖　《說文》"溫也,從火爰聲"。通作暖。又元、旱韵。

《草書禮部韵》阮韵"暅"字小韵無"煖"字,此非《禮韵》原有之字。查《紫雲韵》阮韵況遠切第四字:"煖,張補,《記》'煖之以日月'。又緩韵。"《韵會》當注"張氏補遺"。

17.卷二十三漾部力讓切第二字

涼　薄也,一曰冷也。通作凉。《左傳》"虢多涼德"。又陽韵。

此非《禮韵》原有之字，《草書禮部韵》不收。查《紫雲韵》漾韵力讓切第四字："涼，張補，《詩·大明》'涼彼武王'，按注，佐也。又陽韵。"《韵會》當注"張氏補遺"。

18.卷二十六質部薄密切第二字

佛 佛仡勇壯。《詩》"佛時仔肩"。又《論語》"佛肸"，魯人名。又物、月韵。

《草書禮部韵》質韵不收"佛"字，此非《禮韵》原有之字。查《紫雲韵》質韵薄密切第二字："佛，張補，《詩》'佛時仔肩'。又勿韵。按《詩》注符勿切，鄭音弼，輔也。《語》'佛肸召'。"是《韵會》據《聲韵補遺》增入"佛"字，當注"張氏補遺"。

以上計十八字。《韵會》卷内注"張氏補遺"的單字有五十八個，其中有三字當注"禮韵續降"，十一字當注"毛氏韵增"。卷内有一字本當爲"張氏補遺"而誤注"今增"，另有三字來自《聲韵補遺》而脱注"張氏補遺"。又上節有十三字本當爲"張氏補遺"而誤注"禮韵續降"。如此，《韵會》據張貴謨《聲韵補遺》增入的單字計有六十一。即：

$$58-3-11+1+3+13=61$$

本文所討論的《韵會》的失誤，責任在誰？是刊刻者，還是作者？筆者見到的元明清三代刻本均如此。當然不能排除版本問題。但有的地方大概是作者的疏失，如寒部多寒切之"單"字、徒官切之"摶"字、薄官切之"胖"切、紙部所綺切之"蓰"字、賄部杜罪切之"鏃"字、"隊"字、宥部眉救切之"繆"字等。探討《韵會》的單字來源，能使我們對《韵會》以及宋元音韵學史多一點認識。本文膚淺粗糙，敬祈師友同好斧正。

複輔音聲母與同源轉注字之參證

向光忠

(一) 引 言

古漢語複聲母的考察,近年多所發現,仍在繼續探索;六書說轉注字的研究,迄今雖未定論,終竟自有指歸。

前彥探究轉注字,有人追溯語源,推求古音聯繫,尚未建立複聲母觀念;時賢考定複聲母,主要依據形聲,兼涉其它材料,罕有顧及轉注字現象。本文延展視野,擬相結合參證。

(二) 轉注字辨

爲了求得參證的切實恰當,宜先究明轉注的真確旨意。

關于轉注字的界說,許慎表述簡略,千餘年來,諸家度以己意,歧解雜然紛呈。或拘囿于形而穿鑿言之,或偏側于音而牽強論之,或執著于義而傅會說之,或著眼于源而沿流討之。且歧復岔

出，亦迴然懸殊。❶

　　傳統所謂"六書"，乃是文字構擬法則。而文字之標識語詞或語素，則自然表現爲，有一定之形，示一定之義，含一定之音，因此，欲探明轉注真諦，則必須結合形音義全面進行辨察。否則，滯目一隅或忽視一端，都難以作出確論。

　　從文字負載語言看，轉注原是標記同義詞的造字法。同義詞，義相同而音相異。既是音異，本非一詞，在文字中便有必要造出不同的符號，而通過表音成分以標明語音差異；由于義同，彼此相合，在構形上則有可能表現其間的關係，以原有示義部件而體現涵義等同。這就是説，人們爲同義詞造字時，如果其中的某個詞已有現成字，于是就加以利用，而進行置換，衍化出同義的新生字。于此可見，運用轉注法而構造轉注字，就是採取轉換注入方法以脱胎舊符滋生新字。而《説文叙》之所謂"建類一首，同義相受"，其所指顯然是"建立類屬而共一部首，同一意義而相互授受"。如"考"與"老"，均屬"老"部類，而以"老"爲部首，"老"授意于"考"而"考"受意于"老"。

　　《説文·老部》：

　　　　"老，考也。"甲骨文作✂，商承祚《殷虛文字類編》："象老者倚杖之形。"

---

❶　詳述于拙文《〈説文〉篆文同義異音衍形考辨》，《説文解字研究》第二輯。

《說文·老部》：

"考，老也。從老省，丂聲。"段玉裁注："凡言壽考者，
此字之本義也。"

何以如此，則是在于，"老"與"考"，同義而分化，"老"
爲固有之字，"考"即孳乳之字，由"老"省形爲義符，增"丂"
其中爲音符，這樣便以造形之同中有異而表明了同義之相關聯與異
音之相區別。

轉注字都是標示同義詞，然而，同義詞未必表以轉注字。戴震
與段玉裁等強以訓詁學之"互訓"解釋文字學之"轉注"，從而判
定"'初'、'哉'、'首'、'基'之皆爲'始'，'卬'、
'吾'、'台'、'予'之皆爲'我'，其義轉相爲注曰轉
注"❷。毋庸贅言，諸如此類的義有所同而形不相干的現象，絕非
轉注之屬❸。

轉注字與形聲字，結構相像，成分類似，都包含義符與音符。
所以，《說文》傳本皆謂"從某，某聲"。而一般學者之認爲許書
正文未言轉注者，蓋惑于此。其實，推究淵源，自相殊異。轉注
字，如前所述，就標指語詞論，乃是緣起于一義異詞而增生新字，
即以固有之同義字爲基礎，再增益音符或更易音符以表示音讀而蕃

---

❷ 戴震《答江慎修先生論小學書》，《戴氏遺書》；段玉裁《說文解字
　注》。
❸ 詳說于拙文《論"六書"的本旨與序列》，《南開學報》1987年第5期，
　《高等學校文科學報文摘》1988年第1期。

衍出孳乳字。如"考"即由"老"增益音符衍生,而"讙"則與
"譁"更易音符衍生:

> 《說文·言部》:"讙,譁也。從言,雚聲。"
> 《說文·言部》:"譁,讙也。從言,華聲。"

　　形聲字,另有由來,凡早期出現者,都是緣起于異義一字而增
生新字,即以原用之同形字爲基礎,再增益義符或更易義符以表示
義類而蕃衍出孳乳字❹。如:
　　"老"本義爲"年邁",原來泛指男女:

> 《周易·大過》:"九二:枯楊生稊,老夫得其女妻,無不
> 利。"
> 　又:"九五:枯楊生華,老婦得其士夫,無咎無譽。"
> 《國語·越語上》:"令壯者無取老婦,令老者無取壯
> 妻。"

後來由"老"增益義符"女"而衍生出"姥",以專指"女
老"❺:

---

❹　詳論于拙文《形聲溯源》,《古漢語研究》第三輯。
❺　"姥"通"姆"(《說文》作"㛒")之指"女師"等義,乃是借義,而
　　後則常用以指借義,罕用以指"女老",仍將"老"用以泛指。一般字書
　　將"女老"之"姥"的音讀注同"女師"之"姆(㛒)"而爲莫補切,實
　　則應同"老"而注爲盧皓切。

玄應《一切經音義》卷十三：“姥，今以女老者爲姥也。”
段成式《酉陽雜俎·諾皋記下》：“有婦人四五，或姥或
少。”

“考”本義爲“年邁”，曾借以指“敲擊”：

《詩經·唐風·山有樞》：“子有鐘鼓，弗鼓弗考。”毛亨
傳：“考，擊也。”
《莊子·天地》：“金石不得，無以鳴，故金石有聲，不考
不鳴。”成玄英疏：“考，擊也。”

後來由“考”更易義符爲“攴（攵）”而衍生出“攷”，以另指
“敲擊”❻：

《說文·攴部》：“攷，敂也。從攴，丂，聲。”又：“敂，
擊也。從攴，句聲。”
《廣雅·釋詁三》“攷，擊也。”

畢沅《續資治通鑑·宋神宗元豐三年》：“今雅樂古器非不存
……攷擊奏作，委之賤工，如之何不使雅、鄭之雜也！”

---

❻ 《玉篇·攴部》：“攷，今作考。”非，實則以“考”指“敲”在前，衍
生分化之“攷”在後。

"考"借以指"敲擊",再引申出"拷打":

《史記·伍子胥列傳》:"平王乃召其太傅伍奢考問之。"

荀悅《漢紀·高祖紀四》:"乃就檻車,送詣長安,言王不知,考治身無完者,終不復言。"

《三國志·魏書·滿寵傳》:"寵一無所報,考訊如法。"

後來由"考"增益義符"手(扌)"而衍生出"拷",以另指"拷打":

干寶《搜神記》卷十一:"官收繫之,拷掠毒治。"
《魏書·高祖孝文帝紀下》:"自今月至明年孟夏,不聽拷問罪人。"
《北史·尉古眞傳》:"染干疑古眞泄其謀,乃執拷之。"

"拷打"義由"敲擊"義引申,"拷"與"攷"均由"考"孳乳,只是衍化方式不同:"拷"爲增益義符,"攷"爲更易義符❼。

---

❼ 由于"攷"與"拷"均由"考"孳乳,在"拷打"的意義上,"拷"與"攷"便相通,"拷問"亦可寫成"攷問":《東觀漢記·和熹鄧皇后傳》:"宮中亡大珠一篋,主名不立,念欲攷問,必有不辜。"

　　顯然，窮源溯流，兩相對照，轉注字與形聲字是本來有別的。而判明了由不同成因以不同方式所構造的轉注字與形聲字的根本差異，則將有助於我們將轉注字與複聲母相參證而不爲誤作形聲字所蔽。

　　轉注字，其音相異若相通者，則形音義皆關聯，這樣的轉注字所標指的即同源詞，如：

> 《說文·刀部》：" 刑，剄也。從刀，幵聲。" 林義光《文源》以爲 " 刑 " 與 " 荆 " " 蓋本同字 "。
>
> 《說文·刀部》：" 剄，刑也。從刀，巠聲。"

　　" 刑 " 古音屬耕部、匣紐，" 剄 " 古音屬耕部、見紐，耕部疊韻，見、匣旁紐，所以，" 刑 " 與 " 剄 " 爲形音義相關聯的同源轉注字，亦即標示同源同義詞。前舉 " 讙 " 與 " 譁 " 亦如此。" 讙 " 古音屬元部、曉紐，" 譁 " 古音屬魚部、曉紐，魚、元通轉，曉紐雙聲。

　　當然，轉注字音相異不相通者，自非同源關係。而同源詞也并非都標以轉注字。如：

> 《說文·一部》：" 天，顚也。" 甲骨文作 ，金文作 ，王國維《觀堂集林》六《釋天》：" 古文天字本象人形。……本謂人顚頂，故象人形。……所以獨墳其首者，正特著其所象之處也。"《廣雅·釋言》：" 天，顚也。"《山海經·海外西經》：" 刑天與帝至此爭神，帝斷其首，葬之常

羊之山，乃以乳爲目，以臍爲口，操干戚以舞。”郭璞注：
“是爲無首之民。”袁珂注：“刑天蓋即斷首之意。意此刑
天者，初本無名天神，斷首之後，始名之爲‘刑天’。”❽
《説文·頁部》：“顚，頂也。從頁，眞聲。”《爾雅·釋
言》：“顚，頂也。”郭璞注：“頭上。”《國語·齊
語》：“班序顚毛。”韋昭注：“顚，頂也。”《墨子·修
身》：“華髮隳顚。”孫詒讓閒詁：“隳顚，即秃頂。”
《説文·頁部》：“頂，顚也。從頁，丁聲。”金文作 𩑳，
籀文作 𩕳，原爲鼎聲。《周易·大過》：“過涉滅頂。”虞
翻注：“頂，首也。”《莊子·人間世》：“肩高於頂。”
《荀子·儒效》：“是猶傴伸而好升高也，指其頂者愈
衆。”

　　按照《説文》本訓，印證經籍用例，參驗注家詮釋，“天”、
“顚”、“頂”之本義相同。考究古音，“天”屬真部、透紐，
“顚”屬真部、端紐，“頂”屬耕部、端紐。“天”與“顚”，真
部疊韻，透、端旁紐；“天”與“頂”，真、耕通轉，透、端旁
紐；“顚”與“頂”，真、耕通轉，端紐雙聲。就詞匯論，
“天”、“顚”、“頂”皆同源。就文字論，“顚”與“頂”構形
同從“頁”，自爲轉注，亦爲同源。“天”與“顚”或“頂”構形
不相干，自非轉注，只是同源。
　　根據以上論述，轉注字作爲同義異音衍形之字，其異音相通

---

❽　袁珂《山海經校注》第214頁，上海古籍出版社，1983年。

者，則同出一源，這樣，對于轉注字，依循古音，其韻母本相近同
而聲母若能複合，便可以確定爲同源關係。試就下列三對字例觀
之，在《説文》中，每對共居一部，義相同，音相異，形相衍，均
爲轉注之字。有《説文》訓解可據，有古籍用例可驗，有前賢注疏
可證。而基于韻部相通的事實，再推及聲紐組合的可能，則將顯示
其出自一源。

> 《説文·艸部》：“萌，艸芽也。從艸，明聲。”《禮記·月
> 令》：（季春之月）“生氣方盛，陽氣發泄，句者畢出，萌
> 者盡達。”鄭玄注：“句，屈生者。芒而直曰萌。”《孟子
> ·告子上》：“是其日月之所息，雨露之所潤，非無萌蘗之
> 生焉。”孫奭疏：“非無萌牙（芽）絲蘗生焉。”韓愈等
> 《石鼎聯句》：“秋瓜未落蒂，凍芋强抽萌。”
> 《説文·艸部》：“芽，萌芽也。從艸，牙聲。”白居易
> 《種桃歌》：“食桃種桃核，一年核生芽。”

“萌”古音屬陽部、明紐，“芽”古音屬魚部、疑紐。在古韻
中，陽部與魚部本可以陽聲韻與陰聲韻對轉。而參酌親屬語言如藏
語等有複輔音 mŋ，在古聲中，明紐與疑紐也可能相互綴結。果真
如此，則當斷定“萌”與“芽”爲同源之轉注字。

> 《説文·艸部》：“菲，芴也。從艸，非聲。”《爾雅·釋
> 草》：“菲，芴。”《詩經·邶風·谷風》：“采葑采菲，
> 無以下體。”毛亨傳：“菲，芴也。”孔穎達疏引陸璣

曰：“菲……幽州人謂之芴。”

《説文·艸部》：“芴，菲也。從艸，勿聲。”

　　“菲”古音屬微部、滂紐，“芴”古音屬物部、明紐。在古韻中，物部與微部本可以入聲韻與陰聲韻對轉。而參酌親屬語言如格曼僜語等有複輔音 mp′，在古聲中，明紐與滂紐也可能綴結。果真如此，也當斷定“菲”與“芴”爲同源之轉注字。

　　《説文·火部》：“灸，灼也。從火，久聲。”王筠《説文句讀》：“以火艾灼病曰灸。”《正字通·火部》：“灸，灼體療病。”《莊子·盜跖》：“丘所謂無病而自灸也。”《急就篇》卷四：“灸刺和藥逐去邪。”顏師古注：“灸，以火艾灼病也。”曾鞏《答所勸灸》詩：“灸灼君所勸，感君書上辭。”

　　《説文·火部》：“灼，灸也。從火，勺聲。”（此據段注本，注曰：“此與上‘灸’篆爲轉注。”王筠《説文句讀》注同。）《楚辭·七諫·怨世》：“高陽無故而委塵兮，唐虞點灼而毀議。”王逸注：“點，污也。灼，灸也。猶身有病，人點灸之。”《宋史·太祖紀三》：“太宗嘗病亟，帝往視之，親爲灼艾。太宗覺痛，帝亦取艾自灸。”

　　“灸”古音屬之部、見紐，“灼”古音屬藥部、章紐。在古韻中，之部與藥部本可以旁對轉。在古聲中，見紐與章紐也可能相互綴結。果真如此，亦當斷定"炙"與"灼"爲同源之轉注字。

于此可見，古漢語曾存在複輔音聲母說，凡合于音理的構想而持之有故的論證，若能審慎採用，據以適當推導，不失爲追溯轉注字之出于同源的一定憑依，而這就自可藉以探知更多的彼此同源的轉注之字。反之互證，由同源轉注字的聲韻相通而推究古音系的聲紐結合，也將爲考定複輔音聲母拓寬道路。

(三) 複聲母考

關于複聲母的探察，學者涉足漸多。數十年來，初始窺見徵迹而提出科學假說，繼則剖析材料而繫聯綴合樣式，現正構擬體系而尋覓演變踪迹。發軔者筆路藍縷，接踵者勤求探討，時有創獲，著有實績。瀏覽歷來著述，考定複聲母個別結構者多，擬測複聲母整體系列者少，有的假定，種類紛繁，構型複雜，臆測性大。竺家寧博士的專著《古漢語複聲母研究》❾，綜合前賢的成果，整理諸家的學說，提出獨到的見解，具有深厚的功力。作者悉心進行討索，以縝密的方法，分析資料，歸納全部諧聲的偏旁，網羅所有異常的現象，解釋諸多客觀的事實；以審慎的態度，擬定聲類，建構較爲嚴整的系統，說明一般演化的規律，避免過于繁雜的型式。這樣，便理出了古漢語複聲母的端緒之梗概，而推動了古漢語複聲母的研討之進展。

---

❾　竺家寧《古漢語複聲母研究》（博士論文），中國文化大學中文研究所。

　　學者們考究古漢語複聲母，曾探尋多種綫索，而側重注視形聲字，亦同時顧及其它可能反映的有關表現形式，諸如：古代聲訓，故訓注音，同詞異文，一字殊形，假借通用，方言分歧，疊韻謰語，共源派生的語詞，親屬語言的對應，等等。除此之外，前已指明，貫通轉注字之間的語音聯繫，也是覓得複聲母徵象的行之有效的路徑，既可爲憑藉上列手段所能辨明之實例增添證據，更可爲采取上列手段難以窺探其隱迹而彌補闕失。

　　轉注字，如前所述，同形聲字結構相似，都包含示義與表音的成分。因此，對于轉注字，若是孤立觀察，常會視爲形聲之屬；惟有比聯貫串，才會越出形聲之面。譬如：以“考”而言，單獨解析，從“老”省“丂”聲，似爲形聲，於是通常便只將目光停留于“丂”與“考”之相諧，忽略了從“考”與“老”之間去窺測潛在的奧秘。而“考”與“老”之爲轉注，實則出于同音變異。稽其古音，“考”屬幽部、溪紐，“老”屬幽部、來紐，韻部全然相同，聲紐看來有別。而一般學者目睹這種差異也大都看作截然無關。可是，如果古漢語聲系中曾經存在聲母之相結合，“考”的聲母 k′（溪紐）與“老”的聲母 l（來紐），原來本相綴結，而後方始離析，那麼這就自然地顯示了複合聲母的聚結，從而也就相應地映現了同源轉注的關係。

　　轉注字，如前指出，不乏同源者。凡爲同源之轉注字，其源相關，其音相通，其義相合，其形相繫。顯然，這也就透露了同出一源而孳乳衍生的轉注之字，其音符之所示，則不僅有單聲母的結構（如上文列舉的“譁”與“譁”之同爲曉紐、“顛”與“頂”之同爲端紐等），也可能有複聲母的形迹（如“考”與“老”可能爲

k'l等）。

當然，探索複聲母的印痕，若要就同源轉注字切實體察，則須對同源轉注字嚴格審定。否則，強爲牽合，難免乖舛。爲此，在前文中，曾對轉注的內涵與外延，并就形聲的近似而淆雜，不嫌瑣屑，比照字例，多所闡述，加以辨識。而基於上述論旨，以力求言之確鑿，這裡，不厭其煩，援引《說文》解釋，驗證經籍常例，徵引故訓資料，參照古文造型，稽明先秦聲韻，推溯語詞淵源，據以確定義之相合、形之相繫、音之相通、源之相關的實際因素，而列舉同源轉注字若干，以揭示些許複聲母表徵，聊爲已擬定者印證，或爲尚闕如者補遺。

棟　極

　　《說文·木部》："棟，極也。從木，東聲。"《一切經音義》卷六、卷十四、卷十五皆引"棟，屋極也。"王筠《說文句讀》："棟爲正中一木之名，今謂之脊檁者是。"朱駿聲《說文通訓定聲》："屋內至中至高之處。"《周易·繫辭下》："上古穴居而野處，後世聖人易之以宮室，上棟下宇，以待風雨。"

　　《說文·木部》："極，棟也。從木，亟聲。"徐鍇《說文解字繫傳》："極，屋脊之棟也。"吳善述《說文廣義校訂》："棟者，屋之正梁，居中至高，故謂之極。"《莊子·則陽》："其鄰有夫妻臣妾登極者。"陸德明《經典釋文》："司馬云：極，屋棟也。"

　　"棟"古音屬東部、端紐，"極"古音屬職部、群紐。職、東于古韻可以旁對轉，群、端于古聲可能通連。

橋　梁

　　《説文·木部》："橋，水梁也。從木，喬聲。"段玉裁注："水梁者，水中之梁也。"《史記·秦本紀》："初作河橋。"

　　《説文·木部》："梁，水橋也。從木、從水，刃聲。漆，古文。"徐鍇《説文解字繫傳》：古文"從兩木，一，梁之中橫象，從水。"段玉裁注："梁之字，用木跨水，則今之橋也。"《詩經·大雅·大明》："造舟爲梁，不顯其光。"孔穎達疏："造其舟以爲橋梁。"

　　"橋"古音屬宵部、群紐，"梁"古音屬陽部、來紐。宵、陽于古韻可以旁對轉，群、來于古聲可能通連。

刊　剗

　　《説文·刀部》："刊，剗也。從刀，干聲。"段玉裁注："凡有所削去謂之刊。"《廣雅·釋詁三》："刊，削也。"《尚書·禹貢》："隨山刊木。"

　　《説文·刀部》："剗，刊也。從刀，戔聲。"《廣雅·釋詁三》："剗，削也。"《商君書·定分》："有敢剗定法令，損益一字以上，罪死不赦。"

　　"刊"古音屬元部、溪紐，"剗"古音屬月部、端紐。月、元于古韻可以對轉，端、溪于古聲可能通連。

何　儋

　　《説文·人部》："何，儋也。從人，可聲。"甲骨文作𠂤，金文作𠂤，像人荷戈之形，金文亦作𠂤，戰國文字則變作何，徐鉉等曰："儋何即負何也，借爲誰何之何，今俗別作擔荷。"《詩經·商頌·玄鳥》："百祿是何。"鄭玄箋："謂當擔負天之多福。"

《說文·人部》："儋，何也。從人，詹聲。"段玉裁注："儋，俗作擔。"《淮南子·氾論》："肩荷負儋之勤也。"

"何"古音屬歌部、匣紐，"儋"古音屬談部、端紐。談、歌于古韻可以通轉，端、匣于古聲可能通連。

潘 泔

《說文·水部》："潘，淅米汁也。從水，番聲。"《左傳·哀公十四年》："陳氏方睦，使疾，而遺之潘沐。"杜預注："潘，米汁，可以沐頭。"

《說文·水部》："泔，周謂潘曰泔。從水，甘聲。"朱駿聲《說文通訓定聲》："淅米汁也，亦曰灡，今蘇俗尚評泔腳水。"《管子·水地》："秦之水泔冣而稽，垽滯而雜。"俞樾平議："《說文·水部》：'周謂潘曰泔。''潘，淅米汁也。'《宀部》：'冣，積也。'徐鍇曰：'古以聚物之聚爲冣。'此二句之義，蓋謂泔汁會聚而停留，淤泥沈滯而混雜也。"蘇軾《鳳翔八觀·東湖》："有山禿如赭，有水濁如泔。"

"潘"古音屬元部、滂紐，"泔"古音屬談部、見紐。元、談于古韻可以通轉，滂、見于古聲可能通連。

舂 𦥑

《說文·臼部》："舂，擣粟也。從𠬞，持杵臨臼上。午，杵省也。"朱駿聲《說文通訓定聲》："午，古杵字。"《詩經·大雅·生民》："或舂或揄，或簸或蹂。"

《說文·臼部》："𦥑，齊謂舂曰𦥑。從臼，㪐聲。讀若膊。"《廣韻·鐸韻》："𦥑，舂也。"

　　“春”古音屬東部、審紐，“茜”古音屬鐸部、滂紐。東、鐸于古韻可以旁對轉，滂、審于古聲可能通連。

排　擠

　　《說文·手部》：“排，擠也。從手，非聲。”蘇軾《浣溪沙·旋抹紅妝看使君》：“相排踏破蒨羅裙。”

　　《說文·手部》：“擠，排也。從手，齊聲。”《史記·項羽本紀》：“漢軍卻，爲楚所擠。”裴駰集解：“瓚曰：‘排擠也。’”《資治通鑑·漢元帝初元二年》：“欲驅士衆擠之大海之中。”胡三省注：“擠，排也，推也。”

　　“排”古音屬微部、並紐，“擠”古音屬脂部、精紐。脂、微于古韻可以旁轉，精、並于古聲可能通連。

梧　檃

　　《說文·木部》：“梧，檃也。從木，昏聲。”徐灝注箋：“梧，隸變作栝。《字匯·木部》”：“梧，檃栝，正木器。”

　　《說文·木部》：“檃，栝也。從木，隱省聲。”徐鍇《說文解字繫傳》：“此即正邪曲之器也。”王筠《說文句讀》：“古書多檃栝連言，許君則二字轉注，以見其爲一事而兩名，群書連用之爲複語也。”《荀子·性惡》：“故枸木必將待檃栝烝矯然後直。”

　　“梧”古音屬月部、見紐，“檃”古音屬文部、影紐。文、月于古韻可以旁對轉，影、見于古聲可能通連。

捉　搤

　　《說文·手部》：“捉，搤也。從手，足聲。一曰握也。”徐灝注箋："握猶搹也。"《廣雅·釋詁三》："捉，持也。"《左傳·僖公二十八年》："叔武將沐，聞君至，喜，捉髮走出。"《世說新語·容止》："（魏武）帝自捉刀立床頭。"

《説文·手部》："搹，捉也。從手，益聲。"《廣韻·麥韻》："搹，持也，握也，捉也。"《龍龕手鑒·手部》"搹"，同"扼"。《戰國策·魏策一》："是故天下之游士，莫不日夜搹腕瞋目切齒，以言從之便，以説人主。"

"捉"古音屬屋部、章紐，"搹"古音屬錫部、影紐。錫、屋于古韻可以旁轉，影、章于古聲可能通連。

當然，推度同源轉注字所屬的古聲紐于古聲系可能通連，如果其中某字之音符另屬別紐，各聲紐的系結情況則較複雜，這在同源轉注字中亦常見之：

菱 芰

《説文·艸部》："菱，芰也。從艸，淩聲。楚謂之芰，秦謂之薢茩。"《爾雅·釋草》："菱，蕨攗。"郭璞注："菱蕨，水中芰。"邢昺疏："《字林》云：楚人名菱曰芰……俗云菱角是也。"陸德明《經典釋文》作"蓤"，注："字又作菱，本今作蓤。"《廣雅·釋草》："蓤、芰，薢茩也。"《周禮·天官·籩人》："加籩之實，菱、芡、栗、脯。"

《説文·艸部》："芰，菱也。從艸，支聲。"《國語·楚語上》："屈到嗜芰。有疾，召其宗老而屬之曰：'祭我必以芰。'"韋昭注："芰，菱也。"

"菱"古音屬蒸部、來紐，"芰"古音屬支部、群紐，支、蒸于古韻可以旁對轉，群、來于古聲可能通連。再則，"芰"以

"支"爲音符,"支"古音屬支部、章紐,那麼,群、來、章于古時如何系結?

穎 頜

《説文·頁部》:"穎,頜也。從頁,桑聲。"《周易·説卦》:"其于人也,爲寡髮,爲廣穎。"孔穎達疏"頜闊爲廣穎。"

《説文·頁部》:"頜,穎也。從頁,各聲。"《方言》卷十:"頜,穎也。中夏謂之頜,東齊謂之穎。"《漢書·外戚傳下·孝成趙皇后》:"頜上有壯髮,類孝元皇帝。"

"穎"古音屬陽部、心紐,"頜"古音屬鐸部、疑紐。陽、鐸于古韻可以對轉,心、疑于古聲可能通連。再則,"頜"以"各"爲音符,"各"古音屬鐸部、見紐,那麼,心、疑、見于古時如何系結?

桵 棫

《説文·木部》:"桵,白桵,棫。從木,妥聲。"

《説文·木部》:"棫,白桵也。從木,或聲。"《爾雅·釋木》:"棫,白桵。"《詩經·大雅·緜》:"柞棫拔矣,行道兑矣。"鄭玄箋:"棫,白桵也。"

"桵"古音屬微部、日紐,"棫"古音屬職部、匣紐。微、職于古韻可以通轉,日、匣于古聲可能通連。再則,"桵"以"妥"爲音符,"妥"古音屬歌部、透紐,那麼,日、匣、透于古時如何系結?

芜 葳

《説文·艸部》："蕪，薉也。從艸，無聲。"《老子》第五十三章："田甚蕪，倉甚虛。"

《説文·艸部》："薉，蕪也。從艸，歲聲。"《荀子·天論》："田薉稼惡，糴貴民饑。"

"蕪"古音屬魚部、明紐，"薉"古音屬月部、影紐。月、魚于古韻可以通轉，影、明于古聲可能通連。再則，"薉"以"歲"爲音符，"歲"古音屬月部、心紐，那麼，影、明、心于古時如何系結？

濫　氾

《説文·水部》："濫，氾也。從水，監聲。"《孟子·滕文公上》："當堯之時，天下猶未平，洪水橫流，氾濫於天下。"《水經注》十三《漾水》："其水陽燠不耗，陰霖不濫。"

《説文·水部》："氾，濫也。從水，㔾聲。"❿《漢書·武帝紀元光三年》："河水決濮陽，氾郡十六。"

"濫"古音屬談部、來紐，"氾"古音屬談部、滂紐（"氾"有的古音學家歸侵部）。部部疊韻（或侵、談于古韻可以旁轉），滂、來于古聲可能通連。再則，"濫"以"監"爲音符，"監"古音屬談部、見紐，那麼，滂、來、見于古時如何系結？

諸如此類的錯雜現象❶，都值得進一步深究，以探求科學的推斷。

---

❿　許書傳本"氾"爲"㔾聲，存疑。"

❶　前舉之"梁"，古文並非以"刅"爲音符。若按許慎據小篆析爲"刅聲"，則亦當類此。

結　語

　　綜上所述，稽考古漢語複輔音聲母，于充分利用形聲字等材料之同時，亦適當貫通轉注字的語音之關聯，使其相輔而行，則會相得益彰。而且，循此途徑，深入辨析，既可爲探究複輔音聲母覓得徵迹，也可爲推究同源轉注字提供根據。

陳新雄　授質疑：是不是韻部相同或相通而聲母不同的同義字，都有可能原來是複聲母呢？

作者奉答：拙文探察複輔音聲母，僅就同源轉注字審辨。我嘗試貫通文字、聲韻、訓詁以探究複輔音聲母與同源轉注字，力戒妄作臆測，注意謹慎從事。在拙文中，曾一再說明而反復强調："探索複聲母的印痕，若要就同源轉注字切實體察，則須對同源轉注字嚴格審定。否則，强爲牽合，難免乖舛‧‧‧‧‧‧而基於上述論旨，以力求言之確鑿，這裏，不厭其煩，援引《說文》解釋，驗證經籍常例，徵引故訓資料，參照古文造型，稽明先秦聲韻，推溯語詞淵源，據以確定義之相合、形之相繫、音之相通、源之相關的實際因素"，求索實證，參酌佐證，以方言與親屬語言之複聲母現象印證。我曾蒐集相當數量的材料，而不少現象經過甄別都被排除。況且，就是文中所舉字例，儘管透示一定迹象，但是我所下的斷語也只是蓋然判斷（"某紐與某紐於古聲可能通連"），尚待進一步考定。

董忠司教授質疑：是不是各方言間的同義字異音字，都有可能原來是複聲母呢？若以異方言間此類爲複聲母之證，應再考慮其外影響與異常之變異？

作者奉答：各方言間的同義字所標誌的同義詞，或出於異造，或屬於同源。凡異造者，乃是不同方言區的人分別"約之以命"而"約定俗成"的。這些方言同義字，只是義相同，而形與音了不相涉，當然不宜設想其原爲複聲母。若同源者，其源相關，其音相通，其義相合，其形相繫，則聲母於古時可能通連，但也不宜率爾斷言，須有確實依據參驗。

《真臘風土記》裡的元代語音

吳疊彬

提　要

　　元代的《真臘風土記》以漢字記錄了真臘國的語言。從漢字譯語音與真臘語的比較中，可可看出當時的漢語仍保有入聲韻尾和雙唇鼻音韻尾，並且舌根音聲母也尚未顎化。

1.《真臘風土記》的撰寫經過

　　《真臘風土記》的作者周達觀爲元代永嘉人。據書的〈總敍〉所云，在元貞之七未年（即元貞元年，公元一二九五年）六月，元朝天子下令遣使赴真臘國招諭。周氏遂被許可隨使節前往，「以次年丙申二月離明州，二十日自溫州港口開洋⋯⋯秋七月始至，八月十二日抵四明泊岸⋯⋯至大德丁酉六月回舟。」大德丁酉即大德元年，公元一二九七年。從一二九六年的夏曆七月至一二九七年的夏曆六月，周氏在真臘停留了約一年的時間。

此次遣使一事，《元史》並無記載，因而對周氏及其書也全無提及。回國後，周氏將此次的見聞撰成書一卷。他的友人吾丘衍爲此寫了題爲《周達可隨奉使過真臘國作書紀風俗因贈三首》的詩。根據吾丘衍的《竹素山房集》所附的墓誌，可知吾丘氏卒於至大四年臘月甲午，即公元一三一二年二月❶。由此可推斷，周氏書必撰成於此時之前。其書雖爲返國後所寫，然而書中真臘語所作的譯語必定出自在該國停留時所做的筆記，除非周氏能熟諳此語言。因此，該書的譯語可確定是反映1296-1297年前後的漢語語音。

2.《真臘風土記》的漢字對音

《真臘風土記》一書除開頭的〈總敍〉外，其下分爲四十節，各有標題，如「城郭、宮室、服飾、官屬、三教、人物、産婦」等❷。其中尚有「語言、文字」二節，可見作者心思細密、眼光獨到，對域外民族有份濃厚求知的心。全卷除了詳載真臘的風土人情，也附帶以漢字音記下當地事物的名稱。這些名稱將近六十條，散見於「總敍、服飾、官屬、三教、人物、室女、奴婢、語言、文字、正朔時序、山川、醞釀、鹽醋醬麴、器用、舟楫、屬郡、村落、國主出入」等節中。「總敍、屬郡」二節所音譯的名稱皆爲地名，由於大都僅爲列舉而欠缺方位説明，大部份至今難以確實考

---

❶　見夏鼐《真臘風土記校注》之序。
❷　有的版本並無此類節名。

出❸〈語言〉一節的譯名則爲一至十的數字以及若干親屬稱謂。

《明史·真臘傳》云:「其國自稱甘孛智,後誤爲甘破蔗,萬曆後又改爲柬埔寨。」由此可知,真臘即今之柬埔寨(也稱爲高棉),正與英文的 Cambodia、法文的 Cambodge 和德文的 Kambodscha 相符。《真臘風土記》裡記錄的當地語言無疑即柬埔寨語,亦稱高棉語。書中近六十條的譯語中,能確實從現今的柬語考出者爲三十餘條❹,雖不算豐富,然而與具有千餘年文字傳統的柬語相互參較❺,確能對當時漢語的語音提供有用的佐證材料。

《真臘風土記》現存的印本和抄本種類不少,文字也各有出入、脫落和錯訛的情形。本文乃經過實際比對十餘種版本,再參攷前輩學者的研究,儘可能找出材料的原貌,以將譯語的訛誤減至最低❻。

2·1 鼻音韻尾的對音

在柬埔寨語裡,鼻輔音 m、n、ŋ 和漢語一樣,也能出現在詞尾和音節末尾。《真臘風土記》裡的對音正好反映了這類韻尾。以下便就這三個韻尾分別加以說明。

2·1·1 雙唇鼻音韻尾–m 的對音

在譯語裡,我們找到了在中古時期以雙唇鼻音–m 收尾的

---

❸ 國外學者嘗推論出若干柬語地名,然而因與漢字譯音頗有距離而不爲本文所採信。這方面的論述可參閱夏鼐、金榮華二書的注釋。

❹ 中外學者曾對若干譯語作出考證,然因對漢字音韻或柬文認識有限而不足採信。

❺ 現存最早的柬語文獻爲公元611年的碑文。

❻ 有若干海外版本筆者仍無緣親覽,僅轉引自金榮華、夏鼐二氏之論著。

「甘、澉、藍、咸、三、森、暗」等字。它們仍保留此韻尾與否，可從下列的對音看出來。

(1)甘——古三切，見談咸開一平

　澉——古覽切，見敢咸開一上；吐濫切，透闞咸開一去。

〈總敘〉：「真臘國或稱占臘，其國自稱曰甘孛智。今聖朝按西番經，名其國曰澉浦只，蓋亦甘孛智之近音也。」

現今柬語自稱其國爲 Kɔmpuči：ə❼，「甘孛智、澉浦只」正與此音義相符。前者無疑乃周氏本人的音譯，而後者則爲當時朝廷所用，應非直接譯自柬語，不過此譯名並不見於《元史》。「甘、澉」除了調外聲韻皆同，用以譯 Kɔm－，可知其當時仍保有－m尾。「澉」的聲母有見、透二讀，此處以見讀對譯，似乎意味此聲母讀法較爲常用。

(2)藍——魯甘切，來談咸開一平

〈語言〉：「五爲孛藍」/〈正朔時序〉：「每一月必有一事……。八月則挨藍，挨藍者舞也。點差伎樂，每日就國宮挨藍」柬語稱數字五爲 pram，「孛藍」正與此相符。顯然，「藍」是對譯其中的－ram。在柬語裡，跳舞稱爲 roam。「挨藍」與此義同音近，無疑是它的譯語。「挨」的存在是否可能對譯柬語的另一個詞素，至今仍無法考證。然而，依據赫夫門（Huffman）對柬語的研究，r音乃 " trill with vocalic onset initially "」，即「在詞首時爲帶有元音性起頭的顫音」，並將它標作〔ər〕❽。因此，「挨」有

———————————

❼　柬語的爲不送氣的一種舌面前塞擦音。

❽　見 Huffman1967，頁20。

可能是用來譯 r 前頭的 ə 音。「挨」為於改或於駭切，或許當時的音值類似 ε，而以此音對譯 ə 並無可厚非。此外，柬語 roam 和 pram 的韻母在柬文的寫法上完全相同。此寫法相當於印度系字母的 am。由於其前聲母含有清音成份與否的關係，而使此韻母產生不同的讀音。因此，可知 roam 出自於＊ram。如果當時的「藍」對譯的是＊ram 和－ram，那自然完美。然而，當時的真臘語是＊ram 抑或 roam 並不易推斷。即使是 roam 而用「藍」譯之也未嘗不可，假如當時並無更近似的語音的話。周書以「藍」兼譯－ram 和 roam，顯示當時此字仍以－m 收尾。

「孛藍」一語大多數版本作「孛監」，僅《說郛》百卷本正確。另外，《稗史彙編》卷十五的〈真臘〉篇乃《真臘風土記》的撮要，文中也作「孛藍」。「藍」訛為「監」顯然是因字形相近所致

(3)咸——胡讒切，匣咸咸開二平

〈鹽醋醬麴〉：「土人不能為醋，羹中欲酸，則著以咸平樹葉，樹既生莢則用莢，既生子則用子。」

此樹柬語稱為 ʔɔmpɨl❾，當地華僑叫做酸子樹，稱其果實為酸子。至今，中南半島的華僑也用此果實給湯料添加酸味。由於詞義符合且語音相似，「咸平」無疑為 ʔɔmpɨl 的對音。以「咸」譯 ʔɔm－反映此字當時仍以－m 收尾。

(4)三——蘇甘切，心談咸開一平；蘇暫切，心闞咸開一去

〈國主出入〉：「大凡出入，必迎小金塔金佛在其前，觀者皆當跪地頂禮，名為三罷。」

---

❾ 柬語的喉塞音聲母在文字上為一獨立的字母。

「三罷」當對譯柬語的 sɔmpeah。今之 sɔmpeah 爲合什敬禮，雖無跪地的含意，然而見佛像跪地頂禮也必先合掌朝拜，故二者詞義仍大體相符。現今馬來語也有 sembah 一詞，義爲合掌於頭前朝拜。從文字的寫法上看，柬語 sɔmpeah 的－peah 相當於印度系文字的 bah，因此柬語、馬語二詞實同出一源。由此觀之，「三罷」確爲對當的譯語。以「三」譯 sɔm－，反映當時此字仍保有－m 尾。

(5)**森**——所今切，生侵深開三平

〈村落〉：「大路上自有歇腳去處，如郵亭之類，其名爲森木。」在柬語裡，旅途中供歇息之處所稱爲 sɔmnak。雖然 sɔmnak 的－nak 與「森木」的「木」在聲母上有些許出入，仍因義同音近而不失爲所對譯之詞。或許周氏誤聽成 sɔmmak，也或許當時的柬語方音裡有語音同化的現象，而把 sɔmnak 説成 sɔmmak。由於「森」對譯 sɔm－，可知它仍保有－m 的韻尾。

(6)**暗**——烏紺切，影勘咸開一去

〈服飾〉：「惟官人可打兩頭花布……。　　若新唐人雖打兩頭花布，人亦不敢罪之，以其暗丁八殺故也。暗丁八殺者，不識體例也。」/〈官屬〉：「金傘柄以上官，皆呼爲巴丁，或呼暗丁。」在柬語裡，「知」爲 dəŋ，「不」爲 min，故「不知」爲 min－dəŋ。根據赫夫門的研究，否定詞 min 在口語中常弱化作 m。❿ min－dəŋ 在口語中便變成了 m－dəŋ。由此觀之，「暗丁八殺」中的「暗丁」無疑是對譯 m－dəŋ。「丁」對 dəŋ 無問題，而「暗」譯 m 則當是以 *əm 般的音值爲之。以「暗」對譯 m 自然反映此字

❿　見 Huffman1967，頁50。

在當時仍以－m 收尾。「八殺」二字因屬入聲韻，將在下文中説明。

〈官屬〉一節中的「暗丁」爲一種官名，被認爲是對譯梵語的 mantrin❶。此梵語詞乃大臣之義，也有另一個異體 mantri 必也曾進入柬文後至今仍使用，讀爲 muəntrəi。由此推之，mantrin。此形借入柬文後至今仍使用，讀爲 muəntrəi。由此推之，mantrin 必也曾進入柬語中。然而，「暗丁」和 mantrin 仍有距離。周氏用同一個「丁」對譯 dəŋ 和 trin 如此不太接近的兩個語音，其可能性不會太高。即使可能，而以「暗」譯 man－仍需要解釋，除非能找到有讀成 m 的線索。至於「暗丁」的同義詞「巴丁」，迄今仍難以考證。

綜合上述的分析，我們後清楚地知道，「甘、澉、藍、咸、三、森、暗」等字在元代的譯音中皆以－m 韻收尾，從而説明了那時的漢語依然保持著雙唇鼻音韻尾。

2·1·2　舌尖鼻音韻尾－n 的對音

在譯語裡，中古時期以舌尖鼻音韻尾－n 收尾的字，計有「班、般、蠻、溫、干、陳、蘭」等，它們對音的情形如下：

(1)**班**──布還切，幫刪山開二平

〈三教〉：「爲儒者呼爲班詰」/〈語言〉：「呼秀才爲班詰」「班詰」一語顯然是對譯柬語的 bɔndɨt。此詞爲有學問的人、學者之義，乃是借自梵語的 paṇḍita，而此字也借入馬來語爲 pendita，

---

❶ 見夏鼐一書此節的注釋。

借入英語爲 pandit。柬語的 b-，從文字上看可知本爲清的 p，後來在元音前演變成現今的 b。「喆」在中古爲溪母質韻，在對譯 -dɨt 上其聲母顯然有段距離。由於《真臘風土記》各版本常有因字形相近而導致訛誤的情形，「喆」很可能就因此而產生。果真如此，它的本字應當是形近的「喆」。「喆」爲陟列切，屬知母薛韻，如用以對譯 -dɨt 是很恰當的。從以「班」譯 bɔn- 中，可知當時此字仍保有舌尖鼻音韻尾。

(2)般——北潘切，幫桓山合一平；布還切，幫刪山開二平；薄官切，並桓山合一平

〈語言〉：「四爲般……九爲孛藍般」

在柬語裡，四稱爲 buːən。九爲 pram-buːən（即「五十四」）。毫無疑問，「般」便是 buːən 的音譯。「般」對譯 buːən 反映了此字當時仍以舌鼻音收尾，而且其韻母也含有合口的成分。由此也可知，「般」的北潘、薄官二切之合口讀法在當時依然保持。

(3)蠻——莫還切，明刪山開二平

〈正朔時序〉：「呼雞爲蠻」

柬語稱雞爲 moan，恰與「蠻」音義相符。以「蠻」對譯 moan，顯示當時此字仍以 -n 收尾。「蠻」字大多數版本誤作「欒」，僅《說郛》六十九卷本者和《稗史彙編》的〈真臘〉篇正確❶。

(4)溫——烏渾切，影魂臻合一平

〈語言〉：「呼弟爲補溫」

---

❶ 六十九卷本的資料轉引自金榮華的著作。

在柬語裡,弟稱爲 pʔoːn,與「補溫」的音義正符合。「溫」對
譯－ʔoːn反映了此字在當時依然保有－n的韻尾。

(5)干——古寒切,見寒山開一平

〈總敍〉:「又自查南換小舟,順水可十餘日……可抵其地曰干
傍」

由〈總敍〉的説明中,可知「干傍」乃指臨近水岸的一處地方。柬
語裡有 kɔmpuəŋ 一詞,本義指河湖岸邊可下水之處,後來又引伸
出水邊村落的意思,此恰和漢語的「埠」相當。如今柬埔寨國中河
湖沿岸的城鎮多冠以 kɔmpuəŋ 名,當地華僑則簡譯爲「磅」,例
如 kɔmpuŋ－thom 譯作「磅通」市。〈總敍〉裡的「干傍」或許指
冠有此 kɔmpuəŋ 名的某一村落,也或許泛指水邊的任一村落,由
於音義相若,應無疑是 kɔmpuəŋ 的譯音詞。惟美中不足之處乃是
以收－n尾的「干」對譯 kɔm－。其原因或許是,在周氏的語音系
統內,唇音前的 n 都被同化爲 m 吧。此次的譯音,雖不能直接證
明當時的「干」是以－n收尾,然而也無法就此推斷它是收－m
尾,不過,它毫無疑問是有個鼻者韻尾的。

(6)陳——眞珍切,澄眞臻開三平

　蘭——落干切,來寒山開一平

〈人物〉:「國主凡有五妻……。凡人家有女美貌者,必召入內。
其下供内中出入之役者,呼爲陳家蘭,亦不下一二千。」

柬語裡有 srəi－srəŋkiːə 一詞,義爲宮女或妃嬪,其中 srəi 指女
性,而 srəŋkiːə 爲情愛的意思,此處做修飾語用,故 srəi－
srəŋkiːə 在字面上即謂「情愛之女」。由於詞義類似,「陳家
蘭」一語極可能是對譯 srəŋkiːə。此詞乃借自梵語的 ʹsraŋgara,

若從東語的文字上看，它原本的面貌則是 srəŋgar，正好與梵語者相符。東文的－r尾後來在大多數的詞中都不再發音，僅少數變成邊音－l。如果「陳家蘭」確是 srəŋki：ə 的譯語，那麼應是「陳」和「家」分別譯 srəŋ 和 ki：ə，至於「蘭」，或許是對譯另一個迄今未知的詞素。另一種情形便是，譯語不是「陳家蘭」而是「陳蘭家」。由於《真》書的不同版本曾出現過文字倒置的訛誤❸，故此種情況是可能發生的。假如以「陳蘭家」來對譯，那便是「陳蘭」和「家」分別譯 srəŋ 和 ki：ə。「陳」或「陳蘭」對譯 srəŋ 都各有千秋，而唯一不變的是「家」譯 ki：ə。然而，收－n尾的「陳、蘭」對譯收－ŋ尾的 srəŋ 並不能直接證明它們當時仍保有－n尾，可是也不足以就此推斷其韻尾已發生變化。

綜合上述的分析，可知「班、般、蠻、溫」等字皆對譯東語的舌尖鼻音韻尾－n，因此說明了元代的漢語仍保持著此鼻音韻尾。雖然「干、陳、蘭」等字在音譯上有些許出入，也只能算是小小的誤差。

2·1·3　舌根鼻音韻尾－ŋ的對音

在譯語裡，周氏使用了中古時期以舌根鼻音 ŋ 收尾的「邦、傍、撞、丁、平」等字，它們的對音情況如下：

(1)邦──博江切，幫江江開二平

〈語言〉：「呼兄為邦，姊亦呼為邦。」

東言裡有 bɔ：ŋ 一詞，義為兄或姐，如需明確表示，則說 bɔ：ŋ－proh（兄）或 bɔ：ŋ－srəi（姐），proh 即男而 srəi 即女的意思。

---

❸　如〈貿易〉節中的「買賣」一語，也有版本作「賣買」。

「邦」顯然就是 bɔːŋ 的音譯。此對譯反映出當時的「邦」是以舌根鼻音 -ŋ 收尾。

(2)**傍**──蒲浪切，並宕宕開一去；步光切，並唐宕開一平

從上一節「干」條的說明中，可知「傍」乃對譯柬語 kɔmpuəŋ 一詞的 -puəŋ。以「傍」譯 -puəŋ 顯示出當時此字仍保持 -ŋ 尾。

(3)**撞**──眞絳切，澄絳江開二去；宅江切，澄江江開二平

〈奴婢〉：「人家奴婢，皆買野人以充其役……。蓋野人者，山中之人也。自有種類，俗呼爲撞賊。……城間人相罵者，一呼之爲撞，則恨入骨髓」

柬語裡有 cʰoːŋ 一詞，乃其境内一少數民族之名，如作形容詞用則爲野蠻之義。「撞」無疑即 cʰoːŋ 的譯音。此對譯反映出「撞」在當時仍以 -ŋ 收尾。「撞」字多數版本無誤，僅《古今圖書集成》本和《稗史彙編》的〈真臘〉篇作「獞」。「獞」字《廣韻》無收，據《集韻》爲徒東切，此音與柬語不符，故「獞」實爲訛字，或由擅改而成。

(4)**丁**──當經切，端青梗開四平；中莖切，知耕梗開二平

從前面2‧1‧1節「暗」條的分析中，可以確定「丁」乃是對譯柬語的 dəŋ。從文字上看，dəŋ 的聲母原本是清的 t，後來卻濁化了。濁化何時開始，仍不易斷定。然而，即使以清聲母的「丁」對譯濁聲母的 dəŋ 並無可厚非。以「丁」譯 dəŋ 說明了此字當時依然保存著舌根鼻音韻尾。

(5)**平**──符兵切，並庚梗開三平；房連切，並仙山開三平

由2‧1‧1節「咸」條的分析中，可確知「平」是對譯柬語 ʔɔmpɨl 的 -pɨl。中古時期的「平」有收 -ŋ 和 -n 尾的兩讀。此處的

「平」顯然是以－n收尾。以－n尾音譯－l尾是可行的。例如，現今之越南語並無邊音韻尾，因此法語的 Noël（聖誕節）借入越南語便拼成了 Nô－en，同樣地，英國語音學家 Daniel Jones 的名字在越南語裡被拼作 ∟Da－ni－en Giôn（案：此據法語讀音供入），這二例都是以－n尾音譯－l尾。由此觀之，譯語裡的「平」是讀作舌尖鼻音韻尾的。「平」字在現今的漢語方言中也有讀爲－n尾的，例如合肥、南昌的 phin，長沙的 pin，蘇州的 bin，以及順德的 phen 等等。

綜合上述的分析，可知「邦、傍、撞、丁」等字都用來對譯柬語的－ŋ尾詞。這說明了當時的漢語依然保有舌根鼻音韻尾。此外，具有－ŋ尾和－n尾二讀的「平」在當時是讀作－n尾的。

2·2 塞音韻尾的對音

在柬語語裡，塞輔音 p、t、k 和漢語一樣，也能出現在詞尾和音節末尾。《真臘風土記》裡正反映了這類韻尾。以下便就這三個韻尾分別加以說明。

2·2·1 雙唇塞音韻尾－p 的對音

中古時期以雙唇塞音－p 收尾而使用在譯語中者，計有「答、恰」二字，它們對音的情如下：

(1)**答**——都合切，端合咸開一入

〈語言〉：「十爲答」

在柬語裡，十稱作 dɔp，正與「答」的音義相符。以「答」對譯此音，說明了此字當時仍保持雙唇塞音韻尾－p。「答」字，《文淵閣四庫全書》本寫作「荅」。在《廣韻》裡，「荅」與「答」同

音，除獨立成一字外，也作爲「答」的俗體。不過，根據《集韻》
和《類篇》，「荅」有託合切的透母一讀⓮。然而，從柬語來看，
「荅」必定是「答」的俗寫。

(2)**恰**──苦洽切，溪洽咸開二入

〈器用〉：「飲酒則用鑞器，可盛三四盞許，其名爲恰。」
《真》書大多數版本都脫落此句，僅百卷本和六十九卷本的《說
郛》裡保存。百卷本者的「恰」字，六十九卷本作「蛤」。柬語裡
有一詞 khap，爲一種口和底部小大相同的盛水容器，通常爲陶
製，正與「恰」音義近似，應當是所對譯的詞。「蛤」在中古爲古
沓切，屬見母合韻，其聲母的 k- 與 khap 有些許出入，當爲形近
而訛誤之字⓯。以「恰」對譯 khap，顯示此字當時仍以 -p 收尾。

　　綜合上述的分析，可知「答、恰」用來對譯柬語的 -p 尾詞，
這說明了元代的漢語仍有保持雙唇塞音韻尾者。

2・2・2　舌尖塞音韻尾 -t 的對音

　　在譯語裡，中古時期以舌尖塞音 -t 收尾的字「詰、別、孛、
辢、八、殺」等，它們對音的情形如下：

(1)**詰**──去吉切，溪質臻開三入

從前面 2・1・2 節「班」條的說明中，可知「詰」是對譯柬語
bɔndit 的 -dit。以「詰」譯 dɨt 的音，顯示出此字在當時仍保有舌

⓮　《集韻》作「託」合切，實誤。

⓯　金榮華先生認爲所對譯的柬語詞乃 karv，故以「蛤」爲一正字。其實，
　　kaev 本義爲玻璃、永晶，進而再引伸出「玻璃杯」一義，而此義卻被誤認
　　爲周氏所指之器皿。

尖塞音韻尾-t。「詰」的聲母在中古時期爲 kh-，與 dɨt 的聲母並不相近。難道在周氏的語音裡，「詰」被讀作舌尖聲母？不過，更極可能的當是「詰」乃一因字形接近而產生的錯字。果真如此，它的本字必是知母薛韻的「哲」。

(3)**別**——皮列切，並薛山開三入；方別切，幫薛山開三入

〈語言〉：「二爲別……七爲孛藍別」

在柬語裡，二稱爲 pi：，七稱爲 pram－pi：，而 pram－pi：即 pram（五）＋pi：（二）。從現今文字的拼法看，pi：早期的語音面貌爲 bi：r，而在古代的文獻上，它的拼法則是 bjar，尚有更早的詞形 ber。柬文詞尾的-r 在現今的柬語中大部分都不再發音，少數則變讀爲邊音-l。pram－pi：一詞在口語裡往往說成 prampɨl，此處的-l 即保留了往昔的-r。柬語的-r 究竟何時變成-l 及何時脱落，至今仍待推斷。「別」的對音當可爲此提供線索。假如當時「別」所對譯的柬語詞己失去輔音韻尾，如今的 prampɨl 便沒有來源。假如當時的-r 已變成-l，周氏應不會以中古收-t 尾的「別」來譯音，這從前述用「咸平」對譯 ʔompɨl 中可以得知。所以，唯一的可能乃是當時的柬語詞是以-r 音收尾。此外，當時柬語「二」和「七」中的「二」必定同音，因爲都爲同一個「別」所對譯。至於以韻尾-t 譯-r 是可行的。例如，未朝以前就曾用「達摩」和「羯磨」音譯梵語的 dharma 和 karma，而「達」和「羯」在中古是收-t 尾的。綜合上面的分析，可知當時的「別」是以-t 尾對譯柬語的-r 尾。

(3)**孛**——蒲沒切，並沒臻合一入；蒲昧切，並隊蟹合一去

〈語言〉：「五爲孛藍」/〈三敎〉：「寺亦許用瓦蓋，中止有一

像，正如釋迦佛之狀，呼爲孛賴。」/〈總敍〉：「……其國自稱
曰甘孛智。」

從2．1．1節的「藍」條中，可確知「孛藍」乃對譯柬語的 pran。
此處「孛」僅譯複聲母 pr- 的 p。這並不能直接證明「孛」當時仍
收 -t 尾。柬語裡，有 preah 一詞，義爲佛祖，無疑是〈三教〉節
中「孛賴」所對譯之語。此處的「孛」也只譯 pr- 裡的 p，因而也
不能直接證明它當時仍有 -t 尾。〈總敍〉裡的「甘孛智」，從上
述2．1．1節的「甘」條中，可確知乃對譯柬語的 kɔmpuči：ə。由
於 -puči：中的 u 是短元音，其實際的音值爲〔pučči：ə〕。此處
的 č 在柬文的拼法上爲單輔音，然而因受其前的短元音 u 的影響而
實際讀成「跨音節」的 -čč-（英語稱此現象爲 ambisyllabic ）。
由此觀之，「孛智」對譯的便是「puč-či：ə」，而「孛」譯 puč
顯示它當時應帶有韻尾 -t。中古的「孛」有去入二讀，即各帶韻
尾 -i 和 -t。去聲帶 -i 尾的讀法在當時並不可能，因爲此譯法之
笨拙可想而之。若說當時的「孛」其韻母爲開尾的 -u、-o 之
類，或者其塞音韻尾已變成 -k 或 -ʔ，這也未嘗不可能，因爲無
法找到反證。

(4)**辣**——**盧達切，來曷山開一入**

〈官屬〉：「金傘柄以上官……。銀傘柄者，呼爲廝辣的。」

柬語裡有 setthəi 一詞，柬文拼作 setthī，爲財主、富商、顯要之
義，從前則爲獲國王賜予白傘的富豪所持有的稱號。此義正與「廝
辣的」相符。此柬語詞出自巴利語的 sesthi，而源自於梵語的ʹ
sresthin。此梵語詞也進入泰語，拼作ʹsresthī，讀作〔se：
tthi：〕。由此觀之，當時「廝辣的」所對譯的不外是 * sresthi 或

＊sretthi 這樣的語音。因此「廝」便對譯 s－，「辣」對譯－res－或－ret－，「的」對譯－thi。以「辣」譯 res 或 ret 的音，似乎顯示它當時仍保持入聲的－t 尾。

(5)八──博拔切，幫點山開二入

　　殺──所八切，生點開二入；所拜切，生怪蟹合二去

〈服飾〉：「暗丁八殺者，不識體例也。」/〈三教〉：「爲道者呼爲八思惟」

從前面2・1・1和2・1・3節「暗、丁」二條的說明中，可知「暗丁八殺」的「暗丁」乃對譯柬語的 m－dəŋ，爲「不知、不識」之義。至於「八殺」，有人認爲即柬語的 phi：əsa（柬文拼作 bhasa）[16]，而此詞只有「語言」的意思，與「體例」的語義並不相符，因此不會是所對譯之詞。也有人認爲「八殺」乃「殺八」之誤，所對譯的柬語的 ćbap[17]。此詞爲「法律、規則、規矩」之義。另外，柬語裡也有 dəŋ－ćhap 的說法，即謂懂規矩、有禮貌。由此觀之，「殺八」是可能的，而「暗丁殺八」便分別對譯 ć－和－bap。以收－t 尾的「八」音譯－bap 是可能的，假如周氏的語音系統不容許一個音節的聲母和韻尾同時爲雙唇輔音的話。然而以「殺八」對譯 ćbap 並不能直接證明它們當時仍保持－t 尾。

＜三教＞條的「八思惟」無疑是對譯柬語的 pasvəi。此詞義爲苦行者、修道士，正與「八思惟」相符。pasvəi 中的 a 是短元音，因而音節的劃分便成 pas－vəi。所以，譯音當是以「八思—惟」對 pas

───────────────

[16]　見夏鼐一書〈服飾〉節的註釋。
[17]　見夏鼐一書〈服飾〉節的註釋。

－vəi。用「八思」譯 pas－顯然透露「八」是個較短促的語音。此短促的音必定指帶塞音尾而非開尾。然而，這仍不能直接證明此處的「八」在當時尚保持著－t尾。

　　綜合上述的分析，除「孛、辣、八、殺」各字外，可以確知「喆、別」二字是以－t尾來對音。這說明了當時的漢語依然保有舌尖塞音韻尾。

2·2·3　舌根塞音韻尾－k的對音

　　中古時期以舌根塞音收尾而出現在譯語中者，計有「得、木、直、的」等字，它們對音的情形如下：

(1)**得**——多則切，端德曾開一入

〈正朔時序〉：「每用中國十月以為正月。是月也，名為佳得。」柬語裡有 kadək 一詞，乃借自巴利語的 kattika，源自於梵語的 karttikah。這是印度曆法中的第十二月，相當於陽曆十至十一月之間。「佳得」與此音義皆符。以「得」對譯－dək 顯示出當時此字仍保有入聲韻尾－k。

(2)**木**——莫卜切，明屋通合一入

從前面2·1·1節的「森」條中，可以確知「森木」的「木」是對譯 scmnak 的－nak。此處聲母上的些許出入當有其原因（案：理由已在「森」條中說明），並不能否定此為對當的譯語。以「木」譯－nak 反映出此字在當時依然保有－k尾。

(3)**直**——除力切，澄職曾開三入

〈正朔時序〉：「呼豬為宜盧」柬語裡，豬稱作 čru：k。正與「直盧」相符。此處的「直」只譯

複聲母 ćr－中的 ć，因此仍不能直接證明它當時是否帶有韻尾－k。充其量也只能推測它可能是個短音節，因而可能是入聲字而已。

(4)的──都歷切，端錫梗開四入

前面2‧2‧2節的「辣」條中，可知「廝辣的」的「的」是對譯柬語＊sresthi 或＊sretthi 中的＊－thi。此譯音有兩個出入之處，一是以端母對譯送氣的 th－，二是以入聲的－k 對譯開音節。以「的」來譯－th，難道當時「的」有送氣的讀法？而用入聲譯開尾的－thi，似乎顯示當時「的」的元音爲長音，如蘇州話的「的」讀 tiʔ 那樣。要不然，只能推測它當時已無入聲韻尾。簡而言之，從對音中我們無法確實知道當時「的」是否仍保持入聲韻尾。

綜合上述的分析，除了「直、的」之外，可知「得、木」是用來對譯柬語的－k 尾詞語。這反映出當時的漢語依然保有舌根塞音韻尾。

2‧3　舌根音聲母的對音和顎化問題

中古漢語的舌根音聲母，在現今的標準語和多數的方言裡已分化出舌面前的讀法 tɕ, tɕh, ɕ。這是所謂的顎化現象。因此，如今的「佳、家，恰、咸」在標準語裡都讀爲舌面前的 tɕ、tɕh、ɕ。然而，在《真》書裡這四字分別對譯 ka、ki：ə、khap 和 ʔɔm。很顯然，這反映出它們當時仍爲舌根音（或喉音）聲母。

此外，「咸」的對音有些特別。它的聲母在中古時期爲匣母，以此對譯 ʔɔm 似乎顯示其聲母不會是濁舌根擦音 r，因爲在聽感上 r 和 ʔ 的差距頗大。因此，其聲母若不是已經脫落（成爲零聲母或喉塞音），便只可能爲濁喉擦音 ɦ。至於「家」的韻母，也值得推敲。它所對譯的 ki：ə，從柬文的拼法上看原本的 ga：。元代時柬文的 ga：，其元音是否已變爲 –i：ə 音仍不易推斷。假如 ga：的演變是：ga：〉–ea〉–i：ə，那麼當時「家」的韻母也可能是 –ea 或者 –ɛ、–æ 之類。這樣的韻母當然不會使「家」的聲母產生顎化。

2·4　開尾韻母的對音

在譯語裡，中古時期屬於開尾韻母的字爲數不少，以下便就開口、合口兩類分別説明它們的對音特點。

2·4·1　開口韻的對音

中古韻母爲開口的字，大體上和所對譯的柬語詞一致。它們對音的情形如下：

(1)**米**──莫禮切，明薺蟹開四上

〈語言〉：「呼母爲米，姑、姨、嬸姆以至鄰人之尊年者，亦呼爲米。」/〈奴婢〉：「呼主人爲巴駝，主母爲米。巴駝者父也，米者母也。」

今柬語有 mae 一詞，義爲母親，也用以稱呼與母親年紀相若的女性。mae 的古字作 me：，今已不用作此義。「米」字無疑是對譯 me：或 mae 的音。柬語的 me：究音何時變爲 mae 雖然仍不易推斷，然而當時的「米」不會是 mi 音是可以確定的。它的音值當在 me～mae 之間，而較可能是 me。

(2)**買**──莫蟹切，明蟹蟹開二上

〈村落〉：「每一村，或有寺，或有塔。人家稍密，亦自有鎭守之官，名爲買節。」

從說明中可知，「買節」無疑指村長。柬語的村長爲 me：－khum
或 me：－srok，其中的 me：即首領、頭子之義。me：－srok 乃管
轄數個村落，若配合語音上看，它應當不是「買節」所對音之詞。
儘管「節」的柬語詞仍不易考證，「買」字對譯 me：是可以確定
的。由此觀之，當時的「買」不外是 me 或 mɛ 般的音，而 mai 音
的可能性極微，除非周氏的語音系統裡無 me、mɛ 類的音節。

(3)賽——先代切，心代蟹開一去

〈正朔時序〉：「十二生肖亦與中國同，但所呼之名異耳。如以馬
爲卜賽……」

現今柬語稱馬爲 seh，顯然是「卜賽」的「賽」所對之音。「卜」
字所對譯的音至今仍不可考。seh 在古代的文獻上爲 ʔseh，或許其
前頭的喉塞音和「卜」有關聯吧。以「賽」來譯 seh，似乎意味它
當時的韻母是 e、ɛ 般而非 ai 類的音。

(4)賴——落蓋切，來泰蟹開一去

　罷——薄蟹切，並蟹蟹開二上；符羈切，並支止開三平；皮彼
　　　切，並紙止開三上/（集韻）蒲巴、部下切，並麻、並馬，假開
　　　二平、上

從前面2·1·1節的「三」條和2·2·2節的「孛」條的說明中，可
以確知「罷」和「賴」乃對譯 sɔmpeah 的－peah 和 preah 的－
reah。peah 和 reah 的韻母其柬文的拼法相同，反映往昔的讀音爲
ah。由此觀之，「罷、賴」當時的韻母不外是 a、æ、ɛ 之類，至少
不會是 ai。根據《集韻》，「罷」也有蒲巴、部下二切的讀法，可
見中古時期它已有不帶－i 尾的音。

(5)佳——古膎切，見佳蟹開二平/（集韻）居牙切，見麻假開二平

從前面2・2・3節的「得」條中，可以確知「佳」乃對譯柬語
kadək 的 ka－。此對音顯然反映當時的「佳」不帶－i尾。它的韻
母當是 a、æ 之類，而較可能是 a。根據《集韻》，它也有居牙切
一讀，可見它在中古時期已有不帶－i尾的音。

(6)**家**──古牙切，見麻假開二平

從前面2・1・2節「陳」條和2・3節的分析中，可知「家」當是對
譯柬語 srəŋki：ə 的－ki：ə。由於－ki：ə 來自早期的 ga：，若設
想它韻母的演變是－a：〉－ea〉－i：ə，那麼「家」字當時的韻
母也不外 a、ea 或 æ、ɛ 之類。鑑於周氏以「佳」譯 ka，因此
「家」的韻母至少不太會是 a。

(7)**巴**──伯君切，幫麻假開二平

　駝──徒河切，定歌果開一平

〈奴婢〉：「呼主人爲巴駝……巴駝者父也」/〈語言〉：「呼父
爲巴駝，至叔伯亦呼爲巴駝。」

現今柬語稱父親爲 əwpok，文雅的說法則用 bəida，另有 ba 一詞爲
古語，今少用。由文中的敍述可知「巴駝」的基本詞義爲「父
親」，而它顯然是對譯 bəida 一詞。從柬文的寫法上看，bəi－本應
讀作 pe，而 pe 可能就是「巴」所對譯的音。由此觀之，當時
「巴」的韻母，或許是 e、ɛ 之類。這是可能的，如把握的「把」
和「巴」中古的聲韻相同（調除外），而「把」在今之廈門話爲
pe 音便是一個例子。假使當時的柬語爲 bəi（或 pəi），「巴」的
韻母也就可能是 pəi、pai 之類。這也是可能的，就如北京話將
「把」說成 pǎi 那樣。簡而言之，「巴」當時的韻母當不出 e、ɛ、
əi、ai 這個範圍。至於「駝」，由它對譯－da 的音來看，它當時的

韻母不外是 a、ɑ、ɔ，而較可能是後的 ɑ 音。

在〈奴婢〉節中，「巴駝」共出現兩次。《古今逸史》本和《舊小說》本先作「已」而後作「巴」，很顯然「己」乃因形近而致誤

(8)**箇**——古賀切，見箇果開一去

〈正朔時序〉：「……呼豬爲直盧，呼牛爲箇之類也。」

現今柬語稱牛爲 ko：，正與「箇」相符，從「箇」對譯 ko：來看，它當時的韻母不外是 o、ɔ 之類。「箇」字大多數版本如此，只有一版本件「個」，然而百卷本《説郛》卻用「茵」字。「個」和「箇」實同爲一字，因此並無問題。至於「茵」，《廣韻》沒收，據《集韻》爲古慕切，與固同音，屬遇攝合口一等。由此觀之，「茵」也可能是原字。不過，「茵」是僻字，周氏用此字而不用常見的「固」字實不可能。因此，「箇」必是原字，而「茵」乃出自形近的訛字。

(9)**卑**——府移切，幫支止開三平

〈語言〉：「三爲卑……八爲孛藍卑」

柬語稱三爲 bəi 的音。八爲 pram－bəi（八即「五十三」）。很顯然，「卑」乃對譯 bəi 的音。由此觀之，它當時的韻母不外是 əi、ei 之類。不過，從文字上看，柬語的 bəi 原是 pi。由於 bəi 何時產生仍不能推斷，所以「卑」所對譯的也可能是 pi。簡而言之，當時「卑」的韻母不出 ei、əi 和 i 這個範圍。

(10)**智**——知義切，知寘止開法

只——章移切，章支止開三平；諸氏切，章紙止開三上

從前面2・1・1節「甘」條的說明中，可以確知「智」乃對譯柬語 kɔmpuči：ə 的 －či：ə。從文字上看，－či：ə 的韻母原本是 －

a：。由此推之，當時「智」的韻母可能是 iə、ie、ə、e 這一類，至少它不會是 i 和 a。至於「只」字，由於它非周氏所用的譯音字，姑且不論。不過，它和「智」的韻母在中古恰好同音（調除外）。

綜合上述的分析，可知當時的開口韻母有其特點。就「米、買、賽、賴、罷、佳」等字來說，它們都不可能帶有 -i 尾。「米」的韻母是 ae，「買、賽」是 e～ε，「賴、罷」是 æ～a，「佳」是 a。保留 -i 尾的有「卑、巴」：「卑」是 ei～i，「巴」是 εi～ε。此外，「家」的韻母是 ε～æ，「智」是 ie～iə，「駝」是 ɑ～a，而「箇」則帶有圓唇成份，其韻母爲 o～ɔ。由於對譯的兩個語言未必具有相同的元音系統，因此若干處的擬音僅爲音的範圍，而無法確定唯一的音值。

2·4·2 合口韻的對音

中古韻母爲合口的字，在對譯裡仍能反映出來。它們對音的情形如下：

(1)**每，枚**——莫杯切，明灰蟹合一平

〈語言〉：「如以一爲梅……六爲孛藍梅」

今柬語稱一爲 muəi，六爲 pram－muəi（即「五十一」）。「梅」無疑乃對譯 muəi。此對音當反映出「梅」那時仍帶有合口的成份。因此，它的韻母不外是 uəi、uei、ui、oi 這一類。

「梅」字大多數版本如此，僅六十九卷本《說郛》作「枚」，由於此字與「梅」中古同音，姑且不論。《稗史彙編》的〈真臘〉篇引作「拇」，顯然因形近而訛誤。「拇」爲莫厚切，明母厚韻，與柬

語的音不符。

(2)惟──以追切，以脂止合三平

從前面2·2·2節「八」條中，可以確知「惟」是對譯 pasvəi 的 −vəi。柬語的 v 在聲母的位置可發作 v 或 w 音。因此，「惟」所對譯的可以是 vəi 或 wəi。由此推想，「惟」當時的音值不外乎 wəi、wei、wi 這個範圍。wi 是可能的，因爲柬語的 vəi 從文字上看原本是 vi。

(3)梭──蘇禾切，心戈果合一平

〈文字〉：「用一等粉，如中國白堊之類，搓爲小條子，其名爲梭，拈於手中，就皮畫以成字，永不脫落。」

今柬語稱此種寫字用的白色粉筆爲 dəi − sɔ。「梭」字無疑對譯 −sɔ。由此看來，它當時的韻母仍不出 o、ɔ、uo 的範圍。根據夏鼐的《真臘風土記校注》「梭」在許氏巾箱本裡作「稜」，此字顯然是因形近而致誤。

(4)盧──落胡切，來模遇合一平

從前面2·2·3節「直」條中，可以確知「盧」乃對譯柬語 čru：k 的 −ru：k。「盧」爲開尾，用以譯收 −k 的 ru：k，當與此元音爲長音及柬語的 −k 尾「不立即除阻」（所謂 unreleased）有關。假如周氏的語音系統裡無長音 u：加 −k 尾的韻母，他必定只好以開尾的 −u 來對譯此 −u：k。由於此 −k 不立即除阻，它在音的 u：之後聽起來不會很明顯。因此，周氏的譯法並無可厚非。由此看來，「盧」當時的韻母應當是 u。

「盧」字大多數版本如此，僅《稗史彙編》作「盧」。此字爲力居切，屬來母魚韻，與柬語的音有出入，當爲因形近而訛誤。

綜合上述的分析，可以確定合口韻母在當時依然保持合口的特點。就「梅、惟」來説，它們的韻母應是 uei～ui，而此起頭的 u 也成爲「惟」的聲母，可作 w 處理。「梭」的韻母是 ɔ～o，而「盧」無疑是 u。

2·5　塞擦音聲母的對音

在中古時期，「智、直、撞、陳」皆爲知系字。「智」是知母，「直、撞、陳」是澄母。在譯語裡，它們分別對譯 ći：ə、ĉ－、ĉo：ŋ 和 srəŋ 等音。柬語的 ć 是一種舌面前的塞擦音，不送氣，像英語的 ʧ 但去掉送氣和噘唇的成份。從對音來看，「知、直、撞、陳」四字在當時必是塞擦音而不再是塞音。「智、直、撞」無疑是不送氣。從對譯 srəŋ 來看，「陳」很可能是送氣的，因爲送氣塞擦音聽起來比不送氣者更接近擦音。至於它們的發音部位，只能猜測它們可能是一種舌面音，若説是捲舌音也無法提出反證。

2·6　送氣塞音的對音

「平、駝」二字在中古屬並、定二母，皆爲平聲字，而在今之標準語裡讀作送氣清音。在譯語中，它們分別對譯 pɨl 和 da。顯然，這反映了它們、當時並非送氣音。至於它們仍是濁音與否，並不能從此對譯中作出推斷。

3.周達觀的語言背景

　　《真》書的《說郛》、《古今說海》和《古今逸史》等版本皆題作者周達觀爲永嘉人，其中前二種更註明其「號草庭逸民」。永嘉縣在今浙江省東南沿海的溫州市所轄範圍之內，而《四庫全書總目提要》就直接介紹其爲溫州人。依據常裡推斷，書中譯語的音韻應當是以他的家鄉話——永嘉（溫州）話爲基礎。書中《異事》一節裡，周氏曾提及他一位薛姓同鄉居住在真臘已三十五年，並向他介紹當地的奇異事蹟。因此，他和同鄉交談必定是以家鄉話進行的。

　　根據《總敍》所言，他當年「二月離明州，二十日自溫州港口開洋……秘七月始至……（翌年）六月回舟，八月十二日抵四明泊岸」。此段說明他當時自明州出發赴溫州港上船隨使節出國，一年後離開真臘返抵四明。明州、四明即今浙江的寧波。由此來看，他當年很可能定居在寧波。假如他自小便遷居寧波，他真正熟諳的語音（尤其是讀書人的語音）就必然是寧波話。不過，他也可能因營生而居於寧波。由於他自號草庭逸民，他必定是無擔任官職的平民。既然是平民，他就有可能從事於海外貿易——或許這正是他被朝廷選派隨使節出洋的原因——因而定居於寧波。寧波和溫州自宋代起便是市舶司的所在也，所以這是可能的。

　　此外，周氏撰成此書後，嘗請其友吾丘衍過目，因而獲贈題詩三首。其詩讚云：「提雄好風俗，一一問張騫……異俗書能化，夷音熟解操……異書君已著，未許劍埋光。」吾丘氏乃浙江錢塘（約今之杭州一帶）的文人，他與周氏賴以溝通的語言至少也是浙江地區的方言吧。寧波與錢塘（杭州）二地相距不算太遠，或許當時的語音能彼此溝通。如由此推測，周氏當會寧波話。然而，由於他的事蹟文獻上極少記載，也不見於《元史》，因此只能推斷他的譯語是以家鄉話——永嘉（溫州）話——爲基礎。

可是，如果拿現今的溫州音和書中譯語的對音兩相比較，二者間頗有相當的距離。這可從下列的對照看出：

「譯語」	「對音」	「溫州音」
三	sɔm	sa
咸	ʔɔm	ɦa
暗	m	ø
甘	kɔm	ky
干	kɔm	ky
般	buːən	pa，bɸ
溫	ʔoːn	（文）y，（白）ʔvaŋ
平	piɫ	beŋ
撞	čoːŋ	dʑyɔ
答	dɔp	（文）tɸ，（白）ta
辣	*res～ret	la
得	dək	（文）te，（白）tei
惟	vəi	vu
梅	muəi	mai
買	meː	ma
佳	ka	ko

箇	ko	kai
盧	ru：（k）	lɸy
駝	da	dəu
家	ki：ə	ko
智	čĭ：ə	tsʅ

　　現今的溫州話已無任何入聲韻尾，鼻韻尾也只剩下舌根音的－
ŋ。在上面的對照表中，現今溫州音的歧異處，可以（輔音或元音
的）韻尾脫落或者再加上元音本身有演變來解釋。然而像暗 m－
ɸ、甘 kɔm—ky、般 bu：ən—pa～bɸ、溫 ʔo：n—y～ʔvaŋ、箇
ko：—kai、盧 ru：（k）—lɸy、家 ki：ə—ko 等的對應就不易說
明。

　　另外，從書中所用的詞彙上看，有些如今的溫州話仍在使用，
如「龜腳」（即石蜐）、「篦箕」（即篦子）、「闊狹」（即寬
窄）等。有的說法，如稱戒指為「指展」、男同性戀者為「二形
人」、交易為「交關」、種類為「等」、螺螄為「螄螺」、洗澡為
「澡洸」等，並不見於現今的溫州話。

　　綜合上述語音和詞彙的歧異來看，周氏的語音即使是永嘉話，
它也未必和現今的溫州音是直線傳承的關係，至於他的語彙，可能
有些家鄉話以外的成分。

4.總　結

　　《真臘風土記》為元代永嘉人周達觀所撰。書中譯語的音韻應

當是以他的家鄉話—永嘉話—為基礎。永嘉即今浙江溫州市一帶。由於現今溫州方音和譯語的對音存在若干歧異，今之溫州話可能非直接傳承自此元代的永嘉話。

從譯語和今之真臘語（柬埔寨語）的比較中，我們很清楚地知道，元代的浙江方音依然保持入聲韻尾－p、－t、－k 和雙唇鼻音韻尾－m，而且舌根音聲母也未顎化。（如佳、家、恰、咸）。此外，知、澄二母已變為塞擦音（如智、直、撞、陳），平聲的並、定二母並不送氣（如平、駝），蟹攝開口韻母不帶－i 尾（如米、買、賽、賴、罷、佳），蟹攝合口的「梅」則保有合口和－i 尾，喻三的「惟」的聲母是 w，而果攝開口的「箇」為圓唇韻母。

九三年一月初稿，六月增訂

附記：本文的溫州話語料承蒙上海師範大學的潘悟雲先生核實，特此致謝。

附錄一

漢字譯語─柬文詞形─現代柬語發音對照：

1. 甘孛智（澉浦只）ក្បូចិ kcmpući：ə（ č 實爲 čč）

2. 干傍 ក្ពុង kɔmpuəŋ

3. 暗丁 មិនដុង min－dəŋ（ 口語 m－dəŋ）

4. 八殺（＜殺八？）ឆ្បប់ čbap

5. 廝辣的 សេដ្ឋី sett^həi（＜梵語′sresthin；泰文′sresthī）

6. 班詰（＜－喆？）បណ្ឌិត bɔndɨt

7. 八思惟 បស្វៃ pasvəi

8. 孛賴 ព្រះ preah

9. 陳家蘭（＜陳蘭家？）ស្រែ្ស្រង្កី（ srəi－ ）srəŋki：ə

10. 撞 ចុង čo：ŋ

11. 巴駝 បៃដា bəida

12. 米 ម្ហ mae（＜me：）

13. 梅（枚）ម៉ួយ muəi

14. 別 ពីរ pi：（＜bi：r）

15. 卑 បៃ bəi

16. 般 ·ប៊ុន bu：ən

17. 孛藍 ប្រាំ pram

18. 孛藍梅（一枚）ប្រាំមួយ pram－muəi

19. 孛藍別 ប្រាំពីរ pram－pi：（ 口語 pram－pɨl）

20. 孛藍卑 ប្រាំបៃ pram－bəi

21. 孛藍般　？　pram－bu：ən

22. 答　　dɔp

23. 邦　　bɔ：ŋ

24. 補溫　　pʔo：n

25. 梭　　（dəi－）sɔ

26. 佳得　　kadək

27. 挨藍　　roam

28. 卜賽　　seh（＜ʔseh）

29. 蠻　　moan

30. 直盧（一盧）　　čru：k

31. 箇　　ko：

32. 咸平　　ʔɔmpɨl

33. 恰（蛤）　　kʰap

34. 買節　　me：

35. 森木　　sɔmnak

36. 三罷　　sɔmpeah

附錄二

漢字對音——現代溫州方音對照：

甘（澉）　kɔm　？　ky·

李　pu（č）'p　　bɸ·

（浦）　pu（č）　　　pʰu（文）pʰɸy（白）·

智（只）　　či：ə　　tsʅ·

干　kɔm　　　ky·

傍　puəŋ　　　buə·

暗　mɨh（口語 m）ø·

丁　dəŋ　　　teŋ·

殺　č（？）　　　sa·

八　bap（？）'pa　po'pu·

廝　（s）　　sʅ·

辣　（res～ret）　la·

的　（tʰi）　　tei·

班　bɔn　　　pa·

詰　dɨt　　　tɕi·

思　s　　sʅ·

惟　vəi　　　vu·

賴　reah　　　la·

陳　srəŋ（？）　　dzaŋ·

家　ki：ə　　ko·

蘭　rəŋ（？）　　？　la·

撞　čoːŋ　　　　dʑyɔ·

巴　bəi　　　　po，bo·

駝　da　　　　dəu·

米　mae（古 meː）mei·

梅，枚　muəi　　　mai·

別　piː，（口語）pil（＜biːr）　　bi·

卑　bəi　　　　pai·

般　buːən　　　pa，bɸ·

藍　ram，roam（＜ram）　la·

答　dɔp　　　tɸ（文）ta（白）·

邦　bɔːŋ　　　puɔ·

補　p　　　　　pɸy·

溫　ʔoːn　　　　y（文）ʔvaŋ（白）·

梭　sɔ　　　　so，səu·

佳　ka　　　　ko·

得　dək　　　te（文）tei（白）·

挨　ə̂（？）　　　a·

賽　seh　　　se（文）sei（白）·

蠻　moan　　　ma·

直　č　　　　dzei·

盧，廬　ruːk　　　lɸy·

箇　koː　　　　kai·

咸　ʔɔm　　　ɦia·

平　pɨl　　　　beŋ·
恰　kʰap　　　　kʰa·
（蛤）　kʰap　　　ky·
買　me：　　　　ma·
森　sɔm　　　　saŋ·
木　nak　　　　mo，mu·
三　sɔm　　　　sa·
罷　peah　　　　bo（文）ba（白）·

參考文獻

1.（元）周達觀《真臘風土記》。各版本如下：

⑴《（張宗祥重輯百卷本）說郛》第三十九卷。台灣商務印書館 1972重印。案《說郛》原乃元末明初陶宗儀所編。

⑵《文淵閣四庫全書》第879冊〈說郛〉卷六十二下。案此《說 郛》乃一百二十卷，爲清初陶珽所增訂。台灣商務印書館1986 出版。

⑶《（明刊本）古今說海》「說選部」庚集內。案此乃嘉靖廿三 年儼山書院刊本，今藏中央圖書館和中央研究院傅斯年圖書 館。《古今說海》乃明代陸楫所編。

⑷《文淵閣四庫全書》第885冊，〈古今說海〉的「說選部」卷 十二內。台灣商務印書館1986出版。

⑸《（明萬曆刊本）古今逸史》「逸志」篇內。案此版本題「明 新安吳琯校」。台灣商務印書館1969重印；又編入《〈原刻景 印〉百部叢書集成》第九部的《古今逸史》內，台灣藝文印書 館1966出版；也編入《叢書集成新編》第九一冊「史地類」篇 內，台北新文豐出版公司1985出版。

⑹《（明萬曆刊本）歷代小史》第一百三卷。台灣商務印書館19 69重印。案《歷代小史》乃明代李栻所輯。

⑺《（明末刊本）百川學海》「癸集」內。案此乃明人重編本， 原爲宋人左圭所輯，今藏中央圖書館。此本〈城郭〉一節右側 刊印有「明徐仁毓閱」的字樣。

⑻《古今圖書集成》的「成興彙編·邊裔典·真臘部彙考二」内。
台北文星書店1964重印。

⑼《文淵閣四庫全書》第594册 O 部地理類内。台北商務印書館
1986年版。

⑽《説庫》内。案此乃民初王文濡所輯,台北新興書局1963年重
印。

⑾《史料三編》第四十三册内。台北廣文書局1969出版。

⑿《舊小説》「戊集二」内。案此乃清代吳曾祺所編,僅收錄
《真》書五則。台灣商務印書館1969重印。

⒀《香艷叢書》第十六集的〈節錄元周達觀真臘風土記〉。案此
乃清代蟲天子所輯,僅收錄六則。台北古亭書屋1969重印。

2.(明)王圻　　　?　《(明萬曆刊本)稗史彙編》〈地理門·夷
方類西南夷·真臘〉。台北新興書局1969重印。

3.(明)嚴從簡　　《殊域周咨錄》卷八〈真臘〉。台北華文書
局1968據故宮博物院圖書館1930版重印。

4.夏鼐　　《真臘風土記校注》北京中華書局1981出版。

5.陳正祥　　《真臘風土記研究》香港中文大學出版社1975出
版。

6.金榮華　　《真臘風土記校注》台北正中書局1976出版。

7.黃明春　　《最新越漢辭典》越南堤岸:新華書局1962出版。

8.陸峻嶺、周紹泉　　《中國古籍中有關柬埔寨資料匯編》,北京
中華書局1986年出版。

9.廣州外國語學院　　《泰漢詞典》北京商務印書館1990出版。

10.北大中文系語言學教研室　　《漢語方音字匯》(第二版)北京

文字改革出版社1989出版。

11.Headley，R.k.，Jr. Cambodian － English Dicrionary. Washington，D.C.：Carholic University of America Press 1977·

12.Huffman，F.E. An Outline of Cambodian Grammar·Ithaca：Cornell University doctor thesis 1967·

13.Jacob，J.M. A Concise Combodian － Emglish Dictionary·London：Oxford University Press 1974·

14. Maspero，Georges Grammaier de la langue khmère（Cambodgien）. Paris： Imprimerie Nationale 1915·

《內府藏唐寫本刊謬補缺切韻》一書的特色及其在音韻學上的價值

葉鍵得

摘　要

　　《內府藏唐寫本刊謬補缺切韻》即俗稱之《王二》，我在上屆討論會中，曾撰文敍述它發現的經過，並探討它湊集的真象，柯淑齡教授作講評時，曾特別期盼我能再撰文介紹它的特色，我原先對它的奇特既已感到興趣，現在又有柯教授的鼓勵，乃決定撰寫本文。

　　本文分爲五部份，分別爲：

　　壹、前言

　　貳、《王二》見存情形

　　參、《王二》在體例上的特色

　　肆、《王二》在音韻學上的價值

　　伍、結論

壹、前 言

　　韻書的出現，以魏朝李登《聲類》及晉朝呂靜《韻集》爲最早，可惜二書均早已散佚。根據宋朝陳彭年、丘雍所重修《廣韻》，書首附載的＜切韻序＞及＜唐韻序＞，可知陸法言編著《切韻》的緣由及旨趣。在敦煌石室未發現、内府珍本未開放之前，學者所知、所據者僅限於此。然而，自光緒二十五年（西元1899年）敦煌石室開啓，卷軸外流，以及故宮珍本開放之後，《切韻》一書及《廣韻》一系韻書所承《切韻》的真象，才逐漸爲後世學者所探知。

　　根據魏建功氏＜十韻彙編序＞❶所統計的韻書，數量不下於一百六七十種，其中實在完整存在的不過十來種而已。大部分爲斷片殘卷，並且大多不可獲見。拙著《十韻彙編研究》曾介紹《切韻》殘卷研究概況，並列舉現今海内外所珍藏的《切韻》殘卷，一共是五十四種❷，大多爲殘卷。這類新材料，因爲時代較早，數量極少，更突顯出它們的珍貴與價值。

　　在所發現的新材料中，我特別留意到《内府藏唐寫本刊謬補缺

---

❶　見《十韻彙編》（臺北：臺灣學生書局，民國五十二年十月），頁貳零～貳玖。

❷　見拙著《十韻彙編研究》1～4頁。案在英、法等國或其他地方所藏敦煌殘卷中，可能還有一些《切韻》殘尚未整理公布於世的。此五十四種，僅是現今所可獲知的數目而已。

切韻》❸這本韻書，例如它的注文是三行夾注，韻目名稱與衆不同，如臺、斤、待、謹、請、茗、極這類韻目，在其他韻書是看不到的，簡單地説，它是一本非常特殊的本子。但這種初步的觀察，只是「視而可識」的階段而已，若要完全了解全書的特色，還得經過「察而見意」的過程，進一步探研，這是我撰寫本文的動機之一。另外，我在上屆研討會中，曾報告此卷發現的經過及拼湊的真象，蒙講評人柯淑齡教授的鼓勵，期盼我能再介紹此卷的特色，這是我把寫本文的另一個動機。在此感謝柯教授的賜教與鼓勵。礙於截稿時限，本文匆促成篇，自知缺漏不免，尚祈大雅君子不吝指正。

為行文方便起見，下文以俗稱《王二》或「此卷」稱呼此本韻書。

貳、《王二》見存情形

《王二》傳本，今有項子京氏跋本及唐蘭氏仿寫本兩種。前者收錄於周祖謨氏《唐五代韻書集存》❹中；後者則藏於中央研究院傅斯年圖書館，為《十韻彙編》所依據。項跋本在前，唐蘭仿寫本在後。

---

❸ 上屆討論會中，我曾發表＜論故宮本王仁昫刊謬補缺切韻的內容成分＞一文，即指此卷。本文題名，係根據唐蘭仿寫本封面的書名，只不過把原來的「葳」改作「藏」、「繆」改作「謬」罷了。名稱雖不同，實則同一殘本也。

❹ 《唐五代韻書集存》（北平：中華書局，1983年7月）。

　　此卷計有三十八頁，每頁二十九行，每行有界欄，字數不一，約在二十六至三十之間。平上去入分爲五卷，而平、上復有殘缺。每韻第一字韻目作朱書，每紐第一字均加朱點。存錄情形爲：

平聲上：存前九韻，七頁；

平聲下：存後二十一韻，七頁；

上　聲：存前十八韻，五頁。殘存有韻及後十韻，一頁又十行。與去聲相連接。

去　聲：全部完整，七頁又四十行。前十九行與上聲相連接爲一頁，末二十一行與入聲相連接爲一頁。

入　聲：全部完整，九頁又八行。前八行與去聲相連接爲一頁。

參、《王二》在體例上所呈現的特色

　　茲就《王二》原卷審察，列舉其特色如次：

　一、著作宗旨係爲陸氏《切韻》增字加注：此卷書名「刊謬補缺切韻」下注文說：「并序，刊謬者謂刊正訛謬，補缺者加字及訓。」王仁昫自序說：「陸法言《切韻》，時俗共重，以爲典規，然苦字少，復闕字義。」❺又說：「謹作《切韻》增加，亦各隨韻

---

❺　項跋本作「陸言法」，唐蘭仿寫本作「陸詵」，「言」「法」二字間右旁有乙倒符號，今逕予乙正。又「苦」字原作「若」，今據P2129改正。

注訓。」可知此卷著作宗旨爲刊正陸《韻》謬誤及增字加訓。凡陸書無訓者，皆補加其訓，無錄之字，則以朱書補綴於每紐之末。陸法言《切韻》的韻字數，據唐人封演《聞見記》說，有一萬二千一百五十八字，此卷韻字數，據陸志韋氏統計約有一萬六千七百字❻，姑以此數目爲準，則《王二》較陸法言《切韻》多四千五百四十二字矣。

二、此卷附有字樣，計十七行：此卷在王序、長孫序與「切韻平聲一」韻目表之間附有字樣，計十七行，爲各韻書所未見者。每一字樣下均注有切語，有的還注有字體類別。如「竹夕筆公 柱丕凌本 …… 」，又如「詹上正下通」、「丘逆反上正中通下俗」、「攴女普卜上古卜今」等，可供作俗文字研究材料。

三、注文係三行夾注：一般所見韻書注文，均採雙行夾注，此卷則除單字及雙行外，更採三行夾注，十分特殊。

四、韻目名稱特別：此卷韻目名稱最爲特殊，如：

平	上	去	入
東	董	凍（送）	屋
鍾	腫	種（用）	燭
陽	養	樣（漾）	藥
皆	駭	界（怪）	
灰	賄	誨（隊）	
臺（哈）	待（海）	代	
斤（殷）	謹（隱）	靳（焮）	訖（迄）

---

❻　見拙《十韻彙編研究》1270～1279頁，此不贅引。

寒	旱	翰	褐（末）
魂	混	慁	紇（沒）
刪	潸	訕（諫）	黠
肴	絞（巧）	敎（效）	

附：⸢ ⸣表示
殘缺。

庚	梗	更（敬）	格（陌）
耕	耿	諍	隔（麥）
淸	請（靜）	淸（勁）	昔
冥（靑）	茗（迥）	暝（徑）	寬（錫）
佳	解（蟹）	懈（卦）	
覃	禫（感）	醰（勘）	沓（合）
談	淡（敢）	闞	蹋（盍）
咸	減（豏）	陷	洽
銜	檻	鑑（鑑）	狎
嚴	广（儼）	釅	業

五、韻目次序與陸《韻》頗異：如：

㈠陽、唐二韻次於江韻之後。

㈡登韻與眞、臻、文、斤諸韻比次，列斤韻之後。

㈢寒韻列於魂、痕二韻之前。

㈣佳韻列於歌、麻二韻之間。

㈤侵韻與蒸韻同列，列於尤、侯二韻之前。覃、談二韻列於
侯、幽二韻之後，與鹽、添、咸、銜、嚴、凡諸韻同列。

㈥泰韻列於霽、祭二韻之後，而與界、夬二韻同列。

㈦入聲韻則以屋、沃、燭、覺、藥、鐸、質、櫛、物、訖、德、褐、黠、紇、屑、薛、鎋、月、隔、覓、緝、職、葉、怗、沓、溺、洽、狎、格、昔、業、乏爲次。

六、韻目總數爲195韻：各卷韻目數爲：

平聲一　25韻（一東至廿五痕）

平聲二　29韻（廿六先至五十四凡）

上　聲　52韻

去　聲　57韻

入　聲　32韻

此卷較陸《韻》多上聲五十一广韻、去聲五十六嚴韻。

七、又音以四聲標識：此卷平聲下、去聲二卷的又音，除以切語及「又音某」的方法標識外，尚有用四聲來標識的。在諸殘卷中，除北宋刊本《切韻》使用此法外，算是十分特殊的。如：

㈠平聲蒸韻「興」下注：「虛陵反，起也，又去聲。」

㈡平聲覃韻「含」「胡男反」所屬韻字「頷」下注：「面黃，又上聲。」

㈢平聲談韻「慙」「昨甘反」所屬韻字「鏨」下注：「鏨，又去聲。」

㈣同㈢所屬韻字「暫」下注：「少時，又作蹔，亦去聲。」

㈤平聲咸韻「猎」「乙咸反」所屬韻字「黯」下注：「深黑，又上聲。」

㈥去聲寘韻「倚」「於義反」所屬韻字「猗」下注「〈氏，又平聲。」

㈦去聲御韻「疋疏」下注：「所據反，書〈，又平聲。」

㈧去聲陷韻「䐶」下注：「於陷反，又入聲。」

八、保存許多俗寫文字：此卷除卷首附有字樣十七行外，它既爲寫本，使用了許多的俗寫文字，毋寧是它的特色，同時也可以供作俗文字研究的材料。這些俗寫文字是當時書寫的習慣，我們必須去了解，否則很難判識。潘師石禪有一段話很能闡釋這種重要性，所以我將它引錄在此。潘師説：

> 敦煌手寫字體，與後世習慣出入極大。尤其是俗文學變文、曲子詞等的卷子，多半是中晚唐五代時的寫本。抄寫的文字訛俗滿紙；但是訛俗之中，又自有它的習慣，自有它的條理。如果不小心推敲，擅作主張，便會陷於錯誤之中而不自覺。❼

此卷俗寫文字，非常豐富，舉例如下：

㈠字形不定：如互作与、烏作烏、瓜作辰、氏作互、夆作夆、岡作圀作岡作岡、堯作尭、匹作辻、商作商、貴作賞、斥作厈、吳作吴、潛作潜、逃作迯、緝作絹、電作電、叟作窔、冑作冑等。

㈡偏旁無定形：如牛牜不分、亻彳不分、辵辶不分、攴力不分、門鬥不分、雨兩不分、艹竹不分、目日不分、白日不分、月日不分、力刀不分、木才不分、日田不分，宀穴不分、兩雨不分、巾忄不分、厂广不分、厂疒不分、豕犭不分、氵冫不分、攴又不

---

❼　見潘先生〈敦煌卷子俗寫文字俗文學之研究〉，《敦煌變文論輯》（臺北：石門圖書公司，民國七十年十二月。見此書280頁。）

分、禾耒不分、衤示不分、皮支不分等。

㈢繁簡不定如：酉作酉、農作農、祇作祇、又作叉、匽作匽、生作生、血作血、釜作釜、土作圡、睪作睪、庚作庚、豸作豸、辛作辛、京作京、苑作菀、狗作狗、奪作奪、迎作迎、盅作盅、纓作纓等，字從此類諸聲偏旁者大抵如此，以上爲。筆劃增多之例；至於筆劃簡省者，如梁作梁、勢作勢、齒作齒、悤作悤、晦作晦、簪作簪、鼻作鼻、嵪作嵪、樣作挑、渠作渠、趨作趨等。

㈣乙倒符號：此卷以 ✓ 爲乙倒符號，如：

(1)王仁昫自序：「陸法言《切韻》，時俗共重，以爲典規。」唐蘭仿寫本「陸法言」作「陸言法」，「言」「法」二字間右旁有乙倒符號。

(2)侵韻「葴鳥」下注：「名 ✓ 此鳥」，唐蘭仿寫本「名」「鳥」二字間右旁有乙倒符號。

(3)暮韻「汚」下注：「又 ✓ 水下 寒凝名反」，唐蘭仿寫寫本「又」「水」二字間右旁有乙倒符號。

(4)代韻「貸」下注：「及亦 ✓ 代他貣三」，項跋本、唐蘭仿寫本「代」「他」二字間右旁並有乙倒符號。

九、避諱字或避或不避：

㈠唐太宗諱世民：此卷軫韻愍作愍、啓作啓、泯作泯、䟣作䟣、䤵作䤵、憫作憫，民均作民，但東顯「瞢」下所屬韻字有「蕄」字，入聲質韻「蜜」字亦仍作「民必反」。

㈡唐高宗諱治：此卷鍾韻「重」作「直容反」，不像《切二》作「治容反」，但去聲御韻「筯」字又作「治據反」。

㈢唐睿宗諱旦：此卷至韻暨作曁，褐韻怛作㤪、姐作㚲、咀作㖤、狙作㺔、🔳作🔳，但去聲翰韻旦、疸、鴠、狙、悬、笪諸从旦之字以及同韻中切語下字爲「旦」字者均未避諱。

㈣唐玄宗諱隆基：此卷之韻韻字無「基」字，但「疑」等切語作「語基反」。《切二》《切三》《全王》《廣韻》均有韻字「基」。

㈤唐順宗諱誦：此卷種韻小韻「用」作「𠄔」，但同韻中各切語下字爲「用」者仍作「用」。

從以上諸例看來，若用此類避諱字來判斷此卷書寫年代，恐尚有不足。

十、此卷乃拼湊而成：此卷書首題名「刊謬補缺切韻」，下注「朝議郎行衢州信安縣尉王仁昫撰」，次行題「前德州司戶參軍長孫訥言注」，又有「承奉郎行江夏縣主簿裴務齊正字」字樣，就因爲有王仁昫、長孫訥言、裴務齊三人的名字，學者一致以爲此卷是拼湊而成，但對於拼湊之人、拼湊情形，看法頗爲紛歧，緣於此，我在上屆討論會中曾發表＜論故宮本王仁昫刊謬補缺切韻的內容成分＞，從此卷的體例，如韻目、注文、增加字、案語、各韻字紐所收字數以及引書情形予以探討，揭其拼湊真象，請見該文，此不贅引。

肆、《王二》在韻學上的價值

此卷在體例上自有它獨特的風格，而在音韻學上亦有其一定的價值，試列舉如次：

一、韻目名稱的改變，係作者為求四聲韻目紐讀與開合一致之
　故：此卷韻目名稱的改變，見前文參之四所列。其中除漾改
　作樣、賺改作減、儼改作广，讀音不異外，其他則是為求四
　聲韻目的紐讀及開合能一致，遂改變了用字。如改送為凍，
　則東、董同為端母。改怪為界，則皆、界同為見母，而且
　皆、界同為開口音，怪為合口音，駭韻中有見母字「鍇」而
　不改，可能是作者認為這個字較不常用吧！改隊為誨，則
　灰、賄、誨同為曉母字。改咍為臺、改海為待，則臺、待、
　代同為定母字。改用為種，則鍾、腫、種、燭同為照母字。
　改沒為紇，則魂、混、慁、紇同為匣母字。韻目字採雙聲音
　讀，且照顧到字的開合，可以看出作者的用心。

二、韻目次序的改變，係反映唐人實際的語音：此卷韻目次序的
　改變，見前文參之五所述。王國維氏以為是「益為書寫者所
　亂，非其朔也」，魏建功氏以為是「殆依仁昫目次錄而未周
　書也」❽，當不是如此，應是唐人實際語音的一種反映。周
　祖謨氏在《唐五代韻書集存》中說：
　這些韻次的改變總有一部分與編者口中實際的讀音有關，否
　則不會有如此大的變動。書中陽唐與江相次，寒與魂痕相
　次，元與刪山相次，佳與歌麻相次，覃談與鹽添咸銜相次，

---

❽　王氏之說見＜書內府所藏王仁昫切韻後＞（定本觀堂集林：臺北，世界書
　局，民國七十二年五月五版。見上冊359頁）魏氏之說見＜陸法言切韻以
　前的幾種韻書＞文見《國學季刊》三卷二號。

泰與界相次，必然由於元音相近。書中登與斤相次，蒸與侵相次，據《切韻》音的系統，登收－ng，斤收－n，蒸收－ng，侵收－m，韻尾不同，本書登與斤，蒸與侵所以比列在一起，一方面可能是由於元音相同，另一方面還可能是由於登侵兩韻的韻尾與《切韻》音也有不同。這些現象對考查唐代方音都大有幫助。❾林學長炯陽同主此說，以爲「蓋此書之韻次乃書寫者據當時語音重爲排定，以求切合實際也」❿，他並舉羅宗濤先生《敦煌變文用韻考》所引敦煌變文實際用韻現象作爲佐證，則此卷韻目次序的改變，係反映唐人實際的語音，更爲可信。

三、此卷已注意到平入的相配：此卷除十三點應在十七鎋以前以配平聲刪；二十九格（陌）應在十九隔（麥）之前以配平聲庚；三十昔應在十九隔之後，以配平聲清，其餘盡得其所，因此蔣經邦氏推崇此卷「平入分配，尤得條貫」「較之《切韻》，勝過實多」⓫

四、又音反映當時一些語音情況：周祖謨氏曾舉例說明，他說：例如去聲夬韻「話」下注云：「下快反，又胡跨反。」「胡跨反」則爲禡韻，這就是現代「話」字讀音的較早的記錄。又如去聲泰韻「䢔」，下注云：「苦會反，鹿糖（當作麀糠）。秦音苦活反。」秦指關中。「苦活反」音闊，屬入聲

---

❾　見《唐五代韻書集存》899頁。
❿　見《廣韻音切探原》103～104頁。
⓫　見＜敦煌本王仁煦刊謬補缺切韻跋＞《國學季刊》三卷二號，424頁。

曷韻，即本書褐韻。「糠穭」是古人常用的一個詞，猶現代方言中所說「糠殼」。這一條方音不見於王《韻》，其他唐人書中也都沒有記載。秦音苦活反，而不音苦會反，也正是陸法言〈切韻序〉所說「秦隴則去聲為入」的一項證明。❷同時，此卷又音的標識方法，有用四聲標識的，固然是此卷的特色之一，也可供我們瞭解當時字音的讀法。

五、字的歸韻亦與實際語音有關聯：《切三》尾韻「豈」「袞」「蟣」三紐，此卷歸入止韻；琰韻「險」「貶」「預」「儼」「儉」「撿」「奄」七紐，此卷歸入广韻；有韻「婦」「缶」二紐，此卷歸入厚韻。另外，《王一》去聲梵韻「劍」「欠」「俺」三紐，此卷歸入去聲所增之嚴韻中；入聲麥韻「碧」字，此卷列入廿九格韻。此類歸韻，當與當時實際音讀有關。

六、輕重脣不分：此卷重脣與輕脣的切語上字時有混淆，如：

㈠以輕脣切輕脣：

東韻	風	方隆反
東韻	馮	扶隆反
東韻	酆	敷隆反
陽韻	房	符方反
陽韻	方	府良反
尤韻	浮	父謀反
清韻	并	府盈反

---

❷　同注⑼，該書901頁。

㈡以重脣切重脣：

東韻	蓬	薄功反
支韻	卑	必移反
支韻	神	頻移反
眞韻	頻	普丁反
眞韻	瓶	薄經反
庚韻	兵	補榮反

耕韻　繃　逋萌反　（《切三》《全王》並切「甫休」）

幽韻	彪	補休反
講韻	倗	莫項反
紙韻	彼	卑被反

旨韻　鄙　八美反　（《切三》《王一》《全王》《廣韻》並切「方美」）

軫韻	愍	眉殞反
琰韻	貶	彼檢反
笑韻	裱	必廟反
質韻	弼	旁律反

㈢以輕脣切重脣：

支韻	皮	符羈反
支韻	彌	武移反
脂韻	眉	武悲反
脂韻	毗	房悲反
耕韻	輣	扶萌反

耕韻　明　　武兵反

問韻　溢　　紛問反

㈣以重脣切輕脣：

庚韻　閍　　逋盲反（《切三》《王一》《全王》《廣
　　　　　　　　韻》並切「甫盲」）

㈤正音重脣，又音輕脣：

董韻　琫　　步孔反，又方孔反

覺韻　䵝　　蒲角反，又甫教反

由以上看來，固然有些類隔已經改作音和，但仍有輕脣切重脣
或重脣切輕脣的字，此卷輕重脣仍然是不分的。

七、韻字特殊紐讀：此卷有些韻字紐讀不同於其他韻書，茲列舉
如下：

韻目	韻字	此卷切語	其　他　韻　書　切　語	說　　　　　　明
幽	彪	補休	《切三》《全王》並切「甫休」《廣韻》切「甫休」	改非母爲幫母
旨	鄙	八美	《切三》《王一》《全王》《廣韻》並切「方美」	改非母爲幫母
姥	粗	似古	《切三》《王一》《全王》《廣韻》並切「徂古」	改從母爲邪母
姥	祖	側古	《切三》《全王》《廣韻》並切「則古」	改精母爲莊母
薺	薺	徐禮	《切三》《全王》《廣韻》並切「徂禮」	改從母爲邪母
吻	䰟	戶吻	《切三》《王一》《全王》《廣韻》並切「魚吻」	改疑母爲匣母

琰	貶	彼檢	《切三》《王一》《全王》《P3693》並切「方冄」	改非母爲幫母
減	喊	子減	《王一》《全王》同，《廣韻》切「呼賺」	改曉母爲精母，或爲匣母 ⓭
未	沸	符謂	《王一》《全王》並切「府謂」，《廣韻》切「方味」	改非母爲奉母

問	湓	紛問	《王一》《全王》《廣韻》並切「匹問」	改滂母爲敷母
襯	袒	大莧	《全王》同，《唐韻》《廣韻》並切「丈莧」	改澄母爲定母
號	竈	側到	《王一》《全王》《唐韻》《廣韻》並切「則到」	改精母爲莊母
沁	妊	女鴆	《王一》《全王》《唐韻》《廣韻》並切「汝鴆」	改日母爲娘母
沁	讖	側譖	《王一》《全王》《唐韻》《廣韻》並切「楚譖」	改初母爲莊母
艶	占	將艶	《王一》《全王》並切「支艶」，《唐韻》《廣韻》並切「章艶」	改照母爲精母
覺	捉	側角	《王一》《全王》《唐韻》《廣韻》並切「測角」	改初母爲莊母

附：本文所據《廣韻》係張士俊澤存堂覆宋本。

此類紐讀，既爲此卷的特色，當然也是當時實際語音的一種反映。

八、此卷注文乃就陸法言《切韻》刊謬補缺而成：現在就取《王一》或《全王》注文中有提及陸書者與《切三》此卷一一比較之，則此卷與《王一》《全王》《切三》的異同以及此卷

⓭　龍宇純氏《唐寫全本王仁昫刊謬補缺切韻校箋》（香港：中文大學，1968年9月初版）謂：「疑子原作乎。」該書404頁。

如何就《切韻》刊謬補缺，均可一目了然。

(一)歌韻「䩞」下注：

《切三》	㇂鞋，無反語
《王一》	㇂鞋，無反語，胡䩞，亦作鞡，或作屐，火弋反，又布波反，陸無反語，何李誣於今古
《全王》	㇁鞋，無反語，火弋反，又希波反，陸無反語，古今
此卷	希波反，鞋，俗作靴

　　　　　　此字陸無反語，此卷作「希波反」。

(二)腫韻「湩」下注：

《全王》	都隴反，濁多，是此冬字之上聲，陸云冬無上聲，何失甚
此卷	冬恭反，濁多，此冬之上聲

　　陸稱冬無上聲，此卷卻說「此冬之上聲」。

(三)紙韻「䤫」下注：

《全王》	於綺反，車䤫。陸於倚韻作於綺反之，於此車䤫韻又於綺反之，音既同反，不合兩處出韻。失何傷甚。
《王一》	（只殘存作「此倚韻又作於綺何傷甚」）
《切三》	（前有「倚」字，音「於綺反」，後又有「倚」字，音「於綺反」）
此卷「䤫」字列「倚」「於綺反」紐下	車䤫，陸本別出

「車奇」字，陸兩出韻，此卷則將它列在「倚」「於倚反」紐下，無兩出。

㈣ 止韻「汜」下注：

《切三》	江有汜，又水名，在河南成皋縣；一曰潁川襄城縣；一曰在滎陽中牟縣，流入河，又符嚴、敷斂反
《王一》	音者在成皋東，是曹咎所度水；音凡者在襄城南汜城，是周王出居城，曰南汜；音迅斂反者在中牟縣，是晉伐鄭師于汜，曰東汜。三所各別，陸訓不當，故不錄。亦作洍
《全王》	音似者在成皋東，是曹咎所度水，音凡者在襄城縣南汜城，是周王出居城，曰南汜；音迅斂反者在中牟縣，是晉代師子汜，曰東汜。三所各別，陸訓不當，亦作　字
此卷	江有く，又水名，在河南城皋縣東，曹咎所度水處，又符嚴反，在潁襄城南汜城，造周王出居城，曰南汜，是；又敫斂反，在滎陽中牟縣，汜流入河，汜澤，是晉伐鄭師子汜，曰東汜，是詩曰江有汜美媵也

《王一》《全王》並稱「陸訓不當」，此卷則就《切三》予以加訓。

㈤ 上聲韻目表广下注：

《王一》	虞掩反，陸無此韻目，失（韻文內作「虞埯反）
《全王》	虞掩反，陸無韻目，失（韻文內作「虞埯反）
（此卷上聲有五十一广韻目）	虞掩（切語在韻目上方，韻文內作「魚儉反）

陸書無广韻，此卷則有之。

㈥ 范韻「范」下注：

《王一》《全王》	符凵反，人姓，又草，陸無反語，取之上聲，失
《切三》	姓，無反語，取凡之上聲
此卷	無反語，取凡之上聲亦得符凵反，說文作從水，又姓也

「范」字，陸無反語，此卷就《切三》所注而謂「取凡之上聲亦得符凵反」，不像《王一》或《全王》說「失」。

㈦ 遇韻「足」下注：

《王一》	案緅字陸以子句反之，此足字又以即具反之，音既無別，故併足
《全王》	（列「緅」「予句反」紐下）添，又資欲反
此卷	即具反，忝也，又之欲反（另有「緅」字注「子句反，又子侯反，青赤色」）

「足」字，陸氏「即具反」，與「緅」字「子句反」無別，此卷仍隨陸書二字分立，《王一》《全王》則二字予以合併。

㈧ 去聲嚴韻韻目下注：

《王一》	魚俺反，陸無此韻目，失
《全王》	魚淹反，陸無此韻目，失（「自」蓋「目」字之誤）

（此卷去聲有五十六嚴韻）	魚欠（切語在韻目上方）

陸書無嚴韻，此卷則有之。

(九) 屑韻「亞」下注（此卷「　　」當作「凸」）：❹

《王一》	陸云：高起，字書無此字，陸入切韻，何考研之不當
《全王》字作「⊹」	肉高起（韻字當作「凸」）
此卷	高起

「凸」字，陸書注作「高起」，此卷相同。《王一》稱字書無此字，責備陸氏考研不當。《全王》則改作「肉高起」，增一「肉」字。

(十) 洽韻「凹」下注：

《王一》	下，或作窞，正作唅。案凹無所從，傷俗尤甚。名之切韻，誠曰典音，陸采編之，故詳其失
《金王》	下，或作窞
此卷	下也，亦窞

「凹」字，陸采編之，此卷、《王一》《金王》並有收錄，但《王一》對於陸書的采入，大加責備。另外，此卷「窞」字實即「唅」字，唐人寫本，偏旁宀穴往往不分，

---

❹ 魏建功氏以爲此卷無「凸」字者，蓋不知「亞」爲「凸」字之誤也。見《十韻彙編序》《十韻彙編》頁參伍。

此一例也。

　　由以上十處的比較、分析，可知：①此卷就陸書刊謬補闕之情形。②唐代音韻變化及分韻之現象。③此卷與《切三》《王一》《全王》之異同。

　　九、綜論此卷在音韻學上的價值：

　　㈠反映唐時實際語言。

　　㈡平聲上韻目表冬、脂、真、臻四韻目下注所記呂、夏侯、
　　　陽、李、杜五家韻目分合，可藉以探索南北朝時南北語音之
　　　情況。

　　㈢移覃、談於鹽、添之後，與收－m諸韻同列，較陸氏《切
　　　韻》更爲合理。而鹽、添、覃、談、咸、銜、嚴、凡八韻並
　　　列，已開李舟《切韻》與《廣韻》之先。

　　㈣合江、陽、唐爲一類，爲蔡斐軒《詞韻》、《周德清》、
　　　《中原音韻》、范善臻《中州全韻》、畢拱辰《韻略匯通》
　　　之祖。

　　㈤列佳於歌、麻之間，侵、蒸同列，已注意到元音的相近或相
　　　同，而侵、蒸同列還照顧到韻尾的系統。**⑮**

　　㈥入聲韻已注意到平、入的分配，絕大多數均符條理。

　　㈦陸法言《切韻》去聲全闕，而此卷獨完。

　　㈧此卷韻目總數爲195韻，較陸書多上聲五十一广韻、去聲五

---

⑮　屬鼎煃氏〈敦煌唐寫本王仁煦刊謬補闕切韻考〉解釋說：「置佳於歌麻而
　　不置於齊皆灰，斯佳音之爲 ia 近於 oa·－a 而遠於 ai·ei·－i 亦著然明
　　矣。蒸與侵爲一類，明蒸音原收－m 今則變收－n 矣。」見《金陵學報》
　　第四卷第二期，291頁。

十六嚴韻，可窺知陸書之大概。

㈨此卷既是就陸書刊謬補缺而成，如本文肆之八所列異同，此卷無論是增字加訓或保存陸氏原書，均有莫大的價值。

㈩由此卷與各韻書的比較，可探知隋唐韻書的體式，並釐訂韻書的系統。

伍、結　論

此卷經偶然的發現，而能流傳於世，在《切韻》殘卷數量有限，且多爲殘闕的情況下，我們切不可因爲此卷係拼湊而成，體例最不純粹，就遽予否定它的價值。揆之事實，此卷的編著是極富創新精神的，由本文所列舉體例上所呈現的特色以及在音韻學上的價值，即可得到證明。

漢語語音切割的基本單位：

論音節結構、字彙狀態與似字程度的作用

曾進興、曹峰銘、鄭靜宜

摘 要

在連續的言談中，如何將語音信號切割爲細小的單位，編碼後作爲詞義提取的基礎，一直是語音研究當中的一個重要課題。在本研究當中，我們採用"音素偵測"作業，令大學生聽取由單音節"字"或"非字"組成的字表，並指定若干塞音爲音素偵測的目標。受試者以按鍵方式，判斷每一刺激項中是否含有目標音素。電腦自動記錄反應時間，以爲統計分析的基礎，曾進興與曹峰銘（1992）的實驗比較不同的音節結構和字彙狀態對音素偵測反應時間的影響，發現對字的音素偵測較對非字爲快速；至於音節結構似乎對反應時間的影響不大。在最近的一個實驗（Tseng 與 Jeng，1993）當中，我們覆驗了上個研究的結果，同時要求受試者對每一刺激項進行"似字程度"的評定，以五等量表爲之，五分表示

"最像字"而一分則表示"最不像字"。結果發現，似字程度事實上可以解釋字優效果。若將似字程度也視爲音節屬性之一，則此一屬性很明顯地影響音素偵測反應。此種結果意味音節是漢語語音切割的基本單位。

前　言

當我們在聆聽他人説話時，最重要的工作便是把對方傳達的語音資料，轉換爲語義的訊息。如衆所週知者，語音信號在物理性質上是連續的，但是受話者在腦中卻可以把它轉換成離散的單位，作爲詞彙辨識的基礎，顯示語音知覺的過程必然包含語音切割和詞彙提取的程序。換言之，如何把連續的語音，切割爲某種單位，再組合爲可以用來提取詞義的符碼，應該是受話者在聆聽他人話語時，腦子所進行的工作（參見 Altmann，1990）。事實上，這樣的想法，大致符合近代心理學所提出的"訊息處理"的觀點（Pisoni 與 Luce，1987）。中正大學語音科學實驗室，自1991年起，即在訊息處理觀點的架構下，針對漢語的語音知覺問題，開始進行實徵性的探究。第一階段，主要探討的問題，便是想了解漢語的使用者，在接受語音訊號時，對語音聲波的切割，其基本單位爲何？

曾進興與曹峰銘（1992）首先使用所謂"音素偵測"的實驗作業方式，企圖解答此一主要議題。本文將報告後續的一個實驗結果，除了覆驗上一個研究的結果外另外也提出了一些新的資料，對於完整地理解漢語語音切割過程的本質，將有進一步的貢獻。本文

計分三節，首敍訊息處理觀點下的語音知覺歷程，次論語音切割的
單位之假說，最後陳述最近的實驗成果及其啓示。

語音知覺的運作歷程

　　由於語音聲波當中，缺乏明顯的自然界限，可以用來將連續的
言談信號切割爲細小的單位（例如，音素、音節、或單詞），聽話
者如何聽懂他人的話語，便成了一道難題。對於這個問題的了解，
不祇能滿足科學家的好奇心，同時也具有實用的價值，因爲這個解
答對於了解言語障礙以及設計人工語音辨識系統，都有啓發的作
用。然而，到底應該使用什麼樣的方法，來解答這樣的問題呢？過
去心理學者採用許多所謂“線上”作業（on－line tasks），操弄語
音中的若干特性，然後記錄受試者的反應（包括辨別、指認、偵
測、或分類），從反應的速度與類型，從而進行內在心理歷程的推
論。除此之外，神經生理及音響心理的研究，也提供了若干可能的
解答。本節所提出的“訊息處理”觀點的語音知覺歷程，即是過去
三、四十年來研究成果的縮影。所謂“訊息處理”觀點，即是把人
當成是一具處理各式各樣訊息的機器，以語音知覺來說，語音聲波
便是輸入這具機器的資料，而機器必須歷經許多複雜的運算轉換，
才能得到一個完整的“產品”，即句義的理解。根據學者（如
Studdert－Kennedy， 1974； Pisoni 與 Luce 1987）的說法，這個
過程大概可以分爲五個階段。

　　1.**周邊聽覺分析**（peripheral auditory analysis）：周邊聽覺系
統像一組電子裝置中的濾波器（filters），其中每一個濾波器各對

某一頻率範圍的信號作出反應，因此，語音信號裡的不同頻率，就是透過這組濾波器的作用而被分解離析了出來。有些學者主張濾波器頻帶之頻寬爲1/3 octave，此一特性對低頻率具有良好的頻譜解析度，使得語音中最重要的兩個共振峰（即 F1與 F2）得以清楚地分離；同時，1/3 octave 的頻寬對高頻率也有好的時間解析度，如此則對塞音或塞擦音的破阻之釋放，提供較正確的計時訊息。

　　2.**中樞聽覺分析**（central auditory analysis）：周邊聽覺系統將聲學分析所得的訊息，諸如頻譜結構、基頻、聲源函數的異動，以及信號的強度與時距，繼續送入中樞聽覺系統，以作進一步的分析。有些學者相信，這些資料其實就是被當成" 語音線索 "（speechcues）來使用。而所謂" 語音線索 "指的就是語音信號的聽覺碼，語音信號以此種聽覺碼的形式被進一步的歸類處理。例如，受話者根據聲波是否具有諧波（週期波）結構，信號的強度與時距、以及共振峰結構組型等線索，而能覺察到元音的存在。再如，受話者也可以根據嗓音起始時距（VOT），送氣長短和第一共振峰轉折帶的長短等時間的線索，辨識位於音節首的塞音之清濁度。

　　3.**聲波音值分析**（acoustic－phonetic analysis）：語音聲學線索讓受話者得以開始進行語言層次的分析，而這個階段的分析成果有可能即是若干語音學家所推測的單位：" 語音特徵 "（phonetic features）。語音特徵可以想像爲兼具聲學特性和構音特性兩類訊息的知覺記憶碼（perceptual and memory code）。語音信號經過這一層分析，可能形成的表徵是，每一個音段都用好幾個語音特徵來描述。過去有些學者（如 Eimas 與 Corbit， 1973）就認爲人腦中真的擁有一些所謂的"特徵偵測器"（feature detectors），分別針對不同的語音特徵進行探測及反應的工作。他們所舉出的一個證據就是，在非常小（1到4個月大）的幼兒身上，也可以發現有對語音產生"範疇知覺"（categorical perception）的現象，而對非語音刺激則不會發生此一現象。（按範疇知覺意指，對在物理向度上連續遞變的刺激群加以指認時，會歸爲兩、三個不同的類目，對同類的刺激無法區辨，但對不同類的刺激則可以毫無困難地分辨出來）。這些研究者把這種研究結果解釋爲，因爲有特徵偵測器的存在，因此對語音的反應，當然不同於非語音的刺激，而且這種偵測器是生而有之的良知良能。但是，近年來"特徵偵測器"的説法已經逐漸受到懷疑。

4.**聲韻分析**（phonological analysis）：上一階段計算所得的"音值矩陣"（phonetic matrix），即具有語音特徵值訊息的音段表徵，仍必須經過更進一步的修正運算，才能得到正確的音段或音節內容的訊息，原因是在自然語言中，"共變構音"（coarticulations）和有系統的音變，像同位音的變化（allophonic variations），都是必須加以校正的因素。聲韻規則極可能在此一階段中，執行某種重要的運算功能。

5.**高層分析**（higher–order analysis）：前述的音位或音節等單位，可能是構成單詞辨識（word recognition）與詞彙提取（lexical access）的基礎。根據 Pisoni 與 Luce（1987）的定義，單詞辨識指的是將聲波音值分析所得的特殊型式和記憶中單詞的型式，進行相互比對的過程。相對來説，詞彙提取指的是藉由單詞辨識過程中獲得的型式，從"心理詞典"中檢索出該一單詞的有關訊息，如詞意及句法功能等。所謂高層分析即藉由各種受話者已有的語言知識（包括一個詞可能擔負什麼句法功能，可能和什麼詞相連出現，適合在什麼語意脈絡中出現等），就先前分析所得的訊息加以分析綜合，最後達到釐清語意的作用。這一部份的研究，事實上最複雜，也最難進行，因此，目前對這一部份的運作歷程，猜測的成份多於確知的部份。本文所要討論的語音切割單位的問題，可以定位於前述的聲波音值分析及聲韻分析兩階段之間。

語音切割的基本單位

　　語音切割的目的，在於蒐尋並標定某種可以辨識的單位，據以作爲詞彙提取的依據。這種單位之間的界線，必然是存在於信號表面的特徵當中，而不假外求。因爲在還沒有標定單位的內涵之前，並無法由內涵的特徵來求取單位之間的界線，因此，單位整體的"外觀"必然是有利於對它作切割的。從計算的可行性來說，這種初步的切割單位，可能是單詞，也可能是比單詞還要小的單位，或稱"單詞前單位"（prelexical units）。前一種可能性，似乎在簡潔性的要求下，很能令人滿意，既然語音切割的目的是爲了詞彙提取，那麼爲何在切割時不乾脆一刀即切中單詞的邊界？問題在於：單詞的邊界往往是由單詞的內涵來決定的，而往往很難從前述信號表面的物理特徵中發現。譬如，在"他去參觀動物生態展"，"他去參加動物園開幕"以及"他去參加動物園遊會"等三句中，"動物/生態"，"動物園/開幕"，及"動物/園遊會"等數組單詞之間的邊界之決定，幾乎非得由單詞及整句的語意內涵中判斷不可。

如此一來，就違反了前述"表面特徵"的限制了。再者，即使從表面特徵－－語音信號的物理性質上來看，單詞之間的界限在實際上多數是難以標定的。

　　假使單詞邊界的決定，是有賴於語意線索的輔助，而語意訊息的獲取又較初步切音的時機晚，那麼，我們所剩下的選擇，便是所謂"單詞前單位"的各種可能性了。換言之，我們必須從語言學擬構的單位（音素或音節），甚或由計算模型推測而得的單位，如頻譜模板（spectral templates）中，去選擇一個最合乎人類心理運作特性的單位來。音素之於語音信號當中，具有類似於單詞的問題，即單位之間的界限不明顯，而且受到語境變異的影響太大。一般所熟知的"共變構音"（coarticulations）經常是以音素爲著眼點來說的。例如，在/si/與/su/當中的/s/在兩類音節中，就有頻譜能量分佈上的差異。很多時候，連續音（continuants）之間，由於缺乏陡然發生的變化，致使音段之間的分野不明顯，像/wɑu/中三個音素就很難截然切斷。共變構音所引起的問題，在語音研究的文獻上，討論者眾矣。其中有許多研究者所提出的解決辦法，都是以繞一個彎的型式表現，亦即先否定掉音素的"跨諸四海而皆準"的地位，進而舉出較能符合不受語境影響的可能單位來，頻譜模板與音節就是其中兩個較常被提及的概念。

　　頻譜模板的辦法，係指語音信號以非常細微的時間框架（如百分之一秒）來加以切割，而每一個單詞在腦中的表徵型態即略過音素或音節等語言學上的單位，直接由這些小時間單位的頻譜模板組合而成（如 Klatt，1980）。在這個想法之下，詞彙檢索的基礎是由聲學所定義的信號型態，而抽象化的音素或音節則毫無作用的餘

地。Mehler, Dupoux, 與 Segui（1990）等人即將此種觀念稱爲
"精緻模型"（finegrained models）。由於頻譜模板在性質上缺乏
聲韻單位的特性，因此當信號直接由頻譜模板映對到單詞時，各語
言的獨特性（language – specificity）以及詞與非詞的分野，在語言
切割的過程中都無法受到應有的照顧。換言之，一個精緻模型無法
在詞彙提取前就能判明，所輸入的信號，究竟是否爲外語、非詞，
或是任何違反聲韻規律的語音刺激。

　　相對於精緻模型的，即是 Mehler 等人所説的"粗糙模型"
（coarse – grained models），內中則以音節爲主要的切音單位。由
於單詞在本質上係由一至多個音節所組合而成的，若能以音節爲切
音單位，並據以作爲詞彙檢索的依據，則前述精緻模型所忽略的部
份，即可得到適當的處理。亦即以音節作爲檢索碼，可使得分析系
統具有"聲韻敏察性"（phonotactics），在進行語音分割時，即
可濾除掉不符聲韻規則的"異類"。音節的界限在連續語音信號當
中，似乎也較其他層次的單位更爲凸顯。以漢語來説，無論是在振
幅包絡（amplitude envelope）或基頻包絡（fundamental frequency
contour）的參數上，都可以較爲清楚地觀察到離散單位的相貌。
過去聲韻學家即從直觀上判定漢語是"音節計時"（syllable –
timed）或音節分明的語言，在一字（音節）一調的特性下，更使
得音節本身的完整性（gestalt）更爲突出。用音節作爲詞彙提取的
檢索碼，還有另一個優點，即是大幅縮小記憶的要求，因爲一個語
言系統裡詞彙的龐大往往是數以萬計，而在語音辨識的初期，就要
在詞彙的層次上逐一加以比對，似乎非常不符經濟原則。反之，先
透過"單詞前單位"的分析處理，則可大幅縮小檢索碼對於記憶的

負荷，也可以加速檢索碼比對的歷程。漢語的音節，以國語爲例，如果把字調也納入考慮，則音節數不過一千兩百多個。在這種種考慮下，以音節作爲漢語語音切割的基本單位，似乎是一項很自然的選擇。

從1970年代開始，陸陸續續有一些歐美的研究人員，使用音素偵測作業，來討論語音切割的單位與詞彙檢索碼的性質的問題。在音素偵測作業裡，實驗者呈現以聽覺刺激的型式之單詞或單句，要求受試者偵辨其中是否含有某個事先指定的音素（稱爲目標音素），並且以按鍵的方式表示“是”或“否”。譬如，在“pai”字中偵測/p/，所得的反應應爲“是”；反之，若在“tai”字中偵測同一音素，正確的反應則爲“否”。通常以刺激啓始以至按鍵反應這段時間爲主要測量對象，事實上即爲一種反應速度的指標，通常在心理學的文獻上稱爲“反應時間”（repsonse time），簡稱爲RT。令人感到有興趣的問題是，音素偵測作業所反映的究竟是什麼歷程？亦即，受試者依憑何種形式的語音表徵方能將單詞中的目標音素指認出來？

一般來説，對於此一問題的解答，有三種不同的見解。其一爲單詞説，亦即受試者首先聽到的是一整個單詞，唯有單詞整體的音碼獲得切割檢驗後，才能斷定其中是否含有目標音素。其二爲“單詞前表徵”（prelexical representation）的説法，亦即受試者在未獲得單詞的訊息之前，即先由音素或音節切割所得的聲波音值表徵中，去比對目標音素。這種説法即認爲音素偵測不需仰賴單詞訊息，而係由音素或音節表徵之訊息作爲反應基礎；細分起來，當然又可分爲“音素説”與“音節説”。第三種見解則認爲單詞表徵與單詞前表徵應用時存在，並行而不悖，受試者使用何者則視當時的條件而定。使用音素偵測作業，改變作業的條件，可以檢驗這些見解的正確性，同時也可以為語音切割之基本單位提供間接的解答。

截至目前為止，有若干實徵的證據，對音節說似乎較為有利（見 Cutler，Mehler， Norris 與 Segui， 1983； Mehler， Dommergues，Frauenfelder， 與 Segui， 1981； Mehler， Dupoux 與 Segui， 1990； Segui， Dupoux 與 Mehler， 1990 ）。兩個重要的效應是 “ 音節結構效應 ”（ syllabic structure effect ）及 “ 詞優效應 ”（ lexicality orword superiority effect ）。所謂音節結構效應係指當受試者在偵測單音節詞詞首音素時，音節結構的複雜性會影響音素偵測的反應時間，也就是 CV 快於 CCV 或 CVC，而後者又較 CCVC 更為快速。再者，詞優效應則指單音節詞（ 如 “ pai ” ）詞首音素（ /p/ ）之偵測會較 “ 非詞 ”（ 如 “ pia ” ）中音素之偵測更為快速。前一效應無法以單詞說或音素說解釋，而後一效應固然僅能排除掉音素說，但如果再從詞優效果並不見於雙音節詞項之事實看來，單詞表徵之說法亦可以休矣。這些從歐美文獻中觀察所得的現象，是否也適用於漢語使用者，便成了一項實徵性的議題。

漢語音素偵測實驗：
音節結構、字彙狀態與似字程度

曾進興與曹峰銘（ 1992 ）在三個實驗中，分別考查單音節 “ 字 ” 與雙音節 “ 詞 ” 的音素偵測。實驗一與驗二都使用單音節的

刺激，操弄了兩個實驗的變項：一為音節結構，另一則為字彙狀
態。由於實驗一與實驗二在設計上，只有刺激呈現方式的差異，因
此在此一併討論。分別各有24名大學生參與實驗。他們必須在聽到
每一個刺激項後，判斷該刺激是否含有事先指定的目標音素，即
p，p＇，t，t＇，k 及 k＇之一。有一半的刺激項並不包含目標音
素。這些刺激有"字"與"非字"之分；依照音節結構來說，又有
CV，CVC，CVV，及 CVVC 之別，例子請參見表一。在實驗一
裡，每一個區段裡，我們讓字與非字混合在一起出現；但是，在實
驗二，字和非字就在不同的區段裡分別出現。這樣的安排是想了解
不同的刺激呈現方式，是否會影響受試者偵測音素所採取的反應策
略。實驗的結果，在圖一中呈現。簡單地說，在字中偵測字首音
素，其反應時間短於非字；例如，對於/p/的偵測，/pai/的反應時
間短於/pia/。這個結果證實了"字優效應"的存在，也可以說，
單音節詞項的詞優效應是在漢語中存在的。至於音節結構效應，從
我們的資料上來看，反應的傾向就不那麼明顯了。雖然整體看起
來，最複雜的 CVVC 結構所得的反應時間的確比其它三者都長，
但仔細分析起來，這種差別主要是出於非字的刺激項上，反觀字的
刺激上，倒是沒有任何結構所造成的反應差異。

表一　曾進興與曹峰銘（1992）實驗一與二所用之刺激項舉例。
　　　其目標音素為/P/。

	字		非字	
	目標項	非目標項	目標項	非目標項
CV	pā	la	pǔ	hǎ
CVC	pin	lán	pǔn	hǐn
CVV	piě	léi	póu	hǐa
CVVC	pian	liǎng	piàng	hǐang

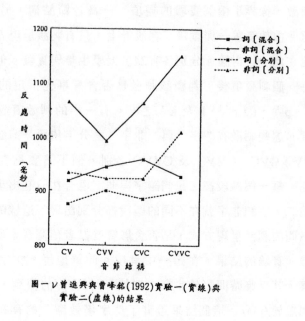

圖一 レ 曾進興與曹峰銘(1992)實驗一(實線)與
實驗二(虛線)的結果

圖一 曾進興與曹峰銘（1992）實驗一（實線）與實驗二（虛
線）的結果

對於這兩個實驗的結果，我們初步的解釋是，音節說得到了支
持。字優效應顯示，音節界限清楚的狀況下，音節碼之比對，使得
字的刺激得以早先獲得對音節內容之音素進行檢驗，反之，非字刺
激則由於字彙記憶中（或音節庫中）並無相對的符碼可資利用，因
之必須花費較長的時間直接由聲波中建構音素系列。音節結構效應
僅限於非字，且只表現於 CVVC 與其他結構之差異，我們在先前

的論文中的解釋是"對漢語語音信號所作的音節分割工作,本質上是一個竭盡式的掃瞄過程(exhaustive scanning),亦即必須就音節內涵做一籠統的掃瞄,以決定音節界限之所在,這一掃瞄不可避免地會受到音素個數的影響,但在三個音素以下,音節內涵的掃瞄則以近乎平行式的操作方式進行。對含有四個音素的音節,掃瞄的時間就拉長了。不過在此,掃瞄的運作並不精確到足以辨認出個別的音素。這就是爲什麼CVVC的偵測時間較CV,CVC和CVV皆長的原因。詞〔即字〕的刺激沒有這個效果,也許可以解釋爲詞優效果太强,把詞〔字〕的反應時間拉低,因而把結構效果掩蓋住了"。現在看起來,這個解釋似乎不太經濟,是否能合理地延伸到其他實驗材料上,或許有問題。不過,即使音節結構效應不明顯,其實也祇能説音節説的正面證據不夠充份,卻無法以這個事實來作爲音節説的反證。

　　讀者應可注意到,本文迄今一直把漢語裡的單音節"詞"與"字"劃上一等號,避免將前者視爲某種"詞典"裡的單元,這樣的作法是爲了避免"單詞前單位"一詞所指涉的概念產生混淆。換言之,我們竭力保存"複音節單詞→音節(字)→音素"的三層次之觀點,唯有在此一觀點下,"單詞前單元"方能指涉音節或音素。但如所週知者,漢語裡的"心理詞典"亦有可能包含"字典",如此一來,漢語的語音切割以至詞彙檢索也就愈發複雜了。因爲,所謂詞彙提取是否必然歷經"字典"以至"詞典"之歷程?在目前的研究架構下,我們毋如説是採取一種"愈簡單愈好"的想法,即先假定"字典"之字義提取是多餘而無必要的程序。音節之切割,主要祇爲了詞彙檢索碼之使用,並非爲了"單字"意義之理解。不過，在目前的階段，這個問題也許也不能獲得合理的解答。

　　在曾進興與曹峰銘（1992）的第三個實驗裡，我們似乎觸及了這個問題的邊緣。在該一實驗中，我們選了一些雙音節詞與非詞；這裡所謂的非詞，指的是由"字典"裡找得到的兩個字（或者說是由漢語合法音節中選出兩個音節），合併爲沒有意義的雙音節詞。例如，我們把兩個刺激詞項"暴力"及"白雲"，重組構成一個非詞"暴雲"。其他刺激詞項的例子，可以參見表二。受試者必須針對詞首音素作判斷，是否爲目標音素。我們主要關心的問題是：雙音節詞首的目標音素之偵測是否會優於非詞？實驗結果顯示在圖二，表示詞與非詞之音素偵測速率並無顯著差異，意味著受試者在音節切割之後即快速地進行音節內容之分析，以進行音素比對，而由於無論是詞或非詞，其音節皆爲"合法"之聲韻單位，亦即兩者在"字彙狀態"上都是相等的，因此其反應時間自然不會有所差別。顯然"詞優效應"並不產生。回顧前兩個實驗，字優效果之存在，是由於音節合法性的差異所造成的，而非由於字義提取與否所造成的助長效果。總之，音節說在此既優於音素說，也強過單詞說。

　　最近我們針對單音節字的字優效果，進行了一個更進一步的實驗（Tseng 與 Jeng，1993），最主要的出發點就是想檢驗上項"字優效果之存在是由於音節合法性的差異的造成的"之說法是否成立。這個觀點主要是立基於"聲韻特性"是音節切割的支柱，"語義內涵"則是音節切割的目的，而且晚於音節切割。曾進興與曹峰銘（1992）利用單音節字刺激所發現的字優效果，與字義內容可能沒有關係。此外，字彙狀態在先前的實驗中，是以"出現在合法音節庫"與否作爲標準，本質上是"二分法"的形態；但很可能在語言使用者的聲韻知識中，音節之合法性並非黑白分明的狀態，而可能顯現出連續的尺度。因此在新近的實驗中，我們大致上重覆了曾進興與曹峰銘的實驗一，祇是在目標音素的安排上，少了兩個（即不用/k/與/k'/）。實驗變項也是"字彙狀態"與"音節結構"。不過，在重覆了這個程序之後，我們另外還作了一個"似字程度"（syllabicity）的五點量表評定，亦即要求受試者將先前反應過的刺激再度聆聽，同時，針對每一刺激項"聽起來是否近似國語裡的字音"而加以評定，分數越高者代表似字程度越高。

表二　曾進興與曹峰銘（1992）實驗三所用刺激項舉例。其目標音素爲/p/。

	詞		非	詞
	目標項	非目標項	目標項	非目標項
	白雲	適應	白力	適服
	暴力	馬路	暴雲	馬樣

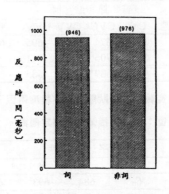

圖二　曾進興與曹峰銘（1993）實驗三的結果

　　這個實驗基本上是覆驗了曾進興與曹峰銘（1992）的結果。表三顯示字優效應十分明顯，但音節結構則沒有效果。音節結構效應付之闕如，顯示先前關於結構效應的複雜解釋可能有待商榷。爲了顯示音節是一切割的基本單位，可能必須從其他的音節屬性著手。事實上，"似字程度"在某個意義上，亦可視爲音節的屬性，在打破以客觀方式界定"字彙狀態"的二分藩籬之後，所有的刺激便可以被歸爲五類，從"最不像字"（評爲1分者）以至"最像字"（評爲5分者），以變異數分析法觀察，發現"似字程度"果然是一項影響音素偵測時間的重要變因，表示"似字程度"在主觀感受上的差異，的確會影響音素偵測的時間。這個音節"聲韻屬性"所造成的效應，其實正可爲音節說提出另一個有力的證據。參見表四。

表三　最近一個實驗在字彙狀態和音節結構兩因子上的效果。

單位：毫秒。

字彙狀態	音　節　結　構				
	CV	CVC	CVV	CVVC	平均
字	689	674	664	605	672
非字	721	705	674	711	705
平均	710	689	669	685	

表四　最近一個實驗在字彙狀態與似字程度兩因子上的效果。

單位：毫秒。括弧顯示評定個數。

字彙狀態	似　字　程　度					
	1	2	3	4	5	平均
字	695	649	684	693	674	672
	（46）	（47）	（56）	（129）	（821）	
非字	715	695	708	740	670	705
	（326）	（272）	（214）	（143）	（168）	

　　再者，當我們使用所謂"共變數分析"的統計方法，將"似字
程度"作爲"字彙狀態"的共變量，亦即是檢驗：在把似字程度對
反應時間所造成的影響力去除之後，字彙狀態一因子是否還能對音
素偵測速度發生影響力？結果發現答案是否定的，亦即字優效應的
確是由主觀上對音節聲韻屬性之認知（"似字"與否）所造成的。
這個結果有力地說明了音節切割後的音素比對，有賴音節聲韻結構
之分析。在主觀上越是像是漢語音節者，其存在於"音節庫"之可
能性越高，因之，音節切割後之語音碼之比對也越爲快速。

結　語

　　回顧這幾個實驗，我們發現，音節的屬性（字彙狀態或似字程
度）會影響音素偵測，但是屬於高層次的語意屬性（雙音節詞的詞
彙狀態）則不影響音素偵測。音節屬性之一的音節結構效應不明
顯，固然令人惋惜，但其理由仍有待探討。綜合起來，我們可以
說，音節大抵是漢語語音知覺的一個基本單位，在聽到一串語音聲
波信號時，受話人先進行的是音節的切割，之後，由音節碼的獲
取，可以進行符碼的組合，並以此作爲詞彙檢索的依據；音素之偵
測並非爲自然語音知覺之所必需，但在實驗作業要求下，受試者即
可以根據音節碼之內容，進行音值分析或音素比對，以獲取音素偵
測之判斷反應。

附註：本文承國科會研究計劃（NSC82－0301－H194040）之獎

助，並蒙鍾榮富教授指正，特此致謝）

參考文獻

曾進興、曹峰銘（1992）。詞彙狀態與音節結構在漢語語音辨識過
程中的作用。在新加坡第一屆國際漢語語言學研討會上宣
讀。

Altmann, G. T. (1990). *Cognitive models of speech processing:
Psycholinguistic and computational perspectives.* Cambridge,
MA: The MIT press.

Cutler, A., Mehler, J., Norris, D. G., & Segui, U. J. (1983).
A language specific comprehension strategy. *Nature(London)*,
304, 159 – 160.

Eimas, P. D., & Corbit, J. D. (1973). Selective adaptation of lin-
guistic feature detectors. *Cognitive Psychology*, 4, 513 – 521.

Klatt, D. H. (1980). Speech perception: A model of acoustic-
phonetic analysis and lexical access. In R. A. Cole(Ed.), *Per-
ception and production of fluent speech.* Hillsdale, NJ: Erl-
baum.

Mehler, J., Dommergues, J. – Y., Frauenfelder, U., & Segui,
J. (1981). The syllable's role in speech segmentation. *Journal
of verbal Learning and Verbal Behavior*, 20, 298 – 305.

Mehler, J., Dupoux, E., & Segui, J. (1990). Constraining mod-
els of lexical access: The onset of word recognition. In G. T.
Altmann (Ed.), *Cognitive models of speech processing: psy-*

cholinguistic and computational perspectives. Cambridge,
MA: The MIT Press.

Segui, J., Dupoux, E., & Mehler, J. (1990). The role of the syllable in speech segmentation, phoneme identification, and lexical access. In G. T. Altmann (Ed.), Cognitive models of
speech processing: Psycholinguistic and computational perspectives. Cambridge, MA: The MIT Press.

Studdert-Kenndey, M. (1974). The perception of speech. In T.
A. Sebeok (Ed.), Current trends in linguistics. The Hague:
Mouton.

Tlseng, C.-H., & Jeng, J.-Y. (1993). The lexicality effect
revisited: The case of Chinese monosyllables. In preparation.

論嘉慶本《李氏音鑑》及
相關之版本問題

陳盈如

　　《李氏音鑑》是一本反映十八世紀末、十九世紀初北京語音實況的重要著作，作者是李汝珍，成書年代是嘉慶十年（1805），嘉慶十五年（1810）付刻，付刻之後有多種版本行於世。本文即以目前所收集到的嘉慶十五年（1810）原刊本，兩種同治戊辰年（1868）「木樨山房藏版」的本子，及光緒戊子年（1888）「木樨山房藏版」的本子爲主，加以比較、分析，再配合其他資料，對《李氏音鑑》的版本問題作一次初步的討論。

　　嘉慶十五年的原刊本以下都簡稱爲「原刊本」。兩種同治戊辰年的本子，一種藏於台灣師範大學國文系圖書館，另一種藏於江蘇師範專科學校，分別簡稱爲「師大本」及「江蘇本」。光緒戊子年的本子即簡稱爲「光緒本」。

　　首先，把這幾個本子在內容上的編排順序作成一個表格比較於下一頁中：（見次頁）

　　由這一個比較表可以看出原刊本比其他三個本子少了「音鑑題詞」和「李氏音鑑書目」，可是多了吳錫麒的「音鑑後序」。

　　原刊本和師大本、江蘇本在排列次序上雖然有一些出入，但大致相當，而光緒本則大爲不同。和其他三個本子比較起來，光緒本的編排次序極不合理，不但前序、後序混在一起，引用書目也放到正文的前面去了，顯得雜亂無章，不如其他三個本子的井然有序。

　　以下再將這四個版本在字句上的一些差異情形依原刊本的次序由前至後列出來，並討論其得失，但對於一些因刻版磨損而導致字跡模糊或缺一筆少一劃的現象以及一些字體上的小差異則不列出來。（a代表上半頁，b代表下半頁）。

版本 編排 次序	原 刊 本	同 治 戊 辰 （ 師 大 ）	同 治 戊 辰 （ 江 蘇 ）	光 緒 戊 子
1	李氏音鑑序 余　　　集	李氏音鑑序 余　　　集	李氏音鑑序 余　　　集	李　鑑　序 李　汝　璜
2	李氏音鑑序 石　文　烺	李氏音鑑序 石　文　烺	音　鑑　序 李　汝　璜	李氏音鑑序 余　　　集
3	音　鑑　序 李　汝　璜	音　鑑　序 李　汝　璜	李氏音鑑序 石　文　烺	音鑑後序 許　桂　林
4	卷　首　凡　例	音　鑑　題　詞	卷　首　凡　例	李氏音鑑序 石　文　烺
5	李氏音鑑目錄	卷　首　凡　例	李氏音鑑目錄	音　鑑　題　詞
6	卷一～卷六	李氏音鑑目錄	音　鑑　題　詞	李氏音鑑目錄

7	音鑑後序 吳　錫　麒	卷一～卷六	卷一～卷六	李氏音鑑書目 洪　隸　元
8	音鑑後序 許　桂　林	音鑑後序 許　桂　林	音鑑後序 許　桂　林	卷首凡例
9	李氏音鑑後序 吳　振　勷	李氏音鑑序 吳　振　勷	李氏音鑑後序 吳　振　勷	卷一～卷六
1 0		李氏音鑑書目 洪　隸　元	李氏音鑑書目 洪　隸　元	李氏音鑑後序 吳　振　勷

1. 余序·二頁 a 第二行

原刊本「章句怗括之學」

師大本、江蘇本及光緒本皆爲「章句帖括之學」

應以「帖括」爲是。唐代以帖經試士，參加考試的考生總
括經文編爲歌訣以便記憶，稱爲「帖括」，後世就以「帖
括」稱科舉應試的文章。

2. 凡例·二頁 a 第八行

原刊本「外者。緣字多同音。」

師大本、江蘇本與原刊本同。

光緒本「一外者。緣字多同音。」

這裡不該有「一」字，因爲李汝珍在每一條凡例的開頭用
一個高出正文一格的「一」字引出正文，而這裡的「外

者」是延續前一行的句子，整句是「莫有出於此圖之外
者。」，並不是另一條凡例的開頭，所以不該有個「一」
字。

3. 凡例·二頁 b 第八行

原刊本「不分商桑章臧長藏六母。」

師大本、江蘇本與原刊本同

光緒本「一不分商桑章臧長藏六母。」

以原刊本爲是，理由見2。

4. 凡例·四頁 b 第八行

原刊本「惟泰州方音。」

師大本、江蘇本與原刊本同

光緒本「一惟泰州方音。」

以原刊本爲是，理由見2。

5. 凡例·九頁 a 第一行

原刊本「恩坳哀安鷗婀細音」

師大本、江蘇本及光緒本皆爲「恩爐哀安鷗婀細音」

「坳」和「爐」同音，但是在卷六的「字母五聲圖」上列

的是「爐」字，而在這一條凡例中所舉的例字都是「字母

五聲圖」上的例字，所以「爐」字較合適。

6.卷一·二頁 b 第一行

原刊本「毃訖岳切」

師大本、江蘇本及光緒本皆爲「毃犬岳切」

「毃」「訖」都是中古見母的入聲字，發展到今天國語讀「ㄐ」聲母。「犬」是中古溪母的上聲字，今天國語讀「ㄑ」聲母。雖然李汝珍在第二十五問曾經說入聲字最好用上聲字作反切上字❶，但是以這三個字的條件來看，還是以「訖」作「毃」的反切上字較爲合適。

7.卷一·五頁 a 第一行

原刊本「比類合」

師大本、江蘇本與原刊本同

光緒本「比類合」

「類」是錯字

---

❶ 在第二十五問的原文是「至於入聲。母韻皆入。固亦可切。不若母用上。韻用入。更爲切近。」
這段話的意思是說：一個入聲的被切字最好是用一個上聲字作反切上字，再用一個入聲字作反切下字。
李汝珍之所以認爲用上聲字作反切上字比用入聲字好，是因爲入聲字有一個促聲韻尾，會防礙反切上、下字連讀成一音。

8.卷一·五頁 b 第八行

　原刊本「八厶爲公」

　師大本、江蘇本與原刊本同

　光緒本「八么爲公」

　以原刊本爲是

9.卷一·六頁 a 第七行

　原刊本「及入聲同音者眾」

　師大本、江蘇本與原刊本同

　光緒本「及八聲同音者眾」

　這是刻字的偏差，因爲在光緒本中有很多地方的「入」字
　看起來都像「八」，大概是同一個字模印出來的。以下對
　這個現象不再列出。

10.卷一·八頁 b 第三行

　原刊本「聲高而揚」

　師大本、江蘇本爲「音高而揚。」

　光緒本爲「音高而揚」

　李汝珍在第二問中認爲「聲」和「音」是「對文則別，散

則可通。」❷所以，用「聲」或「音」都可以，但因前文
用的是「音」字，所以用「音」字較佳。

11.卷一·十六頁 b 第三行

原刊本「舊邦。舫舟翩翩。以泝大江。宋」

師大本與原刊本同

江蘇本與光緒本皆爲「舊　　　　　　　　宋」

江蘇本和光緒本漏印了「邦。舫舟翩翩。以泝大江。」

12.卷一·二十五頁 a 第八行

原刊本「率土之濱。莫非王臣。」

師大本、江蘇本與原刊本同

光緒本「率工之濱莫非王臣。」

這兩句詩出自《詩經》北山，「工」字爲「土」字之誤。

13.卷一·二十六頁 b 第九行

原刊本「去言亦讀讔古之音也。」

---

❷　在第二問的原文是「據此數說。或以音聲別。或以音聲通。是皆各釋其義
　　矣。然按孔穎達詩序疏云對文則別。散則可通。斯言是矣。」「對文則
　　別。散則可通。」是孔穎達說的，但是李汝珍贊同他的看法，所以也可以
　　看作是李汝珍的看法。

師大本、江蘇本與原刊本同

光緒本「法言亦讀譌。古之音也。」

以上下文句看，當以「去」字爲是。原文全句爲「又爲皆
讀譌。說文云。譌從言爲聲。據此。見爲加言讀譌。去言
亦讀譌。古之音也。」

14.卷一·二十八頁 b 第七行

原刊本「及明王應秋談薈。」

師大本、江蘇本及光緒本皆爲「及明徐應秋談薈。」

在＜李氏音鑑書目＞中，《玉芝堂談薈》的作者印的是
「徐應秋」，可能以「徐」字爲是。

15.卷一·三十頁 b 第九行

原刊本「或謂與權切。」

師大本、江蘇本與原刊本同

光緒本「或謂與權　　」

光緒本漏印了「切。」

16.卷一·三十一頁 a 第一行

原刊本「又如閣字。」

師大本、江蘇本與原刊本同

光緒本「又如閒字。」

當以「閻」字爲是。原句爲「又如閻字。以各韻書考之。或謂丑禁切。或謂丑甚切。亦與今時所呼不同。」而「閻」字在《廣韻》中的反切即爲「丑禁切」。

17. 卷一·三十四頁 b 第八行～第九行

原刊本「袁簡齋詩話云。」

師大本、江蘇本與原刊本同

光緒本「袁枚齋詩話云。」

袁枚，字子才，號簡齋，故當以「袁簡齋」爲是。

18. 卷二·四頁 b 第八行

原刊本「無洪纖曲直而不當也。」

師大本、江蘇本與原刊本同

光緒本「無淇纖曲直而不當也。」

這是刻字的偏失，光緒本中的「共」字幾乎全刻爲「其」或「其」了。以下對這個現象不再列出。

19. 卷二·十一頁 b 第三行～第四行

原刊本「故撰字母五聲譜一卷。」

師大本、江蘇本及光緒本皆爲「故撰字母五聲圖一卷。」

當以「字母五聲圖」爲是，《李氏音鑑》卷六即「字母五
聲圖」。

20.卷二·二十三頁 b 第四行

原刊本「以規而爲規。」

師大本、江蘇本與原刊本同

光緒本「汝規而爲規。」

以上下文句來看，當以「以」字爲是。原句爲「則不當以
規而爲規。以矩而爲矩。」

21.卷二·二十九頁 b 第七行

原刊本「蓋楚聲爲清。」

師大本、江蘇本與原刊本同

光緒本「蓋楚聲爲情。」

由上下文句來看，當以「清」字爲是。原句爲「識者曰。
清暑。反語楚聲也。蓋楚聲爲清。聲楚爲暑也。」

22.卷二·三十二頁 b 第九行

原刊本「中母雙聲者。鄭重也。」

師大本、江蘇本與原刊本同

光緒本「字母雙聲者鄭重也」

原文是按照李汝珍的三十三字母行香子詞的次序排列的，依序舉例，至此正好是第三十二「中」母，而「中」「鄭」「重」聲母也一致。光緒本的「字」「鄰」「重」聲母完全不同，而且李汝珍三十三母中也沒有「字」母。

23.卷三·八頁 b 第九行～九頁 a 第一行

原刊本「未可以此切之乎。」

師大本、江蘇本與原刊本同

光緒本「未可以比切之乎。」

依上下文句來看，當以「此」字爲是。原句爲「然則單雙之雙。未可以此切之乎。」

24.卷三·九頁 b 第三行

原刊本「他如叉手爲丑。叉手而曰拱手。」

師大本、江蘇本與原刊本同

光緒本「他如又手爲丑。叉手而曰摂手。」

光緒本中的「叉」字大部分都少了中間一點，這應該是刻字上的偏失。以下對這個現象不再列出。

25.卷三·二十四頁 a 第一行～第二行

原刊本「韻學只宜面談口授心唯。」

師大本、江蘇本與原刊本同

光緒本「韻學尺宜面談口授心堆。」

依上下文句來看，當以「只」字爲是。

26.卷四·二頁 b 第九行

原刊本「濕颭爽失識」

師大本、江蘇本與原刊本同

光緒本「濕颭爽矢識」

當以「失」字爲是。此處爲「北音入聲論」中入聲字的舉
例，「矢」不是入聲字。

27.卷四·三頁 a 第一行

原刊本「十什拾」

師大本、江蘇本、光緒本皆爲「十石拾食實蝕什」

在《廣韻》中「十什拾」屬緝韻，「石」屬昔韻，「食、
蝕」屬職韻，「實」屬質韻。在原刊本中只收了屬緝韻的
三個字，其他三個本子則加入了屬其他韻的字。

28.卷四·三頁 b 第八行

原刊本「軍淤切音居」

師大本、江蘇本與原刊本同

光緒本「軍淤切音菊」

當以「居」字爲是。「軍淤切」切出來應該是陰平聲字，而且這一條例子所在的位置也應該是陰平聲字，更何況在下一條陽平聲的例子中就有個「菊」字。

29. 卷四·五頁 a 第六行

原刊本「糴」

師大本、江蘇本與原刊本同

光緒本「糧」

此爲「北音入聲論」中的入聲例字，文中例字還有和「糴」同音的「笛」「狄」等字，而「糧」則並無此字，故當以原刊本爲是。

30. 卷四·十五頁 b 第九行

原刊本「遇鷗切」

師大本、江蘇本與原刊本同

光緒本「遷鷗切」

當以「遇鷗切」爲是。這裡所注的「月刖悅閱……」等字的反切，以「遇」字爲反切上字取的是「世」的音，而「鷗」字在「字母五聲圖」中是屬於第八韻，和「卸」「夜」「借」等字同屬一韻，所以在此是取「世」的音。「遷」字不可能作「月、刖……」等字的反切上字，而

「鷗」則並無此字。

31. 卷四·十九頁 a 第五行、第九行

原刊本「秦夫人之占。」「劉熙釋名云。」

師大本「秦夫人之古。」「劉熙 名云。」

江蘇本「秦夫人之古。」「劉熙釋名云。」

光緒本與師大本同

當以「秦夫人之占」爲是，因可與下文「魯聲伯之夢」相
對應。師大本及光緒本漏了一個「釋」字。

32. 卷四·二十一頁 a 第二行

原刊本「上聲」

師大本、江蘇本及光緒本皆爲「上」

原文是在「渣」字下以小字注出，《李氏音鑑》中凡是在
正文下以小字作注，皆是注音，所以當以「上聲」爲是。

33. 卷四·二十一頁 b 第二行、第三行、第四行、第八行

原刊本「鎛補各切」「楚人謂枷爲掉花。」「莽耻究切」
「劉錬國史纂異云。」

師大本「×補各切」「楚人謂枷爲掉花」「莽耻究切」

江蘇本「×補各切」「楚人謂枷爲掉花」「莽耻究切」

「劉鍊國史纂異云。」

光緒本「饊補各切」「楚人請枊爲掉花」「莽恥究切」「國鍊國史纂異云。」

「餺」字師大本及江蘇本都印得不清楚，看不出是什麼字，光緒本則印的是「饊」字。「餺」字國語注音爲「ㄅㄛˊ」，「饊」字爲「ㄒㄧˇ」，其反切既爲「補各切」則當以「餺」字爲是。「勅」「枊」同音。

「恥交切」在文中是「莽」字的反切，在《廣韻》中「莽」字就是以「交」字爲反切下字。「莽」字今天國語注音爲「ㄔㄨㄢˇ」，「究」讀「ㄐㄧㄡˋ」，而且在《廣韻》中，「莽」是獮韻而「究」是宥韻，所以不可能以「究」作「莽」的反切下字，故當以「交」爲是。至於師大本及江蘇本則是因字模磨損而形成「究」字形。《國史纂異》的作者在洪棣元所編的〈李氏音鑑書目〉中印的是「劉鍊」。「鍊」「鍊」「鍊」三字不知何者爲是。

34.卷四·二十二頁a第二行、第六行

原刊本「閩廣謂雨爲忽刺。」「名粥爲濤沱飯。」

師大本「閩襄謂雨爲忽刺」「名粥爲泘沱飯」

江蘇本與師大本同

光緒本「閩襄謂雨爲忽刺」「名粥爲浣沱飯」

當以「閩廣」爲是，因閩、廣位置較接近，語言可能互相影響而產生相同的名稱。

可能以「溏沱」爲是。「溏沱」本是河名，是現成的名詞，很容易被民間語言所採用，而「浐」「浥」這兩個字則不知道是什麼意思，也不知道怎麼讀。

35. 卷四·二十二頁 b 第三行

原刊本「劉恂錄異記」

師大本、江蘇本與原刊本同

光緒本「劉徇錄異記」

在＜李氏音鑑書目＞中《嶺表錄異記》的作者是「劉恂」，可能以「恂」字爲是。

36. 卷四·二十四頁 b 第六行

原刊本「遰坦答切」

師大本、江蘇本與原刊本同

光緒本「遰坦答切」

在《廣韻》中「遰」爲定母合韻字，「坦」爲透母字，「答」屬合韻，因此，在李汝珍時代的語音中，以「坦答」切「遰」字是有可能的。「遾」則不知爲何音。

37. 卷五·一頁 b 第六行

原刊本「徐氏香垞。」

師大本、江蘇本與原刊本同

光緒本「徐氏香挖。」

「挖」字爲「坨」字之誤，光緒本在其他地方提到「徐香坨」時也都是寫「坨」這個字，此處應該是一個錯誤的字。

38.卷五·二頁 a 第六行

原刊本「帀」

師大本、江蘇本與原刊本同

光緒本「市」

此爲李汝珍所列「西域音三十六字母」之一，不知何者爲是。

39.卷五·三頁 b 第一行、第四行

原刊本「見溪郡疑」「見溪芹疑」

師大本、江蘇本與原刊本同

光緒本「兒溪郡疑」「兒溪芹疑」

當以「見」字爲是。「兒」字是明母字，下文已列有明母，此處不當重覆。

40.卷五·四頁 a 第九行

原刊本「古甲九癸」

師大本、江蘇本與原刊本同

光緒本「占甲九癸」

以原刊本爲是，因爲此處所列爲邵康節「經世聲音圖」之
一百九十二音，而邵圖中所列爲「古」字。

41. 卷五·二十八頁 b 第二行

原刊本「○同羅切」

師大本、江蘇本及光緒本皆爲「跎同羅切」

在「字母五聲圖」上，「同羅切」上標明的是」跎」字，
並非有音無字的「○」，所以這裡也該有個「跎」字，而
不是「○」。

42. 卷六·六頁 b 第八行

原刊本「鴉因家切」

師大本、江蘇本與原刊本同

光緒本「鴉囚家切」

當以「因家切」爲是。這是「字母五聲圖」中堯母圖上的
例字，「囚」不屬於堯母，而「因」是堯母陰平字。

43. 卷六·九頁 b 第四行

原刊本「虔岐延切」

師大本、江蘇本與原刊本同

光緒本「渡岐延切」

當以「虔」字爲是。

44.卷六‧十三頁a第二行、第四行

原刊本「○全云切」「○趨彎切」

師大本、江蘇本與原刊本同

光緒本「○全安切」「○趨變切」

當以「全云切」爲是，因爲這個反切所在位置是清母第十六韻，所以它的反切下字也應該是第十六韻的字，而「云」字正是屬於第十六韻，「安」字則是屬於第九韻的字。

當以「○趨彎切」爲是。這個反切所在位置是屬於第十八韻陰平聲字，「彎」字是屬於第十八韻的陰平聲字，而「變」字則屬於第十韻去聲字。

45.卷六‧十三頁b第二行

原刊本「陰平」

師大本、江蘇本、光緒本皆爲「音平」

此處爲對「陰平、陽平、上聲、去聲、入聲」五聲的標示，因此當以「陰平」爲是。

46.卷六·十四頁 a 第四行、第五行、第六行、第七行、第八
行

原刊本「練令燕切」「列兩結切」「〇慮院切」「留良尤
切」「〇諒簡切」「〇諒迂切」

師大本、江蘇本及光緒本皆爲「〇令瑞切」「列兩佶切」
「〇慮際切」「留良光切」「〇諒箇切」「〇諒意切」

「令燕切」可切出「練」字，這裡不應該是有音無字，所
以當以原刊本爲是。

「列」「佶」「結」三字，中古分屬不同的入聲韻，若以
國語讀音來說，三字分別讀「ㄌㄧㄝˋ」、「ㄐㄧˊ」、「ㄐㄧ
ㄝˊ」，「結」字可以作「列」字的反切下字。

第五、六、七、八行的四個反切也都以原刊本爲正確，因
爲「際」、「光」、「箇」、「意」所屬韻部都和該反切
所在位置不合。

47.卷六·十四頁 b 第三行、第四行、第六行、第七行

原刊本「〇練英切」「〇兩益切」「〇閭還切」「〇慮窪
切」「〇呂拐切」

師大本、江蘇本及光緒本皆爲「〇陳英切」「〇兩甚切」
「〇呂還切」「〇慮窪切」「〇呂板切」

「陳」不屬於連母字，故當以「練英切」爲是。

「閭」爲陽平聲字，「呂」爲上聲字，而「○閭還切」所在的位置應是陽平聲字，所以「閭」字較合適❸。

其他三個反切也當以原刊本爲是，因爲「甚」、「崔」、「板」三字和該反切所在位置的韻部不合。

48.卷六·十九頁 a 第一行～第八行

原刊本：

陰平	陽平	上聲	去聲	入聲
「○篇灰切」			「○聘誨切」	「◎品惑切」
		「牝縷引切」		「匹品一切」
「○批英切」				
「○批彎切」	「○皮還切」	「○品板切」		「○品猾切」
	「○平羅切」	「○品火切」		「◎品渥切」
	「○皮華切」	「○品瓦切」		
	「○皮淮切」	「○品矮切」		
「○批汪切」	「○皮黃切」	「○品謊切」		

師大本、江蘇本、光緒本皆爲：

陰平	陽平	上聲	去聲	入聲
「○烏灰切」			「○聘海切」	「◎品或切」
		「牝倚行切」		「匹品液切」
「○批因切」				
「○批鶯切」	「○品板切」	「○皮還切」		「○品涇切」

❸ 李汝珍理想中的反切是反切上、下字和被切字同聲調，這個反切的位置既然是屬於陽平聲字，那麼反切上字就該是陽平聲字。

「〇品火切」　「〇平羅切」　　　　　　「◎品撍切」

「〇品瓦切」　「〇皮葦切」

「〇品矮切」　「〇皮淮切」

「〇批汪切」　「〇品慌切」　「〇皮黃切」

這是「字母五聲圖」的飄母圖，「爲」字不屬於飄母，所以「爲灰切」是錯的，應以「篇灰切」爲是。「聘誨切」的位置屬第十五韻，「誨」屬第十五韻，「海」不屬第十五韻。「惑」與「或」同音。「牝」字是屬於飄母第十六韻，而「倚」不屬飄母，「行」也不屬第十六韻，故應以「縹引切」爲是。「匹」字屬第十六韻入聲的位置，而「液」屬第十七韻，第十七韻入聲位置的「僻」字的反切正是「品液切」，所以「匹」應以「品一切」切之爲佳。

第十七韻陰平聲位置的「〇批英切」在師大本、江蘇本及光緒本中都印成「〇批因切」，和第十六韻陰平聲位置的「〇批因切」同音了，這是不合理的，且以其相承之陽平、上聲、去聲的反切看來，也應當是「批英切」較合理。

「彎」與「鸞」同韻母，但「彎」是陰平聲，「鸞」是陽平聲，所以在陰平聲位置的這個反切應以原刊本的「批彎切」較佳。「〇品猾切」位於第十八韻入聲的位置，「涇」字不屬第十八韻也不是入聲，當以「品猾切」爲是。

「〇品渥切」位於第十九韻入聲的位置。由其相承之陰平、陽平、上聲、去聲的例字來看，應以原刊本爲是。

「〇批汪切」位於第二十二韻陰平聲的位置，「涇」不屬第二十二韻，「汪」則屬第二十二韻，故以原刊本爲是。

其他的兩大組陽平聲和上聲的反切，應以原刊本爲是，因爲李汝珍所期望的反切是反切上、下字和被切字同聲調，所以陽平聲位置的反切上、下字應該都是陽平聲字，而上聲位置的則都是上聲字。師大本、江蘇本及光緒本剛好陽平聲字和上聲字完全顛倒，所以是不合於李汝珍的反切原則的。「○品謊切」的「謊」字放這裡沒錯，「慌」字就不知道讀什麼音了。

49.卷六·十九頁b第四行

原刊本「焚扶文切」

師大本、江蘇本及光緒本皆爲「焚扶　切」

除原刊本外，其他三個本子都漏了一個「文」字。

50.卷六·二十四頁b第八行

原刊本「○面鴉切」

師大本、江蘇本與原刊本同

光緒本「○面鳩切」

此反切位於第十四韻，「鴉」屬此韻而「鳩」非此韻，當以「面鴉切」爲是。

51.卷六·二十七頁a第三行、第四行

原刊本「樂朗鄂切」「○朗乙切」

師大本、江蘇本與原刊本同

光緒本「樂朗覺切」「〇朗　切」

「鄂」「覺」都屬第一韻入聲字，都可以作「樂」字的反切下字。

「〇朗乙物」在光緒本中漏印了一個「乙」字。

52.卷六·三十頁 b 第三行

原刊本「〇此榻切」

師大本、江蘇本與原刊本同

光緒本「〇此搨切」

此反切位於入聲位置，「榻」爲中古入聲字，「搨」爲上聲字，應以原刊本爲是。

53.卷六·三十一頁 b 第七行

原刊本「奧按告切」「◎偶格切」

師大本、江蘇本與原刊本同

光緒本「奧按苦切」「◎偶輅切」

「奧」屬第五韻，「告」亦屬第五韻，「苦」則非第五韻的字，故以原刊本爲是。

「◎偶格切」位於入聲的位置，「格」是入聲，而光緒本的反切下字「輅」不是入聲，故當以原刊本爲是。

54.卷六·四十一頁 a 第三行

原刊本「獺帑妲切」

師大本、江蘇本與原刊本同

光緒本「獺帑姐切」

「獺」、「妲」皆中古入聲字，而「姐」中古讀音非入聲字，應以原刊本為是。

55.卷六·四十三頁 a 第一行

原刊本「○如爲切」

師大本、江蘇本及光緒本皆為「綏如爲切」

「如爲切」確實可切出「綏」字的讀音，所以應補上「綏」字。

56.卷六·五十二頁 a 第二行

原刊本「筍旋勻切」

師大本、江蘇本與原刊本同

光緒本「筍旋句切」

「筍」、「勻」皆屬第十六韻，「句」不屬第十六韻，應以「旋勻切」為是。

由以上的比較可以看出，在這四個本子中，嘉慶十五年的原刊本和兩個同治七年的木樨山房本差異不大，而光緒十四年的木樨山房本和其他三個本子不同的地方就很多了，而且大部分都是光緒本的失誤，所以不管是由內容編排的次序上來說，或是由內文的失誤率來說，光緒本都比其他三個本子差多了。

在以上我所列出的那些四個本子之間差異的例子中並沒有包括因刻版磨損而造成的一些文字筆劃上的差異，如果由刻字完整來比較的話，原刊本是四個本子中最好的一個。

羅潤基在《李氏音鑑研究》❹一文中，歸納孫佳訊及陳晨的說法，提出五種版本❺：

一、《李氏音鑑》初刻本係粉紙，標明「嘉慶十五年（一八
一〇年）鐫，仁和余秋室（即余集）先生鑒定」，並有
「翻印必究，本衙藏板」二語，頁心刻有「寶善堂」。
南京大學圖書館藏。

二、第二種版本是有標明「同治丙寅初（一八六六年）鐫，
集古堂梓，仁和余集纂」等字樣，頁心亦有「寶善
堂」。南京大學圖書館藏。

三、第三種則是同治辰重修「木樨山房藏版」，頁心刻有
「寶善堂」。現收藏於台灣師範大學、南京大學圖書館
及中央研究院傅斯年圖書館。

四、第四種光緒十四年（一八八八年）掃葉山房刻本，凡四

---

❹　1991師大國研所碩士論文。
❺　即孫佳訊在＜李汝珍生平考＞一文中，及陳晨在＜漢語音韻札記四則＞中
　　所提到的版本。

冊。

五、音學臆説六卷，清李汝珍撰，稿本，二冊。北京大學圖
　　書館藏。

其中第二、四、五這三個版本我沒有看過，不知道內容如何，對於
第一及第三這兩種版本，陳晨在＜漢語音韻札記四則＞一文中，依
其內容編列次序作了兩個比較表：見第27頁

　　由這兩個比較表對照我在前文所作的表格來看，發現陳晨所看
到的原刊本和我所看到的原刊本在內容編排的次序上完全相同，而
他所看到的同治七年木樨山房的翻刻本則和我手中的師大本及江蘇
本有一些差異，因此，由內容次序排列的不同可以看出至少有三種
不同的同治戊辰年木樨山房版的《李氏音鑑》。

《李氏音鑑》第一冊異同比較表

版本順序號	原　　刊　　本	版本順序號	翻　　刻　　本
1	李氏音鑑序 （余集撰，1－4頁）	1	（同　　左）
2	李氏音鑑序 （石文煃撰，1－2頁）	2	（同左）

3	音鑑序 （李汝璜撰，1－2頁）	3	（同左）
4	凡例 （1－12頁）	4	（同左）
	（無）	5	音鑑題詞（俞杏林撰，嘉慶21年汝珍又識，1－2頁）
5	目錄 （1－3頁）	6	（同左）
6	卷一 （1－36頁）	7	（同左）

《李氏音鑑》第四冊異同比較表

版本 順序號	原　　刊　　本	版本 順序號	翻　　刻　　本
1	卷六 （1－52頁）	1	（同左）

2	音鑑後序 （吳錫麒撰，1－5頁）		（無）
3	音鑑後序 （許桂林撰，1－3頁）	2	（同左）
4	李氏音鑑後序 （吳振勷，1頁）	3	（同左）
	（無）	4	李氏音鑑書目 （洪隸元編，1－13頁）

對於字句間的出入，陳晨也舉了八個例子：

> 下邊把隨手翻到的一些歧異舉幾個例子說明如下（頁碼標號中的 a 代表上半頁，b 代表半頁）：
>
> 一、卷一·十六頁 b 第三行：原刊本：「篤詩云。我友云徂。言庆舊邦。舫舟翩翩。以沂大江。宋」；翻刻本缺「邦。舫舟翩翩。以沂大江。」九字和標點，其位置為空白。
>
> 二、卷二·三十二頁 b 第九行：原刊本：「中母雙聲者，鄭重也」；翻刻本：「字母雙聲者，鄰重也。」

三、卷四·三頁 a 第一行：原刊本：「十什拾」；翻刻本：
「十石拾食實蝕什」。

四、卷四·五頁 a 第六行：原刊本：「糧」；翻刻本
「糧」。

五、卷四·六頁 a 第九行：原刊本：「各分陰陽。」；翻刻
本無圈點「。」。

六、卷四·十頁 b 第九行：原刊本：「拱武切音鼓又拱吳
切」；翻刻本二「拱」字均誤作「揆」。

七、卷四·十五頁 b 第九行：原刊本：「遇鷗切」；翻刻
本：「遷鷗切」。

八、卷五·三十頁 b 第九行：原刊本：「亦可呼切而得音
矣。」；翻刻本無最後圈點「。」。

以這八個例子來看，師大本除了第三個例子以外，其他都和原刊本
相同，和陳晨所說的不符。江蘇本則是除了第一和第三個例子以
外，其他也都和原刊本相同，反倒是光緒本的《李氏音鑑》完全符
合這八個例子。

　　另外，張友鶴在《鏡花緣》的＜前言＞中提到，他所看到的同
治戊辰年木樨山房版《李氏音鑑》的石文煜序中，沒有「今松石行
將官中州矣」這一句，而我所看到的同治戊辰年木樨山房版的《李
氏音鑑》都有這一句，孫佳訊在＜李汝珍生平考＞一文中也說他看
到的同治戊辰年木樨山房的本子上確實有這一句，那麼張友鶴所看
到的就又是一個不同的同治戊辰年木樨山房的版本了。這個版本會
不會就是陳晨所看到的那個版本呢？應該不是。因為在陳晨所舉的

那八條例子中並沒有提到翻刻本比原刊文少了「今松石行將官中州矣」這一句，而這句話從胡適的時候就是大家討論的熱門話題，陳晨不可能沒注意到，因此，他所看到的翻刻本上一定有這一句話。

俞敏在＜李汝珍《音鑑》裡的入聲字＞一文中提到他所用的《音鑑》是同治七年戊辰木樨山房的本子，但是，他又說：「在卷六以後還有吳振勛編的引用書目」，我所看到的所有木樨山房本《李氏音鑑》的引用書目都是洪隸元編的，而在一些前輩們的文章中提到《李氏音鑑》的引用書目也都說是出自洪隸元之手。俞敏所說的「吳振勛」如果不是筆誤的話，那就至少有五種同治戊辰年木樨山房版的《李氏音鑑》了。

孫佳訊在＜李汝珍生平考＞中還提到他所看到的嘉慶十五年原刊本上沒有「今松石行將官中州矣」這一句，但是，我所看到的原刊本和張友鶴所看到的原刊本都有這一句，那也就是說至少有兩種不同的嘉慶十五年版的原刊本了。

由以上的討論可以看出《李氏音鑑》的版本極多，而我所看到的只有少數幾種，所以只能由前人的文章尋找一些蛛絲馬跡來做推論，至於真實內容上有什麼異同，就無從得知了。

《玄應音義》所錄《大般涅槃經》
梵文字母譯音之探討

莊淑慧

一、前　言

　　印度悉曇學的傳入，曾對我國的傳統聲韻學發生深遠的影響。一般認爲，反切的大量運用、聲紐的創立、四聲的發現以及等韻學的產生等等，都是前人藉著梵文拼音學理來整理中國音韻的結果。

　　悉曇學乃經由佛經的翻譯而傳入中國。後漢時，由於梵僧攜經前來，並擔任主譯的工作，於是有梵文的傳入。西晉以後，竺法護譯《光讚經》（以佛理爲序），法顯譯《佛說大般泥洹經》（以音理爲序），這兩部經裏面都附有梵文字母的討論，因此僧徒在誦研佛經的同時，梵文字母也就自然成爲僧徒學習的對象之一。到了南北朝，兼通梵文的漢僧日漸增多，這時對悉曇學才開始有了較全面的了解和探討，至有唐一代，悉曇學便已非常盛行了。在這種背景之下，漢人將梵文的拼音學理應用到中國的音韻上，於是便有等韻學的產生。

　　本文是以唐·貞觀時期，玄應《一切經音義》一書（A·D 64

9）中所錄的《大般涅槃經·文字品》作爲探討的對象，文分五小
節，各節內容如下，第一節：前言。第二節：《大般涅槃經》的翻
譯與版本問題。在此節中，本文依據相關的資料，提出法顯爲最早
的翻譯者。第三節：四種玄應《涅槃經音義》的比較。本文就四種
《涅槃經》音義作比較對照以後，基本上贊成周法高先生（1975）
以今本爲原本旳說法，但是他的論證只就相合處而言，於互有牴觸
處則未加討論，因此本文乃著重於探討相牴觸之處。第四節：玄應
梵文字母譯音的探討。本文就玄應對於梵文字母的譯音情形，分別
由摩多（元音）與體文（輔音）兩方面來討論，舉凡譯音的字數、
譯音的觀念、長短母音的對譯情形、超聲的定義等問題，都是本文
探討的重點。第五節：結語。

二、《大般涅槃經》的翻譯與版本問題

　　《涅槃經》的譯本有南本與北本的不同，《大唐內典錄》及元
·沙門師正的＜科南本涅槃經序＞中都曾經談到，師正的說法如
下：

> 「……始於沮渠蒙遜請曇無讖及猛法師兩度翻譯，共十三品
> 成十四軸，行之北方。至宋文帝敕嚴、觀二師同謝康樂更共
> 治定，開爲二十五品，縮爲三十六軸，行之江南。」（《續
> 藏》59：1）

饒宗頤先生（1990：前言，101）即根據這個說法而認爲曇無讖是

首譯《大般涅槃經》的人，事實上，在曇氏之先東晉法顯即已譯成此經了❶。師正對法顯何以隻字未提，我們已無法得知。而時代在師正之前的《大唐內典錄》，對於同一問題，卻有更爲詳細的說明，值得我們參考：

「……原曇無讖晉末於姑藏爲北涼沮渠氏譯，本有四十卷，語小朴質不甚流靡。宋文帝世，元嘉年初達於建康，時豫州沙門范慧嚴、清河沙門崔慧觀共陳郡處士謝靈運等，以讖涅槃品數疏簡，初學之者難以措懷，乃依舊《泥洹經》加之品目，文有過質頗亦改治，結爲三十六卷。」(《大藏》84：258)

上述「舊《泥洹經》」所指的是法顯所譯的《佛說大般泥洹經》。在比對過法顯譯本、曇無讖譯本（北本）及慧嚴重治本（南本）三者以後，可以明顯的發現慧嚴採用了《泥洹經》品目的痕跡。慧嚴重治本有二十五品，其中採用《泥洹經》品目的即有十一品，這十

---

❶ 《出三藏記集·卷二》《大般泥洹經》下小註：「晉義熙十三年十一月一日道場寺譯出。」換算成西元爲 A・D417。同上，《大般涅槃經》下小註：「僞河西王沮渠蒙遜玄始十年十月二十三日譯出。」換算爲西曆爲 A・D421。因此法顯完成譯經的年代是比曇無讖還要早四年的。（以上見於《大藏》55：11）

另外，《大唐內典錄·卷三》《大般泥洹經》下小註：「義熙六年於謝司空謝石道場寺出。」換算成西曆爲 A・D410。同上，《大般涅槃經》四十卷下小註：「玄始三年於姑藏出，至十年訖。」換算成西曆爲 A・D421。法顯譯成經書的年代還是比曇無讖早。（以上見於《大藏》55：247，255）

一品是：

1.（一）序品　　　　　7.（十一）四倒品

2.（三）哀歎品　　　　8.（十三）文字品

3.（四）長壽品　　　　9.（十四）鳥喩品

4.（八）四依品　　　　10.（十五）月喩品

5.（九）邪正品　　　　11.（十六）菩薩品

6.（十）四諦品

以上十一品爲曇無讖譯本所無。而除了品目上的借用以外，經文的
內容也有引《泥洹經》的地方，如＜文字品＞中，梵文字母的譯字
有半數都與《泥洹經》相同。可見「南本」乃是如《大唐內典錄》
所說：「依舊《泥洹經》加之品目，文有過質頗亦改治。」——主
要以「北本」爲藍本，兼參考「法顯譯本」而成。

　　因此，在說明《涅槃經》的翻譯與重治情形上，《大唐內典
錄》的說法顯然較師正來的可信。但是由於人們並不將「法顯譯
本」與「曇無讖譯本」並稱，而習於「北本」、「南本」的對舉，
一般會受「北本早於南本」這個觀念的影響，而類推到譯本的先後
上，以爲曇無讖譯本也一樣早於法顯譯本。事實上，就南、北兩本
來比較，北本的確是早於南本的；但是就譯本的先後來說，法顯還
是比曇無讖要來的早。若依時間的先後來排列，這三者的次序應該
是：法顯譯本，曇無讖譯本（北本），慧嚴重治本（南本）。

三、四種玄應《涅槃經音義》的比較㈠

　　玄應對於《涅槃經·文字品》裏梵文字母的譯音，主要可見於

以下四種材料：

1. 玄應《一切經音義》（約 A・D 649所作，流傳至今，以下稱今本）

2. 飛鳥寺《信行涅槃經音義》（見安然《悉曇藏》，《大藏84：411》）

3. 《玄應涅槃音義》（見安然《悉曇藏》，《大藏84：411》）

4. 淨嚴《悉曇三密鈔》。（《大藏84：731，732》）

這四種材料並不完全一致，歧異性或大或小，有的甚至完全相反，因此在探討玄應譯音之前，必須要作一番比較取拾。其中，「飛鳥寺《信行涅槃經音義》」在「字音」（梵文摩多）部份，對於玄應譯音與南經（南本《涅槃經》）譯音有極爲詳細的描述與說明。由於信行是玄應的弟子，因此他的解說就格外地可貴，本文便主要以《信行涅槃經音義》作爲校對其它三份資料的標準。由於篇幅關係，本文首先列出前三種音義在「字音」方面的對照表，至於第四種譯音資料，則置於表二。

表一、今本《一切經音義》、《玄應涅槃音義》、
飛鳥寺《信行涅槃經音義》對照表

今本《一切經音義》	《玄應涅槃音義》	飛鳥寺《信行涅槃經音義》

字音十四字：	一	前十二音（亦名生字音者）：
襄（烏可反） 阿	短阿（惡音。 應烏可 反。應類 此也。） 長阿（平聲）	一噁阿（玄應師依新譯作襄，烏可 反。南經作短阿，烏舸反，或 烏惡反。次長阿，烏歌反，又 烏何反。）
壹 伊	短伊（億音） 長伊（平聲）	二億伊（玄應作壹伊，一弋反，又烏 矣反，弋音杙。南經作短伊。 次長伊，烏尸反，或烏私 反。）
塢（烏古反） 烏	短憂（郁音） 長憂（平聲）	三郁優（應師作塢古反。南經作短 憂，烏久反，或邑郁反。次長 憂，邑流反，或烏鳩反。
一	已上六字前短 後長，已下六 字前長後短。	一
理（重） 釐（力之反）		理釐（力之反。唯此二字玄應師置， 經文及諸疏家並無，未詳何來？ 恐是加二呼聲為十四音之意，仍 錯誤耳。二呼聲正音億力伊離摽 離。）
緊（烏奚反） 藹	喓 （烏雞反。長 也。）一 （上聲。短 也）	四喓野（本音一肩反，此用壹壹圭 反，或烏侯反。應師緊藹。下 烏奚反野字本音羊者反，此用 於來反或烏雞反，南北兩 同。）

污 奧（烏故反。 　此十四字以 　爲音，一聲 　中皆兩兩字 　同，長短爲 　異，皆前聲 　短　後　聲 　長。）	烏（長也。平 　聲。） 炮（短聲。烏 　早反。）	五烏炮（上一孤反，【下】烏豪反， 　或烏亮反，南北同作。應師作 　烏奧，上烏故反，奧音如常。 　炮本音浦交反。）
菴 惡（此二字是 　前惡【袁】 　阿兩字之餘 　音，若不餘 　音，則盡不 　一切字，故 　復取二字以 　窮　文　字 　也。）	菴（長也。平 　聲。） 痾（短也。上 　聲。）	六菴阿（上烏含反，下於阿、安俄、 　烏箇三反。南北同作。疏家等 　云，此之二字是前噁阿兩 　【字】之餘音，若不餘音，則 　不究盡一切字，故復取二字以 　窮文字。或云，此之二字是語 　餘勢，且如之平等也。右釋字 　音。……）

表二、淨嚴《悉曇三密鈔》所收錄之玄應譯音

阿　（上）	（烏雞切，長。）
阿　（烏歌反，長聲。）	一
億　（以伊上聲稍短呼之。）	烏（一孤反，長。）
長伊（平聲。）	炮（烏老切，奧短聲。）
郁　（烏久切，短聲。）	菴（烏含切。）
優　（烏鳩反，長。）	痾（上，短。）

慧案：表一、表二中各符號所代表意義如下：

　　①（　）：凡在括號中之字皆表示案語。

　　②「一」：表示從缺。

③【　】：表示誤字或漏字，而爲本文所校正及補加者。

關於今本《一切經音義》和《玄應涅槃音義》的差異，周法高先生
（1971：109）的看法是，《玄應涅槃音義》「和今本相去甚遠，
不見得是玄應的原文。」他根據同卷的飛鳥寺《信行涅槃經音義》
加以比對，列出五條與今本相同的案語：

   1.袞阿 (玄應師依新譯作袞。烏可反。……)

   2.億伊 (玄應作壹伊。一弋反，又烏矣反。……)

   3.郁優 (應師作塢古反。……)

    理釐 (力之反。唯此二字，玄應師置；經文及諸疏家並無，未詳何來，恐

       是加二呼聲爲十四音之意，仍錯誤耳。……)

   4.喱野 (應師黳藹。下烏矣反。……)

   5.烏炮 (應師作污奧。上烏故反。……)

周法高先生根據以上五條案語，最後斷定：

  「根據所引諸條，與今本都同，可證今本是原本。」

  依據信行的案語來檢驗其他資料的真確性，是相當可靠的辦
法。如果我們從「材料本身的一致性」來觀察，他本的玄應譯音資
料由於不一致的影響，難免會降低其可信度。例如收錄在安然《悉
曇藏》的《玄應涅槃音義》（《大藏》84：411），便有許多的錯
誤：

 1.漏列「藹」音的譯字。

2.未收入玄應特有的譯音:「理」、「釐」,而這兩音信行都曾特別的討論過。

3.毘聲後面的說明有誤,本來應該作「每五字中第四與第三字同」,卻引成「每五十字中第四與第三字同」,將「五」誤作「五十」。

4.言總合爲「五十字」,而真正的譯字數目卻只有四十五字。

我們認爲這樣的錯誤,來自於兩種因素:第一、安然所收錄的資料並非玄應原本的譯音。第二、傳鈔校印的疏忽。日僧玄昭在《悉曇略記》裏面説:「音義中有二,《涅槃經》玄應、信行音義也。」(《大藏84:470》)他的意思是指,玄應之前雖然有道慧《一切經音》及智騫的《眾經音》,但是自玄應、信行兩人作《涅槃經》音義以後,凡是講音義的人,無不奉從他們兩人的講法。這是因爲當時已經進入了佛經的「新譯」時期❷,不僅譯經事業空前發達,並且學習梵文的僧徒眾多。語文的學習在於講求正確性,而當時的譯經原則——嚴格地忠實於原本,正好符合語文學習的需求。從這裏我們也可以了解到玄應、信行所作的音義,必然是被公認爲審音最佳的語言學習教材。這時,佛經音義的需求量既然極爲龐大,傳抄者也會相對的增多,而前面所説的錯誤也就無可避免地發生了。

至於淨嚴《悉曇三密鈔》裏面的玄應譯音,也有許多的錯誤:

1.漏列「蠆」音的譯字。

---

❷ 楊白衣(1983:6)所譯的《佛教經典總論》中説:
「第五之新譯時代前期,係指唐初(A·D·618)至五代末年(A·D·956)之三百四十二年間而言。佛教經典之翻譯,進入此期乃更加盛大,關於此事無論怎麼説貽最大之功績者乃爲玄奘三藏,彼於貞觀年間遊學於印度,學習梵書梵語,並攜帶多數梵本回朝,而親自從事傳譯工作,當其翻譯時,嚴格匡正梵語之字義,譯文亦先使之忠實於原本,一字一句亦絲毫不苟且,純然成爲一家之風。與前面舊譯時代之傳譯之概以達意爲主較之,譯語譯文俱大相逕庭。……而譯經事業本身亦呈空前之盛況。」

2.未收入「理」、「釐」兩音。

3.體例不一。如在譯字的使用上，以「阿，阿」表示長、短阿，「億，長伊」表示長、短伊，「郁，憂」表示長、短憂。第一組同樣用「阿」字，而不加註長、短。第二組改變了方式，以不同的字區別，並在「伊」前加註「長」。第三組又改變了方式，以不同的譯字來區別，並且未加註長、短。在所有翻譯梵文字母的材料中，我們實在找不出有這樣的一種譯音體例。

4.「反」、「切」混用。玄應及信行的標音都是用「反」不用「切」的，而《悉曇三密鈔》卻「反」、「切」夾雜。

在體例上，《悉曇三密鈔》的錯誤比《玄應涅槃音義》還要來得嚴重。而兩者的錯誤，除了以上所講的兩個因素以外，恐怕還跟收錄音義者所抱持的態度有關，如《玄應涅槃音義》的譯字便與信行所說的「南經」相同，而與玄應截然不似。既然是收錄，就該忠實呈現，否則四處擷取，原作的本來面貌當然是無法保存了。

(二)

前面我們談到今本《一切經音義》中的字母譯音，與信行的案語多數相合，但是兩者之間仍然有一些小小的歧異存在。相合的地方周法高先生已經指出來了，而對於有差異的地方，周先生則沒有進一步說明，因此我們將就這些相異處提出討論。信行的案語有七組，共十四音，但是其中一組沒有編號，因此他所認可的梵音實際上只有十二音，跟玄應的十四音有別。兩者的差異有三處，如下表：

表三、《信行涅槃經音義》與玄應《一切經音義》譯字相異表

《信行涅槃經音義》	玄應《一切經音義》

1.三郁優（應師作塢古反。⋯⋯）	塢（烏古反）
2.四噎野（應師黳藹，下烏奚反。）	黳（烏奚反）
3.五烏炮（應師作污奧，上烏故反，奧音如常。）	奧（烏故反）

第一個差異是「塢」音，信行本爲「塢古反」，今本爲「烏古反」。根據一、二、四、五組（參表一），凡是信行要說明玄應的譯音時，都會用「玄）應師（作）～，～反」的語式，如下：

一寙阿（玄應師依新譯作寙，烏可反。）

二億伊（玄應【師】作壹伊，一弋反，又烏矣反，弋音杙。）

四噎野（應師黳藹，下烏奚反，或烏亮反。）

五烏炮（應師作污奧，上烏故反，奧音如常。）

但是第三組語式卻跟以上四組相異，就切語本身來講，「塢」—「塢古反」變成以「塢」切「塢」，這種切語實在不合體例。而根據信行的用語習慣，「應師作塢古反」的句子也有問題，這裏應該先講「被切字」，後講「切語」才對，因此較正確的說法應該是「應師作塢【烏】，烏古反」。可能由於「塢」、「烏」的相近，而造成了錯誤。關於第一個差異，我們認爲今本「塢（烏古反）」較爲可取。

這二個差異是「烏奚反」這個切語，信行本指爲「靄」音，今本指爲「黳」音。查《廣韻》「黳」"烏奚切"（齊韻），「藹」"於蓋切"（泰韻），兩字都別無又音，玄應採用的新譯，切語系統與《切韻》相近，並且「藹」字旁又没有別加其它偏旁（如「口」），因此「藹」字不可能作「烏奚反」，我們認爲「下烏奚反」的「下」字應該是「上」字的筆誤。

第三個差異是「烏故反」這個切語，信行本指爲「污」音，今本指爲「奧」音。如果依信行的説法，「污」爲「烏故反」，而「奧爲本音」──也是「烏故反」，那麼污、奧便屬同音。如果依照今本，那麼「污」爲本音──哀都反，「奧」爲「烏故反」，「污」屬「模韻」，「奧」屬「暮韻」，這樣子便可以和前面幾組一樣，都是以韻部相同、聲調不同來作爲區分的條件。因此我們認爲取今本的説法爲佳。

經過以上對於《信行涅槃經音義》與今本《一切經音義》相異點的討論，可以確定今本《一切經音義》在可信度方面都較其他版本爲高，因此本文在探討有關玄應對於梵文字母的譯音時，便仍然以今本的《一切經音義》爲主。

四、玄應對於梵文字母譯音的探討

《大般涅槃經》＜文字品＞收錄於《一切經音義》卷二中，玄應將梵文字母分爲「字音」、「比聲」、「超聲」三部分，「字音」是梵文的「摩多」，「比聲」及「超聲」是梵文的「體文」。原文轉錄如下：

「字音十四字：

袁（烏可反）、阿、壹、伊、塢（烏古反）、烏、理（重）、釐

（力之反）、黳（烏奚反）、藹、污、奧（烏故反。此十四字以爲音，一
聲中皆兩兩字同、長短爲異，皆前聲短後聲長。）菴、惡（此二字是前惡
【襄】阿兩字之餘音，若不餘音，則盡不一切字，故復取二字以窮文字也。）

比聲二十五字：

迦、呿、伽、喔（其柯反）、俄（魚訖反）：舌根聲。（凡五字中第
四字與第三字同而輕重微異。）

遮（重）、車、闍、膳（時柯）、若（耳訖反）：舌齒聲。

吒（重）、咃（丑加）、茶、咤（佇買）、拏：上顎聲。

多、他、陀、馱（徒柯）、那（奴訖）：舌頭聲。

波、頗、婆、婆（去）、摩（莫个）：唇吻聲。

（重）、邏（盧舸）、羅（李舸）、縛、奢、沙、娑、呵：此八
字超聲。」

　　將字音、比聲、超聲的字數相加，共得四十七個字。玄應說：
「凡有四十七字，爲一切字本，其十四字如言三十三字，如是合
之，以成諸字，即名滿字。」因此，從語音結合的性質來說，玄應
也是將梵文字母分作兩大類，這兩大類就梵文來說爲：一、「摩
多」（mātā），即玄應的「字音」。前十二音爲元音，後二音爲 a
帶 ṁ 與 h 兩個輔音尾的「餘音」。二、「體文」（vya ṅjana），即
玄應的「比聲」與「超聲」。等於今天的輔音。

　　將玄應的四十七個對譯字和法顯、曇無讖與慧嚴三家經文作初
步比較，可以發現：

1.在字母的數目方面：

　　三家經文都是五十字母，而玄應爲《涅槃經》作音義，卻只收錄

了四十七個字母，漏列了其他三個字母。

2.在對譯字的選用方面：

玄應與三家的用字都互有別異，而差異則主要見於中國所無而梵

文本有的字音上。（慧案：玄應與法顯等三人在時間上約相差兩

個世紀❸。）

　　以下我們將玄應的譯音分爲（一）字音（二）比聲與超聲兩部

分來加以探討。

㈠玄應「字音」的探討

　　在「字音」方面，玄應及法顯、曇無讖、慧嚴三家的譯音比

較：

表四、玄應與法顯、曇無讖、慧嚴三家的譯音如下：

	梵字	法　　顯	曇無讖	慧嚴	玄應
1	𑀅	短阿	噁	短阿	亥
2	𑀆	長阿	阿	長阿	阿
3	𑀇	短伊	億	短伊	壹
4	𑀈	長伊	伊	長伊	伊
5	𑀉	短憂	郁	短憂	塢
6	𑀊	長憂	優	長憂	烏
7	𑀏	嗌	嗌	嗌	黳
8	𑀐	野	嘢	野	藹
9	𑀑	烏	烏	烏	污

---

❸　法顯、曇無讖、慧嚴及玄應四人在時間上的差距如下：

　　法　顯　Ａ·Ｄ417　＋232

　　曇無讖　Ａ·Ｄ421　＋228

　　慧　嚴　Ａ·Ｄ432　＋217

　　玄　應　Ａ·Ｄ649　－

10	（梵字）	炮	炮	炮	奧
11	（梵字）	安	菴	菴	菴
12	（梵字）	阿	阿	痾	惡
13	（梵字）	釐	魯	魯	理
14	（梵字）	釐	流	流	釐
15	（梵字）	樓	盧	盧	？
16	（梵字）	樓	樓	樓	

經由上表的對照，我們可以發現：

1.玄應的字音數目與三家不同。玄應只有十四字音，而三家都
是十六字音。

2.比較四者，可以看出慧嚴的譯音方式近於法顯，而玄應則近
於曇無讖。這種相近，正顯示出一種譯音觀念與方式的傳承
關係。

關於字音的數目，自東晉法顯譯〈泥洹經〉開始（A・D・41
7），到清朝的〈同文韻統·天竺字母譜〉（A・D・1749），譯者
之中，沒有一個是作十四字音的。以羅常培先生所輯的〈四十九根
本字諸經譯文異同表〉為例（1931：附表），十六家裏面，除了兩
家譯文不全以外，有十二家作十六字母，一家十二字母，只有玄應

作十四字母❹。值得注意的是，這十二家雖然有中天音、南天音或北天音的差異，然而在字母的數目上卻都一致。而十六字音由於又有「普通摩多」與「別摩多」的差異❺，所以也有人不計入「別摩多」而只作十二字音的。因此十二字母的這一家，也可以併入十六字母裏面。但是玄應的十四字音，並不採用十六字母或十二字母的說法，他的做法是將四個別摩多的其中兩個加入十二字音中，而成

---

❹　作十六字母有十二家，十二字母有一家：

  1.法　顯《大般泥洹經》：16

  2.曇無讖《大般涅槃經》：16（羅常培先生的表中少了「魯流盧樓」，但經文中可以找到這四個字，因此還是算十六字母。）

  3.慧　嚴《大般涅槃經》：16

  4.僧伽婆羅《文殊師利問經字母品》：16

  5.地婆訶羅《方廣大莊嚴經》：12

  6.義　淨《南海寄歸內法傳》：16

  7.不　空《瑜伽金剛頂經》：16

  8.不　空《文殊問經字母品》：16

  9.智　廣《悉曇字紀》：16

  10.慧　琳《一切經音義》：16

  11.空　海《悉曇字母釋義》：16

  12.惟　淨《天竺字源》：16

  13.同文韻統《天竺字母譜》：16

❺　梵文的字音（摩多）就使用的情況來說可以分成兩類，即普通摩多與別摩多，日僧了尊在《悉曇輪略圖鈔》中說：

「摩多有通別，謂先十二者普通摩多，故名爲通：四文者別用摩多，故名爲別。」（《大藏》84：673）。

在《悉曇章》中，人們拿十二個普通摩多來跟體文切繼成字，所以每章都有十二轉；而四個別摩多則只在「訖里章」中才和體文切繼，因此「訖里章」可以說是別摩多的專章。由於這個關係，別摩多所合成的字，跟普通摩多比起來實在是多寡懸殊。所以「通」、「別」其實就是「普通」對「特別」，「常用」對「不常用」，甚至是「多數」對「少數」的差異。

爲十四字音的。這樣做是否有什麼特別的用意，事實上並沒有人知道，因爲連他的弟子信行都無法提出一個合理的解釋，而只留下「經文及諸疏家並無，未詳何來？恐是加二呼聲爲十四字音之意，仍錯誤耳」的猜測。

爲什麼玄應只選擇了四個別摩多中的兩個呢？金鐘讚先生（1991：305）的看法是：

> 「玄應不是不知道此四元音在性質上頗爲相似，但是他不肯把多數出現的 r 與極少數出現的 l 一視同仁，故把極少數出現的 l 置之不理，而只給多數出現的 r 類音，另立漢音對音字理、螯了。」

他認爲玄應之所以只譯出兩個別摩多（ r 類音），乃是因爲r 類音仍爲常用音，而l 類音幾乎不再使用的緣故。也就是說，玄應的譯音反應了梵語的實際語音現象，因此，雖然三家《涅槃經》都明白的列出了十六個字音，而他卻刪掉了已經不用的兩個別摩多，所以書中才會只有十四個字母。但是我們懷疑玄應是否會爲了反應實際的語音現象，而竟然置《涅槃經》的經文於不顧，因爲他也可以列出所有的字音，然後再把自己的看法加到案語裏面去，這樣既不會妨害經文，並且仍然可以保有自己的看法。像智廣在「悉曇十八章」中即列出了所有的別摩多，然後在案語中註明：

「今詳詑里之摩多，祇是悉曇中？【秂】里【紇里】字也。」❻（《大藏》84：459）

意思是說，別摩多在名義上雖然有四個，但是實際用上的卻只有 r 音而已。（r 音即「魯流盧樓」四音中的「魯」音，玄應的「里」音）但是玄應爲什麼不採用智廣的方式呢？我們認爲他是受到《涅槃經》「有十四音名爲字義，所言字者名曰涅槃。……是十四音名曰字本。」說法的影響。玄應刪去兩個別摩多只是表面的現象而已，真正促使他這樣做的背後因素，其實是來自《涅槃經》的「十四音」說，因此雖然少了兩個，但是「有經爲證」，經文還是可以支持他的說法，於是他就把兩個根本不用的別摩多刪掉了。關於「十四音說」，饒宗頤先生＜唐以前十四音遺說考＞（1990：97－112）有詳細的介紹，諸家雖然說法不一，在十四音的搭配方式上卻沒有人與玄應相同，玄應的十四音說可謂獨樹一幟。

在譯音的方式上，我們在前面指出慧嚴近於法顯，而玄應則近於曇無讖，這是就用字的觀念與方式來講的。法顯採用「描述」的方式來譯音，如「長阿」、「短阿」；曇無讖則企圖以單一的漢字來對譯，如「噁」、「阿」。而玄應正是採用曇無讖的譯音方式。下面讓我們來看看玄應譯音在聲、韻、調上的反映，然後再作更深入的探討。

表五、玄應譯音之聲紐、韻母、聲調與開合等第

---

❻　智廣雖然是說「？里」，但是在三十四個切繼字上所加的別摩多卻是「𑀋」（紇里），因此本文依據切繼字改正。

	梵文字母	羅馬注音	玄應譯音	《廣韻》反切	玄應譯音之聲紐、韻母、聲調與開合等第			
1		a	袁（烏可反）	烏可切	影紐	哿韻	上	開一
2		ā	阿	烏何切	影紐	歌韻	平	開一
3		i	壹	於悉切	影紐	質韻	入	開三
4		ī	伊	於脂切	影紐	脂韻	平	開三
5		u	塢（烏古反）	安古切	影紐	姥韻	上	合一
6		ū	烏	哀都切	影紐	模韻	平	合一
7		r̥	理（重）	良士切	來紐	止韻	上	開三
8		r̥̄	釐（力之反）	里之切	來紐	之韻	平	開三
9		e	黳（烏奚反）	烏奚切	影紐	齊韻	平	開四
10		ai	藹	於蓋切	影紐	泰韻	去	開一
11		o	污	哀都切	影紐	模韻	平	合一
12		āu	奧（烏故反）	烏到切	影紐	暮韻	去	合一
13		aṃ	菴	烏含切	影紐	覃韻	平	開一
14		ā.ḥ	惡（烏箇反）❼	烏路切 烏各切 哀都切	影紐	箇韻	去	開一

慧案：凡是玄應有特別作音的字，一律按照譯音來判斷其聲紐、韻母、聲調與

開合等第《廣韻》中的反切只作比較用；若玄應沒有特別作音，才以

---

❼ 這裡取「惡」的去聲是根據信行的案語推斷的，信行說：「上烏含反，下於阿、安餓、烏箇三反。」沒有用到惡的入聲，因此玄應是採用「惡」的去聲才對。惡在《廣韻》爲暮韻，與信行所說反語不合，本文因取「烏箇反」作爲惡字的反語。另外，烏與污在《廣韻》同屬模韻，各與 u、o 對譯，但是各家有混淆的情形，如弘法、難陀、全真（《大藏》84：470，471）。玄應及信行並沒有說明兩者的差異，全真的註解 u 是「牙開不開」，o 是「大開牙」可以作爲參考。

《廣韻》中的反切來判斷。

　　玄應的譯音表現了幾個特點：第一，除了「里」、「釐」以外，玄應將以前諸家所用的非影紐字（如「野」、「炮」。參表一）都改作影紐字，由於影紐字接近零聲母，因此適合於拿來對譯梵文的摩多，玄應加以統一，正顯示出當時的聲韻分析能力已經有很大的進步了。

　　第二，在面對長、短具有辨義作用的梵文元音時，玄應要如何拿長、短不具辨義作用的漢音去處理呢？我們發現他是採用「聲調不同而韻類相同或相近」的字來表現梵音的長短。梵文元音既然分長、短，那麼分別的標準是如何呢？日僧明覺《悉曇要訣》中對這個問題有極爲詳細的說明：

　　　　「問：何以知 乙 短 乞 長、ろ 短 ろ 長是正說耶？
　　　　　答：梵文作法，短聲字爲本，此上加點爲長聲字，所謂 孔 字加點爲 張 長也，咢、ろ、乙、9 等字亦然。乙 字加點爲 乞，可非長哉？ろ 加點爲 ろ 亦然，有何別意 乙 ろ 爲長耶？又梵文作法以短聲爲本，故諸短聲點皆加字左，如 月丂 等也，諸長聲點加右，如 丂、乳、乞 等也，乙 加左，故知短也。」（《大藏》84：507）

明覺對於字音長短的說明，乃是利用梵字本身的「字形」特性來回答問難者──「凡是短聲點都加在字左，而長聲點則加在字右」。根據這一派的說法，梵文摩多依長、短所分的兩類便是：

　　1.長音：張、咢、ろ、乙、乞、ろ、張。

（阿、伊、烏、釐、藹、奧、惡）

2.短音：ゐ、ွ、ろ、ひ、ひ、ろ、れ。

（寇、壹、塢、理、黳、污、菴）

而玄應將字音十四字都歸作「上短下長」，則正好符合明覺的説法。

　　如果就「元音變換」的規則來説，則摩多中的元音還有「基本母音」、「二次母音」及「三次母音」的差別。「元音變換」是指元音在不同的重音形式下產生變化的規則。「基本母音」屬於「平音」（原始形式），「二次母音」屬於「重音」（重音形式 guna），「三次母音」屬於「複重音」（強重音形式 vrddhi）。各音間的關係如下：（吳汝均1984：1）

表六、基本母音及二次、三次母音表

基本母音	a	ā	i，ī	u，ū	r	l
二次母音	a	ā	e	o	ar	al
三次母音	ā	ā	āi	āu	ār	—

慧案：菴（aṁ）、惡（aḥ）兩音雖歸入「摩多」，但不屬於純元音，它們是由 a 加上 ṁ、ḥ 輔音尾而成，本文稱餘聲。

由橫列來看，凡是「基本母音」都是單元音，而複元音則爲「二次母音」或「三次母音」。由縱列來看，則顯示出同一元音在不同重音形式下的變換狀態，如「a，a，ā」、「i，ī，e，āī」、「u，ū，o，āu」等等。

　　以上是有關梵文摩多在長、短音方面的分辨標準，及元音間的

---

❽　吳汝鈞先生在表中沒以有說明r、l兩音的屬性，但是從「基本母音」的情況來推斷，r，l應該都屬於「基本母音」才對。

變換關係。接著我們來看看玄應的譯音情形。玄應在《一切經音義》中談到：

> 「此十四字以爲音，一聲中皆兩兩字同，長短爲異，皆前聲
> 短後聲長。」

爲了對譯梵文的長、短音，玄應利用譯字聲調的不同來作處理，前四對採「上聲：平聲」的搭配（除了第三個字是入聲以外），後三對採「平聲：去聲」的搭配，規律性相當地顯著（參表五）。在前四對裏面，「哀、阿」、「塢、烏」、「理、釐」三組都是用同一韻的上、平聲來對譯，只有「壹、伊」這一組改爲入聲對平聲。原來「伊」相承的上聲字是「欪」，在《說文》中「欪」是「喜」的古文；在《廣韻》中，「欪」音沒有任何同音字。我們認爲，「欪、伊」的搭配其實最符合玄應本來的用意，但是由於「欪」是罕用字，因此玄應在不得已的情況下，只好以伊的入聲字「壹」代替「欪」，於是「上聲：平聲」的規律便稍受影響。玄應以阿、伊、烏、釐四個平聲字，對應梵文中的長音 ā、ī、ū、r̄；而以哀、塢、理三個上聲字與入聲字壹，對應梵文的短音 a、i、u、r̥。這裏值得我們注意的是，爲了分別長、短音，他選擇了平聲來譯長音，而以上、入聲譯短音。

　　在後三對裏面，「翳、藹」、「污、奧」、「菴、惡」都是以「平聲：去聲」的方式來對譯。玄應以翳、污、淹三個平聲字對應梵文的短音 e、o、am；以藹、奧、惡三個去聲字對應梵文的長音 ai、au、aḥ。在這裏他改變了以平聲譯長音，以上、入聲譯短音的

作法，原本用來譯長音的平聲改爲譯短音，而長音則以去聲對譯。

由以上所言，衍生了兩個問題：第一、隋唐時的四聲是否可分辨出長、短？第二、如果當時的四聲有長、短的差別，那麼差別情況又如何？

關於第一個問題：隋唐時的四聲是否可分辨出長、短？從玄應對於譯音字不加註「短」、「長」的方式來看，玄應應該是已經意識到當時的四聲有長、短的差別了。周法高先生（1963：24）根據唐初和尚翻譯梵文的記載，即認爲「唐初的四聲有長短的區別」，但是「程度並不像梵文長短音的現著」。而從前人的論述中，「四聲分長、短」的觀點更可以受到肯定。明覺《悉曇要訣·卷二》：

> 「又諸家諸國新古皆不同也，故或時依此云上短，或時依彼云平去歟。又一義平去二聲通用事是大唐之風也。……今諸長聲字本去聲也，故依相通義或云平歟。……文設雖注平，人可得去聲之意。」（《大藏》84：525）

了尊《悉曇輪略圖抄》：

> 「長短之注釋者，音聲之延促也。然則四聲各可有延促之用，一音又蓋無長短之理。……《演密抄》云：謂帶上、入，故云短聲：長聲謂帶平、去聲也。」（《大藏》84：674）

明覺和了尊的論述，可以歸納成幾個要點：

1.四聲是分長、短的。

2.因爲漢字同一個音沒有長、短之分，所以便在譯字後用「長、短」來說明，目的在於表示「聲音的延促」。

3.單純看四聲時，上、入屬於短聲，平、去屬於長聲。

4.去聲是長音，並且能夠用平聲來代替。

因此，我們可以肯定隋唐時四聲的確有長、短之分。但是，這種長、短的差別並不像梵文顯著，並且，也不構成辨義的作用。

關於第二個問題：如果當時的四聲有長、短的差別，那麼差別情況又如何？周法高先生（1963：24）認爲當時四聲在音長上爲「平長仄短」，也就是說，平＞上、去、入（平聲長於上、去、入三聲）。但是被拿來作爲證據的字，在單元音方面雖然符合周先生的推論，而在複元音方面卻與玄應的說法相矛盾❾。此外，周先生並沒有將另外一對複元音及餘聲列入討論的範圍，這是美中不足的地方。丁邦新先生（1975：13）對平仄的看法與周先生有異，他由譯音者對譯梵文長、短音的聲調應用，如「仄：平」、「短平：長平」、「上：平長或去引」，而推論：

---

❾ 周法高先生說：「我們可以看出玄應用上聲『哀【裒】、塢、理』，入聲『壹』，代表梵文短音；用平聲『阿、伊、烏、簷、翳』代表他所謂長音。……都是兩兩相對，不得不分別的。而兩家代表短音的，都是仄聲字，代表長音的，都是平聲字。」（1963：23）但是周先生在引用玄應《一切經音義》時，有關《涅槃經·文字品》的部分，卻明明有：「此十四字以爲音，一聲之中，皆兩兩字同，長短爲異，皆前聲短，後聲長。」（1963：22）的說明，周先生並沒有否認這個觀點，因此，把「翳」當作長聲並不符合玄應的說法。

「中古平仄聲的區別就是平調和非平調的區別。平調指平
聲，非平調包括上、去、入三聲，其中上聲是高升調，去
聲大約是中降調，入聲是短促的調。」

丁先生認爲平、上、去三聲在音長上都是「長度普通」，只有入聲
才是短聲。但是丁先生的材料只涉及單元音部分，卻没有考慮到複
元音的譯音情形。而事實上，不論中天音或南天音，複元音都是有
分長短的❿。

施向東先生（1983：39）根據玄奘譯著的梵漢對音情形，對於
當時四聲的音長，提出了另一種看法，他説：

「……平聲有近半數的字譯長音節，去聲有一半以上的字譯
長音節，上聲只有不足四分之一的字譯長音節，而入聲字
極少譯長音節。綜合以上情況，各調按音長排列的順序應
是：⑴去聲；⑵平聲；⑶上聲；⑷入聲。」

將玄應對譯梵文長、短音的方式（在單元音方面以平聲譯長
音，上、入聲譯短音；在複元音及餘聲方面以去聲譯長音，平聲譯
短音）加以比較，似乎也可以得到施先生所説的結論，即：去＞平
＞上＞入。但是如果去聲可以拿來譯長音，爲什麼玄應在長單元音

---

❿　日僧淨嚴《悉曇三密鈔》：「下三對爲長短次第者，依義淨傳，是中天音
也。若依智廣傳南天音，則上下六對皆短長次第也。」（《大藏》84：72
7）因此，中天音及南天音都有分長、短。

方面要用平聲而不用去聲？或者，在複元音及餘聲方面不全部改用平聲譯長音，上聲譯短音？因爲這樣更可以取得體例的一致性，而達到「直翻梵語」、「敵對翻譯」（明覺語）的最高目標，可是，玄應卻没有這麼做。我們認爲，使玄應改變譯音方式的因素，除了音的長、短有影響外，還跟音的高、低有關係。如明覺《悉曇要訣》説：

「諸長聲字通平與去」

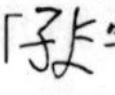

「字可有音，故或呼上云平引，呼下云去引。」

（《大藏84：525》）

「當知重音者，初低音也。」（《大藏84：507》）

第二句是指：「長阿」如果高呼就用平聲，如果低呼就用去聲，「呼上」、「呼下」在這裏表明了音調的高低變化。那麼，後三對摩多的長音既然用去聲對譯，在音高上必定是屬於低調，而前四對摩多的長音則屬於高調，所以用平聲對譯。不過，所有的去聲都念成長音嗎？根據安然《悉曇藏·卷五》的記載，去聲在「表」音的特徵爲：「去聲稍引，無重無輕」；到了「正法師」，則變爲「去有輕重，重長輕短」（《大藏》84：414）可見去聲在「表」音時代尚未分化，至「正法師」時則已分爲陰陽了。「表」，梅祖麟（1974）以爲是「袁」字之誤，「袁」指袁晉卿，聲韻學者，曾前往日本（A·D 735）；「正法師」則在唐·承和末年來到中國（A·D 847）。而玄應作《一切經音義》的時代（A·D 649）則在「表」之前約一百年，因此我們可以肯定唐朝時玄應所用的語言，在去聲方面尚未分化爲陰陽，是故所有的去聲都屬於長音。

㈡玄應「比聲」「超聲」的探討

梵文的摩多因爲性質的不同，而有「普通摩多」與「別摩多」的區分；在體文方面，也依據性質的差異而分爲「比聲」與「超聲」兩類。玄應《一切經音義·卷二》中列出比聲二十五字，超聲八字，合計共三十三字。二十五個比聲又根據發音的部位分爲五小類：1.舌根聲 2.舌齒聲 3.上顎聲 4.舌頭聲 5.脣吻聲，每小類各有五個音，至於超聲則不再加以細分。

當時，在意義的認定上，人們對比聲已經獲得較爲一致的看法，而超聲則顯得意見紛歧。第四節我們曾經談到玄應譯音與其他三家都互有別異，而產生別異的原因則主要來自於中國所無的梵音，因此，如何對所有的梵音作妥當的描述與翻譯，便成了一個重要的課題。下面讓我們先了解各家對於「比聲」及「超聲」的說法，然後再來看看玄應的意見如何。在比聲方面，各家說法如下：

1.慧遠《涅槃經義記》（《續藏》55：400）：

「隨其流類毗比（夫必反）一處，故曰毗聲。」

2.行滿所集《涅槃經疏私記》（《續藏》57：427）：

「經云長短超聲者，前十二字有長有短，次五五字相對從聲受名，後之九字即有超含吐納之異也。」

3.法寶《涅槃疏》（《大藏》84：408）：

「音韻倫次名曰昆聲，非倫次者名爲超聲。」

4.《涅槃文字》（安然《悉曇藏》引，《大藏》84：412）：

「比，昆也，相次也。又符必反，排比也。謂將迦等二十五字與
惡等十二字相生相類，聲勢鄰次排比也，又從喉中舌齒上顎舌頭
脣吻次第出聲，故曰比聲也。」

5.淨嚴《悉曇三密鈔》（《大藏》84：735）：

「……又名五類聲，五處各異類故。又曰從內出外聲，呼聲吐聲
故，五處次第自喉出舌脣故。」

　　以上五家的說法其實是可以歸成一類的，「比」的意義在這裏
指的是「依照音韻的次序作整齊的排比」，法寶「音韻倫次名曰比
聲」的解釋可以作爲代表。至於玄應對比聲的看法是如何呢？我們
可以從《信行涅槃經音義》中的案語得知，他說：「音韻倫次名曰
比聲，非鄰次者名爲超聲。」（《大藏》84：411）因此，玄應的
觀念與法寶是完全一樣的。用玄應對於比聲的分類去解釋，就是在
二十五個比聲中，將類別（發音部位）相同的聲音歸在一起成爲五
類：「舌根聲」、「舌齒聲」、「上顎聲」、「舌頭聲」、「脣吻
聲」，每一小類裏面又按照「清音不送氣」、「清音送氣」、「濁
音不送氣」、「濁音送氣」、「鼻音」的次序排列，因此在發音時
便非常有規律性，這也就是二十五個具有音韻次序的音被稱爲「比
聲」的道理。

　　至於超聲方面，各家的看法如下：

1.慧遠《涅槃經義記》（《續藏》55：400）：

「後虵囉等九字是其超聲，不同毗聲，故名超也。」

2.法寶《涅槃疏》（《大藏》84：408）：

「音韻倫次名曰昆聲，非倫次者名爲超聲。」

3.道暹所述《涅槃經疏私記》（《引藏》58：68）：

「經云超聲者，耶羅等九字是超聲，謂滿口五音具足羯調之聲，名曰超聲。」

4.《涅槃文字》（安然《悉曇藏》引。《大藏》874：412）：

「虵等九字並是超聲，謂將迦字超過佉等二十四字直取虵，中間隔越，故名超聲。」

5.淨嚴《悉曇三密鈔》（《大藏》84：735）：

「二明遍口字者，此之十字非如前五句字各分口處，從外入內悉皆遍口，故云遍口。宗睿和尚名曰滿口，通出五處，故云遍滿。涅槃經名曰吸氣。又曰超聲，音韻不倫次故。……如是雖有始起別處，後皆遍口歸喉內阿韻，是故曰歸根本聲也。」

　　隋唐時代的釋氏們雖然對於比聲的特性能夠作較佳的掌握，但是在超聲方面，意見則比較紛雜，「超」的意思可以解釋作：1.「不同」 2.「非倫次」 3.「滿口五音具足、羯調」 4.「隔越」 5.「歸根本」等意義。我們把它歸成三類：A·就超聲與比聲的相異點作解，如1、2；B·就超聲發音部位的變化與特色來講，如3、5；C·就超聲在悉曇章中的切繼方式來說，如4。玄應的主張既然與法寶相同，因此應該屬於A說，亦即以「音韻非倫次」來解釋超聲。

　　在這三類解釋中，我們認為A類的觀點——由超聲與比聲的相異點作解是比較好的，因為如果就超聲在悉曇章中的切繼方式釋「超」作「隔越」，則超聲便須在悉曇章的限制下才能解釋得通。如果就超聲發音部位的改變情況來說明，雖然比第三解還要好，但是仍無法把比聲與超聲區分開來，因為比聲同樣也有發音部位的改變，並且也可以「滿口五音具足」（由舌根至脣吻）。只有第一解最適合，而「非倫次」又比「不同」還要更恰當，因爲解釋作「不同」，還無法完全表達出比聲與超聲的差異，由於超聲也跟比聲一樣有舌根聲、舌齒聲、……等五聲類，僅僅「不同」，並不能讓人有真確的認識。但是「非倫次」的説法則能將比聲與超聲的特性對比出來，雖然超聲的發音部位也有跟比聲相同的，但是它們無論怎麼搭配，都無法湊成具有秩序感與規律性的一類。因此，以「音韻非倫次」對比「音韻倫次」，比較能夠清楚地表達超聲與比聲的相異點，而不致使人産生混淆。

　　另外，有的現代學者認爲超聲的意思就是「漢語所没有的音」⓫，事實上，超聲中的「羅 la」、「奢sa」、「沙 sa」、「娑 sa」'、「呵」，也都是中國已有的音，因此把超聲解釋作「漢語所没有的音」是不恰當的。

　　關於玄應在比聲與超聲方面的譯音，我們分作兩部分來討論。下表是玄應比聲、超聲譯音所屬的聲紐、韻母、聲調及開合等第。

一、比　聲

表七、玄應比聲、超聲譯音的聲紐、韻母、聲調及開合等第

梵字	羅馬注音	玄應譯音	《廣韻》反切	玄應譯音之聲紐、韻母、聲調與開合等第

⓫ 饒宗頤先生（1990：74）對超聲提出的看法是：「《通韻》云：『橫超豎超』，超指超聲，爲梵言五五毗聲以外之聲母，謂之後九超聲，……然非漢語之所能有，非嫻習梵音者，難以曉喻。」
陳師伯元提到林尹先生似乎也認爲超聲便是「中國所没有的音」。（上課筆記）

·276·

1	对	ka	迦		居伽切	見紐	戈韻	平開三	舌
2	弓	kʰa	呿		丘伽切	溪紐	戈韻	平開三	
3	引	ga	伽		求迦切	群紐	戈韻	平開三	根
4	刊	gʰa	暅（其柯反）		－	群紐	歌韻	平開一	
5	乙	ŋa	俄（魚賀反）		五何切	疑紐	箇韻	去開一	聲
6	疋	ca	遮（重）		正奢切	照紐	麻韻	平開三	舌
7	叓	cʰa	車		尺遮切	穿紐	麻韻	平開三	
8	仝	ɟa	闍		視遮切	禪紐	麻韻	平開三	齒
9	乏	ɟʰa	膳（時柯反）		時戰切	禪紐	歌韻	平開一	
10	乞	ɲa	若（耳賀反）	人勺切 人者切 而灼切		日紐	箇韻	去開一	聲
11	乙	ṭa	吒（重）		陟駕切	知紐	禡韻	去開三	上
12	屮	ṭʰa	咃（丑加反）		－	徹紐	麻韻	平開二	
13	彐	ḍa	茶		宅加切	澄紐	麻韻	平開二	齶
14	否	ḍʰa	咤（佇賈反）	陟加切 陟駕切		澄紐	禡韻	去開二	
15	尔	ṇa	拏		女加切	娘紐	麻韻	平開二	聲
16	歹	ta	多		託何切	透紐	歌韻	平開一	舌
17	艮	tʰa	他		得何切	端紐	歌韻	平開一	
18	乞	da	陀		徒何切	定紐	歌韻	平開一	頭
19	马	dʰa	馱（徒柯反）		徒河切	定紐	歌韻	平開一	
20	歹	na	那（奴賀反）		諾何切	泥紐	箇韻	去開一	聲
21	屮	pa	波		博禾切	幫紐	戈韻	平合一	脣
22	与	pʰa	頗		滂禾切	滂紐	戈韻	平合一	吻
23	弓	ba	婆		薄波切	並紐	戈韻	平合一	聲

| 24 | | bʰa | 婆（去） | 薄波切 | 並紐 | 過韻 | 去合一 |
| 25 | | ma | 摩（莫个反） | 莫婆切 | 明紐 | 箇韻 | 去開一 |

二、超聲

26		ya	虵（重）	羊者切	喩紐	馬韻	上開三
27		ra	邏（盧舸反）	郎佐切	來紐	哿韻	上開一
28		la	羅（李舸反）	魯何切	來紐	哿韻	上開一
29		va	縛	符臥切	奉紐	過韻	去合一
30		śa	奢	式車切	齊紐	麻韻	平開三
31		ṣa	沙	所加切	疏紐	麻韻	平開二
32		sa	娑	素何切	心紐	歌韻	平開一
33		ha	呵	虎何切	曉紐	歌韻	平開一

　　我們可以看出，玄應一律用「歌」、「戈」、「麻」三韻及其相承的上、去聲對譯比聲及超聲，也就是說，梵音「－a」正好對應到漢語的歌、戈、麻三韻。《悉曇藏·卷二》也談到：「又如真旦《韻詮》五十韻頭，今於天竺悉曇十六韻頭皆悉攝盡，更無遺餘。以彼羅（盧何反）家（古牙反）攝此阿阿（引）。」（《大藏》84：383）正是指以「果」、「假」兩攝來翻譯帶有－a音的字。施向東（1983：35）認爲：

　　「梵語 ā 的音色是後元音〔ɒ〕，看來，歌戈韻的元音當是〔ɒ〕。麻韻的 a 是前元音〔a〕，〔a〕與梵語的 ǎ〔ɐ〕、ā〔ɑ〕都不同，所以譯音極少用麻韻字。至於梵語的 ca、ta、sa、ya 等字要用麻韻字譯，那是因爲歌戈韻中沒有照

三、知、審二、喻四等聲紐字的緣故。」

在玄應的譯音中，除了梵文的送氣濁音與鼻音外，凡是玄應特別給予擬音或註解的字，也都是麻韻字。因此，以上的說明不僅適用於玄奘，也同樣可以用來解釋玄應的譯音。

　漢語的濁音屬於送不送氣，至今還有爭議。由梵漢對音來說，梵文的濁音有兩套，送氣、不送氣互相對立；而漢語的濁音則只有一套，看不出有對立的情形。這當然會在翻譯上造成困擾，不過我們可以來看看素有「敵對翻譯」美譽的「新譯派」，是如何來解決這種困擾。施向東先生（1983：32）由玄奘對音的例外字中，發現對譯的錯誤具有規律性，而只有「濁音不送氣」才能解釋這個規律，因此他把玄奘歸入「不送氣派」。至於玄應呢？他在譯音中針對第四字提出說明：「凡五字中第四字與第三字同而輕重微異。」而在他對譯梵文五個送氣濁音的方式中，也可以看出第四字是「彼有此無」的：

4	$g^h a$	啒（其柯反）	群紐	歌韻	平開一
9	$\jmath^h a$	膳（時柯反）	禪紐	歌韻	平開一
14	$d^h a$	咤（佇賈反）	澄紐	禡韻	去開二
19	$d^h a$	馱（徒柯反）	定紐	歌韻	平開一
24	$b^h a$	婆（去）	並紐	過韻	去合一

玄應用了三個方式來譯第四字：　1.加偏旁，如「啒」字，《廣韻》未見，這是為了對譯梵文所造的新字。　2.另外擬音，如「啒」、「膳」、「咤」、「馱」四字。　3.加註解，如「婆」，

註明要讀「去」。玄應的弟子信行也説：「第四字者是重音也。」因此玄應、信行都跟玄奘一樣，是屬於「不送氣派」。

值得一提的是，徐通鏘先生（1991：406，410）對於濁音的送不送氣，捨棄大家慣用的「演變」式探討，而從「語言競爭」的角度去觀察，有新的看法提出：

> 「送氣，或不送氣，或以聲調的平仄而分爲送氣和不送氣，都不違背音系中"清"："濁"相互制衡的結構原則：不同方言區的不同音值都只是"清"："濁"這一結構規則的不同表現形式。這就是説，不管是哪一種方言狀態，某一部位的濁塞音、濁塞擦的音位只有一個，區別在於有的地區一個音位只有種語音的音位只有一種表現形式，而平仄分音區則有兩個不同的條件變體。」

> 「根據山西方言提出的線索，我們知道古濁塞音、濁塞擦音本來就存在著方言差異，因而説它是送氣的，或不送氣的，都有道理，區別只在於所根據的方言有差異而已。我們似乎不必在送氣説和不送氣説之間爭論，……」

的確，隋唐時代方言間有所差異是存在的事實，在還没有對其它方言作全面的研究之前，凡是「以此類推」都會有「以偏概全」的危險。然而，我們把玄應歸入「不送氣」這一派，並不表示也同樣把唐代，或者説中古漢語都歸入不送氣。事實上，在梵漢對音上，譯音者討論最頻繁的是梵文摩多的長、短，而非濁音的送不送氣，可見，送氣濁音對譯音來説，並非如我們所想像的有那麼大的困擾。

明覺《悉曇要訣·卷一》對晚於玄應的譯音情況有這樣的說明：

「例如字母，皆是上短聲不可有去引聲，五句第四字初平後
上之故，不空所譯或云上或云去引，他處或云上或云重。
……寶月宗睿意用八聲，故五句第四字皆云上聲重音，……
弘法家用六聲，故此等字皆云去聲歟。」

「問：《字紀》意 （梵字）五字皆云輕音，（梵字）五
字皆云重音，何呼名爲輕音重音耶？

答：輕音者，上聲輕也。重音者，亦上聲重音也。但重音
者，去聲上聲之輕重，知人既少，今私案之，……當知重音
者初低音也，初後俱昂名爲上聲，是六聲之家義也，初低終
昂之音可爲上聲之重。今每句第四字皆初低終昂呼之，故名
爲重音歟。」（《大藏》84：507）

這兩段話告訴我們，譯音者對於梵文送不送氣濁音的區別，是利用
漢語濁音的聲調來辨義：凡是不送氣濁音，便用「上聲輕音」；凡
是送氣濁音，便用「上聲重音」。因爲他們找到了送氣濁音和上聲
重音的相似點：「初平後上」（初低終昂）。這與玄應等人用
「輕」、「重」來分別送不送氣的意思是一樣的。

然而，通過羅常培先生（1931）＜四十九根本字諸經譯文異同
表＞及安然《悉曇藏》的考查，我們只找到一例（地婆訶羅譯《方
廣大莊嚴經示書品》）是不註解送氣濁立而註解不送氣濁音的，其
他的例子則都一致表示出梵文送氣濁音的特殊性。因此，我們大致
可以肯定，由中古以來，表現在梵文譯音上的主流仍是「不送氣

派」，而非「送氣派」。

在超聲方面，玄應共列出了八字：

「虵、邏、羅、縛、奢、沙、娑、呵：此八字超聲。」

而《信行涅槃經音義》則爲：

「耶囉羅，初重三聲……？奢沙，次重三聲……娑呵荼，後重三字……（玄應師脫此第九字，云八字超聲者，未詳何意？）」（《大藏》84：411）

玄應所少的是信行「後重三聲」中的「荼」（kṣa）字，這個字法顯沒有譯出，他所譯的是另一個重字「羅」（llaṃ）。曇無讖則譯「嗏」（kṣ）而沒有譯「羅」（llaṃ），慧嚴與法顯同。我們可以看出法顯及曇無讖對於後面這兩個字有不同的意見存在，因此他們的取捨也就有所差異。安然《悉曇藏·卷一》說：

「藍、乞叉二字已重出，故不入其數。謂藍字者後九字中第三攞字重體之上加以摩字爲空點也。乞叉字者初五字中第一迦字，後九字中第六灑字兩字相合爲二合也。」（《大藏》84：373）

信行說玄應少了「荼」字，可見他是採用曇無讖的看法。那麼，玄應在《一切經音義》中所少掉的三個字，除了前面所談的兩個別摩多「ḷ、ḹ」以外，便是超聲中「kṣa」這個音了。查對悉曇章，可以發現「羅」（llaṁ）字的情形跟別摩多是相似的，由於它在悉曇章中並不與它的體文和摩多相切繼，而只出現在最末一章，因此大部分的經書或有關悉曇的論述並不提及，這是很正常的事情。至於kṣa（茶），信行認爲是應該譯出的，而玄應卻不將它列入，依我們的推想，可能正如《悉曇藏》所引的説法，因爲這個字的性質也一樣是「重體字」——是由另外兩個字合成的，因此玄應便不納入他的「根本字」系統中了。

安然《悉曇藏·序》説：

> 「《莊嚴經》四十六字，《大梵王》四十七字，《大日經》
> 等四十九字，《涅槃經》等五十字，裴家五十一字，北遠五
> 十二字，……《華嚴》四十二字，《大集》二十八字。
> ……」（《大藏》84：365）

除了《大集》的二十八字以外，各經或各家對於梵文字母的數目都在五十上下作增減，他們之所以有這許多不同的説法，原因應該來自於某些字的性質不穩定，所謂性質不穩定，是就音的本質，與被使用的情形來説的。像別摩多、超聲這兩類音，前者容易轉成輔音（季羨林19？），後者則缺少規律性，因此他們也就成爲影響字數多寡的關鍵了。而普通摩多與比聲則具有相當强的規律性，因此，性質也最穩定。其中比聲的規律性，首先是按照發音的部位作五組排列：k組、c組、ṭ組、t組、p組；然後在每一組中又按照發音的方法依次排列，例如k組：

1.ka　清塞音，不送氣。

2.kʰa　清塞音，送氣。

3.ga　濁塞音，不送氣。

4.gʰa　濁塞音，送氣。

5.ŋa　鼻音。

這種先清後濁，先不送氣後送氣，最末再加一個鼻音的排列方式，對於漢語中聲紐的排列情形，無疑的具有其影響力。

　　但是超聲中各字母的排列卻缺少比聲的規則性，也就是前面所說的「五音倫次」，它「非倫次」的特性對聲紐的配列則似乎有負面的影響，如張世祿所說（1938：46）：

> 「至於摩擦音和邊音的幾個字母以及所謂喉音的影母，原來在梵藏字母的序次上另列於各組之後，因爲在梵藏字母的排次上無可倣照，所以對於這幾個聲紐的發音部位和情狀，當初就不容易有明確的認識。守溫《韻學殘卷》裏的三十字母，既以日母屬於舌上音，以來母屬於牙音，以心、邪屬於喉音，又正齒音的一組，以審、穿、禪、照爲次，而謂『心、邪、曉是喉中音清，匣、喻、影亦是喉中音濁』……這些排次和配列的失當，和後來三十六字母的系統不合的所在，顯然是依據梵藏字母的排次，初步的加以移動，未臻完整的一種現象。」

這些在認識上或排列上有問題的聲紐，如喻、來、審、心、曉等等聲紐，都是屬於超聲的字。由此可見超聲的「非倫次」，對於漢語聲紐在配列上的影響反而和比聲相反,不是助力而竟是阻力。

　　玄應對譯超聲,有三個梵音特別加上註解或反切:

26	ya	她(重)	喻紐	馬韻	上開三
27	ra	邏(盧舸反)	來紐	哿韻	上開一
28	la	羅(李舸反)	來紐	哿韻	上開一

其中,她是麻韻(上聲)字,可參考前面施向東的說法。邏
(ra)、羅(la)兩字都用來紐對譯,「羅」原先是平聲字,
「邏」則是去聲字,玄應都將它們擬成上聲字,我們無法從這裏判
斷玄應以何者(r或l)為漢語原有的音。施向東由玄奘譯音中對
於譯r的來紐字常加口旁,及r的前頭常多出一個匣紐字,來判斷
來紐應該是〔l〕。而由信行對於這兩個梵音的譯字,也可以得出
同樣的結果來:

　　　「囉(力佐反,盧舸反)、羅(李柯反、來加反。上厚喚,
　　　下薄喚也)。」(《大藏》84:411)

信行譯r用加口旁的來紐字,並且說「上厚喚,下薄喚」,「厚
喚」用上聲字,「薄喚」用平聲字,來紐也應該是〔l〕。其實,
來紐是〔l〕至今沒有異說,雖然玄應將「邏」、「羅」擬成上
聲,那也可能是來自聲調的相似而非音值的混淆。

五、結　語

　　以上我們粗略的探討了《玄應音義》中所錄《涅槃經·文字

品》的譯音情況，及一些相關的問題，在這裏把它們作一個小結：

㈠《涅槃經》翻譯者的先後問題：

《涅槃經》是最早被翻譯出來所帶有梵文字母（以音理爲序）的佛經，翻譯者主要有兩位，時間上，東晉法顯（A・D 417）比北涼的曇無讖（A・D421）稍早了四年。

㈡四種玄應《涅槃經音義》的比較結果：

我們以玄應弟子的《信行涅槃經音義》爲比較的標準，認爲今本仍是最爲可信的版本。

㈢「字音」方面的探討：

在「字音」（梵文的摩多）方面，我們推測玄應刪掉兩個別摩多的原因乃是來自經文中「十四音」的說法，而被刪的別摩多則是因爲幾乎不再使用的緣故。其次，玄應將前人所用的非影紐字，都一律改用影母字對譯，並且只使用單一的漢字來譯音，因此可以以他的用字來推測他所用語言四聲長短的差異。在單元音方面，他是以平：上、入來對譯長短，複元音及餘聲方面則是以去：平來對譯長短，我們認爲這分資料反應了去＞平＞上＞入的特殊現象，值得作更進一步的探討。

㈣「體文」方面的探討：

在比聲及超聲方面，我們認爲兩者的分別在「音韻倫次」或「非倫次」。比聲中每一組的第三及第四個字，分屬於濁音不送氣及濁音送氣兩類，玄應都用同一濁音去對譯，本文認爲玄應的語言是屬於不送氣濁音一派。

主要參考書目及論文　（按姓氏筆劃）

丁邦新　1975　平仄新考，中研院史語所集刊47‧1。

1975　論語、孟子及詩經中並列語成分之間的聲調關係，仝上。

中國佛教文化館

1957　大藏經（影印本），日本‧大正一切經刊行會編。

中國佛教會

1971　續藏經（影印本），日本‧卍續藏經會編（簡稱《續藏》）。

玄　應　649　一切經音義，商務出版社1968印行。

李　榮　1952　切韻音系，北京‧科學出版社。

吳汝鈞　1984　梵文入門，彌勒出版社（現代佛學大系21）。

何大安　1987　聲韻學中的觀念與方法，大安出版社。

沈觀鼎　1989　梵文字典，常春樹書坊。

周法高　1962　玄應一切經音義，中研院中語所專刊（玄應一切經音義反切考附冊）。

1963　中國語文論叢，正中書局。

1975　中國語言學論文集，聯經出版事業。

周祖謨　1992　唐五代的北方語音，語言文史論集，五南出版事業。

1992　敦煌變文與唐代語音，語言文史論集，五南出版事業。

林　尹　1982　中國聲韻學通論，黎明出版事業。

金鐘讚　1991　大般涅槃經文字品字音十四字理釐二字對音研究，
　　　　　　　聲韻論叢第三輯，學生書局。

季羨林　1984　論梵文 t、ḍ 的音譯，現代佛學大系18，彌勒出版
　　　　　　　社。

馬淵和夫1984　日本韻學史の研究，日本·臨川書店。

徐通鏘　1991　歷史語言學，北京·商務印書館。

陳師伯元1984　鍥不舍齋論學集，學生書局。

陳振寰　1988　韻學源流注評，四川·貴州人民出版社。

張世祿　1938　中國音韻學史，商務印書館1986台七版。

梅祖麟著，黃宣範譯
　　　　　1974　中古漢語的聲調與上聲的起源，幼獅月刊40：6。

常春樹　1990　梵字修習課本，常春樹書坊。

楊白衣譯1983　佛教經典總論，新文豐出版公司，小野玄妙原著。

新文豐　1982　高麗大藏經，新文豐出版公司影印。

　　　　　1973　大正新修大藏經，日本·大藏經刊行委員會編輯，
　　　　　　　新文豐影印，（簡稱《大藏》）。

趙憩之　1985　等韻源流，文史哲出版社。

羅常培　1933　唐五代西北方音，中研院史語所單刊甲種之十二。

　　　　　1978　羅常培語言學論文選集，九思出版社。

饒宗頤　1990　中印文化關係史論文集·語文篇，香港中文大學中
　　　　　　　研所、三聯書店。

説餐與飧之轇輵

沈壹農

壹　問題原起

餐、飧此一組字，於閱讀古籍時，無論爲版刻書或手寫卷，常見有不正規之書體，作如餐、飱、飧、飧、飡、飡、喰情形，復以餐、飧二字用法，其語義範疇之界限並不十分明朗，以致每每一時難以遽定爲何字。

餐，飧二字形、音、義之渾亂，觀諸字書所收者，即可了然。如《類篇·卷五中》「飧、餐」字下云：

> 「蘇昆切。《説文》：餔也。謂哺時食。或作飱。餐，又千安切，《説文》：吞也。」❶

又「飡」字下云：

---

❶　見司馬光《類篇》上海古籍，一九八八，頁八一。

「七安切。《説文》：吞也。又蘇昆切，水沃飯也。」❷

不但飧、餐二形不辨，也不另收餐字，則是以飧（或湌）一字當
飧、餐二字矣。《類篇》實本於《集韻》。另日僧昌住之《新撰字
鏡》「湌、餐、飧、湌」字下云：

「四同也。七蘭反。　　（當爲勸食之誤）也，餔也，吞也，
食也。」❸

字形與訓計皆不辨飧、餐二字。然而最能反映此種渾亂現象者，則
爲專收寫體文字之《龍龕手鏡》，其＜卷四·食部＞「喰、湌、
飧」字下云：

「音孫，以飲澆飯也。上一又俗倉安反。」❹

又並列「餐、餐、湌」，「餐」下云「俗」，「餐，湌」下云：

「二正，倉安反。一，食也。」❺

---

❷　同註1。
❸　見日本僧昌住《新撰字鏡》東京，臨川，（昭和五十七）頁二三九。
❹　見釋行均《龍龕手鏡》頁五〇〇，北京；中華，一九八五。
❺　同註4。

又＜卷三·口部＞「喰」云

　　「俗餐，孫二音」❻

又＜水部＞「湌」云：

　　「俗音喰 」❼

其音孫之三形竟無一作「飧」，而湌爲《說文》餐之重文則音孫；喰則兼表餐、飧二字；湌雖歸爲倉安反之餐字，但在其他典籍則往往是飧之異寫；湌，喰於＜食部＞爲一字，同音孫，而＜水部＞又以湌音「喰」，則難定其音讀。凡此可見隋、唐時代餐、飧二字書寫之多樣與渾亂。

　　若但看《龍龕手鏡》，或者以爲飧、餐二字之所以淆混，當是由於二字之各種異寫如：湌、湌、喰、飧、飱、餐、餐等，兩兩之間極爲接近，以致造成辨認之錯亂。然而若再觀察《集韻》、《類篇》將飧、餐並列，且既讀蘇昆切，又讀七安切時，不免令人懷疑根本原因，恐不僅於此，丁度及歐陽脩等人可能別有所見，才會如此安排。

---

❻　同註4，頁二六七。
❼　同註4頁二二六。

貳　原本《玉篇》餐、飱二字

　　餐、飱二字渾亂現象，在筆者接觸原本《玉篇》之後，始知問題並不單純。原本《玉篇·卷九·食部》以餐字音蘇昆反，引《說文》：「餔也」；而以飱字音且丹反（原作舟，誤），引《說文》：「食吞也」（今本《說文》只作「吞也」，蓋奪一「食」字。）二字之音義恰與今本《說文》互易。以下將原本《玉篇》餐、飱並餐之重文湌等之注語條列抄錄於下（另附影圖於後）：

餐　蘇昆反

　　1.周禮：司儀之職掌致餐，如致（精）〔積〕之禮。（秋官·司儀）

　　　鄭玄曰：餐，食也。小禮曰餐，大禮曰饗。

　　2.毛詩：有饛（蕰）〔簋〕餐。（小雅·大東）

　　　傳曰：餐，熟食也。謂（黍）〔黍〕稷也。

　　3.說文：餐、餖（餔）也。

　　4.字書：飲澆飯也。

　　說文今（湌）〔餐〕字也。

飱　且（舟）〔丹〕反

　　1.周禮：賓賜之（餮）〔飱〕。（天官·宰夫）

　　　鄭玄曰：喰（飱），夕食也。

　　2.禮記：君未覆手，不敢喰（飱）。（玉藻）

　　　鄭玄曰：喰（飱），勸食也。

　　3.說文：食吞也。

4.韓詩：不素喰（飧）兮，无功而食（稼）〔祿〕，謂之
　素喰（飧）。人（俱）〔但〕有質朴无治民之（杖）
　〔材〕，居位食（稼）〔祿〕，多得君之加賜，名曰素
　飧。素者，質也；飧者，食之加。惡小人蒙君賜溫飽，
　故〔以〕飧言之也。

關於餐之重文澯，則今本《說文》同，此字從水從食，正是原本
《玉篇》所引《字書》：「飲澆飯也」之結構（《經典釋文》則引
《字林》云：「水澆飯也」參見下文），可知澯確爲餐之重文。

　　原本《玉篇》一書，其基本結構乃本諸《說文》，凡《說文》
中之字必所稱引，頗尊奉《說文》。試觀原本《玉篇》所錄餐、飧
及相鄰諸字之序次如下：

　豫、鍚──餐、澯──餔──飧──慊──鎰──饞──飹

除餐、飧二字恰互易外，皆與今本《說文》同，知此數字皆本諸
《說文》，此餐、飧二字亦必是顧氏所見《說文》如此。

　　或者以爲二字之互易，出自抄寫者之渾誤，此亦不然。細審原
本《玉篇》「飧」字下引《周禮·鄭注》云：「夕食也。」（實是
引先鄭之語）正是飧字之結構，故飧之形不可易。又日僧空海之
《篆隸萬象名義》一書，實本諸原本《玉篇》而節抄者，其餐、飧
二字之音讀、並訓詁語皆本諸原本《玉篇》而無誤❽。可知空海所
見即如此，並無個別抄者誤植之事。

---

❽　見空海《篆隸萬象名義》上冊頁五二〇，台灣，台聯國風。

其次，觀察此二字之訓詁，亦各自具語義範疇，不相錯置。餐字首引《周禮》及《鄭注》，注語謂「大禮曰饔」饔《説文》云：「熟食也」則鄭玄所謂「食也」亦屬熟食，特饔爲大禮，餐爲小禮耳。故下文即續引《毛詩》及《毛傳》曰：「餐，熟食也。謂黍稷也。」下續引《説文》：「餔也」，又續引《字書》：「飲澆飯」則爲熟食、黍稷之類，唯以水澆之耳，所引《説文》：「餔也」，《説文》訓「餔」爲「日加申時食也」（原本《玉篇》所引無「食」字）原本《玉篇》於餔下引《説文》後，顧野王案語云；「今爲晡字」，可知餔義偏指時間言，而餐則偏在食物。則餐字之語義範疇乃指飲食之物，多名詞用法。唯其所引《周禮》、《毛詩》、《説文》等一般以爲皆作「飧」，然阮元於《周禮》文後校勘記云：

> 「錢鈔本、嘉靖本、閩監本同。《釋文》、《唐石經》大字本、毛本『飱』作『飧』，下同。按：作飧與《説文》合，作飱則易與唐人所作餐字混。」❾

由阮元之語，可知其誤在後人錯將唐人所作「飱」字讀爲「飧」，本皆如原本《玉篇》作餐也。

至於飧字，首引《周禮》飧字今本亦同，之所以無誤者，緣以鄭注引鄭司農有「夕食也」之語，其字不容作餐故也。次引《禮記》文，今本《禮記》及《鄭注》亦皆作飧而不誤。續引《説文》

---

❾　見南昌府學十三經注疏本《周禮》，頁五八九，台北，藝文。

及《韓詩》。《韓詩》釋飱爲「食之加」與《禮記·鄭注》之「勸食」相近。

可知餐、飱之字於原本《玉篇》之訓詁，各自有其語義範疇，雖所引《說文》與其各自系統之關係不易爲說，然設使所引《說文》互易，便格格不入，實不可任意錯置。以是原本《玉篇》於餐、飱二字之處理，仍屬精審，未可輕易忽之也。

參　餐、飱二字於典籍中之轇輵

存在於原本《玉篇》之餐、飱二字音義與今一般用法互易現象，宜另觀察唐以前典籍之用法，以衡定之。而留傳典籍中，不乏餐、飱二字渾亂者，以下舉其大者釐析之。

三——一

1. 詩·鄭風·緇衣：「適子之館兮，還，予授子之粲兮。」[10]
　 毛傳：「粲，餐也。諸侯入爲天子卿士，受采祿。」
2. 爾雅·釋言：「粲，餐也。」[11]

《毛傳》之以「餐也」釋「粲」字，顯示「粲」字之義與詩意無涉，必得通過「餐」字始得有受采祿之義，故《說文·段注》於「粲」字下云：「《鄭風傳》曰：『粲，餐也』，此謂粲爲餐之假

---

[10]　見同註9《詩經》，頁一六一。
[11]　同周祖謨《爾雅校箋》頁三一，江蘇教育。

借也。」⑫唯此說尚有可疑:一者詩義既取於餐,卻不用餐字,反用不相干之粲字,或者是爲了押韻,然餐與粲同從「奴」得聲,古必同音,粲可與「館」字通押,餐字自然亦可;或者更謂粲、餐於詩經時代,已發展成不同聲調,粲字較餐字適合與館字相叶,然從詩經押韻現象來看,依張日昇之統計,與上聲通押之平聲有203個,而與上聲通押之去聲只有67個⑬,則以平上通押較常見,仍以餐字爲宜。是二字之形或音可疑,二者餐與粲同從「奴」得聲,又形符一從食,一從米,概念極近,則二字可能爲一字之異構⑭而非通假關係,然粲字《說文》釋爲「稻重一秅爲粟二十斗,爲米十斗曰 ,爲米六斗大半斗曰粲。」⑮與餐字有類近之處,但仍明爲二字,則除可疑二字之結構外,或者說「粲,餐也」這樣的訓詁不管是否爲借關係,亦屬可疑。故段氏所說粲爲餐之假借,可待進一步之探討。

　　按:《毛傳》之「餐」字,通志堂本《經典釋文》作「飧」,音「蘇尊反」⑯,黃焯《經典釋文彙校》云:

---

⑫　見《說文段注》頁三三四,台北,藝文,民國六十二年。

⑬　見張日昇〈試論上古四聲〉,文收於《香港中文大學中國文化研究所學報第一卷》,一九六八。又吳靜之《上古聲調之蠡測》統計:平上相叶者有三三八見,上去相叶者一三一例。該書爲師大國研所六十四年碩士論文。

⑭　如粒之於𩞋、糕之於餻、糜之於𪗖、糇之於餱等,他例甚多,不煩綴舉,參見高明《中國古文字學通論》頁一六八,北京,文物。

⑮　同註12。

⑯　見鄧仕樑、黃坤堯《新校索引經典釋文上》頁六四。台北,學梅,民國七十七年。

「宋本作飧。」⓱

飧究係飧或餐字，未可遽定。又《爾雅·釋言》「粲，餐也」當是
出自《毛傳》，宋刊十行本《爾雅》所附音釋亦作「餐」，音則
「孫」⓲，而《經典釋文·爾雅》則作「飧」云。

「謝：素昆反，《說文》云：『餔也』、《字林》云：『水澆
飯也。』本又作餐，施：七丹反，《字林》作飧，云：「吞
食」」⓳
《釋文》既音「素昆反」，又音「七丹反」，則是餐、飧二音已
混；又引《說文》：「餔也」、引《字林》：「吞食」，則是餐、
飧二義已混矣。以是據《釋文》，則《毛傳》之「餐」字，究應是
「餐」或「飧」，亦隨之可疑了。《釋文》此處並列謝嶠及施乾兩
種說法，前者引《說文》：「餔也」、《字林》：「水澆飯也」又
謂「本又作餐」，顯然謝氏乃針對湌字作注。即《爾雅》之本文可
能書寫了某個異體字，謝氏將此字讀爲湌、餐字，而施氏則讀成飧
（飧），故前者取《字林》湌字之訓詁，而後者取《字林》飧字之
訓詁。否則如若《爾雅》本文作飧或餐，則在謝氏「本又作餐」及
施氏「《字林》作飧」如此之語言，便至少一個失去意義或矛盾；
且者謝施二氏以同一字同引《字林》一書卻有不同訓詁，而此不同
訓詁是淆亂了《說文》餐、飧二字，則《爾雅》本文之作飧或餐，

⓱　見黃焯《經典釋文彙校》頁五六，北京，中華，一九八〇。
⓲　見同註11，頁五六。
⓳　見同註16，頁四一二。

自然可疑。換言之，只有假定《爾雅》本文書寫了異體字，而謝、施二氏分別讀爲不同之字，陸氏只得並列之以存異說。

　　然則在謝、施氏二氏之閱讀中，浪、餐字謝氏讀成素昆反，《說文》訓「餔也」，而飧字則施氏讀爲七丹反，《字林》釋爲「吞食」。如此一來便全與原本《玉篇》一致了。

　　反觀《毛詩》及《傳》，餐字既應讀爲蘇昆反，自不得與館通押，故只有借粲爲之，因粲字指稻米之重量，引申之而指糧食，《毛傳》更擴大釋爲采祿之義。而詩文之所以不用且丹反之飧字者，原因是餐《說文》訓「餔也」、《字林》訓「水澆飯也」，飧《說文》訓「食吞也」；前者一般多名詞用法，後者多動詞用法（參見第貳部份）又作爲采祿之義，其字仍以餐字爲宜，參看下文三——五之「餐錢」。

　　《毛傳》「粲，餐也」之訓詁既然無誤，且餐又應讀爲「蘇昆反」，則粲與餐二字之同從「奴」得聲，便有待進一步研究了。

三——二

1.詩·魏風·伐檀·首音：「坎坎伐檀兮，寘之河之干兮，河水清且漣猗。不稼不穡，故取禾三百廛兮？不狩不獵，胡瞻爾庭有縣貆兮？彼君子兮，不素餐兮。」

　又·三章：「坎坎伐輪兮，寘之河之漘兮，河水清且淪猗。不稼不穡，胡取禾三百囷兮？不狩不獵，胡瞻爾庭有縣鶉兮？彼君子兮，不素飧兮」。❷

2.楚辭·九辯：「食不媮而爲飽兮，衣不苟而爲溫。竊慕詩人之遺

風兮，願託志乎素餐。塞充倔而無端兮，泊莽莽而無垠。無衣裘
以禦冬兮，恐溘死而不得見乎陽春」。❷

《毛詩》首章《經典釋文》「素餐」云：

> 「七丹反。《說文》作餐，云：『或從水』。《字林》云：
> 『吞食也』。沈音孫。」❷

三章《釋文》作「素飧」云：

> 「素門反。熟食曰飧。《字林》云：『水澆飯也』。」❷

首章餐字陸德明音「七丹反」、沈重音「孫」，顯示餐字之音讀已
渾亂，則首章究應作餐或飧便可疑。依前節三———所引《爾雅釋
文》，釋為「吞食」之字《字林》作飧，讀為七丹反；而飡、餐字
則《字林》釋為「水澆飯也」應讀為素昆反。以是＜伐檀＞首章之
《釋文》於「七丹反」與「《字林》云吞食也」之間雜入「《說
文》作餐，云：或從水。」不免予人有錯亂之感。且如「《說文》
作餐，云：或從水。」這樣的語言，似表示＜伐檀＞首章原文或不
作餐，而可能是飡甚或飧或其他形體。

　　合＜伐檀＞一、三章《釋文》，其分別所引之《字林》亦正如

---

❷　見洪興祖《楚辭補注》頁三一五，台北藝文，民國六十六年。
❷　見同註16，頁六七。
❷　同22。

前節所引《爾雅釋文》兩引《字林》同，則三章之字應作餐，音
「素門反」與輪、淯、淪、困、鶉等通押；《釋文》又謂「熟食曰
飱（餐）」乃出自《詩·小雅·大東　毛傳》，原本《玉篇》則亦引
之於餐字之下。三章既本應作「餐」，則首章自亦當隨之而正爲
「飱」，讀爲「且丹反」，與檀、干、漣、廛、貆等相叶。陸氏依
押韻知首章之「飱」字應讀爲「七丹反」，但以其音於所見《説
文》則作餐、湌字，引《字林》則仍就飱字而説，「沈音孫」則是
紀錄不同音讀。大概沈重所依據者爲如今本《説文》，故讀飱爲
孫。＜伐檀＞一、三章飱、餐二字之互易，乃後人所改。

　　至於《楚辭·九辯》以「餐」字與溫、端、春等爲韻，正以
「餐」讀「蘇昆反」，《楚辭釋文》亦音「孫」。㉔由此可見《楚
辭》猶能存古音義。《九辯》本不誤，不煩後人校改也。

三——三

1.詩鄭風·狡童：「彼狡童兮，不與我言兮。維子之故，使我不能
　餐兮。」㉕

2.莊子·逍遙遊：「三湌而反。」㉖

3.楚辭·離騷：「朝飲蘭木之墜露兮，夕餐秋菊之落英。」㉗

4.又·遠遊：「湌六氣而飲沆瀣兮，漱正陽而食朝霞。」㉘

㉔　見同註21，頁三一六。
㉕　見同註10，頁一七三。
㉖　見郭慶藩，《莊子集釋》頁九。台北河洛，民國六十三年。
㉗　見同註21，頁二七。
㉘　見姜亮夫《屈原賦校注》頁五三，台北，華正，民國六十三年。

5.文選・嵇康・琴賦：「餐沆瀣兮帶朝霞」㉙

《詩・鄭風・狡童》之「餐」字與「言」字爲韻，當讀爲「且丹反」，故《釋文》音「七丹反」。《毛傳》云：

「憂懼不遑餐也。」

此餐當爲飲食之義，即《説文》所謂「食吞也」，依原本《玉篇》當作「飱」字，音且丹反。

《莊子・逍遙遊》之文，馬敍倫《莊子義證》云：

「涵本湌作湌，崇本作飱，《六帖・三四》作餐。」㉚

湌、飱二形在閱讀上，或者讀爲飱，或者讀爲餐，然《莊子》此文當取飲食之義，依原本《玉篇》當作「飱」字。

《楚辭・離騷》之文，姜亮夫《屈賦校注》云：

「餐，《文選》五臣本作湌，《洪補》、《宋注》：七安切，字一作湌。錢引（錢杲之《離騷集傳》）一本作湌。……又《御覽・十二》引作採，聲之誤也。」㉛

㉙　見李善《文選注》頁二六二，台北，石門，民國六十五年。
㉚　見馬敍倫《莊子義證》頁一一，台北，宏道，民國五十九年。
㉛　同註28，頁二九。

則《離騷》原或作「飡」，後人遂以「餐」讀之而改。按《王逸注》云：

　　「言己旦飲香木墜露，吸正陽之津液；暮食芳菊之落華，吞正陰之精藥。㉜

云食、云吞，正是《說文》「食吞也」之析（言此可旁證原本《玉篇》所引《說文》無讀），且既云「夕餐」，則字自宜作從夕食之「飧」，徵諸原本《玉篇》，固當如是也。

　　《遠遊》之文，姜亮夫《屈原賦校注》云：

　　「飡，洪、朱同引一本七安切。寅按：《一切經音義·九三》、《御覽·九四》引作飡，《錦繡萬花谷·三十一》引作飡，《文選·思玄賦·注》引作殘。」㉝

姜氏所說《文選·思玄賦·李注》作　　，今所見宋·尤袤刊本則作飡，與《楚辭》同。此飡字一如上所言，當讀爲原本《玉篇》之「飧」字，洪、朱同謂一本七安切，正是飧之本音。《文選·嵇康琴賦》則是用《遠遊》之意，《李善注》云：

　　「鄭玄曰：夕食也。《說文》曰：『餐，吞也。』」《楚辭》

_____

㉜　同註27。
㉝　同註28。

曰：『餐六氣而飲沆瀣兮，漱正陽而食朝霞。』㉞

既引「夕食」之鄭注，則字正本作「飧」無疑；又引《説文》「吞也」，亦正如原本《玉篇》所引「飧」字之《説文》；復引《楚辭·遠遊》可證李善所見《遠遊》正是作「飧」。今傳本《文選·琴賦》本文及《李注》餐字皆後人所改，本一律作飧。附帶一説：沆瀣爲夜氣，則食沆瀣以「飧」爲之，不曰宜乎。

三——四

1. 左傳·僖公廿三年：「乃饋盤飧，寘璧焉。公子受飧反璧。」㉟
釋文：「盤飧，音孫。《説文》云：『餔也』、《字林》云：『水澆飯也』」㊱
2. 國語·晉語四：「僖負羈遺飧，寘璧焉。公子受飧反璧。」㊲
韋昭注：「熟食曰飧」。
3. 左傳·僖公廿五年：「昔趙衰以 飧從徑，餒而弗食。」㊳
釋文：「壺飧，音孫。」㊴
阮元校勘記云：「石經宋本飱作飧，注同。岳本作歺食 ，閩本、監本、毛本作餐。」㊵
4. 戰國策·中山策：「君下湌餌之……吾以一杯羹亡國，以一 食

㉞ 同註29。
㉟ 同註9左傳，頁二五二。
㊱ 同註16，頁二三五。
㊲ 韋昭《國語注》頁三四六，台北，漢京，民國七十二年。
㊳ 同註35，頁二六四。
㊴ 同註36，頁二三六。
㊵ 同註38，頁二七三。

得士二人。」❹

5.韓非子·十過:「盛黃金於食,充之以餐,加璧其上……臣拜受
其餐,而辭其璧。」❹

6.同上·外儲說左下:「晉文公出亡,箕鄭挈食餐而從。……夫輕
忍飢餒之患,而必全食餐……以不動 食餐之故。」❹

7.列子·說符「狐父之盜曰丘,見而下飧餐以餔之。」❹

上列舉者乃盤餐(飧)、食餐(飧)等,而字有作飡、飧、
飧、食·餐等不一而足,可見其混亂。就中尤以1、2、5同述置璧
反餐之事,而1、2作飧,5則作餐,矛盾如此。

所謂盤餐、食餐,乃盤或食中置餐者。食多用於外出旅行,上
舉3、4、5、6所言皆出行之事。食之所以用於旅行,或是食長頸有
蓋,不易溢出之故。但因是長頸,主要用於盛裝流質,尤以盛酒,
故壺多爲酒器。因此所謂飧餐,疑是指流質之食物,故《左傳·釋
文》引《字林》「水澆飯也」以釋。則此字當作「飡」即餐。又
《國語·韋注》云:「熟食曰餐」乃本諸《詩·大東·毛傳》,原本
《玉篇》引之於餐字下。又《列子》文中謂「下食餐以餔之」,謂
餔之以餐,正是原本《玉篇》餐字引《說文》「餔也」,可爲旁
證。凡此皆可證知原本《玉篇》語義範疇一貫,未如諸典籍之渾亂
也。

---

❹　《戰國策》頁一一八三,台北,九思,民國六十七年。
❹　見陳奇猷《韓非子校釋》頁二〇〇,台北,河洛,民國六十五年。
❹　同上,頁六八四。
❹　楊伯峻《列子集釋》頁二六三,台北,華正,民國七十六年。又《呂氏春
秋·介立》亦有此文。

三──五

1.漢書·高后紀第三:「列侯得賜餐錢奉邑。」**❹**

應劭曰:「餐與飧同。諸侯四時皆得賜餐錢。」

文穎曰:「飧,邑中更名算錢,如今長吏食奉自復朕錢,即租奉
也。」

韋昭曰:「熟食曰飧,酒肴曰錢,粟米曰奉。稅租奉祿,正所食
也。四時得閒賜,是爲飧錢。飧,小食也。」

顏師古曰:「餐、飧同一字耳。音(于)〔千〕安反。 ,所謂
吞食物也。餐公,賜廚膳錢也。」

2.漢書·韓信傳:「令其裨將傳餐。」**❻**

服虔曰:「立(騎)〔駐〕傳餐食也。」

如淳曰:「小飯曰餐,破趙後乃當共飽食也。」

顏師古曰:「餐,古飧字,音千安反。」

依《文穎注》,謂食錢「邑中更名算錢」算,《廣韻》音蘇管
切,則飧似當讀蘇昆反。然則文穎一如原本《玉篇》之讀餐爲蘇昆
反。

又《韋昭注》所謂「熟食曰飧」本於《詩·小雅·大東·毛
傳》。《毛詩》及《傳》文原本《玉篇》所引作餐,今本《毛詩》
及《傳》則作飧。又所謂「飧,小食也。」猶《周禮·秋官·司儀·
鄭注》:「餐,食也。小禮曰餐。」《鄭注》之餐字,原本《玉
篇》所引如此,今本《周禮》則或作飧、或作飧(參見前所引阮元

---

❹ 見新校本《漢書集注》第一冊,頁九七,台北,鼎文。

❻ 見同上,第三冊,頁一八六六。

《校勘記》）。然而《漢書》本文本作餐，諸注家自當以餐爲釋，則韋昭所見之《毛詩》及《周禮》，當亦是作「餐」，與顧野王所見同。今本《毛詩》及《周禮》之作餐，乃後人所改。

晚出之《顏師古注》則謂「餐、 同一字耳。音千安反， 所謂吞食物也。」顯是本於今傳本《說文》，自是不得其解。

《漢書，韓信傳》之「傳餐」，《如淳傳》釋爲「小飯日餐」，正如韋昭之釋爲「小食」，亦皆本於《周禮·鄭注》，則如淳所見《周禮》自亦作餐，與原本《玉篇》同。

肆 嘗試之解釋

一、從語義來源上之解釋

《釋名·釋飲食》云：

> 「飧，散也，投水於中解散也。」
> 「飡，乾也，乾入口中也。」

所謂「投水於中解散也」殆即《字林（書）》所謂「水（飲）澆飯也」，則飧當即飡、餐字。依《釋名》餐之音義得之於「散」，黃永武《形聲多兼會意考》舉馬瑞辰《毛詩傳箋通釋》云：

> 「從散得聲之字，如霰、散，並有散義。」❹

又王力《同源字典》舉「散」及其所孳乳之「橵」、「撒」爲説：

---

❹ 黃永武《形聲多兼會意考》台北，師大國研所，民國五十八年。

「《說文》：『黢、糳黢，散之也。』」朱駿聲曰：『糳之
言屑，黢之言散，今蘇俗尚有此語。』《左傳·昭公元
年》：『周公殺管叔而蔡蔡叔。』《釋文》：『上蔡字音素
葛反。《說文》作黢，音同，從殺下米，云：「糳黢，散之
也」』」

「《集韻》：『撒，散之也。一曰散也。』這是後起字。韓
愈《月蝕詩》：『星如撒沙出，攢集爭強雄。』」❹

另如碎字《爾雅·釋詁》云：「散也」，死字《說文》：「澌也，
人所離也。」則死亦有離散之意。上列舉之散、黢、黢、撒及碎、
死等，其音韻共同點在皆爲心母字，可知散之音義實來自 S-。則
餐自應讀蘇昆反之音，原本《玉篇》並重文洋字音義皆無誤。

其次《釋名》之「湌，乾也，乾入口也。」「乾入口」即「食
吞也」之義，而非餐之以飲澆飯。又「乾」爲元部字，則湌自亦爲
元部字，此則宜讀「且丹反」，是湌即原本《玉篇》之飧字，音義
皆與《釋名》相印合。可知飧確應讀且丹反，《說文》爲食吞之
義。

二、從形聲系統上之解釋

飧從夕食會意，爲無聲字，故不論。餐字，《說文》謂「從
聲」而𣂾則《說文》云：

---

❹　並見王力《同源字典》頁五七八；五七，台北，文史哲，民國七十二年。

「殘穿也。從又歺，歺亦聲。」

可知叒從歺得聲。以下將從歺得聲之字，列之如下（材料借用沈兼士《廣韻聲系》）。

五割切　　＊ŋ-──ŋ-

──歺＜　　魚乙切　　＊ŋ-──ŋ

　　　　　良薛切　　＊l-──l-

──（叒）──　昨干切　　＊dz'──dz'-

─餐　七安切　　＊ts'──ts'-

　　（蘇昆反）　＊s-──s-

歺孳乳出歺字有兩讀，一讀魚乙切，一讀良薛切，則其古來源，或可擬爲＊＊ŋl-，另所孳乳之　字讀昨干切＊dz'──dz'，與＊＊ŋl-之間解釋便有困難，但如原本《玉篇》之「蘇昆反」可信，則叒或亦當讀爲＊＊S-而與＊＊ŋl-，便可解釋爲＊＊sŋl-，如下圖：

　　　　　　　　　　────＊ŋ-

　　　　────＊＊ŋl-＜

＊＊＊sŋl-＜　　　　　　────＊l-

　　　　────＊＊s-──＊s-

事實上，疑母字與心母字交流現象不乏其例，如：

魚　語居切

　　──穌、蘇　素姑切

　　──魯　郎古切

五　疑古切

　──魯　悉姐切

午　疑古切

　──卸　司夜切

疋　五下切

──胥　相居切

𥂕　魚祭切

──　　私利切

上舉魚之孽乳穌、蘇及魯字，與歺之於��、奴（餐）如出一轍。

　　在方言中，梅祖麟和羅杰瑞（Jerry Norman）＜試論幾個閩北方言中的來母S－聲字＞一文中，發現閩北的建陽，建甌、邵武、永安等地方言，把1－讀成S－，而認爲其S－來源爲上古之C1型複聲母。其演變途徑如下：

$$\text{Cl} < \begin{array}{l} 1h < \begin{array}{l} S\,（\text{建甌、建陽、邵武、永安}）\\ 1\,（\text{其他閩語}） \end{array} \\ 1\,（\text{其他方言}）\ ❹ \end{array}$$

則歺、餐之爲S－，似亦可比擬此一途徑說明。

　　另外，董同龢先生於《上古音韻表稿》中，曾指出台語方言裡的「午」字，有的唸S－，有的唸ŋ－，有的唸saŋa，說明了午與卸之間的關係，也可作爲本文的旁證。❺

　　至於奴字若不讀昨干切，則當加以說明。試看下列依《說文》列出的幾組相關字：

　　　歺　𣦵剮骨之殘也。从半冎。讀若櫱岸之櫱。五割切。

────────────

❹　文刊於《清華學報，新九卷一、二期》一九七一年。
❺　董同龢《上古音韻表稿》頁十二，台北，台聯國風，民國六十四年。

——叔　殘穿也。从又歺。歺亦聲。昨干切。

戔　賊也。　二戈。昨干切。

——殘　賊也。从歺。戔聲。昨干切。

殂　禽獸所食餘。从歺从月。昨干切。

上舉「殂」與「叔」同爲从歺之會意字，同讀昨干切，然叔下云「歺亦聲」，而殂下則無，此其可疑。殘字讀昨干切與叔同音，然叔从歺得聲，殘卻謂從戔得聲，不曰從从歺得聲，此其可疑。歺下云「刿骨之殘也」叔下云「殘穿也」同用殘字以釋歺、叔，叔下言歺亦聲，歺亦讀昨干切，則殘與歺、叔便形成聲訓關係，亦即有同源關係，則歺、叔與殘既音同，義又近，殘字又從歺，則殘便成爲歺、叔之同字，不過多加注另一聲符而已，此其矛盾。故吾人懷疑叔字之昨干切有誤，疑是叔與殘形近，致使叔誤讀殘音，否則從聲似不當孳乳出昨干切之音。

重紐問題試論

李存智

一、前　言

　　重紐問題自從清道光二十二年（1842）陳澧作《切韻考》發現以來，一直是音韻學研究領域中一個重要而複雜的課題。學者多人對此發表了研究所得，在所提出之參差不同的看法中，有許多是富有啓發性的。惟因見仁見智，對於「重紐」這一語音史上早已經存在的現象，其兩類之間的差別究竟何在，各家的結論則頗爲紛歧。而這些言人人殊的關鍵在於重紐兩類字於韻圖時代的讀音，或更早之前的分別（如朝鮮漢字音的表現❶），以及韻圖的作者是否依憑實際語音分置同爲三等韻的重紐兩類字。

---

❶　參聶鴻音＜切韻重紐三四等字的朝鮮讀音＞，刊《民族語文》。1984：
　　3，P・61－66。

二、重紐的定義

談重紐問題，首先必須知道它所指涉的意義及出現的範圍。對於重紐，周法高先生＜隋唐五代宋初重紐反切研究＞（1986）曾說：

> 所謂「重紐」是指《切韻》或《廣韻》中同一三等韻中開口或合口的唇、牙、喉音字，同紐有兩組反切，在早期韻圖《韻鏡》（或《七音略》）中分列在同一行的三、四等。我們管前者叫作重紐 B 類，後者叫作重紐 A 類。

就韻圖的歸字現象而言，這樣的定義較無爭議，只是有的學者把重紐 A、B 類叫作一、二類（董同龢），或者寅 A、寅 B（李榮），或者乙、甲兩類（邵榮芬），或是與 AB 類完全相反的 B、A 類（龍宇純），名稱的不同顯示學者對重紐所作的界定仍未獲致相同結論。而重紐出現的範圍各家亦有差異。大部分的研究者認爲重紐出現在支、脂、祭、真（諄）、仙、宵、侵、鹽諸韻（舉平以賅上去入）；於較晚的研究中，多數學者也同意把實際表現爲重紐

AB類的清和庚三配對列入（此牽涉庚三應歸清的問題）❷，另外也還存在一些爭議。

　　周法高（1986）根據王仁昫刊謬補缺切韻幽韻切語下字分兩類，增加幽韻一組重紐。這個論點可由李榮《切韻音系》的研究中幽韻的分配情形──曉紐有一組重紐「休（許彪）」和「飍（香幽）」❸及董同龢之文（1948b）已說幽韻的反切下字分兩類得到支持。

　　因爲所認定之重紐範圍不同❹，加上持論的觀點互異，對於重紐A、B類如何區分的結論相當紛歧。以下略述各家說法並陳己見。

三、重紐各家說概述

　　對於重紐的研究，可歸納爲六派：❺

---

❷　庚三與清的配對在陸志韋＜古反切是怎樣構造的＞一文中已指出。庚三與清配爲一組重紐之後，庚二、庚三脫離了關係，使二等韻完全獨立，庚二與耕爲二等重韻。從而五個純四等韻齊蕭先青添相配的三等韻便都是重紐了，而相配的二等韻也都爲重韻了。（參余迺永，＜切韻庚三歸清說＞）而陸志韋《古音說略》也說過「據諧聲，庚三不通庚二，陌三也幾乎不通陌二，絶不像麻二跟麻三。」可見不能因不同韻就否認其配爲一組重紐的事實，況且尚有方音之證。

❸　參＜三等韻重唇音反切上字研究＞，周法高先生主張幽韻當據宋跋本王仁昫切韻分A、B類。

❹　如龍宇純＜論重紐等韻及其相關問題＞認爲「同韻同開合不同等第的反切謂之『重紐』，同韻同等第不同開合的反切自然也可以稱爲重紐」。

❺　參周法高＜論上古音和切韻音＞區分重紐研究爲五派說法。

　　第一派以爲重紐 A、B 類的區別是由於元音的差異。周法高、
董同龢、Paul Nagal 等主之。

　　第二派以爲重紐 A、B 類的區別是由於介音,李榮、浦立本
(Pulleyblank)、龍宇純等主之。

　　第三派以爲重紐 A、B 類的區別是由於聲母和介音,王靜如、
陸志韋主之。

　　第四派以爲重紐 A、B 類確有語音上的差別,但無法説出區別
何在,陳澧、周祖謨等主之。

　　第五派以爲重紐並不代表語音上的區別,章炳麟、黄侃等主
之。

　　第六派以爲重紐 A、B 類的分別在聲母,三根谷徹、平山久
雄、周法高等主之。❻
現在便約略評述各家説,並從前人的研究及基於音韻結構的特質,
亦主重紐的區別乃由於 A 類字聲母顎化的緣故。

　　首先,從元音區別重紐談起。如周法高假定 B 類元音比 A 類
開,主要元音偏後偏低;且從 B 類放三等,A 類置四等,A、B 類
與上古韻部分類的聯繫(如支 A 屬支部,支 B 屬歌部)等觀點,
説明重紐字的區別在於主要元音高低的不同。案從切韻的分韻原則
來説,或爲洪細等第不同,或爲開合不同,但韻類的標目則不一。
如東一、東三合在東韻,尤、侯、虞、模則分目;而真諄、歌戈、
寒桓不分,痕魂、咍灰則分別標目。如果重紐是元音的不同,那麼

---

❻　周法高近年的重紐研究已放棄元音區別之説,認同三根各徹等學者的説
　　法,主張區別重紐的關鍵在於聲母。

在切韻編纂之時就應分韻，況且從主元音的差異考查 A、B 類，其切語下字的系聯能分成兩類不同元音與重紐相應的百分比甚低❼。因此周先生後來已放棄「元音區別」之說，改從聲母區別 A、B 類。❽

第二派以介音區別重紐，如李榮《切韻音系》把三等介音擬作〔i〕，不分子類、丑類（即周法高之 C_1、C_2 二類）都作〔i〕，寅 A 也作〔i〕，寅 B 則作〔j〕。案 C1 類與重紐 B 類都有唇牙喉音聲母，有其相似之處，所不同者為 C1 類唇音變輕唇。因此李氏的擬音便看不出 C1 類和重紐 B 類的相似了。而且，從 A、B 類介音〔i〕〔j〕的不同是否能解釋一些方言現象（如閩語不以介音區別重紐），仍可商榷。容或音值上 A、B 類可能有介音的差異，以及仍有許多學者以不同的構擬主張此說，但我們認為介音並非區別重紐的主要辨音徵性。

至若第三派以聲母的唇化和介音區別 A、B 類，則顯得疊床架屋了；在分別音韻上成為對立的兩類音時，以兩個徵性來區別，既不經濟又違背最小對比（minimum contrast）的原則。

第四派的不能知其所以然，顯然是受了時代的限制。惟其能夠注意到重紐兩類字有音值上的差異，已是發前人所未發了，遠較高

❼ 據<廣韻重紐的研究>之統計，顯示不到百分之四十。而慧琳音義的重紐，韻母的區別不及百分之三十，參黃淬伯<慧琳一切經音義反切考>。邵榮芬《切韻研究》則出指出《全王》A、B 類切下字只有紙（開、合）、祭（合）、軫（開、合）、震（合）、仙（合）、線（合）、侵、沁、緝、豔十二韻有所區別。

❽ 周法高在《Papers in Chinese Linguistics and Epigraphy》一書中已改從聲母區別 A、B 類重組字

本漢忽略重紐的存在爲切於實際。至於第五派不認爲重紐有音值上
的不同，是不符於音韻史實的。若Ａ、Ｂ類無別，陸氏切韻何以能
「剖析毫釐，分別黍累」將他們分作不同的兩類字？而且，若非兩
類字有語音上的區別，玄應一切經音義、玉篇、朝鮮漢字音、漢藏
對音等文獻材料均保持重紐的對立，又當作何詮釋？顯然這不會是
持此說的學者所言重紐現象只是音類異音值同的解釋能圓融説明。

四、重紐之別在於聲母

㈠中國境內漢語史文獻的反映

　　周法高＜三等韻重脣音反切上字研究＞一文列舉《廣韻》、陸
德明《經典釋文》、玄應《一切經音義》諸書的脣音反切，發現重
紐Ａ、Ｂ類不互用作反切上字，惟因兩者共同以普通三等輕脣音字
作反切上字，故反切系聯上看不出區別。杜其容＜三等韻牙喉音反
切上字分析＞一文，得出重紐Ａ、Ｂ類牙喉音也不互用作反切上
字，反切系聯上看不出區別，同因以普通三等（Ｃ類）作反切上
字。而杜文所提之蒸韻、陌三韻的例外，＜玄應反切再論＞已解釋
無疑了。據此，我們可以説重紐Ａ、Ｂ類的區別，在反切上的最大
差異是Ａ、Ｂ類的脣牙喉音字不互用作反切上字。

　　以重紐Ａ、Ｂ類互不用作反切上字的觀點來看重紐的區別，有
文獻材料可供證明。從六世紀末（如《經典釋文》）到十一世紀初
（如《集韻》），包括各種音義、韻書及域外對音，反映出重紐喉
牙脣音字分列三、四等，有語音的根據。再由脣音字於漢越音的表
現（三等韻Ａ類字、即重紐四等，讀ｔ、ｔ’；Ｂ類、即重紐三等字

讀 p、f、m；C 類輕唇化讀 f、v。）可證 A、B 類之分乃以實際語音爲基礎。而從這些現象反映出來的意義，學者意識到從聲母考索重紐的語音區別。

日本學者三根谷徹在＜韻鏡の三四等についこっ**❾**一文中提出重紐 B 類聲母不顎化，A 類聲母顎化的說法，並評述諸家（如有坂秀士、河野六郎、陸志韋、董同龢、周法高）對重紐的研究大要，且論及從介音、元音各方面作重紐之音值構擬的周延性不若以聲母爲區別。他認爲：

> 重紐出現在所謂的牙喉唇音，即反切上字分類的甲群 C、D 兩類**❿**，因此在這個範圍之內，不管是採用介音之別或主要元音之分，均不會發生任何問題。但如果承認在重紐出現的韻類中有兩個不同的韻母的話，同屬一韻而以 C、D 以外的聲類爲反切上字的字到底屬於甲乙哪一類就變成一個問題。

文章中三根谷徹並述及介音和主要元音的差別，可能已被包含在聲母（頭子音音素）之中，例如介音性質在喉牙音的差異，可能爲其本身發音位置不同所致。他承認重紐的區別除了聲母之外，可能有其他成分的差異存在。惟從周延性而言，以聲母作區分是較全面的關照，這一點也可以由統計數字證明。

---

❾ 此據渡邊雪羽（1991）中之譯稿。

❿ C 組爲唇音，D 組爲牙喉音，即據陸志韋＜證廣韻五十一聲類＞中甲群 C、D 二組而言。「甲乙」則指河野六郎＜朝鮮漢字音之特質＞對重紐 A 開（甲）、B 開（乙）的稱呼。

　　謝美齡＜慧琳反切中的重紐問題＞對於慧琳一切經音義中，重紐 A、B 類的反切上字不互用作切語上字，其區別程度所佔的比例、純四等韻及普通三等韻與 A、B 類的關係、舌齒音與 A、B 類的關係等問題，均有數字的統計與分析。就前兩點而言，結果是：A 類切 A 類，B 類切 B 類的情形達99‧2％；例外只佔0‧8％；A 類字與四等韻字，B 類字與 C 類字兩兩關係密切，彼此區隔，互不相涉的特徵明顯。四等韻字作 A 類字的反切上字，C 類字作 B 類字的反切上字爲普遍，例外只有3％。可知反切上字方面，A 類與純四等韻字，B 類與三等韻 C 類字已趨向合流；反之，A 類字與 C 類唇牙喉音字，B 類字與唇四等韻字則關係極微。這種現象在《集韻》中還可以看得出來。

　　由此也可以證明早期等韻圖總把重紐 B 類唇牙喉音與 C 類唇牙喉音字置於三等，而將重紐 A 類與純四等韻字同置四等，他們之間必有語音上的相似處。又由一些重紐 A 類字在韻圖上三等即使有位置亦列入四等（如仙韻編篇便綿），可知韻圖遵循嚴謹的規則，而這規則即是由 A、B 類之最大差異所形成。由反切上字的劃然分用，韻圖的安排必有所據是無疑的。日本學者迫本春彥、上田正、平山久雄等將重紐 A、B 類互不用作反切上字，而 C 類字無此限制（案陸氏切韻、玄應音義的反切，C 類字與 A、B 類字的關係都很密切，A 類與 C 類、B 類與 C 類互切情形相當。較晚之慧琳反切，C 類幾乎不與 A 類相涉。）的特徵稱作「類相關」，蓋亦指各類間具有一定的關係。

　　平山久雄＜敦煌《毛詩音》殘卷反切的結構特點＞中，討論《毛詩音》的反切特點，再度由聲母的顎化現象看其中的重紐問題。《毛詩音》在反切上的特色是被切字的類和反切上字的類一致，及被切字的開合與反切上字的開合一致（唇音聲母無開合口對立）。對於三等韻唇牙喉音 A、B、C 三類的聲母顎化表現，有如下的詮釋。

> 唇牙喉音 A、B、C 三類的聲母雖然多少都帶顎化，但其顎化的情況當有所不同：A 類的聲母帶著強度顎化（越南音把 A 類唇音多作舌音 t-，t-，'，j-，ny- 等，便是強度顎化的反映）；B 類的聲母則顎化較弱；C 類的聲母則與嘴角往橫拉的同時，下顎稍稍後退，以便迅速往中舌或後舌的主要元音過渡（這種構音特色對 C 類的唇音聲母帶來了上齒和下唇的接觸，使它後來變爲「輕唇音」），這就會給 C 類聲母添上較暗的特色。**⑪**

　　《毛詩音》C 類的顎化因構音特性而不明顯，與 C 類在反切上字的關涉一直很密切的 B 類，其顎化現象和 C 類較近。從上述資料我們可以知道 A、B 類的最主要區別在聲母，而關鍵正在於重紐 A 類有強度的顎化現象，B 類則否。

(二)域外對音的反映

　　域外對音也可爲聲母區別重紐之說提供佐證，如漢越語、漢藏對音等。

---

⑪　平山久雄認爲一等韻聲母完全不帶顎化、乃因一等的主要元音位於中舌或後舌，二等韻僅有接近顎化的傾向，乃因二等的主要元音爲 A 類前低元音，構音時舌頭靠前，嘴角往橫拉之故，二者均有較暗的音色。同理，C 類在構音時的特性使它的顎化現象不顯著。

　　漢越語是唐代進入越南的漢語借詞，它代表的音系與切韻基本
上互相對應。在脣音字方面，漢越語中大部份的重紐 A 類字都發
生舌齒化（即 Pj→t），證明前述假設 A 類字有一強度的顎化現象
是可以成立的；重紐 B 類字則全部保持重脣音，維持相當的穩定
性；而發生輕脣化的範圍和中國境內相同，包括東三、鍾、陽、
微、虞、尤、廢、文、元、凡十韻⓬。因此，從《切韻》脣音字在
漢越語中，重紐 A 類舌齒化，B 類保持重脣音的現象，與三等韻
重紐字聯繫在一起，我們相信 A、B 類的主要區別正在聲母的顎化
與否。

　　其次，談漢藏對音的情形。

　　羅常培《唐五代西北方音》錄有以羅馬字改寫的晚唐五代四種
漢藏對音資料。盧順點根據該書金剛經、阿彌陀經、千字文、大乘
中宗見解等寫成＜論晚唐漢藏對音資料中漢字顎化情形＞，進一步
統計分析二、三、四等韻的顎化情形，其中三等韻又分重紐 A、B
類、所有三等韻的齒頭音、C 類之喻三喻四分別統計。得出的結果
是：漢藏音中重紐 A 類顎化約爲 B 類的五點七倍；三等韻齒頭音
顎化情形爲正齒音的八倍；喻四顎化情形則爲喻三的四點七倍。這
些數字所代表的意義爲證明漢藏對音資料之時代的大致早晚。阿彌
陀經和金剛經，重紐 B 類無顎化現象，時代較早。三等韻精系字
則時代愈早的，不顎化，時代愈遲的，顎化的百分比愈高。正齒音
照三系字已與照二系字合併讀成捲舌音。喻三、喻四的顎化表現與重
紐 B、A 類相似。據此，證成羅氏所說「凡是我們所認爲較早的讀

⓬　參潘悟雲、朱曉農＜漢越語和《切韻》脣音字＞

音都發現在阿彌陀經跟金剛經裡，凡是較後的演變都發現在千字文跟大乘中宗見解裡。」從而漢藏音之重紐 A、B 類顎化的情形，可以為我們主張兩類字之分別在聲母的顎化與否，提供證據（即使非絕對的比例）；同時也可從中得知在愈晚的資料裡，三、四等合流的情形愈趨顯著。

五、結　語

　　有學者認為討論重紐問題一項很重要的工作是辨認韻類間的關係，包括古韻部的來源和今韻類的異同。[13]這種論點是可以成立的，因為區分重紐 A、B 類的辨音徵性，可能不是僅有一個，除了聲母之外，或也有元音、介音的差異。然而重紐 A、B 類所屬古韻部的不同，在重紐問題的討論上，最重要的意義應是讓我們知道語音史上重紐 A、B 類有不同的來源。惟上古韻是清人以至民國學者對上古音的分析，編韻書及韻圖的人是否知道上古韻部的分類，似乎必須加以考慮。《韻鏡》「剖析毫釐，分別黍累」將重紐兩類字分置於韻圖的三、四等，嚴格加以區別，恐是實際語音有所區隔，就語音現象列位的成分居多。據此，橋本萬太郎認為《韻鏡》將某

---

[13]　參張光宇＜漢語語音史中的韻、等、攝問題——論古音與方言＞。另外，從古韻部來源的不同看重紐 A、B 類者亦多，如聶鴻音前引文、麥耘＜從尤幽韻關係論到重紐的總體結構及其他＞，惟聶、麥二氏所云重紐在其論述之架構中乃指《切韻》之前的反映，和張先生之說不盡相同。

些重紐分隸兩圖的現象，表示作者兼顧上古音❹，似有言過其實之虞。

　　周法高＜讀「韻鏡中韻圖之構成原理」＞認爲「韻鏡作者之製訂韻圖，乃以一、二、四等韻爲標準。」即以具有十九紐的一、二、四等韻字先安排，再填入三等韻字，則聲紐也由十九行增加了群紐、邪紐、喩紐、日紐成爲圖表上的二十三行。李榮＜論李涪對切韻的批評及其相關問題＞對切韻東、冬、鍾三韻的劃分有精闢見解。如果根據周秦古音，東韻一等應該和鍾韻合成上古的東部，東韻三等應該和冬韻合成上古的冬（或中）部。陸氏如果知道周秦古音，至少也應該把東韻一等和東韻三等各自獨立爲韻，然而他不這樣做，顯見他對於周秦古音茫無所知。

　　董同龢已指出「古音系統是刪配鎋而山配黠，爲何廣韻系統卻是刪配黠而山配鎋……考諸今日所見的切韻殘卷，廣韻各韻的次序可以說是由來已久了。」可見《韻鏡》遵從切韻的態度，也可推知切韻和韻鏡之作者不明周秦古音。重紐A、B類的區別應是當時的語音有可分辨的音素存在。故雖然重紐A、B類在上古各有不同來源，只能說韻圖的安排正好反映了上古音的特色；閩方言在重紐表現上有韻母方面的對立，也是相同的道理。這些現象並不能證明韻鏡作者安排重紐A、B類是以不同的古韻部來源作區分。如其明周秦古音，那麼在某些韻（如前所述）的分合配對上就不會出現和上古音不符合之處了，可見其就實際語音分別的可能較大。重紐爲同

---

❹　參＜The Construction of Sound Tables in the Yun－Jing＞，P・136－146。

韻字，因此，在諸多分辨重紐 A、B 類的徵性中，以聲母區別兩類重紐字既合《韻鏡》分韻的原則，也能以 A、B 類互不用作反切上字的事實普遍關照以韻母區分所不能含括的大部分例外現象。

況且，以反切構造的原則而言，總要求能夠順口。因此，除了上字的聲母，下字的韻母各需要與被切的聲母、韻母相同或相近外，仍需要上下字整體語音互相協調。藉此我們可以得知韻書韻圖的編制，在聲母與韻母的考慮應是同時的。江永《音學辨微、八辨等列》說：

> 音韻有四等：一等洪大，二等次大，三四皆細，而四尤細，學者未易辨也。辨等之法須於字母辨之。

趙蔭棠《等韻源流》曾評述認爲「四等之辨，頗似今等韻學者之解釋；然細按之，則大不相同，他說『辨等之法，須於字母辨之』可見他所說的洪細，不在於韻。」案趙氏可能誤解江永的意思，惟能注意到江永「辨等之法，須於字母辨之」對我們而言已具啓發性。一般而言，學者多宗江永一、二、三、四等元音洪細之說，實際上，江永對四等的描述應止於他所熟悉的一系方音的現象，誠如李榮〈關於方言研究的幾點意見〉所指出者。這些描述不能奉爲唯一的準則，也不容完全抹煞，因爲時間、地域兩項因素關係著語言的發展演變。而江永的話只能「在北京語音那一路音系的基礎上說的」（李榮語）並且，我們以爲江永的話歷來一直沒有被完整地了解。既然「三四皆細，而四尤細」，可見「學者未易辨也」，因此他認爲「辨等之法，須於字母辨之」。從反切上字一、二、四等同一類，與三等不同來看，或可用以理解江永話中的意思，因三、四等合流的現象已普遍，而三、四等猶能以字母辨之。據此，我們也可得證分韻列等之際，聲母、韻母的結合應是同時被考慮的。而在語音演變過程中，可能使某些辨音徵性趨向不明顯，於韻圖制作的時代，三、四等的三向對立❶或已不顯著，則韻圖的編者從聲母的區別考慮重紐 A、B 類的位置是極可能的。既然 A、B 類能區別，它們又能從反切上字求出 A、B 類互不用作反切上字，例外極少的差異，那麼我們便可以說區別兩類字的最重要徵性在於聲母，即 A 類聲母顎化，而 B 類則不然。至若重紐 A、B 類的古韻來源不同，我們以爲那至少是《切韻》以前的現象，並非《韻鏡》所表現的音韻系統。

---

❶ 參張光宇論三、四等諸文。（參見參考文獻）

參考文獻：

韻　鏡　　　　　古逸叢書本。

陳新雄　1974　等韻述要　台北藝文印書館。

杜其容　1975　三等韻牙喉音反切上字分析　《文史哲學報》：2
　　　　　　　　4，244－279。

董同龢　1944　上古音韻表稿　中研院史語所單刊甲種之二十一。

　　　　1948a　廣韻重紐試釋　中研院史語所集刊：14，257－3
　　　　　　　　06。

　　　　1948b　全本王仁昫刊謬補缺切韻的反切下字　同上：1
　　　　　　　　9，549－588。

　　　　1970　漢語音韻學　台北廣文。

黃淬伯　1931　慧琳一切經音義反切考　中研院史語所專刊之六。

何大安　1988　規律與方向——變遷中的音韻結構　中研院史語所
　　　　　　　　專刊之九十。

李新魁　1983　漢語等韻學　北京中華書局。

　　　　1984　重紐研究　《語言研究》總第七期，73－104。

李　榮　1956　切韻音系　台北鼎文1973。

　　　　1983　關於方言研究的幾點意見　《方言》第一期，161
　　　　　　　　－165。

　　　　1985　論李涪對《切韻》的批評及相關問題　《中國語
　　　　　　　　文》第一期，1－9。

林英津　1979　廣韻重紐問題之檢討　東海大學碩士論文。

陸志韋　1939　三四等與所謂喻化　《燕京學報》第二十六期，14

　　　　　　　　　　　　3－173。

　　　　　1947　古音説略　燕京學報專號之二十；1985北京中華書
　　　　　　　　　局重印收於陸志韋語言學著作集（一）。

　　　　　1963　古反切是怎樣構造的　《中國語文》第五期349－3
　　　　　　　　　85。

盧順點　1990　論晚唐漢藏對音資料中漢字顎化情形　《大陸雜
　　　　　　　　誌》八十一卷五期215－221。

龍宇純　1970　廣韻重紐音質試論兼論幽韻及喩母音值　《崇基學
　　　　　　　　報》九卷二期161－181。

　　　　　1986　論重紐等韻及其相關問題　中央研究院第二屆國際
　　　　　　　　漢學會議論文集，111－124（1989）。

羅常培　1933　唐五代西北方音　中研院史語所甲種單刊之十二。

麥　耘　1988　從尤幽韻的關係論到重紐的總體結構及其他《語
　　　　　　　　言研究》第二期124－129。

聶鴻音　1984　《切韻》重紐三四等字的朝鮮讀音　《民族語文》
　　　　　　　　第三期，61－66。

歐陽國泰　1987　原本玉篇的重紐　《語言研究》第二期，88－9
　　　　　　　　4。

平山久雄　1990　敦煌《毛詩音》殘卷反切的結構特點　《古漢語
　　　　　　　　研究》第三期，1－11。

潘悟雲、朱曉農　1982　漢越語和切韻唇音字《中華文史論叢》增
　　　　　　　　　　刊語言文字研究專輯（上），323－356上
　　　　　　　　　　海古籍出版社。

橋本萬太郎　1985The Construction of Sound Tables in theYun－

Jing，《 Computational Analyses of Asian & African Languages 》No·24，109－154。

三根谷徹　1953　韻鏡の三四等につぃこ《 語言研究 》22－23期，56－74；1991渡邊雪羽中文譯稿。

邵榮芬　1982　切韻研究　中國社會科學出版社。

王靜如　1941　論開合口　《 燕京學報 》第二十九期，143－192。

　　　　1948　論古漢語之腭介音　《 燕京學報 》第二十五期，51－93。

許寶華　潘悟雲　1985　不規則音變的潛語音條件──兼論見系和精組聲母從非顎音到顎音的演變　《 語言研究 》第一期，25－37。

謝美齡　1990　慧琳反切中的重紐問題　《 大陸雜誌 》八十一卷一、二期，34－48，85－96。

余明象　1987　《 切韻 》庚三歸清說　《 南開學報 》，80。

周法高　1948a　廣韻重紐的研究　《 集刊 》第十三本，49－117。

　　　　1948b　古音中的三等韻兼論古音的寫法　《 集刊 》第十九本，203－233。

　　　　1948c　玄應反切考　《 集刊 》第二十本，359－444。

　　　　1952　三等韻重唇音反切上字研究《 集刊 》第二十三本，385－407。

　　　　1984　中國音韻學論文集　香港中文大學出版社。

　　　　1984　玄應反切再論　《 大陸雜誌 》六十九卷五期，1－16。

　　　　1986a　Papers in Chinese Linguistics and Epigraphy 香港

中文出版社。

1986b　隋唐五代宋初重紐反切研究　錄於中央研究院第
　　　　二屆國際漢學會議論文集，85－110（1989）。

1990　讀＜晚唐漢藏對音資料中漢字顎化情形＞《大陸雜
　　　　誌》八十一卷五期，221。

1991　讀＜韻鏡中韻圖之構成原理＞《東海學報》第二十
　　　　三卷，19－36。

張光宇　1985　《切韻》純四等韻的主要元音及相關問題　《語言
　　　　研究》總第九期，26－37。

1986　梗攝三四等字在漢語南方方言中的發展　《中華學
　　　　苑》三十三期，65－85。

1987　從閩語看切韻二四等韻的對立《師大國文學報》第
　　　　十六期，255－269。

1990a　切韻與方言　台灣商務印書館。

1990b　漢語語音史中的韻、等、攝問題──論古音與方
　　　　言　中國聲韻學國際學術研討會論文，香港浸會
　　　　學院。

趙蔭棠　1957　等韻源流　上海商務印書館；台北文史哲出版社，
　　　　1985再版。

永安方言的 m 尾

鄭　縈

1.永安地理沿革與方言歸屬

永安位在福建中部兩大山脈（武夷山脈和戴雲山脈）之間的沙溪流域。南朝宋元嘉二年（公元425年）將沙溪下游的沙縣從南平分出來，稱爲沙地縣，屬建安郡（包括今閩北的建陽、建甌等地）。到明景泰三年（1452年）才把沙縣南部和尤溪西部劃爲永安縣，而尤溪在唐代原屬福州，五代起改屬劍州（今南平市，繼劍州之後又稱南劍州、延平路、延平府）。從方言分類來看，永安爲閩中方言（李1991a）。陳章太，李如龍兩位先生認爲閩中方言區原屬閩北方，言因近百年來大量閩南人移居於此，對閩中方言產生不小影響，再則永安西鄰客贛系方言，鄉間也有少數客家方言島（包括畬村通行的客家話），因此陳、李的結論是"閩中方言就是閩北方言的老底加上閩南話、客家話的影響而形成的另一種方言"。

永安方言 m 尾所以特殊，是因爲它主要不是來自古咸深兩攝，而是古山、宕、江、通等攝。事實上這種特殊 m 尾在整個漢語方言

中也是很少見的，目前就我們所知，除閩中的永安、三元外，還有
山西祁縣（潘1982；徐、洪1984）、江蘇呂四（盧1986）、安徽銅
陵（王1983）、湖南嘉禾（楊1974；李1992）及江西的婺源（顏19
86）、贛縣（楊1976）。因爲大致説來，這個 m 尾以古通攝爲主
要來源，其次則爲宕、山攝等，而 m 尾前的元音多半偏後，且舌
位較高（如 o 或 u 之類的元音）。但閩中的永安和三元的 m 尾不
限於類似的語音條件，前或後低元音都可能出現在 m 尾之前。這
種語音現象十分特殊，潘家懿先生、李永明先生和周長楫先生曾分
別就祁縣、嘉禾和永安的 m 尾專門討論其語音條件，並嘗試解釋
此種現象本文討論的主題包括以下幾點，永安的 m 尾是内部發展
的結果，還是受外來的影響；其次 m 尾除了周先生所言來自 ŋ 尾
之外，是否還有其他來源。

2.永安方言韻母的演變

2·1永安方言的混合性質

永安方言既是混合方言，其語音特點分別和鄰近方言類似：

(1)來母讀爲 s；見母讀爲 h 或零聲母；入聲韻爲塞音尾合部消失❶
　等，爲閩北方言特色。

(2)中古支、脂、之、祭開口韻及緝、質、職韻逢齒音聲母讀爲 ɿ，
　閩方言中主要見於南平官話。

---

❶　南平官話也是如此，此外中古收 m，n 尾的陽聲韻在南平官話中也全變爲
　　ŋ，和閩北方言相同。

(3)陽聲韻有一個層次讀爲鼻化韻是閩南方言的一個特點。

(4)聲母有 ts，ts'，s 與 tʃ，tʃ'，ʃ 的對立，應是客家話的影響。此外泥母逢前高元音（i，y）讀爲 ŋ，與客家話讀爲 ȵ 有異曲同工之妙。

(5)在詞彙上更是揉和了各個方言特別詞彙（採自陳、李（1985））

	男人	女人	小孩兒	哥哥	弟弟	説話	粥	嫩（指菜）
永安	丈夫畲	阿娘畲	囝仔畲	老兄	老弟	話事	糜	嫩
廈門	大夫	查某	囝仔	阿兄	小弟	講話	糜	幼
建陽	男人	阿娘	囝仔	兄仔	舍弟	話事	粥	嫩

有些詞彙和閩南話（廈門）相同，有些則是和閩北（建陽）一樣。丈夫畲、阿娘畲、囝仔畲的稱呼十分特殊，但在閩中方言十分一致，而閩西客家話也出現類似稱呼，和弟弟稱爲老弟一樣，應是受客家話影響。

2·2韻母系統

羅杰瑞先生（羅， 1980）和李如龍先生（陳、李 1991a）都調查過永安方言❷，兩位先生的記錄聲母和聲調大致相同❸，韻母部份差別較大，因此下面我們先討論羅、李兩位先生的韻母系統。

根據羅先生的記錄，永安方言有40個韻母：

i　u　y　a　o

ɔ　ɯ　e　ø　ɿ

ia　ya　au　aɯ　iau

---

❷　周長楫、林寶卿兩位先生合著《永安方言》（周、林1992），其音韻系統和李先生的相差不遠。

❸　永安方言有17個聲母，如下所列：

p	p'	m
t	t'	n/l
ts	ts'	s
tʃ	tʃ'	
k	k'	ŋ　　h　　O

n和l不是對立的音位，逢鼻化韻時讀n，其他爲l。

聲調

永安方言有6個聲調：

陰平	52
陽平	32
陰上	21
陽上（包括陽入）	43
去	35
陰入	13

除了去、陰入爲升調，其餘四調爲降調。陰入雖然自成一調，但已無塞音尾，音節並未特別短，反而陰、陽上"短而促，單獨讀時，常收輕微的喉塞音"（羅，1980：118）。然而在李先生或周、林兩位先生系統中都沒有提及陰陽上音節短促這一點，這兩套系統分列如下：

	李	周、林
(1)陰平	52	42
(2)陽平	33	33
(3)陰上	21	21
(4)陽上	54	54
(5)去	35	24
(6)陰入	13	12

這兩套記錄除了高度稍有不同，都是五、六調爲升調，一、三、四調爲降調，而陽平爲中平調。

uo	iɔ	iɯ		ie
ye	ue	yi	uei	

ĩ	ā	ɔ̄	iā	uā
āɯ	ē	iē	yē	iɔ̄
ũi				

am	em	iam	iem
ŭm	ɔ̆m	ĭm	

其中比較特別的是 ŭm、ɔ̆m、ĭm 三個韻母，羅先生對這三個韻母
描寫如下：

發這三個韻母時，舌的位置在元音部位但是嘴始終是閉著的。姑且
以「閉口元音」(closed－mouth vowels) 形容之。(羅1980：11
8)

下面我們再看看李先生的材料，他所列韻母有41個（陳、李1991
b）：

i	u	y	a	o
ɐ	ɯ	e	ø	ɿ
	ya	ɐu	aɯ	iau
ue	iɐ	iɯ	ie	
ye	ue	yi	ui	

ĩ　　ā　　ō　　iā　　uā

ūi　　iō

ɑm　　am　　iɑm　　iam❹

um　　im　　wm　　m❺

aŋ　　ɛiŋ　　iɛiŋ　　yɛiŋ

對照上下兩個系統，最明顯不同是在陽聲韻，羅先生系統只有鼻化韻與帶 m 尾兩類，李先生則增加了第三類帶 ŋ 尾者。李先生的 aŋ（"雙、東"）、ɛiŋ（"面、添"）、iɛiŋ（"演、煙"）、yɛiŋ（"船、犬"）對應羅先生的 āɯ、ē、iē、yē ，下面我們試著找出兩位先生系統之間的關係。

羅	陳、李	例字
āɯ	aŋ❻	東送/冬鬆/蜂/雙
ē	(i) ɛiŋ	縣扇天邊前面
yē	yɛiŋ	団船/建遠

其中 āɯ：aŋ 的對應主要是古通攝字，其餘爲古山攝字。一種可能

---

❹　此列李先生原作 am ɐm iam iɐm，在李（1991a）ɐ/iɐm 或作 a/iam，因此爲了統一。一律改作 a/iam。周、林（1992）則爲 mɔ am iɔm iam。

❺　um（"卵、關"）、wm（"安、王"）、m（"搬、秧"）相當於羅先生的 ūm。鹹含二字李先生分別記爲 im 和 ym（陳、李1992a），而羅先生皆爲 ĩm。

❻　周長楫（1990）在舌根鼻韻尾前的主要元音都帶上鼻化色彩，即 āŋ，（i）ēiŋ，yēiŋ

是李先生的 ŋ 尾到汫 F 羅先生的系統弱化爲鼻化成份；另一種可能
則是二者反映不同的來源。下面我們就依通、山攝分別討論。

2·1·1通攝

在比較閩中三個點之前，我們先看看閩方言中通攝文白的關係（例
字引自《方言音彙》，左爲文讀，右爲白讀）：

	東		蜂		中	
廈門	tɔŋ	taŋ	hɔŋ	pʻaŋ	tiɔŋ	taŋ
潮州	toŋ	taŋ	hoŋ	pʻaŋ	toŋ	taŋ
福州	tuŋ	tøyŋ	xuŋ	pʻuŋ	tyŋ	touŋ
建甌	œyŋ	ɔŋ（翁）		pʻɔŋ	tœyŋ	tɔŋ

從上面字表中，我們可以將閩語文白對立歸納爲兩種類型：

（ⅰ）元音前後對立：包括代表閩東的福州及閩北的建甌。

（ⅱ）元音高低對立：閩南的廈門和潮州話屬於此類。

下面我們先依等列出三個方言之間的對應關係：

等	永安	沙縣	三元	例字
一	aŋ	ɔ uŋ	ā	東冬
三	aŋ	ɔ uŋ	ā	蜂
	am/iam	œyŋ	am/iam	中胸/宮共

永安歷史上是從沙縣分出（事實上還應包括尤溪），但近百年來大

量的閩南人移入永安。三元（今稱三明市）則是新興都市，人口多半是近三十年從閩南、上海遷來，因此有些字的讀音可能來源不同（參陳、李1991a）。沙縣文白的區別主要在於元音的前後，應歸入第一類型，這反映了閩北的老底。永安的 aŋ 或 āɯ 和沙縣的 ā 和閩南方言白讀層相同，或許其來源是閩南方言，經過如下變化：

$$aŋ（李）〉āɯ（羅）〉ā（三元）$$

am/iam 既是後起變化，原來可能是 oŋ 或 œyŋ，再經同化、合供、及元音降低（周1990）❼，形成今天以鼻音尾來區別文白。這種類型在漢語方言恐怕少見。

---

❼　周先生從 m 尾字出現的各種情況，以及與閩中其他點的比較，推斷出永安方言 m 尾是" 一種有條件的地域音變現象"（周1990：43）。底下就依山、宕、通攝分別討論其 m 尾的產生。
　(1)山攝三、四等多收 ŋ 尾，再聯繫閩中其他點，推想早期永安方言的一、二等字也是收 ŋ 尾，其主要元音可能是 u 或介於 u、o 之間，受到鼻音尾 ŋ 的"強勢作用"，使主要元音鼻化之後，ŋ 尾再受主要元音同化變爲 m。
　(2)宕攝陽聲韻今讀爲 ɔm 和 iam（相當於李先生的 ɑm 和 iɑm），根據（i）宕攝入聲字今作 aω 或 iω；（ii）沙縣部份宕攝字説話音爲 ɔuɔ（如"放、房、皂"等），所以早期永安方言的韻母應是複合元音（au）加上 ŋ 尾，其後 ŋ 尾促使複合元音鼻化，而後 u 使 ŋ 同化並合而爲一變成 m 尾，u 同時使 a 元音高化爲 ɔ，結果形成今天的 ɔm。另外 iam 的產生和 ɔm 大致相同，由 iauŋ 出發，u 和 ŋ 同化合併和 auŋ 情形相似，但 a 受前面 i 介音和後面 u 介音的牽制而不變。
　(3)通攝一等字今收 ŋ 尾，而三等收 m 尾。沙縣通攝三等今讀 øyŋ 或 ɔuɔ，因此永安可能原來也是複合元音（øy 或 au）帶 ŋ 尾，和宕攝一樣元音鼻化，再經過同化合併等音變過程，形成今天的 m 尾。
　綜合言之，周先生假設 m 尾的產生可以分成兩類：
　（i）第一類是古山攝字，元音 u 使 ŋ 尾同化爲 m。
　（ii）第二類是指古宕、通攝等字，複合元音中 u 或 y 介音使 ŋ 尾同化，
再進一步併入 m 中。

我們不考慮 āω（羅）和 ā（三元）爲外來影響的理由如下。

(1)三元有上海移民（陳、李1991b），但上海的古通攝今讀爲 oŋ（許、湯1988）。

(2)永安和三元的江攝和通攝合流，這一點和閩南方言相同，而上海話卻不然，江攝今讀爲鼻化韻。

2·2·2山 攝

下面所列爲羅先生和李先生兩種系統的比較。

攝等	羅	李	例字
山一	ŭm	um/wm/m	單卵/安碗/搬滿
	ī	ī	間閑
山二	ŭm	um/wm	關/彎頑
	ī	ī	慢奸
	ā	—	綻
山三	ŭm	wm/m	萬晚/翻飯
	ē	eiŋ	線面
	iē	ieiŋ	演扇 ❽
	yē	yeiŋ	船遠
山四	ĩ	ĩ	肩
	ā	—	眼憐
	ē	eiŋ	天前

---

❽ 這個讀音我們未能找到共有的例字，因此分別從羅、李兩位先生的材料中各舉一例。

乍看之下，我們會說 ē 爲 εiŋ 的弱化形式，然而我們再考慮其他閩中方言的山攝字（以下古今對照是根據陳、李1991b 的材料），恐怕會有不同看法。

等	永安	沙縣	三元
一	um/wm/m	u ī	ŋ
	ī		y ē̃
二	um/wm	u ī	ŋ
	ī		y ē̃ , ē̃
		ɔ ī	
三	wm/m	u ī	ŋ
	ī	ī , y ī	
	(i/y) εiŋ		(i/y) aiŋ
四	ī	ī , y ī	ē̃
		ɔ ī	
	(i/y) εiŋ		(i/y) aiŋ

我們懷疑羅先生系統的 ē 和三元的 y ē̃ 屬同一個層次，而李先生的 εiŋ 則和 aiŋ 同樣來自閩北。

3.永安 m 尾的來源

就語音演變趨勢而言，張琨先生指出漢語方言中鼻化作用往往從山

攝一二等韻開始（下面的擬音是根據張1983，括符內附上中古攝或
韻類）：

吳語：＊a/ɑn（山咸二/一）〉＊a/ɑŋ（庚二/宕江）〉＊en
（臻、侵）〉eŋ（耕、梗三、四、曾）〉＊oŋ（通）
官話：＊a/ɑn（山咸二/一）〉＊en（臻侵）〉＊aŋ（宕江）〉＊
eŋ（梗、曾）〉＊oŋ（通）
無論是官話或吳語，山咸攝一二等最易鼻化，而通攝最保守。我們
回頭看永安的山攝字除了鼻化韻，就是 u/wm，從永安和沙縣、三
元❾的比較，或許可以爲山攝字中 um 的來源尋得一絲線索。

3‧1山攝
下面就列出沙縣、三元的山攝字對應永安 m 尾的語音形式：

等	永安	沙縣	三元	例字
一	um/wm/m u i		ŋ	單卵/安碗/搬滿
二	um/wm	u i	ŋ	關/彎頑
三	wm/m	u i	ŋ	萬晚/翻飯

永安古山攝一二等開口字今讀爲合口，且元音升高，這個現象也出
現於閩南或閩北方言：

---

❾　沙縣和三元的音韻系統主要參考陳、李（1991a，b）

閩北方言（例字引自李1991c）的山攝一等開口字

	建甌	峽陽	松溪	政和	洋墩	石陂	建陽	崇安
單	tuiŋ	tuaiŋ	tueiŋ	tuɛiŋ	taiŋ	tuaiŋ	tueiŋ	luaiŋ
安	uiŋ	aiŋ	ueiŋ	uɛŋ	aiŋ	uaiŋ	ueiŋ	uaiŋ

閩南方言山攝一等開口字（周　1986）

	廈門	同安	泉州	漳州	龍海	平和	龍岩	大田
間	kiŋ	kāi	kuī	kan	kin	keŋ	kī	kiŋ

沙縣和三元的 u i：ŋ 對應關係，令人聯想到閩南方言類似的對
應，例字如下：

	廈門	同安	泉州	漳州	龍海	平和	龍岩	大田
卵	lŋ	lŋ	lŋ	luī	luī	luī	lī	luŋ
飯	pŋ	pŋ	pŋ	puī	puī	puī	puī	puŋ

多數閩南方言都是從 uĩ 到（u）ŋ，只有永安變爲 mⓂ。

3·2宕攝

永安和三元的宕攝韻母較單純，只有 m、am 和 iam 三讀，而沙縣
較爲複雜。沙縣讀音依韻類來有下列幾種

唐

    aŋ   糖行

    ŋ   光廣黃

陽

    aŋ/uaŋ   床秧/王望

    ɔŋ/ ɔ̃ uŋⓀ   房放網

    iŋ   羊象

唐韻 ŋ 一讀在閩南方言極普遍，以糖字爲例，整個福建境內的閩南

Ⓜ 如何從 uĩ 變爲（u）ŋ 或（u）m，可以從永安東邊的尤溪縣獲得訊息。
尤溪縣在福建省正中部，福建境內方言分爲五區，尤溪正處於這五區的交
界處，所以是典型的混合方言（李1991b），尤溪古山攝的韻母包括 ĩ
（閑扇肩）、ē（慢、纏天）、ø（岸件院）、ū（半卵山飯軟）、u ē（官
縣犬）、及 ieŋ（天專）。就材料所見，其中 ū 的例字包括一二三等字，
ieŋ 只見於四等字。尤溪 ū 正好對應永安/沙縣/三元的 um/uĩ /ŋ，我們不
難想像 uĩ 一讀，可能介音尾脫落成爲 ū，多數閩南方言 ū 的鼻化成份要
轉化爲鼻音尾時，選擇了元音 u 的〔＋後〕這個特徵，而永安卻選擇 u 的
另一個特徵〔＋合口〕。此外，梗二的橫字及臻攝的村、分二字，在閩中
三個點之間也是 um：uĩ ：ŋ 的關係，尤溪村字正是 tsū，顯然也是類似的
變化。

Ⓚ 這個讀音所據爲陳、李（1983）的材料，但李（1991a）ɔŋ 記爲 ɔuŋ。

方言區多讀爲 t'ŋ（周1986：76）。但是陽韻讀爲 iŋ 卻不多見，除了沙縣，我們只找到漳平（張1982）和大田（陳1991）的陽韻出現 iŋ 一讀。從方言比較中，我們可以看出 ŋ 和 iŋ 分別對應其他閩南方言的 ũ/õ 和 iũ，因此我們有理由相信永安、三元的（u）m 來自鼻化韻。

永安"房、放"（陽韻）韻母爲 aŋ，應和沙縣陽韻中 aŋ 一讀屬同一層次，其餘陽韻字多作 am/iam，當對應沙縣的 ɔŋ 或 ɔuŋ 韻。以下我們把閩中三個方言點之間的對應關係列表如下：

中古韻類	永安	沙縣	三元	例字
唐	m	ŋ	m	黃
	am		am	糖光
陽	wm/m		m	王望
	am/iam	ɔuŋ	am/iam	

3·3回頭演變

綜合上面的討論，關於永安和三元的 m 尾來源，若以 m 尾前元音來分，有下列兩種：

（i）m 尾前元音爲低元音者：這類讀音的前身應當如周先生所言，韻母原收 ŋ 尾經同化合併等音變才形成今天的 m 尾。其中古來源包括通攝及部份宕攝。

（ii）m 尾前元音爲後高元音者：這類讀音以中古山攝爲主要來源，其前身鼻化韻（uĩ 或 ũ）。

就語音變化而言，第一類較單純，ŋ 到 m 只是一些語音特徵的改變，即〔＋後，高，圓唇〕變爲〔＋前，低，展唇〕**⓬**。第二類則原來鼻化韻的鼻化成份發展成新的鼻音尾 m，韻尾從無到有，牽涉到音節結構的改變。有趣的是，如果我們再上溯這些鼻化韻的産生，正是鼻音尾同化前面的元音形成元音鼻化之後，鼻音尾脱落，我們可以將此歷時演變寫成如下規律：（V 表示元音，N 表示鼻音--包括 m、n 和 ŋ，Ṽ 表示元音鼻化）

(1)VN→ṼN→Ṽ→VN

這可以説是一種"回頭演變"，何大安先生（1988：35）用一簡單公式表示：a1 > b > a2，而 a1 = a2。此處即鼻音尾（＊－N）先是弱化爲鼻化成份，到下一個階段又重新形成鼻音尾。對咸攝的"庵、暗"等字（＊－m）而言，這可謂是一種"完全回頭演變"（同上，36頁）。

⓬ 張師曾採元音的舌位特徵來分別鼻音（張1991），這裡我們還可補充"圓/展唇"的特徵：

m	n	ŋ
前	央	後
低	中	高
圓（唇）	展	展

從鼻音尾來看，就多數閩南方言而言，新生的鼻音尾多半選擇舌根鼻音（周1986），而且會出現這種回頭演變的多半是後高圓唇元音（uĩ 或 ũ之類）的鼻化韻。但是在大田市（陳1991）前高元音的鼻化韻也出現類似變化，主要是山攝的山、先二韻。下面我們可以從大田和其他點的比較看（例字引自周1986，漳州－n尾與鼻化韻不屬於同一層次，所以以括符區別）：

	間	先	縣	卵
大田	kiŋ	siŋ	kuŋ	luŋ
龍岩	kĩ	sĩ	kuĩ	lĩ
廈門	kiŋ	siŋ	kuaĩ	lŋ
泉州	kuĩ	suĩ	kuĩ	lŋ
漳州	（kan）	（sian）	（kuan）	luĩ

uĩ 到了大田可能變爲 ĩ，而 ĩ 應該是 uĩ 到大田和廈門 iŋ 韻的過渡階段，有些方言 uĩ 會變爲音節性 ŋ，大田尤其如此，我們從大田目前的音韻系統可以看出鼻化韻有 ã（焉相）、ɛ̃（解愛）、ɔ̃（毛腦）、iã（丙廳）、uã（爛官），卻沒有 ĩ 或 ũ，再以大田古山攝四等的分布爲例（只列出白讀層）：

等	韻母	例字
一	uã/uŋ	爛官/卵酸
二	uã/iŋ	山盞/還

三　uŋ/ŋ/iŋ　磚捲/圓/變面

四　uŋ/iŋ　犬懸/邊見

山攝鼻化韻的層次中，大田只保留低元音的鼻化韻，若元音升高則
分別變爲 iŋ 或 uŋ。

3·4來自古陰聲韻的 m 尾

另外大田的 ɛ̃ 和 ɔ̃ 是來自古陰聲韻，這個現象和永安瓦字讀爲 um
相似。瓦字中古爲麻韻，並非陽聲韻，今天永安卻讀爲 um，顯然
是受其聲母（疑母）影響。這種現象在閩南語例字更多（引自《方
音字彙》的廈門話）：

	奴/努/怒	幕/暮/慕	吳/午/五
中古聲類	泥	明	疑
今讀	lɔ[13]	bɔ	gɔ
	nɔ̃	mɔ̃	ŋɔ̃

	墓	摸	物	毛	茅	梅	媒	奶[14]
中古聲類	明	明	微	明	明	明	明	泥

---

[13]　此處上下排列與文白無關。爲了對照方便，凡韻母讀爲非鼻化韻且不帶鼻
音尾列於第一橫排，其次是鼻化韻，最末橫排才是帶鼻音尾。

[14]　林英津先生指出 lin 的本字可能是“乳”而非“奶”。若爲“乳”字其鼻
音尾仍應由聲母（日母）而來。

今讀	bɔ	bɔ	but	maũ	maũ	bue	bue
	mɔ̃	mĩʔ	mõ		muĩ	muĩ	naĩ/ɛ̃/ĩ
	bɔŋ	bɔŋ	(mŋʔ)	m̩ŋ	hm̩	m̩	hm̩	(lin)

上排字韻母受鼻音聲母同化，產生鼻化韻，而下排字進一步形成鼻
音尾。無論是中古的明母、微母（更早從明母分出）、泥母或疑
母，今讀若爲鼻音則韻母爲鼻化韻或音節性鼻音（如“毛”、
“梅”），物字在廈門話雖只有 but 和 mĩʔ 兩讀，但筆者方言
（台灣新竹）及其他地區的閩南方言如同安、泉州、晉江、永春等
地（周1986：76）皆讀爲 mŋʔ。奶字韻母鼻化後，又逐步升高，在
筆者方言，再進一步讀爲 lin。有趣的是，奶有帶 n 尾一讀的現
象，也出現在閩南語以外的方言，下面就列出《方音字彙》中奶字
出現帶 n 尾的方言及其讀音：

	梅縣	廣州	陽江	福州	建甌
A·	nai	nai	nai	nai/nɛ	nai
B·	nɛn	nin	niɛn	neiŋ	naiŋ

這些方言中 A 讀雖未標明鼻化成份，但可推想 B 讀 n/ŋ 應來自此
鼻化成份。“墓”字雖不見 mɔ̃ 一讀，但和“摸”字對照之下，
可以推測其來源也是 mɔ̃ 。
以上這些字的 ŋ、m 或 n 尾原本不存在，因爲元音受聲母同化產生
鼻化成份，成爲鼻化韻再進一步形成新的鼻音尾，其規律如下：

　　⑵NV→NṼ→（C）ṼN

廈門話新生的鼻音尾涵蓋 m、n、ŋ 三種，聲母可能保留原來的鼻
音或轉爲其他非鼻音：
（ i ）m 尾：茅 hm、梅 m、媒 hm⑮
（ ii ）n 尾：奶 lin
（ iii ）ŋ 尾：墓/摸 bɔŋ、毛 mŋ、物 mŋʔ

永安方言也反映了這兩個階段（例子引自羅1980）：

（ i ）韻母受鼻音聲母同化：

　　奶　l i

　　罵　m ɔ̃

此二字韻母受鼻音聲母同化產生鼻化成份，但未形成鼻音尾。
（ ii ）鼻化成份轉爲鼻音尾（－m）：

────────────

⑮　"茅、媒"爲古明母字，何以讀作　h，請參考張（1990c）的解釋。

瓦 um〈（ŋ）ū〈ŋu

永安方言中後高圓唇元音的鼻化韻會生出新 m 尾，而 ī 或 ɔ̄ 則
沒有，所以永安的音韻系統會出現空缺：

i	ī	īm		u	ūm
e	ē	em		o/ɔ	ɔ̄ ɔ̃m
		a ā am			

五個基本單元音大致上都有對應的鼻化韻及帶 m 尾的韻母，但是
卻在 ū 的位置出現空缺❶，顯示永安方言的 ū 與 ūm 合流了。

4・其他方言的證據

從以上的討論我們知道永安 m 尾有兩種來源，其中通宕等攝的
（i）am 應如周先生（1990）所言是 ŋ 尾虜 g 由同化而來，而安徽

---

❶ uī 或許可以視爲 ū 的變體，但羅先生和李先生的材料中都只出現一個
"問"字，而周、林兩位先生的系統則不見 uī 作爲韻母。

銅陵⑰、江西贛縣⑱

---

⑰ 安徽銅陵方言（王1983）

中古攝類		例字
－om	通/梗/曾	風中封鐘/朋萌/弘孟兄榮
－ĩ	山/咸	寒轉仙天/含暗點念
－ã	山/咸/宕/江	間莧反飯/談膽減/忙朗
		王羊/江窗雙
－õ	山/咸	官酸扇卵/貪南沾禪
－ən	梗/深/臻/曾	冷正成爭/森針沈/分聞恩晨/能增等
－in	梗/深/臻/曾	平令丁境/今林心音/品巾允/陵應

銅陵陽聲韻尾的發展可以分爲兩類，一類是鼻化韻，另一類則是帶鼻音韻尾，而 om 的來源則是中古通攝的全部和少數曾、梗攝字。值得注意的是這些少數曾、梗攝的例字和嘉禾幾乎相同。銅陵方言的 om 不應來自 õ，因爲(1)õ 與 om 對比；(2)通、曾、梗三攝没有讀爲鼻化韻，而且通攝是最保守不容易變爲鼻化韻（張琨，1983，頁40）。因此可能 om 的前一階段是 on/ŋ，n/ŋ 尾爲了與後高元音和諧而變爲 m。

⑱ 江西贛縣（楊1976）

底下我們先列出今天贛縣韻母與中古攝類之關係：

韻母	中古攝類	例字
－ã	山/咸/宕/江	山反/貪斬/光央/窗莊
－ē	山/咸	邊遠/欠點
－õ	山	官船
－om	通/梗	東鐘胸/（榮猛）
－ən	深/臻/曾/梗/山	深沈/跟文/能燈/横冷/扇展
－in	深/臻/梗	今心/身進/兵性

此方言和安徽銅陵十分相似，山咸兩攝大體變爲鼻化韻，主要元音偏低，有前後、展圓唇的對立。om 主要來源爲中古通攝，梗攝只有“榮猛”二字，通攝最不易鼻化，所以原來可能是 oŋ 或 on，鼻音尾受前面圓唇元音的同化而變爲 m。

、湖南嘉禾❽三個方言 m 尾主要來自通攝的 ŋ 尾，經由同化變爲 m 尾。至於永安山攝的 u/wm 應是來自後高元音的鼻化韻，在江蘇呂四、江西婺源、山西祁縣也發現有類似變化，因篇幅所限，底下各方言點只列出陽聲韻部份。

4·1江蘇呂四方言（盧1986）

	中古攝類	例字
－ m	山/咸	官卵看寒泉/貪南暗含
－ æ̃	山/咸/宕	間眼反飯/談膽減陷/長掌讓
－ ĩ	山/咸/宕	間天扇仙/添陷念禪/羊兩牆槍
－ aŋ	宕/江	忙朗忘讓/江窗雙

---

❽　湖南嘉禾方言（楊1974）
　　底下是嘉禾今讀和中古韻類的對應表：

中古攝類		例字
－ om	通/曾/梗	風中封鐘/朋孟/萌弘兄永榮
－ aŋ	山/咸/宕/江	山仙先反飯/談含點念/忙朗王羊/江窗雙
－ əŋ	梗/深/臻/曾	冷橫爭/森/分聞恩晨/能恆增等
－ iŋ	梗/深/臻/曾	平令姓行/今深林心/品巾人/允陵應

嘉禾事實上通行兩種方言：土話和官話，二者也都有特殊 m 尾，據李永明先生的觀察（李1992），土話 m 尾來自中古咸、山、宕、江等攝，而官話卻是來自通、梗、曾三攝。從這一點看來，顯然楊時逢先生所記錄的是官話。無論是官話或土話，要判斷各攝的字是否帶 m 尾，關鍵在於主要元音，若主要元音是 o，則韻尾必爲 m，而且 om 可以跟任何聲母結合（李1992）。以楊先生材料而言，咸、深、臻攝今皆讀爲 ŋ 尾，通攝今作 om 應該是 ŋ 尾受圓唇元音 o 的同化變來的。
銅陵和贛縣山咸宕等雖爲鼻化韻，其後圓唇元音並未升高爲 u，因此不出現 m 尾。

−oŋ	通/宕/梗/曾	風中封鐘/忘望/兄永榮宏/弘
−əŋ	梗/深/臻/曾	冷正成爭/森針沈林/分聞晨人/能增等
−iŋ	梗/深/臻/曾	鶯清青橫/心音今侵/巾人新/應蠅
−yŋ	臻/曾/梗	尊村允芹/孕/贏

呂四方言的通攝及部份宕、梗、曾攝字讀爲 oŋ，但此方言 ŋ 並未受元音 o 的同化變爲 m。山咸兩攝今讀作鼻化韻或音節性 m，而 m前帶有過渡的高、圓唇元音（u 或 y）[20]。我們可以看出鼻化韻和m 尾呈互補分配，即山咸兩攝今讀只有前、展唇元音的鼻化韻，沒有後、圓唇元音的鼻化韻（如前面的贛縣、銅陵，鼻化韻的元音有前/後和展/圓唇的對立），卻出現音節性的 m。再看讀爲 m 的幾個例字，包括了山/咸攝一等韻的開口字，如“看、寒/貪含”等。前面提及閩方言山咸一等韻的元音有升高變圓唇的趨勢，這種趨勢的範圍也擴大到其他南方方言，我們就取《方音字彙》所列例字爲例：

	寒	看	貪	含	端	碗
合肥	xæ̃	k'æ̃	t'æ̃	xæ̃	tu	u
揚州	xæ̃	k'æ̃	t'iæ̃	xæ̃	tuõ	uõ
蘇州	ɦø	k'ø	t'ø	ɦø	tø	uø
溫州	jy	k'ø	t'ø	ɦø	tø	y
長沙	xan	k'an	t'an	xan	tõ	õ
南昌	hɔn	k'ɔn	t'ɔn	hɔn	tɔn	uɔn

---

[20] 盧先生指出“〔m〕在舌面前聲母之後帶有〔y〕的色彩，在其他聲母後帶有〔u〕的色彩”（盧1986：52）。

廣州	hɔn	hɔn	t'am	hɐm	tyn	wun
陽江	hɔn	hɔn	t'am	hɐm	tun	wun

以幾個中古山咸攝一等開口字對照合口字（如下表所列的“端碗”二字），古合口字受介音影響，元音多半變高，如合肥揚州的開口是前低的œ，合口卻是後高u。長沙、廣州、梅縣情形大致相似。南昌、蘇州、溫州三個方言點則開合口韻母相同，但元音卻反映出逐步升高從展唇到圓唇的趨勢，從ɔ到ø或更高的y。蘇州、溫州皆是吳語，變化速度最快，不但元音變高，連鼻化成份都已經消失。呂四也是吳語的一種（盧1986），但鼻化成份還保留，對照蘇州、溫州山咸攝的ø或y，我們可以推想其音節性m應來自ū或y。

4·2江西婺源（顏1986）

在鄰省江西東北角的婺源，也發現到有些特殊m尾的例字（顏1986）而這些m尾正好對應鄰縣的鼻化韻或ŋ尾：

	南	松	安	東	搬	官	三
德興	lā	ts'ɤ̃	u	tɤ̃	pu	ku	sā
婺源	lūm	ts'ɐum	ŋūm	tɐum	pūm	kə̄m	sūm
江村	lō	ts'uŋ	ŋɤ̌	tuŋ	pɤ̌	kō	sō

婺源的m尾，依m尾前元音的不同可分兩種：

（i）m尾前元音爲u或ə者：這類韻母主要來自中古的山咸攝，

德興、江村與之相對的讀音也鼻化韻，甚或鼻化成份已經消失。

（ii）m 尾前爲複合元音（ɐu）：這類韻母來自通攝，而鄰縣相對的讀音則收 ŋ 尾。

婺源兩種 m 尾及其來源和永安情形極爲相似，不同的是第二種 m 尾的變化條件還保留，也就是説複合元音 ɐu 的 u 介音使 ŋ 尾同化後，並未與之合併，因此我們能清楚看到其演變過程。

另外婺源"安"字頗值得注意，我們在前頭節曾提到鼻化會形成新韻尾，安字（影母）不僅形成新韻尾（－m），還兼而生出新鼻聲母（ŋ－），聲母選擇 ŋ，一面選擇了與元音舌位相同（後元音），另一方面和 m 尾有異化的作用。

4·3 山西祁縣（徐、王1986；徐、王1991，1992）

山西祁縣的右陽聲韻演變到今天有四種類型：純元音、鼻化韻、ŋ 尾及 m 尾，如"鏡"字韻母有兩讀：i 或 iɔŋi，而"方字"也有兩讀：uā 和 yum。m 尾主要來自中古的通、臻、曾、梗四攝的合口韻，而且從祁縣內不同方言點及不同年齡層的比較來看，m 尾正處於形成及發展的過程，下面先看四個不同地點四個六十歲以上老年人的語音差異（下表引自徐、王1986：59，字的次序稍作更動，括符內表示過渡音，原文記爲上標）：

	東	准	工	文	官	船
東觀	tum	tsUm	kUm	ʔ(ə)um	kUm	tsʼum
關	tu(n)m	tsU(n)m	kU(n)m	ʔ(ə)Um	kuᵊŋ	tsʼuᵊŋ
古縣	tom	tsom	kom	ʔ(ə)Um	kuᵊ	tsʼuᵊ
趙城	tuŋ(m)	tsUŋ(m)	kUŋ(m)	ʔ(ə)Um	kuē	tsʼuē

我們不同點的比較，可以看出 m 尾前的主要元音爲後高、圓唇元

音。趙城可視爲最初階段，通、瑔攝字的 ŋ 尾受前面圓唇元音同化變爲 m 尾。山攝合口字（"官、船"）的鼻化成份增強形成新的鼻音尾，多數選擇 ŋ 尾，只有東觀選擇 m 尾（徐、王1986：59）。

另外 m 尾前主要元音的音值並不穩定，下表以同一地點不年齡層的讀音來比較（引自目、洪1986：58，表16，括符表示過渡音，原文記作上標）：

	東	群
關（閻）	tU（n）m	tɕ'yU（n）m
關（陳）	tUm	tɕ'yUm
關（段）	təm	tɕ'iəm
關（彭）	t（ə）m	tɕ'i（ə）m
關（表少年）	t（ə）m	tɕ'i（ə）m

以東字來看，從老年人（閻）的 m 尾到青少年變爲音節性的 m 城關（段）是關鍵，據徐、洪兩位先生的描述，這個元音 ə 説得快時成爲過渡音，m 尾强化；説得慢時，ə 有時讀爲 o 或 U。"群"字原來是撮口韻，從老年到中年（彭）到青少年，由撮口轉成齊齒，也就是到了年輕一輩，我們已經看不到"群"字產生 m 尾的條件了。這一點正有助於我們了解永安、三元方言何以 m 尾前會出現出 a/ə 的低元音。

5·結　語

從以上討論可知，永安 m 尾是有條件的音變，內部發展的結果，而非受外來影響。永安 m 尾前元音大致可分為兩類，一類元音較低（a或ɑ），其中古來源以通、宕、江為多；另一類元音較高（u）或為介音 w，此類多由山攝變來。周長楫先生認為二者的 m 皆是 ŋ 受元音或介音 u 同化而來。然而我們從鄰近方言比較看出，來自山攝的 m 尾應是鼻化韻的鼻化成份所形成的，這可謂為回頭演變，即鼻化韻原是元音受鼻音尾同化產生鼻化成份，之後鼻音尾消失，出現鼻化韻；接著這個鼻化韻又重新發展 m 尾。江蘇呂四的 m 尾，及江西婺源的部份 m 尾都屬於此種回頭演變，其他如安徽銅陵、江西贛縣、湖南嘉禾的 m 尾則是同化而來。就方言類型而言，此類回頭演變選擇 m 尾的並不多見，目前所知僅有前述的呂四，及婺源、永安等。閩南方言則為 ŋ 尾。至於是否還有其他的選擇（如 n 尾），或其他方言有類似變化，其分布如何，都是有待研究的課題。

參考書目

陳章太　1991　〈大田縣內的方言〉收於《閩語研究》266－303。

陳章太、李如龍　1983　〈論閩方言的一致性〉中國語言學報1·25－81亦收於陳、李1991 1－57。

陳章太、李如龍　1985　〈論閩方言內部的主要差異〉中國語言學報2·93－173亦收於陳、李1991 58－138。

陳章太、李如龍　1991　《閩語研究》語文出版社。

何大安　1988　《規律與方向》中研院史語所專刊之九十。

黃繼林　1992　〈寶應泛光湖方言中的m尾〉中國語文2，120－124。

李如龍　1991a　〈閩中方言〉收於《閩語研究》191－218。

李如龍　1991b　〈尤溪縣內的方言〉收於《閩語研究》304－340。

李如龍　1991c　〈閩北方言〉收於《閩語研究》139－190。

李永明　1992　〈湖南境內三種較特殊的方音現象〉第一屆國際漢語語言學會議 新加坡。

盧今元　1986　〈呂四方言記略〉方言52－70。

羅杰瑞　1980　〈永安方言〉書目季刊113－165。

潘家懿　1982　〈晉中祁縣方言裡的〔m〕尾〉中國語文221－222。

王洪君　1991，1992　〈陽聲韻在山西方言中的演變上、下〉語文研究40－47，39－50。

王太慶　1983　〈銅陵方言記略〉方言99－119。

徐通鏘、王洪君　1984　〈山西祁縣方言的新韻尾－m 和－β〉語文研究3。

徐通鏘、王洪君　1986　〈說"變異"〉語文研究1·42－63。

顏　森　1986　〈江西方言的分區（稿）〉方言19－38。

楊時逢　1974　《湖南方言調查報告》史語所專刊之六十六。

張光宇　1990a　〈閩南方言的特殊韻母 iŋ〉《切韻與方言》136－145。

張光宇　1990b　〈從閩方言看切韻一二等的分合〉《切韻與方言》146－174。

張光宇　1990c　〈閩方言古次濁聲母的白讀 h－和 s－〉《切韻與方言》17－31。

張光宇　1991　〈漢語方言發展的不平衡性〉中國語文431－438。

張　琨　1983　〈漢語方言中鼻音韻尾的消失〉中研院史語所集刊54本第1分3－74。

周長楫　1986　〈福建境內閩南方言的分類〉語言研究69－84。

周長楫　1990　〈永安話的 m 尾問題〉中國語文43－54。

廣西平南閩語之聲母保存
上古音之痕跡？

詹梅伶

提　要

平南閩語由於其語音系統內部的獨特性，近年也為學者所討論之，學者認為平南語音系統內部保留多處古音之痕跡：(1)平南 mb－聲母為上古複聲母之痕跡。(2)平南 ŋ°－聲母為上古清鼻音之殘餘。(3)平南古知精組及照系字殘留上古音＊st 類型複聲母之痕跡。(4)　照系讀舌尖塞音 t，t′。就平南閩語之存古性質而言，我們認為有再進一步研究之必要。我們擬從語族之遷移過程談起，再就古音構擬的方法及現代方言比較上來討論。平南閩語中一些異於一般閩方言的特徵，其實只是語言接觸後的現象，並非所謂上古音之痕跡。限於篇幅之故，本文主就(3)(4)兩點作一詳盡之討論。

平南縣地處桂東南，靠近廣東省，全縣一百多萬人口，近九十

＊　符號説明(1)a＝ɐ　(2)ŋ＝ŋ̊　(3)i＝ɿ　(4)∅＝零聲母

萬人講粵方言，約十萬人講客家話，約十二萬人講閩方言❶，其北爲大瑤山金秀瑤族自治區，四周語言複雜。就平南閩南語之存古性質而言，我們有以下幾點質疑：

(1)根據瞭解，平南閩南人先祖來自福建省漳州府，到宋末才遷入平南一帶的，值得一問的是：何以地處山嶺圍繞，不易和外界交通且周圍語言單純的漳州府，沒有保存所謂的上古音痕跡，而屢次輾轉遷徙且雜處於其他方言之中的閩語聚落，卻更能保存其古音痕跡？

(2)少數民族分布於廣東及廣西境內，在廣西省境內，就佔了38.28%❷，是否有何種歷史背景使得各據一方的各民族交融在一起，而產生語言之間的相互影響？如果直斷平南閩語之音韻系統絕不受外族語言之影響，是否忽視了歷史、人口遷移及語言地理等因素？

(3)從地域上而言，粵西、粵西南（包括珠江三角洲及海南島），桂東南一帶的方言，都存在著一些相似的語音特徵，而且這些特徵大異於各方言本身之核心區域，爲何會產生這種現象？粵西、粵西南、桂東南這一片四方族群雜居的區域是否催化出一些特異的語言規律？值得我們探討。

　　所以，我們認爲應就各個語族交融的歷史背景及平南聲韻調現象作一詳述。再探究平南古知精組及照系字之演變。

---

❶　　參李玉1990，注釋 1.頁34。
❷　　根據梁敏、張均如1988，頁87。

一、民族的分佈及源流

⑴ 廣西境內民族及語言分佈狀況

跟據1982大陸人口普查的統計，廣西壯族自治區總人口爲三千六百四十二萬人，其中漢族二千二百四十八萬人，占全區人口的61.72%，少數民族包括壯、侗、水、毛南、仫佬、瑤、苗、彝、京、回、滿等民族，共一千三百九十四萬人占38.28%❸，除了回、滿使用漢語外，其餘少數民族都有自己的語言。

廣西的漢族來自不同的時代、不同的地域，他們所帶來的各種各樣的方言土語，又與當地其他民族語言相互交融，呈現錯縱複雜的格局，境內計有西南官話、粵語、客家話、平話、湘語、閩語等六種。❹

平南縣位於廣西省壯族自治區東部玉林區內，縣內有三大方言：粵語（屬邕潯片）、客語以及閩語，東通梧州市（以粵語爲主），西南接桂平、大藤峽（客、閩），更遠爲橫縣（桂南平話），北接大瑤山金秀瑤族自治區（苗瑤語），南接博白（閩、粵），四周語言複雜，可謂地處閩、客、粵、平話及苗瑤語之交雜局面。

⑵ 廣西閩人溯源

福建人南移當在唐代以後，由福建省遷移到廣東，起初分布在

---

❸ 同上。
❹ 參楊煥典　梁振仕　李譜英　劉村漢　1985，頁181。

韓江流域一帶及東南沿海諸縣，後由東至西直到雷州半島諸縣屬，同時又南下渡海登上海南島沿海諸縣屬，也有的落居於山區和少數民族黎苗雜居❺。根據記載，廣東的人口，在明清時期經歷了重大變動，粵北、粵西山區接納了大量的外來人口，包括江西、福建等省之移民，分別在梅州、南雄府、韶州府、惠州府定居下來，而粵西瑤族山區到明嘉靖年間亦成爲漢族流民的淵藪，改變了原來的人口分布格局，形成了瑤、粵、閩、客雜居的情形。❻

　　廣西閩語是福建人帶來的，據一些族譜記載：福建人在廣西落腳已有五百年以上的歷史，他們進入廣西主要走兩條水路——一條是從南海入合浦南流江到達博白、陸川、玉林、北流一帶；一條是溯西江而上，沿其支流，賀江、柳江、紅水河、郁江，到達賀縣、平東、柳州、羅城、來賓、邕寧等地。❼究其源流，廣西閩人由福建到廣西的遷移路線，應是從：

　　　福建漳州府→廣東韓江流域及東南沿海諸縣→由東至西散居於廣東境內→a 粵西南→經南海→桂東南玉林區。

　　　　　→b 粵西、粵東北山區→溯西江→賀縣一帶。

由此可見，廣西閩人和廣東閩人關係非常密切。廣西玉林區內的閩語和粵南諸縣的閩語，除了在來源很接近外，且其周圍之語言環境（客、粵、閩雜處）相當一致，而桂東北賀縣、平東至邕寧一帶的閩人從粵北、粵西山區而來，尚有瑤、閩、客、粵雜處的跡象。

---

❺　參楊成志1987，頁75－77。

❻　參吳建新　1991，頁38；喬素玲　1990。

❼　參楊煥典　梁振仕　李譜英　劉村漢　1985，頁189。

⑶　大瑤山族溯源

　　根據范宏貴1983"在大瑤山進行微型研究的體會"一文中，知悉大瑤山的瑤民是因明末大藤峽瑤民起義遭官軍的殘酷鎮壓之後，瑤民被驅趕而至的。現在的大瑤山瑤族計有五個支系，共有三萬一千多人。其中包括茶山瑤支系、盤瑤支系、山子瑤支系、幼瑤支系、花羌瑤支系。這五支瑤族進入大瑤山的來源也各不相同：茶山瑤的祖先是從廣東遷徙到廣西梧州，然後再遷移到藤縣、平南縣，再進入大瑤山。茶山瑤屬侗水語支，包括水語、毛難語、及拉加語。山子瑤是從廣東遷徙到廣西，由賓陽、武宣、平南等縣逐漸移入大瑤山的。山子瑤屬瑤語支，講勉語。其他各支分別從貴州省湖南省輾轉遷移而來。可見茶山瑤（屬侗水語支）及山子瑤（屬瑤語支）其祖先爲原住於粵西北山區之少數民族，因爲階級及民族的壓迫，或由於天災和疾病，大批向廣西遷移。

　　除此之外，更由於明代嘉靖年間，粵西北山區聚集了大量爲避賦役入瑤區耕作的漢族流民（稱爲"僞瑤"，在西江南路的肇慶府瑤區中，這類流民數量不少）以及清代的土地政策，例如：康熙時的"攤丁入地"，雍正年間大規模的改土歸流。終至打破民族壁壘，促使漢族貧民前往少數民族地區開礦墾種❽，導致明清之際粵西北山區漢瑤雜居的情況。

　　漢瑤雜居後，再由於民族的壓迫，迫使山區的真瑤、僞瑤一起溯西江而上向廣西遷移。在遷徙過程中，可能大部分僞瑤—漢人（包括閩、客、粵）及一部分真瑤（與漢人通婚或被同化之茶山

───────────

❽　同6。

瑤、山子瑤）會選取合適的地點與環境定居下來，而大部分的真瑤
陸續向大瑤山遷移，形成今日閩、客、粵同處於一縣，而瑤民聚於
大瑤山組成金秀瑤族自治區的局面。❾

　　關於漢瑤雜處的情況，據梁書記載，在南北朝時，瑤人已分批
向兩廣腹地遷徙。宋代時，廣西"靜江府五縣與瑤人接境，曰興
安、靈川、臨桂、義寧、古縣。"廣東的瑤族除了連州和韶州外，
已遷徙至高州、雷州、化州、德慶州等地。且據現今廣東省人口分
佈調查結果顯示，閩人（潮汕話）聚於東昌縣河南區塔頭五千人，
閩人數千人，而英德縣瑤民五千人，閩人也有數千人❿。至於東昌
縣，曾是瑤族遷移的路徑之一⓫，由此再進入廣西東府賀縣、富
州。據調查現今桂東瑤族與漢語普通話及漢語粵語支方言，互相融
合吸收，接觸相當密切⓬。

　　縱觀古今歷史，可以發現瑤族與漢族並非二個各別封閉的語言
區，從南北朝起，所產生的錯綜複雜的語言現象，值得我們作更進
一步的研究，在探討語言接觸時，須把歷史層面拉深，地理層面拉
遠，從源流談起，才能對語言接觸現象、有整體性的了解、若只探
求一點，將難以窺其緣由。

---

❾　　參姚舜安1988，頁78。
❿　　參梁猷剛1985。
⓫　　同10，頁80。
⓬　　參羅季光1953，頁33。

二、平南之音韻特徵

　　廣西平南閩人多祖籍漳州府，説的是閩南話。從其聲韻調系統中，可發現一些與少數民族相似之特徵：

1.聲母系統：

　　(1)古章組中的"章、書、禪"及精組中的"精、從、心"、莊組中的"莊、崇、生"有讀成 s 的、且 s 有自由變體 ɬ。

	曾	裝	專	心	升	師
平南	sàŋ	siuŋ	sun	sim	siŋ	su
廈門	tsiŋ	tsɔŋ	tsuan	sim	siŋ	su

　　古聲母"精莊章"在平南讀擦音 s，這在閩方言中較爲特殊。ɬ 在一般閩南方言中並不存在，但在廣西省的東南半壁分布較廣（桂東南白話區）。越往廣西內部走 ɬ 的讀法越普遍，而在與湘，粤交界處讀成 s 及 ɵ 較普遍。另外，我們在珠江三角洲四邑縣台山、開平和鶴山的雅瑤、雷州半島高州、雷州等地以及粤西陽江、陽春一帶的粤語，亦發現古心母字有讀成邊擦音 ɬ❶。例如：

---

❶　參詹伯慧　1990，頁481。

	台山	鶴山雅瑤	廉州	平南
斯	ɬu	ɬy	/	/
心	ɬim	ɬAm	ɬam	ɬim

ɬ的讀法在粵方言及閩南方言中算是較獨特。在壯語中，恰恰發現了這一個聲母，而且配字的情形和粵方言很一致❹，再就其分布的狀況而言，我們實在很難忽略少數民族的影響力。

(2)古塞擦音有部分讀如塞音 t，t′

	祭	裝	蒸	層
平南	t′iai	tiai	tim	t′iŋ
廈門	tse	tsɔŋ	tsìŋ	tsiŋ

台山、開平一帶及桂南粵語精組字部分讀成塞音：

	台山	開平	鶴山雅瑤
焦	tiau	tiu	tiɵ

另外，桂南粵語中亦有此現象。例如："坐、才"都讀成 t－，"槍、旋"都念 t′－❺。廣西少數民族壯侗語族中亦有此現象。（曹廣衢1983）

---

❹　參詹伯慧　1991，頁169。
❺　參詹伯慧　1991，頁170。

(3)　古擦音今部分讀爲送氣的舌尖塞音 t′-。

	隨	祥	伸	誰
平南	t′uei	t′io	t′un	t′uei
廈門	sui	sioŋ	sin（文）	sui（文）
			ts′un（白）	tsui（白）

壯侗語及苗瑤語中均有此現象（王輔世　1979　曹廣衢　1983）。

　　另外，還有一些異於福建閩南方言之特色：(1)　古"明　微"母字部分今讀 mb-，且 mb-，m-是相互對立的兩個音位。例如：篾 mbi³³、美 mi³³。(2)　古"日"母字今讀 ȵ-。(3)　古"疑"母字大部分今讀 ŋ-，也有讀 ø-、ŋʰ-及 mb-。ŋ-有音位變體 ŋg-（ŋg-出現於齊齒呼前）。(4)　古"曉"母字及古"非　敷　奉"合口字今讀 h-聲母，且 h-有音位變體 ɸ-（ɸ-出現於合口呼前）。

2.韻母系統：

　　從其韻母系統來看，平南閩語沒有撮口呼，這是閩南話的共通特點。鼻音尾-m、-n、-ŋ及塞音尾-p、-t、-ʔ均保存在平南音系中。

(1)　複元音 oi、ài、ou 三韻不見於福建閩南方言中，但在潮州方言中卻有 oi、ou 二韻（福州話中也有 ou 韻）。在廣州音系、瑤語勉方言（金秀瑤族自治區）、壯語中則三韻皆有。

	罪	態	臭
平南	tʃoi	t´ài	t´ao
廈門	tsue	t´ai	ts´iu

(2) 出現了 –iai、–iɛu、–uoi、–uei、–uou 五韻，不見於閩南音系中。

	批	趣	飛	飯	務
平南	p´iai	tʃiɛu	puoi	puei	mbuou
廈門	p´ue	ts´u	hui（文）	huan（文）	bu
			pe（白）	pŋ（白）	

此四韻皆見於苗瑤、壯族等少數民族中，而福州音系亦有 –uei 韻。

(3) 元音 a 在複合韻母、鼻音尾韻母和塞音尾韻母中有長短對立。à 元音不見於閩南方言中。

短元音	ài	àm/p	àn/t	àŋ/ʔ
長元音	ai	am/p	an/t	aŋ/ʔ

很顯然地，這主要是受了壯、粵的影響，和壯、粵語相同，à 元音不能出現於沒有韻尾的音節裡。

	唇	便	曾
平南	nàm	pàn	sàŋ
廈門	tun	pian	tsìŋ

綜合上述，我們發現平南閩語在韻母系統上和一般閩南方言音系比較，變化頗大。平南韻母系統中所特有的韻母表列如下，共26個韻母。

開口韻	oi	ài	ou		
	iai	iɛu			
	uoi	uei	uou		
鼻尾韻	àm	àn	àŋ	oŋ	uŋ
	iɛm	iɛn	iuŋ	uaŋ	uiŋ
塞尾韻	àp	àt	àʔ		
	iɛp	iɛt	ieʔ	iuʔ	
鼻化韻	iō				

我們把這些韻母和漢語南方方言相比對，依然有很大的差別，尤其是三合元音 iai、iɛu、uoi、uei 更不見同時存在某一漢語方言中。

我們發現在瑤語勉方言（以廣西壯族自治區金秀瑤族自治縣長峒鄉鎮中村話爲代表）音系中，具備了這些韻母的大部分，而在瑤

語標敏方言裡（以廣西壯族自治區全州縣東山鄉話爲代表）發現了
－ien 及 －ieu 韻，而 － ao 韻卻遍見於苗語裡，顯然平南閩語韻母
系統受到了苗瑤語的深遠影響。

3.聲調系統

平南閩語的聲調有十個：

陰平45　　　陰上54　　　陰去21　　　上陰入54　　　上陽入23

陽平23　　　陽上32　　　陽去33　　　下陰入4　　　下陽入1

3－1.從調值及調形觀之

平南閩語平、上、去之調值類似閩南語漳州區及廈門語區❻：

	陰平	陽平	陰上	陽上	陰去	陽去
平南	45	23	54	32	21	22
廈門	44	24		53	21	22
漳州	44	12		53	21	22

而入聲之調值及調形卻和廣西玉林粵語、台山粵語❼、桂北土語

---

❻　廈門及漳州音系之調值採用李如龍、陳章太《閩語研究》1991中之調值。
　　廈門方言之記音採用《漢語方音字匯》所載，而漳州音則採林寶卿"漳州方
　　言詞匯㈠"中所載。

❼　採用詹伯慧《現代漢語方言》1991中之調值。

（環江壯語）、侗水語支（毛難語）有相似之處：

	上陰入	下陰入	上陽入	下陽入
平南閩語	54	4	23	1
玉林粵語	55	33	12	11
台山粵語	55	33	32	22
毛難語	55	44	23	24
環江壯語	55	33	24	11

另外，平南促聲（上陰、陽入）之調值與舒聲（陰上、陽平）之調值相同。這種古入聲分爲二類以上且部分促聲調與舒聲調同調值的情形，與珠江粵語及桂南粵語相同。例如：珠江三角洲粵語估計約有十三方言點（包括廣州、香港、澳門、番禺、花縣、從化、增城、佛山、南海、順德、三水、高明與斗門）上、下陰入之調值分別與陰平及陰去之調值相同。

3-2.從調類觀之

　　一般閩方言只有6-8個聲調，而平南閩語卻多達十個聲調，這和廣西省粵語勾漏片（玉林 、梧州二區內）的博白相同—陰、陽入皆各分爲上下兩調。

　　爲何平南會出現這種特異的聲調系統？根據橋本萬太郎在《語言地理類型學》中所述："從九世紀起到十四世紀光景，以擔負聲調的音節的聲母清濁爲條件各分爲兩類……因此，在漢語現代方言裡所能見到的聲調，只要是古代漢語的直系"子孫"最多也應該只有八類。

　　平南之聲調多於八類，和兩廣粵方言、廣西平話、壯語一樣，而廣西博白粵語之調類及調值都與橫縣壯語相似⓲，這確實令人難以忽視區域特徵及方言接觸之影響力。

3－3.從聲母與聲調關係而論

　　平南閩語之古次濁聲母無論平、上、去、入皆有變入陰調的現象：

	陰平	陽平	陰上	陽上	陰去	陽去	上陰入	下陰入	上陽入	下陽入
平	13	45	0	0	0	8	0	0	0	0
上	3	3	18	0	0	8	0	0	0	0
去	0	0	1	0	2	27	0	1	0	0
入	1	0	0	6	0	2	1	11	5	17

　　古次濁聲母平去入讀陰調的約佔21％

　　古次濁聲母上聲讀陰調的約佔66％

　　我們統計北京大學所編的"漢語方音字匯"（1962）中各方言古次濁聲母變入陰調的情況發現，古次濁聲母讀陰調類在漢語方言中，所佔比例一般均偏低。古次濁平、去、入聲字中今讀陰調的比

⓲　參橋本萬太郎1985，頁194。

例以南昌方言最大，佔40％，其次是長沙18％，雙峰16％，西安1
3％，其餘均低於12％，而一般閩方言均低於8％。平南約佔21％，
高於一般閩方言❶。比較各地閩方言：

平南	福州	廈門	潮州
21％	3％	5％	7％

　　關於古次濁上字在現代方言的表現上分爲二類：一類是古次濁
上聲和濁聲母採一致行動，例如廣州。另一類是古次濁上聲和清聲

---

❶　"字匯"中各方言古次濁平、去、入聲字（共418例）中今讀陰調的情況：

	明	微	來	泥	疑	云	以	日	計	百分比
北京	0	1	4	2	1	0	3	1	12	2.9%
濟南	0	0	3	1	0	1	3	2	11	2.6%
西安	12	0	19	2	8	0	9	6	56	13.4%
太原	11	0	14	0	7	0	7	7	46	11.1%
漢口	0	0	2	2	1	0	3	1	9	2.2%
成都	0	0	3	1	0	1	3	2	11	2.6%
揚州	1	0	3	1	1	0	3	1	11	2.6%
蘇州	2	0	3	3	2	1	3	2	16	3.8%
溫州	0	0	2	1	2	0	1	1	7	1.7%
長沙	16	2	11	7	11	10	14	4	75	17.9%
雙峰	16	1	15	7	9	8	8	1	65	15.6%
南昌	32	3	51	17	25	23	13	9	165	39.5%
梅縣	8	1	7	7	6	2	4	5	40	9.6%
廣州	6	0	4	2	0	0	1	2	15	3.6%
廈門	6	0	2	4	2	2	3	2	21	5.0%
潮州	0	0	7	5	3	1	4	10	30	7.2%
福州	2	0	4	2	0	1	2	0	11	2.6%

母採一致行動，例如客家方言及北方漢語方言❷。根據"字匯"作統計，廈門方言中古次濁上聲在現代調類的分配上如下：

上	陽去	文：上 白：陽去	其他陰調類
71	6	6	4

也就是說，古次濁上聲和清聲母採一致行動的佔92％，而和全濁聲母一樣讀陽調的只佔8％左右。比較廣州、潮州、廈門平南古次濁上聲讀陽調的情況：

平南	廈門	潮州	廣州
34％	8％	31％	98％

綜觀上述，古次濁聲母字在平南聲調系統中之表現：

⑴古次濁平、去、入聲字：在平南讀陰調的比例大於一般閩、粵、客等方言，所以應該並非受到周圍漢語的影響。值得注意的是，少數民族苗瑤語之次濁聲母亦有大量配陰調類的情形❷，所以，我們認爲平南古次濁平去入聲字配陰調類的情形，很有可能是受到少數民族的影響。

⑵古次濁上聲字：和福建閩方言配調的比例並不一樣。從其周圍漢

---

❷　參張琨　1990，《王力先生紀念論文集》，頁407。

❷　根據張琨教授"苗瑤語聲調問題"，頁102。

語方言觀察之，應該是受到粵方言古次濁聲母配陽調的規律所影響。

　　從平南之音韻特徵觀之，平南閩語在聲、韻、調上都產生了極大的變化，除了閩南方言的特點外，還兼具粵西北、粵南、桂東等一帶的語音現象。顯然地，四周語言特徵在築構今日平南音韻系統上，確實扮演了舉足輕重的角色。究其緣由，除了閩人與四周方言人口之比例懸殊外❷，就應歸因於其數百年間不斷地輾轉遷徙，形成小聚落、大雜居的局面。由此推斷，平南閩方言島是否比福建閩方言更有足夠條件保留所謂之上古音痕跡？頗值得令人懷疑。

三、以上古 * st - 的構擬論平南古知、精、莊、章組字

　　構擬上古複輔 * st - 的學者，以李方桂爲始，周法高先生及丁邦新先生亦有其獨到之見解。李方桂先生以中古 * s（心）、 * s（生）二母與他母諧聲出現之情況幾毫無限制，違反一般諧聲條例，故以 s 爲詞頭（ prefix ）構擬各類上古複聲母。其中，古"心、生"二母與舌尖塞音諧聲的，擬爲 * st - 或 * sth - ；而古"從、邪"二母與舌尖塞音諧聲的，則擬 * sd - 及 * sd（ j ）。有學者認爲平南閩語殘留上古音 * st - 類型複聲母，除了古"心、生、從、邪"母字外，尚包括古知、精、莊、章組中之其他母字。

---

❷　根據"廣西的漢語方言（稿）"中所述，廣西講粵語人口有一千二百萬人，西南官話人口有五百萬人，客語人口三百五十萬人，平話二百萬人，湘語一百二十萬人，少數民族語言一千三百五十萬人，而閩語人口只有十五萬人。

其所憑藉的理由爲上述各組字在平南閩語中皆有讀成 s－及 t－或 t′－的情形。觀平南中古知、精、莊、章各組字，其現代讀音之混雜－－tʃ－、t－、s－，不得不爲其抽絲剝繭，以探其奧妙。

四、以現代方言之比較論平南古知、精、莊、章組字

1.古知、精、莊、章組字在平南閩南語之體現

1－1.古捲舌塞音－－知組

平南知組字有讀成舌尖塞音 t－（t′）、舌尖擦音 s－及舌面音 tʃ－（tʃ′－）。

	知	徹	澄
舌面塞擦音 tʃ－	+		
舌面塞擦音 tʃ′－			+
舌尖塞音 t－	+		+
舌尖塞音 t′－	+	+	+
舌尖擦音 s－	+		

一般而言，平南讀舌尖塞音的，廈門也讀舌尖塞音。

	桌	竹	濁	丑
平南	toʔ	tieʔ	taʔ	t′ui
廈門	toʔ	tik	tak	t′ui

但有一部分讀舌尖塞音的，平南今爲送氣；而廈門卻不送氣。另有少數古"知"母平南變讀爲舌尖擦音 s－。

	陳	廚	朝（～代）	朝（今～）㉓
平南	tʻan	tʻu	tʻiɛu	sai
廈門	tin	tu	tieu	tieu

有部分知組字，平南讀舌面塞擦音；而廈門也讀舌面塞擦音。福建閩南方言中，舌尖塞擦音在前高元音－i 前易讀成較偏後的塞擦音〔tʃ－〕，且 ts－及 tʃ－並不形成音位對立。

	貞	沖
平南	tʃiŋ	tʃʻiuŋ
廈門	tsìŋ	tsʻɔŋ

觀察平南知組和廈門的對應關係：

中古音	廈門	平南
知（＊ȶ）	——→ t ——→	t（tʻ）
	——→	s
	ts（tʃ）——→	tʃ
徹（＊ȶʻ）——→	tʻ——→	——→ tʻ

㉓ "朝（今～）可能並非本字，有待再考訂。

$$澄（*ɖ）\longrightarrow \quad t\longrightarrow \quad t（t'）$$
$$ts'（tʃ'）\longrightarrow \quad tʃ'$$

　　知二"桌、濁"及知三"竹、丑、陳、廚、朝（～代）"七例與廈門音系一樣都讀成舌尖塞音，爲閩方言多舌音的典型。其中"陳、廚、朝（～代）"三例古平聲字今讀成送氣清音，可能是受了粵方言"古全濁聲母，平上送氣，去入不送氣"，抑或客方言"古全濁聲母無論平仄皆送氣"的影響。

　　在平南閩語中，部分古知組字由塞音向塞擦音變化，顯示其已與古精莊章組字合流。

1－2.古塞擦音類—古"精清從、莊初崇、章昌船"母字

　　古塞擦音類在今平南閩語中都有讀爲舌尖塞音 t－（t'－）舌尖擦音 s－及舌面塞擦音 tʃ－（tʃ'－）三種。

		精	清	從	莊	初	崇	章	昌	船
舌面塞擦音	tʃ－	+	+	+				+		
舌面塞擦音	tʃ'－		+	+					+	
舌尖塞音	t－	+			+		+	+		+
舌尖塞音	t'－	+	+	+	+	+	+		+	+
舌尖塞音	s－	+		+	+		+	+		

　　首先，我們先觀察其與廈門音系的對應關係：平南古"精從、莊崇、章"母字讀舌尖塞音 t－（t'－）、舌尖擦音 s－及舌面塞擦音 tʃ－（tʃ'－）的，在廈門則讀成塞擦音 ts－（ts'）。

平南 t－（t′－）——廈門 ts－（ts′－）

	擠	層	詐	裝（～車）	床	朱
平南	tài	t′iŋ	t′ɛ	tiai	tiuŋ	ti
廈門	tse	tsìŋ	tsa	tsŋ	ts′ŋ	tsu

平南 tʃ－ ——廈門 ts－（tʃ－）

	接	罪	汁	支	志
平南	tʃi	tʃoi	tʃiɛp	tʃi	tʃi
廈門	tsiʔ	tsui	tsiap	tsi	tsi

平南 s－ ——廈門 ts－

	早	租	集	裝（服～）	專
平南	so	suou	sàp	siuŋ	suei
廈門	tso	tsɔ	tsip	tsɔŋ	tsuan

古次清聲類"清、初、昌"在平南讀舌尖塞音 t′－及舌面塞擦音 tʃ′（tʃ），在廈門則讀舌尖塞擦音 ts′－。

平南 t′－ ——廈門 ts′－

	促	粗	楚	插	臭	春
平南	t′uʔ	t′uou	t′o	t′a	t′ao	t′un

廈門　　 tsʼiɔk　tsʼɔ　tsʼɔ　tsʼa　tsʼiu　tsʼun

平南 tʃʼ（tʃ‐）　——廈門 tsʼ（tʃʼ）‐

	趣	清	尺
平南	tʃʼieu	tʃʼiŋ	tʃʼioʔ
廈門	tsʼu	tsʼiŋ	tsʼioʔ

　　另外，平南古"船"母字"唇 tʼuei、盾 tun"，在廈門也都讀塞音聲母"tun"。我們發現平南閩南話古"章、昌"分別與"精、清"合流，演變方向也相同，而古莊組字在平南一般不讀舌面塞擦音，崇母字有一部分和廈門音一樣讀成 s‐，顯然是與生母字合流。

1‐3.古擦音一‐心　邪　生　書　禪

　　觀察古聲母"心　邪　生　書　禪"在平南閩語中的讀法：

	心	邪	生	書	禪
舌尖擦音　s‐	+	+	+	+	+
舌尖塞音　tʼ‐	+	+	+	+	+
舌面塞擦音　tʃʼ‐				+	

　　古擦音在平南閩語中讀成舌尖擦音 s‐ 及送氣的舌尖塞音 tʼ‐，而廈門音則讀舌尖擦音 s‐ 或舌尖塞擦音 tsʼ‐。

平南 s‐　——廈門 s‐

	星	詳	隨(～便)	師	餿(臭～)	升	濕
平南	sia	saŋ	suei	su	suei	siŋ	sip
廈門	san	siɔŋ	sui	su	sɔ	siŋ	sip

平南 t´－ ──廈門：文讀 s－、白讀 ts´，dz－

	隨(跟～)	餿(～菜)	申	祥	伸	誰
平南	t´uei	t´io	t´un	t´io	t´un	t´uei
廈門	sui	sɔ	sin	siɔŋ(文)	sin(文)	sui(文)
				dziɔŋ(白)	ts´un(白)	tsui(白)

除此之外，平南古書母字"設 tʃ´iet"讀舌面塞擦音聲母，在廈門則
讀"siap"擦音聲母；平南古生母字"篩"字在平南、廈門皆讀 t´ai。

　　根據上述的觀察，我們發現平南古"邪"母清化後和"心"母合
流，而"生、書、禪"母也採一致的演變方向和"心"母合流了。

2.**對平南古"精　莊　章"組之討論**

　　綜觀上述，古"精　莊　章"組在平南音系中，同時分化成多種
不同的讀音，而卻很難找到分化的條件，其多變性在現代閩方言中
堪謂奇特。此種現象，可分爲幾部分來討論：

　　⑴古塞擦音今讀塞音：

　　　　古精清從、莊初崇、章昌等母字

　　⑵古塞擦音今讀擦音：

　　　　古精從、莊崇、章等母字

⑶古擦音今讀送氣塞音：

古心、邪、生、書、禪等母字

2－1.古塞擦音今讀塞音的現象

觀察平南閩語古"精 莊 章"組字中塞擦音及塞音和韻母相配
的情形：

	塞擦音 tʃ－	塞音 t－
止攝開口三等	支脂之 －i	
止攝合口三等		支－uei
蟹攝開口二等		皆佳－a
蟹攝開口三等		祭－iei
蟹攝開口四等		齊－ài
蟹攝合口一等	泰－oi	
山攝開口三等	仙－i	
山攝合口三等		仙－uan －uei
臻攝合口三等		諄－un
梗攝開口三等	清－iŋ/－ioʔ	
遇攝合口一等		模－uou
遇攝合口三等	虞－iɐu	魚－o
效攝開口一等		豪－ou
效攝開口二等		肴－ɜ
流攝開口三等		尤－ao

假攝開口三等		麻－i
深攝開口三等	侵－iɛp	
咸攝開口二等		咸－a
咸攝開口三等	鹽－i	
通攝合口三等		鍾－uʔ

由上面的分析，我們發現塞擦音所配之韻母類別與塞音不同。基本上，在陽聲韻裏，塞音聲母大部與合口韻相拼；而塞擦音聲母則與開口韻相拼。另外，若以獨韻及有開合韻的韻類來區別的話，塞音聲母多出現在獨韻部及開口韻部的合口韻上。以等來區分的話，塞擦音多分布開口三等韻上。除此之外，若從生理發音上而論，塞音聲母多配後元音；極少部分配前元音，而配前元音的多分布在古"蟹、效、流、假"攝等陰聲韻攝中。可見平南古塞擦音在後元音前易讀塞音，而塞擦音雙塞音的現象也由後元音向前元音擴散，首先波及的以陰聲韻"蟹、效、流、假"為主，可能因為其無輔音韻尾的阻礙，使得變化較為容易。開口三等韻而又有輔音韻尾的聲母最不易產生變化。

另外，珠江三角洲方言古精、莊、章組字亦有讀塞音的現象，但以古精組字的變化較快；莊、章組字的變化最慢。而精組字中又以"從"母字之變化最為普遍。

	台山	開平	雅瑤	斗門	南海
精母					
浸	tsim	tsim	tsam	tsàm	tàm

| 早 | tou | tɔ | tɛ | tsou | / |
| 粽 | toŋ | toŋ | tsouŋ | tsoŋ | tsoŋ |

清母

| 村 | t´un | t´un | tœn | / | ts´yn |
| 餐 | t´an | t´an | / | / | / |

從母

| 坐 | t´ʷɔ | t´ɔ | t´ɔu | t´ua | t´œ |
| 材 | t´ʷɔi | t´ʷɔi | t´ʷɔi | t´ui | tɔ |

初母

| 出 | ts´ut | ts´ut | ts´œt | t´ut | ts´yt |
| 插 | ts´ap | ts´ap | ts´ap | t´ap | ts´ap |

崇母

| 床 | ts´ɔŋ | ts´ɔŋ | ts´œŋ | t´ɔŋ | tsɔŋ |

昌母

| 春 | / | / | t´œn | / | / |
| 扯 | ts´ea | ts´ia | / | t´ea | ts´ɛ |

（珠江三角洲方言詞匯對照1988）

珠江三角洲古塞擦音變塞音的現象也有由後元音向前元音擴散的跡象，而陰聲韻類似乎也比陽聲韻或入聲韻類的變化來得快。

　　另外，在海南島方言中包括瓊文閩語、海口閩語、澄邁閩語亦有古塞擦音讀塞音的現象，所不同的是，其變化集中在全清及部分全濁聲類"精　從　莊　崇　章　船"母上（梁猷剛　1984）。廣西粵語中，古聲母"精　清　從"除了讀舌面塞擦音外亦有讀塞音的。例如：

	菜	七	作	增	賊
容縣	t'ɔːy	t'ət	tɔk	taːŋ	/
岑溪	t'oy	t'ət	tɔk	təŋ	/
蒼梧	t'ɔy	t'ət	tɔk	taŋ	t'ak
玉林	t'ày	t'at	dɔk	daŋ	tɦak

（廣西粵語比較音韻論　1980）

比較上述四縣之古"精、清、從"及"端、透、定"：

	精	清	從	端	透	定
	平上	—去入		平上	—去入	
容縣	t	t'	ɬɦ	d	t'	tɦ
岑溪	t	t'	ɵɦ	d	t'	tɦ
蒼吾	t	t'	t'—t	t	t'	t'——t
玉林	d	t'	tɦ	d	t'	tɦ

我們發現容縣、岑溪方言中古"清"母與"透"母合流，而蒼梧、玉林方言中則古"精　清　從"完全與"端　透　定"合流。平南閩語塞擦音變塞音的現象擴及整個古塞擦音類，而其所執行的規律和珠江三角洲粵方言一樣爲：ts—→t；　ts'——→t'。

　　綜合上述古塞擦音變塞音的現象，發現：

(1) 以古聲類而言，古精組字今變讀爲塞音的現象最爲普遍。因此，我們認爲古精、莊、章組字今變讀爲塞音的規律可能導因於古精組與端組合流的結果或古精組受端組字喉塞化或通音化後所留空

檔的遷引（張光宇　1988）。⑵　以韻類而言，大體上陰聲韻比陽
聲韻變化更快，可見輔音韻尾對語音的演變具有某種程度上的抗拒
性。

2-2.古塞擦音讀擦音的現象

　　觀察平南閩語古"精　莊　章"組字中今讀塞擦音及擦音和韻母
相配的情形：

	塞擦音　tʃ-	擦音 s-
止攝開口三等	支脂之-i	
止攝合口三等		支-iei
蟹攝開口三等		祭-iai
蟹攝合口一等	泰-oi	
山攝開口一等		寒-ua
山攝開口三等	仙-i	
山攝合口三等		仙-ua
梗攝開口三等	清-iŋ/ioʔ	
遇攝合口一等		模-uou
遇攝合口三等	虞-iɛu	
效攝開口一等		豪-ou　-o
深攝開口三等	侵-iɛp	侵-àp
咸攝開口一等		談-am
咸攝開口三等	鹽-i	
通攝合口三等		鍾-iuʔ

以聲與韻的配置情形而言,擦音聲母與塞擦音聲母的表現相當不同,但與塞音聲母的表現較相似。顯然地,在平南閩語中,開口三等韻類幾乎不與塞音及擦音聲母相配,而只與塞擦音聲母相配。

平南閩語中擦音聲母分布在古″精從、莊崇、章″母上,這與塞音聲母及塞擦音聲母的分布範圍重疊了,造成平南閩語中一個古聲類中,有三種不同的讀法:tʃ-,t-,s-。其中,塞擦音及塞音分化的條件已有脈絡可尋,但塞音及擦音之間卻難以窺其究竟。底下我們將就周圍漢方言及少數民族語言作一研究,再回頭解釋平南此一複雜的現象。

A.粵西南、桂東之漢方言:

同一古聲類三讀的現象,我們在珠江三角洲方言中亦有發現,根據″珠江三角洲方言詞匯對照″所載,我們發現″清　初　崇″母字有讀成s-的例子。

	恩平	台山	南海	花縣	斗門
清母					
草	tsʻou	tʻou	sɔ	tsʻau	tsʻou
蔥	tsʻoŋ	tʻoŋ	soŋ	tsʻoŋ	tʻoŋ
戚	tsʻet	tʻet	sek	tsʻak	tʻek
村	tʻun	tʻun	tsʻyn	/	/
醋	tsʻu	/	sou	tsʻou	tʻou
	sᵘan	dᵘan			
初母					

廁㉔ su ɬu ／ tsʻi ／

崇母

床 tsʻɔŋ tsʻɔŋ tsɔŋ sɔŋ tʻɔŋ

柴 tsʻai tsʻai tsa sai tʻai

其中恩平、台山的清母字有 tsʻ─s（ɬ）─tʻ三種讀法（"醋"擦音的讀法可能是借詞）；花縣崇母字亦有讀成擦音 s─的例子；斗門鎮裏，精莊章三組中讀舌尖塞音的現象非常普遍。另外，值得注意的是，同一字的聲母在三角洲粵方言中卻同時有三種讀法—tsʻ，tʻ，s，顯然是各方言所執行的規律不一。由語料中，我們可推測古"清"母字在各方言之規律：

(1)　　　ts　　→　　t

　　　　　tsʻ　　→　　tʻ　　台山、恩平、斗門、鶴山雅瑤

(2)　　　tsʻ　　→　　s　　南海

可見三角洲內部各方言語音發展之不平衡性是構成彼此差異的主因。

另外，我們在海南島儋州村話及瓊文閩語中發現了塞擦音變擦

㉔ "廁"字在湘西苗語讀 mo su，布努瑤語讀 ɐ，勉瑤語讀 qai tɔ：ŋ。恩平、台山的讀法可能是與苗瑤語有關。

音或塞音的現象，但其間的分化井然有序❷，不同於平南閩方言。
廣西東部粵言中亦然，塞擦音讀擦音的現象只存在於容縣、岑溪二
地方言—古"從"母字今讀擦音 θɦ、ɖɦ。然而，古"從"母字在蒼梧、
玉林讀爲塞音聲母，思賀則讀爲舌面塞擦音聲母。例如：

	絕	曹	全	淨
容縣	ɖɦut	ɖɦəw	ɖɦun	ɖɦiŋ
岑溪	θɦut	/	θɦun	θɦeŋ
蒼梧	tut	t'ow	t'un	teŋ
玉林	tɦyat	tɦaw	tɦun	tɦeŋ
思賀	tʃɦut	tʃ'ow	tʃ'un	tʃɦeŋ

（廣西粵語比較音韻論 1980）

而變化更盛者，當推蒙山一地（靠近金秀瑤族自治區），其"精
從"皆向擦音變化。我們認爲"從"母字讀擦音的現象，有可能是遷引
古"精"母向擦音變化的導因。

綜述上面的方言現象，我們發現粵西南、桂東之部分方言古塞
擦音類除了保留原本塞擦音的讀法外，分向兩種方向前進—(1) 向
塞音變化，(2)向擦音變化。各地方言變化的方式及速度不一，但就
大體而言，同一古聲類並不同時執行此兩種規律，若有此現象，則
其擦音的讀法可能來自於措詞，例如：珠江三角洲方言—台山、恩
平。

---

❷ 大體上，海南島儋州村話、瓊州閩語中古次清聲類及全濁聲母平聲字今讀
擦音，而古全清及全濁聲母仄聲字則讀塞音。

B.少數民族語言：

比較平南閩語與苗瑤語：

		平南	黔東苗語	勉瑤語	標敏瑤語
精母：	早	so	so	dziou	diau
	租	suou	sa	dzou	dzəu
清母：	粗	tʹuou	sʹa	tsʹou	tsʹəu
從母：	層	tʹiŋ	saŋ	dzaŋ	dzən
	全	suan̪	sɛ	tsʹuou	dzyɛn
初母：	吵	tʹa	tənɛ	tsʹeu	tsʹau
	瘡	tʹiuŋ	kaŋ	tsuei	saŋ
崇母：	柴	tʹa	tu	tsa：ŋ	tsaŋ

上述語料中，平南閩語、黔東苗語和勉瑤語之對應關係如下：

平南閩語		黔東苗語		勉瑤語
s，tʹ ————－	s ———－ －			dz
	sʹ —————			tsʹ
tʹ ———	t ———			tsʹ
	—————			ts

　　由對應關係看來，我們發現苗瑤語中塞擦音 ts（ts′）－與塞音 t－或擦音 s－關係密切❷。更值得注意的是，"早"字在黔東苗語及平南閩語中都讀 so，可見平南閩語中部分古塞擦音讀擦音 s－的情形，似乎存有苗瑤語等少數民族語言影響的痕跡（可能部分來自於直接借音）。我們觀察少數民族壯侗語之漢語老借詞，發現漢語古塞擦音類在壯侗語中皆有擦音、塞音、塞擦音三讀的現象，而在現代借詞中漢語送氣塞擦音也往往讀成擦音（壯語、侗語、水語、毛難語、傣語等簡志）。以年齡層而論，現今少數民族之部分老年人依舊把現代漢語借詞之塞擦音讀成擦音、塞音，而年輕人多轉讀塞擦音。可見擦音、塞音的讀法較符合其自我的語音系統，而塞擦音則是直接借自漢方言。

　　綜合㈠㈡之觀察，我們認爲平南古塞擦音今讀擦音的現象，爲漢語方言演變的一種趨勢。平南古塞擦音向擦音變化的現象以古精組字最爲普遍，而古莊、章組字的例較少，所以我們推測這種現象可能導因於古"從、邪"母字先向擦音變化的結果，然後再遷引部分古"精"母字的前進。由於閩方言中古莊組、章組與精組合流，使得部分古"莊、章"母字也陸續向擦音變化。除此之外，部分讀擦音的現象亦可能直接來自於少數民族之借詞，或受其語音系統的影響。

　　平南同一古塞擦音類今分讀塞音及擦音的現象最爲特出，我們

---

❷　在《苗瑤語方言詞匯集》中，勉瑤語裏的許多字的讀音和現代國語極爲相似，但在黔東苗語中此現象卻極少。因此我們認爲勉瑤語漢化較深，而其部分塞擦音的讀法則來源於漢語借詞。

認爲可能是因

(1) 其影響的來源不同而後混合在一起的結果,例如蟹開二"際、祭"

	平南	廈門
際	siai	tse
祭	t'iai	tse

(2)閩方言原有之文、白層朝不同的規律演變,例如"裝"字有二讀:

		平南	廈門
文	裝(服~)	siuŋ^{45}	tsɔŋ^{44}
白	裝(~車)	tiai^{54}	tsŋ^{44}

(3)與少數民族之漢語借詞有關,其借詞納入自己的語音系統後再反過來影響閩方言的語音。

2-3古擦音今讀送氣塞音的現象

中古聲母"心 邪 生 書 禪"在平南的讀音中,大體而言只有擦音 s-及送氣塞音 t'-。以北京大學所編的方音字匯作統計,發現古擦音聲母"心 邪 生 書 禪"在方言中多讀爲擦音,少部分讀爲塞擦音、塞音,讀塞擦音的現象爲南多於北,而塞音的讀法,只見於雙峰、樓底、廈門、潮州、福州、建甌㉗。

南方方言中往往有擦音及塞擦音的文白區別,閩方言中從閩北

㉗ 參王本瑛 1992 碩士論文《婁底方言音韻系統研究》,頁35。

方言到閩南方言的廈門、漳平、潮陽、中山閩語（三鄉、隆都閩語）、雷州半島的海康方言，一直到海南島瓊文閩語皆有此現象，只是各地閩語取擦音或塞擦音的情況不同。我們不妨比較一下廣東閩語和廈門音系之"心　邪　生　書　禪"。

廈門和潮州：

	笑	囚	拴	試 臣
廈門	siau（文）	siu	ts′uā	si sin
	sio[28]（白）			
潮州	ts′ie	ts′iu	sueŋ	ts′i ts′iŋ

廈門和潮陽：

	成	上
廈門	siŋ	siɔŋ（文）
		siaŋ（白）
潮陽	seŋ（文）	siaŋ（文）
	tsiā（白）	ts′iō（白）

廈門和海康方言：

	廈門	海康

---

[28]　福建閩南方言中"笑"字有讀成塞擦音聲母 ts′io。

惜　　（文）sik　　　　　　sik

　　　　（白）sioʔ　　　　　　tsʾɔi

我們發現來自古聲母"心　邪　生　書　禪"部分在廈門方音中讀擦音的，在廣東閩語中都讀成塞擦音。以"字匯"作統計，潮州方言古聲母"心　邪　生　書　禪"讀塞擦音的例子多於廈門方言，其中有十四例廈門讀擦音 s－聲母，而潮州則讀送氣的塞擦音 tsʾ－聲母。

　　古擦音今讀成塞擦音或塞音的在語言層上大都屬於較底層的，我們在平南音系中發現古擦音今分讀爲送氣塞音 tʾ－及擦音 s－，在福州方言中亦有類似現象，其文讀爲 s－，部分白讀爲 t－、tʾ－（梁玉璋1984）。

篩　　　　　　餿　　　　　　伸

福州　（文）　sy　（竹～）seu　（～了)siŋ　（～冤）

　　　（白）　tʾai　（米～）tʾeu　（～去)tʾaŋ　（～手）

平南　　　　　　　　　　　suei　（臭～）

　　　　　　tʾai　　　　　　tʾio　（～菜)tʾun

另外古禪母"值、汐"及古心母"嗾"都是文讀爲 s－，而白讀爲 t－、tʾ－。所以，我們認爲平南古聲母"心　邪　生　書　禪"分讀擦音及塞音的現象，應是兩種不同的語言層競爭後匯集在一起的結果。另外，我們在海南島閩語中以及珠江三角洲方言中也有此現象。

澄邁方言：

隨　伸　書　少　十　石

	隨	伸	書	少	十	石
澄邁（文）	sui	sun	si	siau	sip	sek
（白）	tui	tun	tu	tsio	tap	tsio
廈門（文）	sui	sin	su	siu	sip	sìk
（白）	/	ts′un	tsu	tsio	tsap	tsioʔ

〞隨〞字在海南島板橋話中讀 ts′－，和廈門音相比，這應是較底層，所以我們認爲澄邁方言古擦音今白讀層塞音的讀法是由塞擦音變來的：ts──→t。

珠江三角洲粵方言：

	台山	恩平	南海	斗門	雅瑤	從化
匙（～羹）	si	si	ts′i	t′i	ts′i	ts′i
匙（鎖～）	ɬ″ɔ	s″a	sœ	si	ɬuœ	sɔ
刷	ts′at	sat	ts′àt	t′at	ts′at	ts′ak
篩	sai（n） t′ai（v）	sai	sài	sài	sɔ	sài
祠	ɬu	su	t′y	sʅ	ɬy	ts′i
隨	/	/	/	t′ui	t′ui	ts′ɔi

膝　　　　ɬip　　siap　sàt　sap　tʼat　　/

斗門、雅瑤古擦音的讀法有擦音 s、送氣塞擦音 tsʼ 及送氣塞音 tʼ的讀法，三者分立。而同一個字在珠江三角洲粵方言中也產生了三種不同的讀法：s—tsʼ—tʼ。另外，廣西八縣粵方言（包括：容縣、岑溪、蒼梧、玉林、思賀、石南、南寧、賓陽）中只有蒼梧、玉林方言中古"邪"母字讀塞音。例如：

	容縣	岑溪	蒼梧	玉林	思賀
寺	ɬɦi	θɦi	ti	tɦi	tʃɦəy
尋	ɬɦəm	θʌm	/	tɦam	/
祠	ɬɦi	θɦi	/	tɦi	tʃʼəy

基本上，在這些方言中古"邪"母字與古"從"母合流。

	容縣	岑溪	蒼梧		玉林		思賀
			平上	去入	平上	去入	
從	ɬɦ	θɦ	tʼ	t	tɦ	tʃʼ	tʃɦ
邪	ɬ	θɦ	tʼ	t	tɦ	tʃʼ	tʃɦ

據顏之推所言，六朝時期之南方方言中從、邪不分（顏氏家訓　音辭篇），而今亦多所混同。因此，我們認爲上述廣西粵語、平南閩方言中從、邪母採一致的演變方向（變擦音或塞音）當導因於此。另一方面，"船、襌"母之相混（李方桂　1980；李新魁　1991）及"

心、生、書"母字在閩南方言白讀層中皆有讀塞擦音的例子㉙，反映"塞擦音向塞音變化"影響了整個精、莊、章組字。

綜合以上的討論，我們認爲平南閩語古擦音今讀送氣塞音 t′–主要是從白讀層塞擦音變來的。例如：

	廈門		平南
	文	白	
伸	sin	ts′un	t′un
誰	sui	tsui	t′uei
祥	siɔŋ	dziɔŋ	t′io

"伸、誰、祥"字可爲我們的推論作一証明，可見古"心　邪　書禪"母字在平南閩語中讀塞擦音的，在南遷過程中逐漸向塞音前進，使得古擦音類今形成 s—　t′ 二讀分立的局面，從語言層上而言，塞音 t′– 應屬於較底層的讀法。

五、結　論

從平南之聲、韻、調系統而論，平南閩語除了有閩方言之基本特徵外，還深受粵、客及少數民族之影響，是一個混合性極高的方言。首先，我們先比較珠江三角洲粵語、廣西桂南粵語及平南閩

㉙　例如廈門音：心母—碎　ts′ui，腮 tsi；生母—生　tsĩ　；書母—手　ts′iu，鼠 ts′u，水　tsui；禪母—石　tsio？，樹　ts′iu。

語：

	平南閩語	珠江粵語	桂南粵語
1.古塞擦音有 部分讀擦音	精從莊崇 章讀 s−	清初崇 讀 s−	精從讀 θ−
2.古塞擦音有 部分讀塞音	＋	＋	＋
3.有邊擦音 ɬ 聲母	＋ （ɬ−是 s−的 自由變體）	＋	＋ （有從心 邪讀 ɬ−）
4.古擦音有 讀塞音	＋	＋	＋
5.元音 −a− 有 長短對立	＋	＋	＋
6.古入聲今 分二類以上	＋	＋	＋

很顯然的，平南閩語、珠江粵語和桂南粵語有許多相同的特徵，粵
方言的影響甚鉅。其中5、6兩項可視爲少數民族語言影響之痕跡。

另外少數民族影響的痕跡還包括：

1.古次濁聲母平、去、入聲字今讀陰調的增加。

2.韻母系統的全盤改變。

客方言影響的痕跡包括：

1.日母字讀 ȵ－。

2.ɸ－聲母的產生。

3.古全濁聲母送氣成分的增加。

從歷史、地理層面而論，因政治或經濟的因素導致民族的遷徙，而人口的流動促成了不同語言文化的接觸與交流，也使得語言呈現了活潑的多樣性。不同語族的人藉著通婚、交易、雜居等方式，把本身的母語加以調整，而達成了語言溝通的目地。若是語言社區組成的語族成分太過於雜亂，則各語言的面貌將更形複雜，而各語言面貌改變成分的多少，將視人口的比例或經濟、政治、文化的勢力來決定。像平南閩人的總數遠低於廣西其它語族，形成了勢力相當薄弱的一方，因此語言的面貌也被扭曲地相當厲害，四周強勢語言的環繞導致語言內容的複雜化，應是可以理解。

當然，在同一區域中的不同方言可能有相同的特徵，這些特徵可能來源於彼此的相互影響或來源於某一特定外力的介入。例如平南閩語古塞擦音今大量讀塞音的現象、兩廣地區漢語方言聲調系統中促聲調類的增加等等。

由閩南方言形成之歷史來看，其存有前《切韻》的殘餘頗為可信，前人對上古聲母研究的結論包括錢大昕之"古無輕唇音、古無舌上音、古多舌音"、章太炎的"娘、日二紐歸泥"及曾運乾的"喻三出於匣、喻四出於定"，所有這些結論在閩南方言中幾乎都可以找到實証（黃典誠　1982）。平南閩語雖屬閩南方言的邊際語言，但依舊能在其音系中發現"閩南方言上古聲母痕跡"之一些典型：

(1)古"非　敷　奉"今讀雙唇塞音 p－（p′－）—古無輕唇音。

(2)古"知　徹　澄"今讀舌尖塞音 t－（t′－）—古無舌上音。

(3)古照三系字今部分讀舌尖塞音 t－（t′－）—古多舌音。

值得注意的是，除了少部分字如"唇、樟"在福建閩南方言中也讀爲塞音外，大部分古照系字在平南音系中今讀塞音的，反映在福建閩南方言中卻爲塞擦音。觀察平南閩人遷移史的年代及背景來看，我們認爲平南閩語不可能在動盪的歷史流變中，比保守的閩南語核心區更易保存大量古照系字讀舌尖塞音的讀法。

所以，我們以語音變化的層次性來解釋平南精、照組 s—t 分讀的現象：

1.古賽擦音類

(1)層次¹　　—→tʃ（開口三等）

　　　　　—→　t

(2)層次²　　—→　tʃ（開口三等）

　　　　　—→　s

2.古擦音類—→　t′　　白讀層

　　　　　—→　s　　　文讀層

在上述中，古塞擦音類讀塞音及擦音的情形分屬不同的層次來探討，因其受語言外力的來源不同。這兩種層次最後重疊在一起，才形成今日複雜的音韻現象。

所以，我們認爲研究方言的語音現象時，必須釐清什麼現象是後來發展而產生的，而什麼現象才是古來就有的。古來就有的語音現象可以作爲構擬上古音的根據；而後來轉變的當應探討其轉變的原因。正如張光宇教授所言："方音來源形式的探討和漢語上古時期聲母的擬測之間有没有相承的關係，無疑是漢語史的上的一個重要課題"（張光宇　1988）。而橋本萬太郎在談及東亞大陸構擬祖語時也説："只有通過語言結構的區域性外貌變化，同時盡可能與'縱'的演變相對照，才能追溯到這種語言的親屬關係"（橋本萬太郎

　　1985）。可見若只爲解釋現代方音的特殊現象，而毫無忌憚的在古音上作擬測，完全忽略其它因素，是否在語音論証上流於形式化，而終難以窺其原貌？

參考書目

丁邦新　1986　《儋州方言》，史語所專刊之84，台北：中央研究院。

何大安　1987　"論贛方言"，《漢學研究》，第五卷，第一期，1－27。

　　　　　　　"澄邁方言的文白異讀"，《史語所集刊》，52.1：101－152。

李方桂　1980　《上古音研究》，北京：商務印書館。

李　玉　1990　"平南閩南話的音韻特徵及聲母的古音痕跡"，《語言研究》，1.25－36。

余傳文　巢宗祺　1984　"油岭瑤話概述"，《中山大學學報》，3.113－117。

金有景　1983　"民族語言研究與漢語研究"，《民族語文》，6.47－55。

周長楫　1983　"廈門話文白異讀的類型（上）（下）"，《中國語文》，5.330－336；6.　430－439。

　　　　1986　"福建省境内閩南方言的分類"，《語言研究》，11.　69－84。

吳建新　1991　"明清廣東人口流動概觀"，《廣東社會科學》，2.38－45。

范宏貴　1983　"在大瑤山進行微型研究的體會"，《廣西民族學院學報》，1.　35－40。

林寶卿　1992　"漳州方言詞匯㈠"，《方言》，2.　151－160。

姚舜安　1988　″瑤族遷徙之路的調查″，《民族研究》，2.77－8
　　　　　　　　2。

袁家驊　1983　《漢語方言概要》，北京：文字改革出版社。

陳章太　李如龍　1983　″論閩方言的一致性″，《中國語言學
　　　　　　　　　　　　　報》，1.　25－81。

　　　　　　　　1985　″論閩方言內部的主要差異″，《中國語言
　　　　　　　　　　　　學報》，2.　93－173。

　　　　　　　　1991　《閩語研究》，北京：語文出版社。

陳其光　田聯剛　1991　″語言間的區域特徵″，《中國語言學
　　　　　　　　　　　　報》，4.　212－230。

陳啓新　陳運飆　1984　″乳源必背瑤族文化變遷因素的研究″，
　　　　　　　　　　　　《中山大學學報（社會科學版）》，2.
　　　　　　　　　　　　88－114。

曹廣衢　1983　″壯侗語中和漢語有關係的詞的初步分析─有關上
　　　　　　　　古漢語陽聲韻韻尾的一點線索″，《民族語文》，2
　　　　　　　　.　51－55。

梁猷剛　1984　″海南島瓊文話與閩語的關係″，《方言》，268－2
　　　　　　　　71。

　　　　1984　″廣東省海南島漢語方言的分類″，《方
　　　　　　　　言》，4.　264－267。

　　　　1985　″廣東北部漢語方言的分布″，《方言》，2.89－10
　　　　　　　　4。

梁玉璋　1984　″福州話的文白異讀″，《中國語文》，6.434－44
　　　　　　　　0。

梁　敏編著　1980　《 毛難語簡志 》，民族出版社。

1980　《 侗語簡志 》，民族出版社。

梁　敏　張均如　1988　"廣西壯族自治區各民族語言的互相影響"，《 方言 》，2．87－91。

黃典誠　1982　"閩南方言中上古音殘餘"，《 語言研究 》，2．172－187。

1984　"閩語的特徵"，《 方言 》，3．161－164。

黃甘谷　李如龍　1987　"海南島的邊話——一種混合型方言"，《 中國語文 》，4．268－275。

喬素玲　1990　"清代廣東的人口增長與流遷"，《 暨南學報（ 哲學社會科學 ）》，2．45－53。

馮成豹　1989　"海南島板橋話的語音特點"，《 方言 》，1．47－53。

喻世長　1984　"應該重視語言互相影響的研究"，《 民族語文 》，2．1－9。

喻翠容　羅美珍編著　1980　《 傣語簡志 》，民族出版社。

覃國生編著　1980《 壯語簡志 》，民族出版社。

張　琨　1985　"論比較閩方言"，《 語言研究 》，1．107－138。

1990　"客家方言中《 切韻 》上聲字的讀法"，《 王力先生紀念文集 》，407－419。

"苗瑤語聲調問題"，《 史語所集刊 》，93－110。

張光宇　1988　"海口方言聲母的由來"，《 切韻與方言 》，32－49。

1988　"閩方言古次濁聲母的白讀 h－和 s－"，《 切韻與方

言 》，17－31。

張均如　1983　"壯侗語族塞擦音的產生和發展"，《 民族語文 》，
　　　　　　　1．19－29。

　　　　1985　"廣西中南部地區壯語中新借詞讀音的發展"，《 民
　　　　　　　族語文 》，3．40－42。

　　　　1986　"壯侗語族語音演變的趨向性、階段性、漸變性"，
　　　　　　　《 民族語文 》，1．27－37。

　　　　　　　張均如編著　1980　《 水語簡志 》，民族出版社。

張振興　1985　"閩語的分區（稿）"，《 方言 》，3.171－180。

　　　　1987　"廣東海康方言記略"，《 方言 》，4．264－282。

張盛裕　1979　"潮陽方言的文白異讀"，《 方言 》，4．241－26
　　　　　　　7。

　　　　1981　"潮陽方言的語音系統"，《 方言 》，1．27－39。

董同龢　1959　"四個閩南方言"，《 國立中央研究院歷史語言研究
　　　　　　　所集刊 》，30．729－1042。

詹伯慧　1990　"珠江三角洲方音說略"，《 王力先生紀念文集 》，
　　　　　　　477－499。

　　　　1991　《 現代漢語方言 》，台北：新學識文教出版中心。

詹伯慧　張日昇編　1988　《 珠江三角洲方言詞匯對照 》，新世紀
　　　　　　　出版社。

楊成志　1987　"本地、福佬、客家的由來與發展"，《 中央民族學
　　　　　　　院學報 》，4．75－77。

楊煥典　梁振仕　李譜英　劉村漢　1985　"漢語的廣西方言
　　　　　　　（稿）"，《 方言 》，3．181－190。

廖世桐　1984　"廣東省少數民族人口狀況分析"，《廣東社會科學》，1. 51-53。

鄭方貴　1983　"現代瑤語濁聲母的來源"，《民族語文研究》，15-29。

橋本萬太郎　1985　《語言地理類型學》，復旦大學中文系出版，余志鴻譯。

遲伸久　1980　《廣西粵語比較音韻論》，東京：Kazama Shobo 出版公司。

羅季光　1953　"廣西瑤語"，《中國語文》，3. 33-35。

中央民族學院少數民族語言研究所第五研究室編　1983　《壯侗語族語言文學資料集》，四川民族出版社。

中央民族學院苗瑤語研究室編　1985　《苗瑤語方言詞匯集》，中央民族學院出版社。

民族問題研究室　1977　"廣西的少數民族"，《廣西民族學院學報》，3. 126-128；4. 86-90

　　　　　　1978　"廣西的少數民族"，《廣西民族學院學報》，3.57-71；4. 43-56。

北京大學中國語言文學系語言學教研室編　1962　《漢語方音字匯》，北京：文字改革出版社。

Kun Chang 1975"Tonal Developments Among Chinese Dialects"，《BIHP》，46. 636-709。

Nicholas C. Bodamn 1982"The Namlong Dialect，A Northeastern Min Outlier in Zhongshan Xian And the Influence of Cantonese on Its Lexi - con And Phonology，《Tsing Hua Journal Of

Chinese Studies 》，1.1－19。

莊初崇生三等字在方言中的反映

王本瑛

一、前　言

　　在漢語音韻的發展過程中，莊系聲母和其他齒音的關係往往是糾葛不清的。三十六字母中的照穿床審經廣韻反切系聯，發現照系二等和三等應爲有區別的兩類字，前者稱莊初崇生，後者稱章昌船書。章系和莊系的區別在聲母、介音、還是韻母，學者間亦有不同的觀點（龍宇純，1981：247）。在上古諧聲系統裡，精系和照系又常常分不開，如：“且”作爲“阻”、“岨”、“疽”、“助”、“俎”等字的聲旁。

　　莊系和章系雖然以等區別，但是莊系字也出現於三等韻，不過出現的環境是有條件限制的：在有二等韻的攝裡，見於二等不見於三等；在無二等韻的攝裡才出現於三等。莊系三等和二等運用於反切下字的情況並不相同，後者較常用於反切下字，董同龢因而推論：莊系聲母原只出現於二等，三等字是後來演變出來的（董同龢，1953：172－174）。

　　這後來演變出來的三等字和其它的三等字並不太一樣，這一點董同龢已經注意到。他在審視《中原音韻》各韻讀音時，一再地提及莊系三等和其它三等的不同應是洪細的區別（董同龢，1953：27－34）。依他的觀察，《古今韻會舉要》中，莊系三等字都變入同攝一等韻，如果同攝沒有一等韻，莊系三等則獨立成韻，如侵韻的"簪"、"森"等字獨立成"簪"字韻（董同龢，1965：206）。楊耐思在〈漢語"知、章、莊、日"的八思巴字譯音〉一文中，詳列了八思巴譯漢字的聲韻配合關係，從其中可以很清楚地看見，三等莊系字的韻母往往和其它三等韻不同（楊耐思，1984：397－8）。

　　莊系三等字的特殊不只反映在文獻材料上，龍宇純、張琨、周長楫也從方言讀音中注意到了。龍宇純利用《漢語方音字匯》觀察到"莊系字主要元音較章系字低，即其讀音較洪，聲異者大致莊系字爲舌尖音，章系字爲捲舌音和舌面前音……韻同聲異者，ts/tɕ、s/ɕ的對立，前者無介音，後者必含─i─介音"（龍宇純，1981：263）。張琨就宕攝字在方言中的表現，認爲莊系字有合口現象，此一合口現象或以─u─介音呈現，或將合口成份移至主要元音（張琨，1982：69）。周長楫更明確指出，在閩南話裡，中古三等韻莊系字大多讀洪音，主要元音開口度大，因此三等莊系字跟一等精組字的讀音是相同的（周長楫，1991：152）。

　　由以上幾位學者的研究觀察，不難看出莊初崇生三等字的特殊：名爲三等實異於三等。如果莊系三等字是後來才進入三等的，其中發生了什麼樣的語音變化使它進入三等？既然成爲三等字，爲何又會讀同一等？張琨所說的合口現象又從何而來？本文將利用方言材料，對這個後來演變出來的三等字作一觀察，這些方言有：

官話（包括晉語）：北京、濟南、西安、敦煌、昌黎、武漢、成都、合肥、揚州、臨武、太原、壽陽。

湘語：長沙、桃江、邵陽、雙峰、衡陽、婁底。

贛語：南昌、奉新、臨川、餘干。

吳語：蘇州、鄞縣、呂四、溫州。

客語：梅縣、華陽、美濃、桃園、新丰。

閩語：廈門、潮州、福州、建甌。

粵語：廣州、陽江、增城。

徽語：婺源、績溪。

湘南土語：臨武。

其它方言於相關處亦一併討論，詳細引用資料請見參考書目。

二、莊系二等字

莊系二等字在方言中和其它二等字無異，精系聲母配一、三、四等，莊系二等往往能補足精系二等的空缺，恰形成一個四等俱全且對稱的關係，以蟹攝爲例。

再　　　債　　　祭　　　濟

北京	tsai	tʂai	tɕi	tɕi
太原	tsai	tsai	tɕi	tɕi
南昌	tsai	tsai	tɕi	tɕi
臨武土❶ tsa		ts'a 寨	tɕi	tɕi
長沙	tsai	tsai	tɕi	tɕi
雙峰	tsue	tsa	tɕi	tɕi
梅縣	tsai	tsai	tsi	tsi
廈門	tsai	tsai 文	tse	tse
		tse 白		
蘇州	tsE	tsɒ	tsi	tsi
廣州	tʃɔi	tʃai	tʃɐi	tʃɐi

　　其中雙峰、蘇州、廣州精系一等和莊系二等有區別是屬於系統
上的，而非單是莊系字韻母的特殊。這種一、二等（蟹攝）韻母有
別的情形在老湘語區、吳語區、以及粵語區其它方言也有。

三、莊系三等字

　　相較之下，莊系三等字就比較特殊。在韻母方面，莊系三等字
的韻母變異讀法較多，一韻之內往往有不同的讀音，以侵韻爲例。

---

❶　臨武爲西南官話與土語並用的雙語區，本文以“臨武官”和“臨武土”來
　　表示官話和土語。

	精	知	章	莊
北京	tɕin	tʂən	tʂən	tʂən
太原	tɕiŋ	tsəŋ	tsəŋ	tsəŋ
合肥	tɕin	tʂən	tʂən	tsən
長沙	tɕin	tsən	tsən	tsən
雙峰	tɕiæ̃			
梅縣	tsim	təm	təm	ts
新丰	tsim	- - -	tsim	tsam
				tsem
溫州	tsaŋ	tsaŋ	tsaŋ	tsaŋ
呂四	tɕiŋ	tsəŋ	tsəŋ	tsəŋ
				tɕym̍
奉新	tɕiəm	təm	təm	tsom
				tsem
臨川	tsim	tim	tim	tsom
				tsem
廈門	tsim	tim	tim	tsim
			tsiam	tsiam
福州	tseiŋ	teiŋ	tseiŋ	tseiŋ
	tsiŋ	tiŋ	tsiŋ	
			tsyŋ	
			tsieŋ	

上述方言中，莊系字的讀法較精知章多。而福州卻相反：章系

字有四種讀音，莊系字卻只有一個讀音，這似乎又透露出莊系字和其它塞擦音系聲母不同的表現。

正如龍宇純和周長楫的觀察，一般而言，莊系三等字的元音比較低，多半和精母一等字同。

	租	蛆	豬	諸	初
武漢	tsou	tɕʻy 文 tɕʻi 白	tɕy	tɕy	tsʻou
臨武官	tsu	tɕʻy	tɕy	tɕy	tsʻu
長沙	tsəu	tɕʻi	tɕy	tɕy	tsʻəu
衡陽	tsu	tɕʻy	tɕy	tɕy	tsʻu
婁底	tsɣu	tsʻy	tɕy	tɕy	tsʻɣu
雙峰	tsəu	tɕʻy	ty	ty	tsʻəu
南昌	tsu	tɕʻy	tɕy	tɕy	tsʻu
蘇州	tsəu	tsʻi	ts	ts	tsʻəu
鄞縣	tsu	– – –	ts	ts	tsʻu
梅縣	tsɿ	tsɿ 文 tsʻi 白	tsu	tsu	tsɿ
新丰	tsu	– – –	tsy	– – –	tsʻu
婺源	tsu	– – –	tɕy	tɕy	tsʻu
廈門	tsɔ	tsʻu	tu 文 ti 白	tsu	tsʻɔ 文 tsʻue 白
建甌	tsu	tsʻy	kʻy	tsy	tsʻu

有少數方言莊系三等字的元音卻比精系一等的元音低。

	租	蛆	豬	諸	初
廣州	tʃou	tʃøy	tʃøy	tʃy	tʃʼɔ
陽江	tʃou	tʃei	tʃi	tʃi	tʼʃɔ
增城	tsou	tsʼœ	tsi	tsi	tsʼɔ
華陽	tsu	tʼi	tsu	tsu 煮	tsʼo
桃園	tsu	tsʼi	tʃu	tʃu	tsʼu 文
					tsʼo 白

　　這些方言多爲粵語和客語。不論莊系字元音同於精系一等或低
於精系一等字的元音，由上表可以看出：莊系字三等的元音多爲後
元音，在臨武、衡陽、南昌、鄞縣、新丰、婺源、建甌爲圓唇音前
後的區別。在武漢、長沙、婁底、雙峰、蘇州、廈門爲元音高低的
區別，而且莊三和精一都一致有後元音的成份，如元音韻尾－u或
後元音ɔ、o。梅縣客家話卻不一樣，莊三和精一爲開口舌尖元音
ɿ，而知章爲合口元音u。

　　莊系三等字除了會和精系一等字合流，在不同方言中，也可能
和其它三等塞擦音聲母有不同的合流情況，例如，有一些方言止攝
精三韻母和莊三韻母合流，顯示精莊之間的關係密切。

之韻

	慈	持	之	廁
婺源	tsʼɿ	tɕʼi	tɕi	tsʼɿ

奉新	ts'ɯ	t'ə	tə	ts'ɯ
臨川	ts'ɿ	t'i	ti	ts'ɿ
餘干	ts'ɿ	tʃ'o	tʃo	sɿ 事
陽江	tʃ'ei	tʃ'i	tʃi	tʃ'ei
增城	ts'ei	tsi	tsi	tsei

脂韻

	資	遲	脂	師
奉新	tsɯ	t'ə	tə	sɯ
臨川	tsɿ	t'i	ti	sɿ
增城	tsei	tsi	tsi	si
				sei 獅

　　這種精三莊三韻母合流的現象主要出現在贛語、粵語和徽語。值得注意的是，在贛語（奉新、臨川、餘干）莊三和精三的韻母元音比知三和章三高。

　　在其它方言中，莊三韻母會和知章韻母合流而和精三韻母對立。

	津	珍	眞	襯
北京	tɕin	tʂən	tʂən	tʂ'ən
西安	tɕiə̃	tʂə̃	tʂə̃	ts'ə̃
太原	tɕiŋ	tsəŋ	tsəŋ	ts'əŋ
合肥	tɕiŋ	tʂən	tʂən	ts'ən

長沙	tɕin	tsən	tsən	ts'ən
桃江	tsin	tən	tsən 文	ts'ən
			tən 白	
邵陽	tɕin	tsən	tsən	－ － －
蘇州	tsin	tsən	tsən	ts'ən
呂四	tɕin	tsəŋ	tsəŋ	ts'əŋ
廣州	tʃøn	tʃɐn	tʃɐn	tʃ'ɐn

上面的方言除了廣州外，知章莊聲母均已合流，而不同於精母，這種情況實在是因爲知章莊聲母的合流而拉平了莊三韻母的特殊，這種知章莊合流乃是塞擦音捲舌化的結果。

另外尚有一些方言精知章莊的韻母完全合流。

	津	珍	眞	襯
臨武官	tɕiŋ	tɕiŋ	tɕiŋ	tɕiŋ
溫州	tsaŋ	tsaŋ	tsaŋ	ts'aŋ
廈門	tsin	tin	tsin	ts'in 文
				ts'an 白
潮州	tsiŋ	tiŋ 塵	tsiŋ	ts'iŋ
陽江	tʃɐn	tʃɐn	tʃɐn	tʃ'ɐn
增城	tsɐŋ	tsɐŋ	tsɐŋ	ts'ɐ
婺源	tsæn	tsæn	tsæn	ts'æn
臨武土	tseŋ	tseŋ	tseŋ	ts'eŋ

　　這種精知章莊完全合流並不普遍，官話中也只有位在湘南雙語區的臨武才有，值得注意的是臨武土語亦是如此。

　　以聲母捲舌化的先後順序而言，莊系字似乎是最早捲舌化的，因為我們可以在方言中發現到：莊系字若有捲舌聲母，則知章必有捲舌聲母；但知章有捲舌聲母卻不能隱含莊系聲母也捲舌化❷。以捲舌聲母出現較多的官話方言來看，這種情形顯而易見。

之韻

	精	知	章	莊
北京	ts	tʂ	tʂ	tʂ
濟南	ts	tʂ	tʂ	tʂ
合肥	ts	tʂ	tʂ	tʂ
西安	ts	tʂ	ts	ts
敦煌	ts	tʂ	ts	ts
昌黎	ts	tʂ	ts	ts
太原	ts	ts	ts	ts
武漢	ts	ts	ts	ts
成都	ts	ts	ts	ts
揚州	ts	ts	ts	ts
臨武	ts	ts	ts	ts
壽陽	ts	ts	ts	ts

---

❷　另一個演變的可能是，莊系字最晚捲舌化，但是我們認為，莊系字不但率先捲舌化，同時也進一步舌尖化了，下一節我們會詳細討論。

以官話為例，莊系字有捲舌也有不捲舌，而且捲舌和不捲舌往往有文白的對立，下面的字文讀下加單線，白讀不加標示。

ts 類：阻所差輜淬廁鄒搜颼餿參岑森澀瑟<u>側仄測惻</u>色齰澤擇責策册縮

tʂ 類：初楚礎鋤助梳疏蔬雛數師獅士仕柿事使史駛揣衰捽帥縐縐揫愁驟瘦漱參滲榛臻櫬虱帥蟀莊裝壯瘡闖創床霜孀爽側色撐澄橙摘拆摘宅翟生牲笙甥省眸窄崇（熊正輝，1990：7）。

在介音方面，一般而言，方言中莊三韻母少有 –i– 介音。

	秋	抽	周	鄒
臨武官	tɕ'iou	tɕ'iou	tɕiou	tsou
雙峰	tɕ'iU	tɕ'iU	tiU	tse
衡陽	tɕ'iu	tɕ'iu	tɕiu	tsəu
溫州	tɕ'iɐu	tɕ'iɐu	tɕiɐu	tsau
鄞縣	tɕ'iY	tɕ'iY	tɕiY 帚	zˠɤY 愁
臨川	tɕ'iu	t'iu	tiu	ts·u
臨武土	tɕ'iou	tɕ'iou	tɕiou	tsai

臨武不論官話或土話都表現得極為顯著。

	直	職	測
臨武土	tɕ'ie	tɕie	ts'e
臨武官	tɕ'ie	tɕie	ts'e

　　客家話在這一點又和其它方言不同，莊三韻母在客家話往往有 −i−介音。

	秋	抽	周	鄒
梅縣	ts'iu	ts'u	tsu	ts
美濃	ts'iu	−u❸	tsiu	−eu
				−iu
華陽	tɕ'iθu	ts'θu	tsθu	tɕiθu
桃園	ts'iu	tʃ'u	tʃiu	tseu

　　上表中以華陽涼水井客家話最爲顯著，但是其它三個方言也都有部份莊三等字有−i−介音，如"繑"在美濃、華陽、桃園分別讀 tsiu、tɕiθu、tsiu，"皺"在梅縣、桃園都讀 tsiu，在通攝入聲。客家方言往往在莊三仍有−i−介音。

	宿	竹	粥	縮
美濃	siuk	tsuk	−uk	−iuk
桃園	siuk	tʃuk	tʃuk	siuk

　　莊系聲母的合口成份主要表現在宕攝字，以宕攝字爲例，精知

---

❸　語料中沒有同音字表，但作者將各韻各聲母的讀音作一番整理，因此本文
　　以無聲母的標音表示例字所在的韻在該聲母的讀音。

章莊三等字可以因爲所配的介音不同分成三大類型。

類型Ⅰ：精：知章：莊＝－i－：－O－：－u（y）－

	將	腸	昌	莊
北京	tɕiaŋ	tʂʼaŋ	tʂʼaŋ	tʂuaŋ
西安	tɕiaŋ	tʂʼaŋ	tʂʼaŋ	pfaŋ
太原	tɕiɒ	tsʼɒ	tsʼɒ	tsuɒ
合肥	tɕiɑ̃	tʂʼɑ̃	tʂʼɑ̃	tʂuɑ̃
敦煌	tɕiɔ̃	tʂʼɔ̃	tʂʼɔ̃	tʂuɔ̃
昌黎	tɕiɑŋ	tʂʼɑŋ	tʂʼɑŋ	tsuɑŋ
長沙	tɕian	tsan	tsʼan	tɕyan
衡陽	tɕian	tɕian	tɕʼian	tsuen
邵陽	tɕiɑ̃	dzɑ̃	tsʼɑ̃	tsuɑ̃
臨武土	tɕiaŋ	tsʼaŋ	tsʼaŋ	tsuaŋ

類型Ⅰ主要分布在官話區，以及受官話影響頗深的地區，如湘語。西安的 pf 來自 tʂu（董同龢，1965：149），莊三的合口成份實已轉入唇音聲母，晉南運城也是如此（呂枕甲，1991：154）。

類型Ⅱ：精：知章：莊＝－i－：－i－：－O－

	將	腸	昌	莊
婁底	tsiɔŋ	dʑiɔŋ	tɕʼiɔŋ	tsɔŋ
陽江	tʃiŋ	tʃʼiŋ	tʃʼiŋ	tʃɔŋ
鄞縣	tɕiɑ̃	dʑiɑ̃	tsʼɔ̃	tsɔ̃

　　蘇州　　tsiaŋ　　zaŋ　　ts'aŋ　　tsɔŋ

　　類型Ⅱ是把合口成份轉至主要元音，而使主要元音變爲後元音。這主要分布在老湘語、吳語和粵語，而部份方言知章韻母並沒有－i－介音。其中鄞縣莊章同音，這是與切韻系統較爲接近的系統，屬於較早期的語言現象（張琨，1982：69）。

類型Ⅲ：精：知章：莊＝－i－：－O－：－O－

	將	腸	昌	莊
南昌	tɕiɔŋ	ts'ɔŋ	ts'ɔŋ	tsɔŋ
奉新	tɕiɔŋ	t'ɔŋ	t'ɔŋ	tsɔŋ
臨川	tɕiɔŋ	t'ɔŋ	t'ɔŋ	tsɔŋ
雙峰	tɕiɒŋ	dɒŋ	t'ɒŋ	tsɒŋ
桃江	tsiɔŋ	tsɔŋ 文 tɔŋ	tɔŋ	tsɔŋ
		tɔŋ 白		
臨武官	tɕiaŋ	ts'aŋ	ts'aŋ	tsaŋ
梅縣	tsiɔŋ	ts'ɔŋ	ts'ɔŋ	tsɔŋ
美濃	tsiɔŋ	ts'ɔŋ	ts'ɔŋ 掌	tsɔŋ
華陽	ʈiɔŋ	ts'ɔŋ	ts'ɔŋ 掌	ts'ɔŋ 床
桃園	tsiɔŋ	tʃ'ɔŋ	ts'ɔŋ	tsɔŋ
新丰	tsiɔŋ 醬	tsɔŋ 張	ts'ɔŋ	ts'ɔŋ 床

　　這種知章莊不分的情況在其它方言也有。

tsaŋ   溆浦、汝城、宜章、廣濟。

tsã   南縣、武崗、麻陽。

tsaɯ   辰谿。

tsoŋ   咸寧、陽新、通山。

tsɔŋ   大冶、沅江。

tsɔ̃   茶陵、桂東❹。

由以上的方言可以發現，類型Ⅲ多分布在客贛方言以及受客贛方言侵蝕的湖南、湖北方言。

四、討論

由以上的觀察可以發現：莊系二等字和其它二等字並無不同，莊系三等字卻名實不符，它和其它三等韻相異處可以歸納爲以下幾點：

1.韻母變異讀法較多。

2.主要元音較低，多半和精一同，部份粵方言和客方言比精一低，另一方面，塞擦音聲母的捲舌化會拉平莊三主要元音的特殊，這主要分布在官話區。

3.韻母多爲合口，或有－u－介音或主要元音爲後元音。

以上是莊系三等字在方言中的一般趨勢，贛語及客語在某方面卻有不同的發展。有的方言止攝莊三和精一的主要元音比知章高。

---

❹ 以上的語料整理來自張琨（1982：71）

	資	遲	脂	師
梅縣	tsɿ	ts'ɿ	tsɿ	sɿ
美濃	－i	tsɨ	－i	－ɨ
	－ɨ		－ɨ	
華陽	－－－	ts'ɿ	－－－	sɿ
桃園	tsɨ	tʃ'ɨ	tʃɨ	sɨ
新丰	tsi	－－－	－－－	si
南昌	tsɿ	ts'ɿ	tsɿ	sɿ
奉新	tsω	t'ə	tə	sω
臨川	tsɿ	t'i	ti	sɿ
餘干	tsɿ	tʃ'o	tʃo	－－－

這種情形似乎以贛語最爲明顯。另一個情況是在流攝莊系字，客家方言往往有－i－介音。

	秋	抽	周	鄒
梅縣	ts'iu	ts'u	tsu	ts
美濃	ts'iu	－u	tsiu	－eu
				－iu
華陽	t'ieu	ts'eu	tseu	ɬieu
桃園	ts'iu	tʃ'u	tʃiu	tseu
南昌	tɕ'iʊ	ts'əʊ	tsəʊ	ts
奉新	tɕ'ieu	t'u	tu	tsau

臨川	tɕiu	tʼiu	tiu	ts ：u
餘干	tsiu	tʃʼu	tʃu	ts

　　部份例字請見上一節的討論。客贛方言在止、流、通、宕的表現都很特殊，但發展途徑卻很不相同，客家方言莊三在流攝及通攝有－i－介音，贛方言則否；止攝贛方言莊三元音比知章高，而客家方言則精知章莊完全合流爲高元音，宕攝在一些湘、贛、鄂及客家方言中知章莊都沒有區別（上一節的類型Ⅲ）。此一發現非常耐人尋味，客贛方言的分合學者之間尚未達成共識，它們形成的時期又極爲接近（周振鶴、游汝杰，1986：10）。莊三等的表現，或許可以爲這兩個形貌相似的方言再加上一個觀察角度。

　　其次要談的是塞擦音聲母捲舌化的問題。客贛方言止攝精三莊三元音較高，這已經告訴我們莊系三等字的聲母韻母變化比知章快，上面奉新、臨川方言都可以證明。在山西婁煩宕攝字元音爲a，獨莊組字的元音爲əɯ。在方言中，舌尖元音的出現往往會依循＊ki〉＊ȶi〉＊tʃi〉＊tʂi〉＊tsi〉tsɿ 的模式變化（張琨，1992：255）。由此看來，三等莊系字在塞擦音系的變化往往是跑在前面的。

　　第三要談的是宕攝字，上一節我們已經將宕攝莊系字的類型詳列出來，大致有三種：一是以北京音爲代表，莊系字有－u－介音；一種以婁底爲代表，莊系字爲後元音；一種以南昌爲代表，知章莊合流，均爲後元音。

　　陽韻字在官話變爲合口，董同龢不知如何解釋，但是他發現這個力量很大，連江韻也變爲合口了（董同龢，1965：175），如

窗、霜等字。張琨觀察宕攝字在方言中的表現後，認爲莊系聲母有
合口作用，以北京話爲例，莊系字多半已和知章合流，但是獨宕攝
字卻出現了合口，若以張琨的觀點來看，是否宕攝字是官話莊系聲
母合口作用的遺跡？

　　這主要的導因應該是宕攝字的主要元音是一個後元音，而後元
音往往和後高元音 u 相輔而行的（張琨，1985：99）。張琨所說的
合口作用應該指的是－u－介音的保留程度。也就是說，宕攝的－
u－介音是來自後元音，但因爲聲母的性質使 －u－介音傾向於保
留❺。

　　莊系字的分布也透露了一些消息，以不同的韻尾來看，則有以
下的分布：

　　　　　　　　－O：止、遇、流。
　　　　　　　　－m：深。
　　　　　　　　－n：臻。
　　　　　　　　－ŋ：曾、宕、通。

　　其中深、臻、曾的字數極少，而除了止攝外，遇、流、宕、通
等攝或多或少都帶有合口成份。這個合口成份爲何未在同爲塞擦音
的精知章三組聲母出現？根據方言的表現來看，這三組聲母應仍有
－i－介音存在，由此，就回到最根本的問題：莊系三等字爲何是

------

❺　張琨認爲－u－介音的消失和聲母的發音位置有關，簡而言之，－u－介音
　　的消失可能性如下：唇音＞舌尖擦音塞擦音＞舌尖塞音＞舌根音

後來演變出來的？三等莊系字有没有－i－介音？其間經歷了什麼
樣的語音變化？它從莊二等變來後爲何又多半讀同一等？介音在其
中扮演什麼角色？

　　莊系三等應該曾經有－i－介音，這一個－i－介音尚保存在部
分方言中。

	知	章	莊
金華	iaŋ	iaŋ	yaŋ
永康	iaŋ	iaŋ	yaŋ
靖江	iã	iã	yaŋ
常州	ɑŋ	ɑŋ	yɑŋ
丹陽	ɑŋ	aŋ	yɑŋ
杭州	aŋ	ɑŋ	yaŋ
龍山	aŋ	aŋ	yaŋ
蒙自	aŋ	aŋ	yaŋ
長沙	ã	ã	yã
高郵	aŋ	ɑŋ	yɑŋ
南通	ō	ō	yō ❻

　　莊三等爲捲舌音時，韻母多半有－u－音，而讀舌尖塞擦音
時，卻不一定有－u－介音。

---

❻　　語料整理來自張琨（1982：69－71）。

知章　：　莊

tʃi	ts	衡山、安仁、新化、耒陽、湘陰、城步、攸縣、永興。
tʂ	ts	瀏陽、益陽、湘潭、寧鄉、通道、酈縣。
t	ts	崇陽、湘鄉、安化。
ȶi	ts	常寧。
tʃi	tsu	祈陽、永明、零陵、瀘溪。
tʂ	tsu	桑植。
ts	tsu	保靖、沅陵、芷江、乾城、寧遠、道縣、江華、句容、鹽城、如皋、陽州、淮陰、永順、永綏。
tʂ	tʂu	澧縣、大庸、鶴峰、徐州、邳縣、新海連市、南京市。
tʂaŋ	tʂoŋ	元江。

　　莊系三等字在知照系中變化的腳步比較快，不論聲母韻母均是如此。莊系三等字在語音變化的過程中領先，介音佔有很重要的地位。這些莊系三等字進入三等代表了－i－介音的出現，這個介音可以和聲母結合成捲舌音，其後捲舌音再變爲舌尖塞擦音（張光宇，1992：362），在這一連串的變化過程中，後低元音的主要元音產生了－u－介音，此一合口成份使莊系三等字有－u－或－y－介音，依各方言－u－介音的保留程度，有的將合口成份移至主要元音。當合口成份轉入主要元音時，可能會和精系一等合流，也可能沒和精系一等有一致的變化。正如張琨所説的，"在介音＊u前

有種種的變化"（張琨，1982：57），在－u－介音後又何嘗不是呢？

這一連串的變化可以歸納如下，R表示捲舌化，TS表示塞擦音。

TS〉〉TSI〉〉TSR〉〉TSRU〉〉TSU〉〉TS〉〉TSY

整體而言，莊系三等字的變化腳步比知章快，在方言中，金華等方言保留了－i－介音，最爲保守；北京話有捲舌聲母，變化速度居中：客贛方言不僅捲舌聲母變爲舌尖塞音，－u－介音也丟失了。

五、結　語

本文根據方言材料歸納出莊系三等字的表現，主要元音多半比較低，爲一個後元音，少有－i－介音，多半有－u－介音，聲母捲舌化也和知章母不同，莊系聲母的合口作用應爲後元音成份的保留。莊系三等字的演變，介音在其中有舉足輕重的地位。

語音的變化有千萬種面貌，這篇短文實在無法窮盡，莊系三等字仍有許多有待解開的謎團。

參考書目

北京大學中國語文學系 1989《漢語方音字匯》，北京：文字改革
　　　出版社。

余直夫　1975　《奉新音系》，台北：藝文印書館。

李永明　1986　《衡陽方言》，長沙：新華書店。

　　　　1988　《臨武方言—土語與官話的比較研究》，湖南人民
　　　出版社。

李濟源、劉麗華、顏清徽1987　〈湖南婁底方言的同音字匯〉，
　　　《方言》，1987.4，294－305。

呂枕甲　1991　〈知章莊日晉南今音〉，《漢語言學國際學術研討
　　　會論文集》，153－155。

何傳棠　1990　〈廣東增城方言同音字匯〉，《方言》，1990.4，
　　　270－283。

河北省昌黎縣志編纂委員會、中國社會科學院語言研究所　1984
　　　《昌黎方言志》，上海：上海教育出版社。

周日健　1992　〈廣東新豐客家方言記略〉，《方言》，1992.1，
　　　31－44。

周長楫　1991　〈中古三等韻莊組字在閩南話裡的讀音〉，《漢語
　　　言學國際學術研討會論文集》152。

馬希寧　1992　〈婺源方言記略〉，未刊稿。

張　琨　1982　〈漢語方言中聲母與韻母之間的關係〉，《中央研
　　　究院歷史語言研究所集刊》，第五十三本，第一
　　　分，57－77。

1985 〈切韻前＊a和後＊ɑ在現代方言中的演變〉，《中央研究院歷史語言研究所集刊》，第五十六本，第一分，43－104。

1992 〈漢語方言中的幾種音韻現象〉，《中國語文》，1992.4，253－259。

張光宇 1992 〈漢語方言見系二等文白讀的幾種類型〉，《清華學報》，新二十二卷，第四期，351－366。

張盛裕、汪平、沈同 1988 〈湖南桃江（高橋）方言同音字匯〉，《方言》，1988.4，270－286。

陳忠敏 1990 〈鄞縣方言同音字匯〉，《方言》，1990.1，32－41。

陳昌儀 1990 〈餘干方言同音字匯〉，《方言》，1990.3，180－191。

董同龢 1948 〈華陽涼水井客家話記音〉，《中央研究院歷史語言研究所集刊》，第十九本，81－201。

1953 《中國語音史》，台北：華岡出版社。

1965 《漢語音韻學》，台北：文史哲出版社。

楊耐思 1984 〈漢語"知章莊日的八思巴字譯音〉，《音韻學研究》，394－401。

楊時逢 1957 《台灣桃園客家方言》，台北：中央研究院歷史語言研究所。

1971 〈台灣美濃客家方言〉，《中央研究院歷史語言研究所集刊》，第四十二本，第三分，405－465。

熊正輝 1990 〈官話區方言分 ts、tʂ 的類型〉，《方言》，1990

.1，1－10。

翟英誼　1989　〈婁煩方言的聲韻調〉，《方言》，1989.4，295
　　　　　　　－306。

趙日新　1989　〈安徽績溪方言音系特點〉，《方言》，1989.2，
　　　　　　　125－130。

趙秉璇　1984　《壽陽方言志》，山西：語文研究編輯部。

劉　伶　1988　《敦煌方言志》，蘭州：蘭州大學。

黎新第　1991　《近代以來的北方方言中莊章知組聲母的歷時變
　　　　　　　化〉，《漢語言學國際學術研討會論文集》，130
　　　　　　　－137。

盧今元　1986　〈呂四方言記略〉，《方言》，1986.1，52－76。

鮑厚星　1989　〈湖南邵陽方言音系〉，《方言》，1989.3，196
　　　　　　　－207。

龍宇純　1981　〈論照穿床審四母兩類上字的讀音〉，《中央研究
　　　　　　　院國際漢學會議論文集》，台北：中央研究院。

羅常培　1958　《臨川音系》，北平：科學出版社。

漢語方言陽聲韻尾的一種演變類型：
元音韻尾與鼻音韻尾的關係

馬希寧

壹

從傳統的聲韻學出發，我們可以按照音節內韻尾的不同分爲陰聲韻、陽聲韻、及入聲韻。陰聲韻以零輔音收尾❶入聲韻及陽聲韻分別以塞輔音及鼻輔音收尾。

> 陰聲韻：果、假、蟹、止、遇、效、流
> 陽聲韻：山、咸、深、臻、宕、江、梗、曾、通
> 入聲韻：山入、咸入、深入、臻入、宕入、江入、梗入、曾入、通入

---

❶ 陰聲韻是否有韻尾的問題，學者間至今未有定論；一般來説，有三派主張：一主張收濁塞音尾〔b，d，g〕；一主張收濁擦音尾〔β，ſ，ɤ〕；一主張陰聲韻沒有輔音尾。

這三種不同的韻尾在今日的漢語方言中各有不同的演變命運。一般說來，以塞音韻尾的演變最爲劇烈，演變的方向則趨向於消失，現在只有少數的南方方言（如客語、粵語、閩語）還尚稱完整地保存塞音韻尾之外，其它各地的方言都呈現不同的變化。如吳語的塞音尾大多只剩下喉塞成份〔ʔ〕；而贛語如南昌方言中的塞音韻尾則多爲〔t〕、〔ʔ〕。隨著塞音韻尾的消失，入聲調也漸併入其它三個聲調中。陽聲韻的鼻音韻尾也有類似的演變❷。從今日各地的漢語方言鼻音韻尾的演變看來，鼻音韻尾演變的速度顯然比塞音韻尾緩慢許多，這表示鼻音成份較喉塞成份更爲穩定，不易產生變化。因此，我們可以發現：有鼻音韻尾而無塞音韻尾的方言俯拾皆是；但卻極少見無鼻音韻尾而有塞音韻尾的方言。

　　根據方言現象，韻尾脫落顯然是漢語方言演變的共同趨勢之一，陽聲韻尾與入聲韻尾的變化已充份說明了這種演變大勢。那麼陰聲韻的演變又是如何呢？一般認爲陰聲韻可以依據元音結構分爲單元音與複元音兩類。

　　　單元音：果、假、止、遇
　　　複元音：蟹、效、流

如果將陰聲韻的音節結構如上分析，也就是以零輔音收尾，則我們便無法將陰聲韻的演變與陽聲韻、入聲韻匹配看待。在今日多數的

---

❷　我們認爲喉塞成份〔ʔ〕和鼻音成份〔˜〕是塞音尾與鼻音尾演變消失的前一個階段，二者演變類型相似但速度不同。

南方方言中，陰聲韻以複元音爲韻腹的蟹效流三攝有單元音化的趨勢。❸

	街	鞋	敗	泰	海	悲	推	最	操	包	交	否	頭	歐	口
吳縣	ɒ	ɒ	ɒ	ɒ	E	E	E	E	ɐ	ʙ	ʙ	Y	Y	Y	Y
常熟	ɑ	ɑ	ɑ	ɑ	æ	E	E	E	ɔ	ɔ	ɔ	E	E	E	E
崑山	ɑ	ɑ	ɑ	ɑ	ɛ	E	E	E	ɔ	ɔ	ɔ	E	E	E	E
南匯	ɑ	ɑ	ɑ	ɑ	e	e	e	ø	ɔ	ɔ	ɔ	ɤ	ɤ	ɤ	ɤ
上海	ɑ	ɑ	ɑ	ɑ	e	e	e	ø	ɔ	ɔ	ɔ	ɤ	ɤ	ɤ	ɤ
松江	ɑ	ɑ	ɑ	ɑ	e	e	e	ø	ɔ	ɔ	ɔ	ɯ	ɯ	ɯ	ɯ
嘉興	ɑ	ɑ	ɑ	ɑ	E	e	e	ue	ɔ	ɔ	ɔ	e	e	e	e
吳興	ɑ	ɑ	ɑ	ɑ	Y	Y	Y	Y	ɔ	ɔ	ɔ	Y	Y	Y	Y
嵊縣	ɑ	ɑ	ɑ	ɑ	E	E	E	E	ɑ	ɑ	ɑ	ø	ø	ø	iø
餘姚	ɑ	ɑ	ɑ	ɑ	e	e	e	e	ɑ	ɑ	ɑ	ɤ	ɤ	ɤ	ɤ

以吳語爲例，上面是蟹效流三攝皆已單元音化的例子；除此之外，還有許多地點蟹效流單元音化的過程並不完全。

	街	鞋	敗	泰	海	悲	推	最	操	包	交	否	頭	歐	口
永康	iA	iA	iA	iA	iE	iE	iE	iE	AU	UA	UA	UA	əU	əU	əU
宜興	A	A	A	A	iɐ	iɐ	iɐ	iɐ	ɣʌ	ɣʌ	ɣʌ	ɣɯ	ɣɯ	ɣɯ	ɣɯ
金壇	æ	ɑ	ɑ	ɑ	æɐ	æɐ	uei	uei	ɤʌ	ɤʌ	ɑɣ	ei	ei	ei	ei
丹陽	ɑ	ɑ	ɑ	ɑ	æ	Ei	ye	ye	ɔ	ɔ	ɔ	Ei	Ei	Ei	Ei
靖江	ɑ	ɑ	æ	æ	æ	e	e	e	ɒ	ɒ	ɒ	ɤe	Y	Y	Y
江陰	æ	æ	æ	æ	æ	EI	EI	EI	ɒ	ɒ	ɒ	EI	EI	EI	EI
武進	ɑ	ɑ	ɑ	ɑ	æɐ	æɐ	æɐ	æɐ	ɑɣ	ɣʌ	ɑɣ	ei	ei	ei	ei
無錫	ɑ	ɑ	ɑ	ɑ	e	e	e	e	ʌ	ʌ	ʌ	Ei	Ei	Ei	Ei

---

❸　單元音化的趨勢在吳方言中尤爲明顯。

| 紹興 | a | a | a | a | e | e | e | e | e | ɑɒ | ɑɒ | ɑɒ | ɣ | ɣ | ɣ | ɣ |
| 諸暨 | ɑ | ɑ | ɑ | ɑ | e | e | e | e | e | ɑɒ | ɑɒ | ɑɒ | ei | ei | ei | ei |

這種單元音化的趨勢及其變化情形給予我們兩項啓示：一是在蟹效流三攝中，蟹攝的〔i〕脫落最爲普遍。效流二攝雖皆以〔u〕收尾，顯然效攝的單元音化速度較快，與流攝相比元音多帶圓唇動作；流攝單元音化的速度最慢；事實上，流攝的〔u〕尾並不傾向於消失，而是多傾向於韻尾展唇化；因此韻尾有〔ɣ〕、〔ɯ〕等。有一點極爲重要的是，無論單元音化的速度快慢，流攝演變後的元音與蟹攝接近。

　　而蟹攝的單元音化也正進行中，佔據了假攝的位置。於是在許多吳語方言中我們可以見到下面的變化：（以下是假設的音變出發點）

流攝	蟹攝	假攝	果攝
əu ⟶	ei ⟶	a ⟶	ɑ

第二項啓示是，我們懷疑這種單元音化的趨勢可能與陽聲韻尾、入聲韻尾的消失演變有相關平行的關係。

　　韻尾消失的動力可能與語言線性排列的特質有關。由於語言的線性排列，音節結構內的各個組成元素所攜帶的能量不同：一般而言，聲母所攜帶的能量最大，而後逐漸減弱，至韻尾時能量己是窮弩之末❹，因此韻尾便最易於簡化或消失。陽聲韻尾、入聲韻尾、陰聲韻的〔i〕、〔u〕尾都可以藉此得到合理的解釋。於是，我們認爲早先對陰聲韻的分析應有所修正：蟹效流的韻腹部份應可以"元音＋元音韻尾"説明。這樣一來，我們不僅便於解釋陰陽入聲尾的匹配演變，更可以了解陽聲韻尾因何較入聲韻尾的演變緩慢。這種語言發展的不平衡性是由什麼動力機制所驅動呢？音變並不是盲目無方向性的，它的驅動來源是音系内部的不平衡處，而朝著新的平衡系統變化。在變化的過程中所呈現的混亂狀態實際上已隱涵了新平衡系統的面貌，而所謂的不平衡發展若從這個角度看來也是平衡的。

　　將漢語方言展現的不平發展解釋成另一種平衡演變也許令人難以理解，下面我們將以鼻音韻尾及元音韻尾的演變爲例説明這種新的平衡發展。張琨（1983）對漢語陽聲韻尾的演變作出了系統性的討論，雖然該文所涵蓋的方言只有官話及吳語兩支大方言，但仍明確地指出鼻音韻尾演變的機制所在，他的結論如下：

　　在吳語方言中，低元音後附舌根鼻音韻尾這一組韻母（＊a/aŋ）在受鼻化作用的可能性上僅次於＊a/an組。在官話方言中，前高（不圓唇）元音後附舌頭鼻音韻尾這一組（＊en）在受鼻化作用的可能性上僅次於＊a/an。

---

❹　關於音段所攜帶的能量問題，筆者曾作過聲學方面的實驗，證明音段在聲母位置時的能量最大且發音動作最完備，聽者不易混淆。反之，韻尾位置的音段經常使聽者無法分辨，甚至有時無法確定是否有韻尾。我們認爲這是使韻尾變化的主要原因之一。

值得一提的是，這個結論的前提是方言中的〔m〕尾皆已併入其它
二類中。因此這結論只能說明漢語方言陽聲韻尾〔n〕、〔ŋ〕不
平衡演變的動力爲元音的高低及鼻音韻尾的舌位。其中，鼻音韻尾
的舌位牽涉到鼻輔音本身的發音特質，這種發音特質便是張光宇
（1991）所主張的鼻輔音應與元音作相同的徵性分析。

$$〔m〕：〔n〕：〔ŋ〕$$
$$低　：　中　：　高$$
$$前　：　央　：　後$$

　　雙唇鼻音〔m〕是三個鼻音韻尾演變的“先驅”，絕大多數的
漢語方言中雙唇鼻音尾都已消失或併入其它兩類；僅存的〔n〕、
〔ŋ〕尾中，又以〔n〕的演變速度較快。這種〔n〕、〔ŋ〕演變
遲速的情形正可以和〔i〕、〔u〕的演變遲速類比。

$$〔n〕：〔ŋ〕　　〔i〕：〔u〕$$
$$高　：　高　　　高　：　高$$
$$前　：　後　　　前　：　後$$

這樣分析之後，我們發現〔u〕、〔ŋ〕與〔i〕、〔n〕有完全相配
的結果，因爲〔n〕原本的‘央’與‘中’的發音特質在失去
〔m〕的對比之後可作’高’與’前’的分析；如果改用衍生音韻
學派的徵性分析（feature analysis），則結果如下：

	〔n〕	〔ŋ〕	〔i〕	〔u〕
〔high〕	+	+	+	+
〔back〕	−	+	−	+

據此，我們已然清晰地觀察到鼻音韻尾與元音韻尾之間的潛在相似性。這種"潛在的相似性"實際上已暗合於〔i〕、〔u〕在音系中的獨特地位。在所有的元音之中，只有〔i〕、〔u〕可以出現在零輔音之後❺，同時兼有介音與元音的雙重角色；而方言中經常出現的聲化韻正是鼻輔音。

根據前面的討論，我們可以大膽地假設鼻音韻尾與元音韻尾的關係相當密切；關於這一點，除了上面的論點之外，我們在本文的第二個部份將介紹鼻音韻尾演變的特殊類型以便進一步證明前面的假設。談到演變類型，張光宇（1991）對漢語方言鼻音韻尾的演變類型有如下的觀察：

1. 韻尾由前變後，如〔m〕＞〔n〕、〔ŋ〕或〔n〕＞〔ŋ〕，通常是無條件演變（unconditioned change），沒有環境限制。

2. 韻尾由後變前，如〔ŋ〕＞〔m〕、〔n〕或〔n〕＞

---

❺ 漢語方言中，元音較少出現在零聲母之後，除了〔i〕與〔u〕尾外，〔a〕或〔o〕有時也會出現在零聲母之後。但實際的情況是：在絕大多數的方言裡，〔i〕與〔u〕可極穩定地與零聲母相配，其它元音則必須視方言而定

〔m〕，通常是有條件的變化（ conditioned change ），
有一定的環境促成。比如〔ŋ〕＞〔n〕一般在元音
〔i〕，〔e〕後發生；〔ŋ〕、〔n〕＞〔m〕一般在圓
唇元音〔o〕、〔u〕後發生。

鼻音韻尾由前向後演變是當今漢語方言的普遍趨勢，雙唇鼻音因此
率先演變。而這種演變方向的決定我們認爲可能與北方優勢方言有
關。本文第二部份所要介紹的特殊演變類型雖然不同於上述的兩個
趨勢，仍與第二條有密切的關係。

貳

在本節中，我們要介紹一種漢語鼻音韻尾特殊的演變類型，這
類演變雖不是演變的主流趨勢，卻廣泛地分佈於許多不同的大方言
中；因此，我們不能認爲只是某種方言的獨特變化而已。本文中所
有的討論是基於對吳語、湖南方言、湖北方言、四川方言、雲南方
言、閩方言的少數點及以普通話爲基礎的北方官話中鼻音韻尾演變
事實的觀察，就目前已發表的方言材料中，客贛方言的材料較少且
較不成系統，因此只有零星幾處語料包括在本文的討論中。詳細的
語料來源請見參考文獻。

爲了突顯本文的討論立題，我們將主要假設首先列出如下：

漢語方言陽聲韻尾的演變類型中，有一類變化是由鼻輔音轉
化爲相對發音位置的元音。通常的情況是〔ŋ〕＞〔ɯ〕、

〔u〕；〔n〕＞〔i〕。這種演變是可以雙向進行的，也就是說〔u〕＞〔ŋ〕；〔i〕＞〔n〕的變化也能觀察得到。

在開始討論之前，我們先看看張琨（1983）中的第五個註釋，他是這樣寫的：

5.黃巖，溫嶺方言中切韻覃韻舌頭聲母的字讀＊an。寧波方言中讀Ei，究竟代表什麼，不大明白。

北京大學教授徐通鏘先生在" 結構的不平衡性和語言演變的原因 "一文中，有這樣的一段話：

寧波方言元音系統的推鍊式變化與〔n〕韻尾的消失有關。

除了寧波方言之外，其實還有不少漢語方言點有類似的變化。下面是依照不同的省份列出有類似變化的地點：

雲南省：祿豐、彌渡、蒙化、洱源、石屏、鳳儀、鄧川、景東
湖南省：衡山、修縣、漵浦、大庸、江華、武岡、常寧、辰谿、湘鄉、瀘溪、江永
湖北省：大冶
江西省：婺源、萍鄉
安徽省：歙縣、黟縣、績溪

　　　　陝西省：臨潼、梁家原

　　　　浙江省：寧波、永康、諸暨

　　　　山西省：永濟、婁煩

在上述地點中，〔n〕＞〔i〕的變化大部份發生在深臻（梗曾）攝中，山咸攝發生的例子較少。但不論是深臻（梗曾）、山咸，變化後的形式皆爲〔ei〕、〔uei〕。

　　多數南方方言中，曾攝的元音與深臻二攝的元音相同而有相同的演變，韻尾也連帶由舌根鼻音前化爲舌頭鼻音。因此，曾攝的讀法和深臻相同，多爲〔en〕、〔ən〕、〔ē〕、〔ə̄〕等。梗攝字的讀法在演變裡總不很一致且常有文白異讀出現，部份吳語方言裡梗攝字有兩讀，一讀與宕攝字相同；一讀與曾攝字相同。與宕攝元音相同（多爲〔a〕），的讀法代表白話音；與曾攝元音相同的讀法代表文言音。徽州方言亦是如此，但徽州方言的梗攝字讀音多傾向於文讀音，白讀音的唸法多只能在合口字中找到。雲南方言梗曾與深臻合流，多以鼻化元音形式出現，少數仍帶舌頭鼻音尾。部份地點有〔ei〕、〔uei〕的變化，但絕多數點仍是〔n〕＞〔i〕的中間階段〔ī〕。（我們稱此類爲 B 類）

通海	蒙自	洱源	彌渡	景東	石屏	蒙化
ən	en	əī	eī	ɛī	eī	ei

由左至右，我們不難看到演變的過程〔n〕＞〔ī〕＞〔i〕，雖然有類似變化的地點在雲南境內只是少數，但變化的形態完全一致。

除此之外，尚有另一種較爲人所熟知的演變類型：**❼**（我們稱此類爲 A 類）

思茅	開遠	昆明	廣通	姚安	蘭坪	麗江
en	ən	ə̃	ẽ	ə̃	ə̃	e

這種類型普遍見於南方方言中，一般所指的鼻音韻尾的演變多半指這一類。於是，我們發現陽聲韻向開音節演變也有單元音與複元音的不同，蒙化與麗江分別代表這兩種演變類型的完成階段。蒙化的蟹攝元音讀作〔æ〕。從上面雲南方言的例子中我們知道，鼻音韻尾應可分析爲音段及鼻音成份兩個部份，一般的鼻化元音是音段消失，鼻音成份附於元音的結果（A 類）；由〔n〕＞〔i〕的變化顯然是鼻音成份消失，留下音段的情形（B 類）。

雲南境內蟹攝字單元音化並不普遍，但在上面這些發生〔ei〕變化的地點，蟹攝字多已單元音化了。

洱源	彌渡	景東	蒙化	石屏
ā	æ	ae	æ	a

以石屏爲例，蟹攝元音爲〔a〕，果假攝則分別爲〔ou〕、〔ɑ〕。

---

❼ 雲南方言調查報告的101個方言點中，深臻梗曾四攝韻尾的演變有六類：收〔n〕尾的36處；鼻化單元音54處；鼻化複元音5處；單元音開尾韻2處；複元音開尾韻1處；收〔ŋ〕尾3處。

至此，我們也就不難理解寧波方言中由於〔n〕尾消失所引起的元音系統推鍊式的變化了。這種一連串的元音變化在吳語中相當普遍。洱源與石屏類似，但多帶了鼻音成份。

深臻梗曾	蟹攝	假攝	果攝
en ⟶	ei ⟶	a ⟶ ɑ ⟶	ou

石屏 果攝字的變化又連帶使流攝元音發生去圓唇作用成爲〔əɯ〕。

　　四川方言與雲南方言相同，深臻梗曾皆合流且絕大多數唸作〔ən〕。值得注意在雙流、新津、彭山、蒲江、邛崍、丹陵、洪雅、夾江等八處地點的入聲字讀法與蟹字同爲〔ai〕。這似乎暗示著舌頭輔音與元音〔i〕之間的關係，〔n〕>〔i〕之外，〔t〕也可以變成〔i〕。在四川方言裡並沒又有發現〔n〕>〔i〕的變化，但在資中、資陽兩地卻有少數蟹攝二等見系字以〔n〕收尾。

資中	戒	tɕien	資陽	介	tɕien
	諧	ɕien		械	ɕien
	解	tɕien			

除了這幾個少數字外，其它的蟹攝二等見系字讀作〔iei〕。（請參見張光宇1992）這使我們更清楚地看到元音〔i〕與鼻音〔n〕之間的關係。由〔i〕>〔n〕的變化也和〔n〕>〔i〕一樣，中間可能的階段爲〔ĩ〕。

湖北大冶及湖南攸縣兩地的 ＊an/ŋ 、＊ɑn/ŋ 與 ＊en/ŋ 合流，
都唸作〔eɪ〕、〔ueɪ〕、〔ieɪ〕、〔yeɪ〕，但所代表的部份
不盡相同。

大冶　eɪ ＝ ＊en/ŋ，＊ɑn　　攸縣　eɪ ＝ ＊en/ŋ

　　　ueɪ ＝ ＊uen，＊uɑn　　　　　ueɪ ＝ ＊uen

　　　ieɪ ＝ ＊ia/ɑn　　　　　　　ieɪ ＝ ＊ia/ɑn

　　　yeɪ ＝ ＊iua/ɑn　　　　　　 yeɪ ＝ ＊iua/ɑn，＊iuen

大冶與攸縣的演變過程應是山咸，梗曾分別向深臻靠攏，合流後再
進一步演變成今日的情況。在攸縣方言中山咸攝除了〔eɪ〕的讀
法之外，還有〔aɪ〕。

	反	南	談	站	皖	官	山	餐
攸縣	faɪ	naɪ	haɪ	tsaɪ	k'uaɪ	kuaɪ	saɪ	t'aɪ

而大冶的另一種讀法爲〔ā〕。

	反	談	山	眼	減	陷	關	萬
大冶	fā	t'ā	sā	ŋā	tɕiā	ɕiā	kuā	uā

大冶方言山咸攝不同唸法是依等來劃分的，一、二等爲〔ā〕，
三、四等爲〔eɪ〕，攸縣方言也是如此。我們推測，大冶與攸縣
本爲不同的演變類型，大冶應爲 A 類；攸縣則爲 B 類，但三、四

等元音同樣受到介音的影響而成爲〔e〕，與深臻攝元音相同，而深臻攝爲 B 類演變，因此山咸攝三、四等韻尾的變化便很自然地變成 B 類了。

　　湖南方言中山咸、深臻（梗曾）演變爲〔ei〕、〔uei〕的例子都有。攸縣之外，衡山方言的 *（u）ɑn、*（u）an、*（u）ən、*（u）əŋ 都有讀作〔ai̅〕的例子。

	官	碗	半	等	短	吞	冷	肯
衡山	kuai̅	uai̅	pai̅	tai̅	tai̅	t'ai̅	nai̅	k'ai̅

湖南方言深臻梗曾四攝多合流爲〔ən〕、〔ē〕，境內有 B 類變化的方言多發生在深臻梗曾四攝中，只有少數點的山咸攝也有類似變化。漵浦的山咸攝字唸〔ɛi〕。下面是湖南方言中有 B 類變化的地點。

	山咸	深臻梗曾
武岡		〔ei̅〕
漵浦	〔ɛi〕	
攸縣	〔ai̅〕	〔ai̅〕
常寧	〔ai̅〕	〔ei̅〕
江華		〔ei̅〕
大庸		〔ei̅〕
瀘溪		〔əi̅〕
辰谿		〔ei̅〕

徽州方言中的黟縣、績溪、婺源等地也都有 B 類變化發生，
績溪部份山咸攝字和極少數的梗攝字；婺源方言則尚處於〔æn〕
與〔aɪ〕變讀的階段。

> 黟縣：　　銀〔ȵiɛi〕、因〔iɛi〕、秦〔ʧ'yɛi〕、運
> 　　　　　〔yɛi〕、林〔lɛi〕、今〔ʧɛi〕、信〔ʃɛi〕
> 績溪：　　邊〔pēɪ〕、天〔t'ēɪ〕、牽〔tɕ'iēɪ〕、
> 　　　　　鹽〔iēɪ〕、染〔ȵiēɪ〕耕〔kēɪ〕、梗
> 　　　　　〔kuēɪ〕
> 婺源：　　粉〔faɪ〕、林〔laɪ〕、心〔saɪ〕、均
> 　　　　　〔kuaɪ〕、潤〔iaɪ〕

吳語也有 B 類變化，除了寧波，永康與諸暨也有。這些地點
都在浙江境內。

> 寧波：安〔Ei〕、南〔nEi〕
> 永康：更〔kai〕、爭〔tsai〕、橫〔huai〕、行〔hai〕
> 諸暨：　本〔pēɪ〕、能〔nēɪ〕、吞〔t'ēɪ〕、朋
> 　　　　〔p'ēɪ〕、困〔k'uəɪ〕

陝西境內的臨潼方言 *en、*uen、*ien、*iuen 分別讀作
〔ei〕、〔uei〕、〔iei〕，及〔yei〕。同官梁家原的 *en、*uen
讀作〔ei〕及〔uei〕。

　　除了〔n〕>〔i〕的變化，我們也可以找到〔i〕>〔n〕的例子。上面我們提到四川方言資中，資陽兩地的蟹攝二等見組字即爲最佳證據。不過有必要說明的是，漢語的單元音化是一種普遍的趨勢，韻尾易於脫落，因此〔i〕>〔n〕的變化是與韻尾脫落趨勢相違背的變化，除非有特殊的環境不易發生。四川方言的例子正是例外之一。吳語區的上海、松江、常熟、嘉定等地的 *ai 與 *ɑi 如今別唸成〔ā〕、〔ɑ̄〕，這些地點都在江蘇境内；雲南彌渡方言的 *ai 與 *ɑi 合流爲〔ēi〕、〔uēi〕；江蘇的鹽城，高郵兩地 *ai 與 *ɑi 合流唸作〔ī〕、〔iī〕，雲南洱源方言 *ai 與 *ɑi 不分，在唇音聲母前讀作〔ei〕，在非唇音聲母前讀作〔uəi〕。

從上面討論的例子中我們可以得到下列的結論：

1 元音〔i〕與鼻音尾〔n〕有一致的演變方向。大多數的方言裡〔n〕與〔i〕都漸漸傾向於消失，特別是音段的消失。〔i〕消失易於使元音前化高化成〔æ〕等；〔n〕消失卻將鼻音成份附於元音之上。這是絕大多數漢語方言韻尾消失的情況。〔i〕與〔n〕的演變速度較相對的〔u〕與〔ŋ〕快：蟹攝單元音化的速度較效攝、流攝快；〔n〕尾較〔ŋ〕尾易於鼻化（張琨1983）

2〔n〕與〔i〕間的變化是可以雙向進行的。但〔n〕>〔i〕較〔i〕>〔n〕普遍，因爲〔n〕>〔i〕的變化符合韻尾消失的大趨勢（鼻音成份脫落），而〔i〕>〔n〕是鼻音成份的無中生有，較不易發生。鼻化元音〔ĩ〕是〔n〕與〔i〕變化的中間階

段。❽

觀察過〔n〕與〔i〕的變化關係之後，下面的討論是另一組相
關韻尾〔ŋ〕與〔u〕的演變。和〔n〕、〔i〕一樣，〔ŋ〕與〔u〕
也有類似的變化。

首先，讓我們先看看永安方言的方言資料。永安位於福建省中
部，方言屬於閩方言的一支。在永安方言裡，鼻音韻尾只剩下
〔m〕、〔ŋ〕，其餘都是鼻化元音，但今天收〔m〕尾的字卻不
是深咸攝字，而是宕、江、通等攝。

江攝：　〔am〕、〔em〕/〔auɯ〕
宕攝：　〔am〕、〔um〕/〔auɯ〕
通攝：　〔āɯ〕、〔em〕/〔au〕、〔u〕、〔y〕

這些原來收〔ŋ〕尾的字今天在永安方言裡都讀作〔m〕尾，正是
張光宇（1991）中所提及的由後向前的演變。周長楫（1990）認爲
這些讀〔m〕尾的字原來應是以〔u〕收尾的複元音，這個假設不
僅相對的入聲韻支持，在鄰近地區如沙縣等地也可以找到例字證
明。〔u〕與〔ɯ〕僅有圓唇與否的差別，可以視爲同一演變階段
的不同語音形式。因此永安方言的〔m〕尾是由於〔u〕尾雙唇作
用加強的結果。

〔auŋ〕＞〔aū〕＞〔am〕

---

❽　這種無中生有的鼻音成份在本節中我們將嘗試性地提出可能的解釋。

〔euŋ〕＞〔eū〕＞〔em〕

　　如果將〔m〕〔u〕〔ŋ〕〔ɯ〕作徵性分析，我們可以輕易地看出它們之間的演變關係。

	〔ɯ〕	〔ŋ〕	〔u〕	〔m〕
〔back〕	＋	＋	＋	－
〔high〕	＋	＋	＋	－
〔labial〕	－	－	＋	＋
〔nasal〕	－	＋	－	＋

顯然，〔m〕與其它三個音的接近程度較低，〔ŋ〕演變到〔m〕非得雙唇作用加強不行，而雙唇作用只可能來自〔u〕。考慮其它唸法，我們認爲永安方言鼻韻尾〔ŋ〕根據雙唇作用的加強與否有下面兩種演變方向。

　　　　C·〔ŋ〕＞〔ū〕＞〔m〕雙唇作用加强

　　　　D·〔ŋ〕＞〔ɯ̃〕＞〔m〕雙唇作用減弱

〔ɯ〕與〔ŋ〕只有鼻音與否的差別；　〔ɯ〕與〔u〕只有圓唇與否的差別。〔ū〕與〔m〕都具備〔＋labial〕、〔＋nasal〕的特徵；〔ɯ̃〕與〔ŋ〕都是〔＋nasal〕〔－labial〕。因此只要雙唇作用適時地加強，由〔ŋ〕至〔m〕是絕對可能的。永安方言在C變化進行的過程中，鼻音成份並沒有消失，因此〔ū〕可以進一步變成〔m〕；D類演變卻在演變的過程中鼻音成份轉移至元音之上而成爲開音節〔āɯ〕。安徽省南部的休寧方言宕攝字元音屬於C類，但在變化過程中鼻音成份消失而成爲開音節。

　　　休寧宕攝字：〔au〕/〔au〕（入聲字）

　　　　　　　　　〔auŋ〕＞〔aũ〕＞〔au〕

　　永安方言收〔m〕尾的字除了宕、江、通攝之外，山攝字亦少數收〔m〕尾。周長楫（1990）認爲這些收〔m〕尾的山攝字原來也是以〔ŋ〕爲韻尾，因爲〔ŋ〕尾正是永安大多數山攝字的韻尾。山攝字以〔m〕收尾的方言還有江西婺源一地。

　　　婺源方言　山攝一、二等　〔om〕/〔oŋ〕（見曉組聲母）

　　　　　　　　咸攝一、二等　〔əm〕/〔əŋ〕（見曉組聲母）

　　婺源方言山咸攝見曉組聲母字的韻尾仍爲〔ŋ〕，顯示山咸攝字早期的韻尾也是〔ŋ〕，後由於元音〔o〕的雙唇作用而變化爲〔m〕。因此我們推測永安、婺源兩地山攝字韻尾變化應如下❾：

　　　　　　〔n〕＞〔ŋ〕＞〔ũ〕＞〔m〕

---

❾　永安方言〔m〕尾還有另一種可能的來源，就是由於元音本身的圓唇動作加強使鼻化元音產生不同於鼻化元音前的新韻尾。〔un〕＞〔ũ〕＞〔um〕

　　韻尾有〔ŋ〕至〔m〕變化的方言至今並不多見❿，本文所關心的是由〔ŋ〕至〔m〕的變化是由後高圓唇元音〔u〕或〔o〕所引起，這表示〔ŋ〕與元音〔u〕之間的卻存在一定的接近度。休寧方言宕攝字讀〔au〕；湖南湘鄉方言宕攝字唸〔aũ〕；辰谿方言裡 *aŋ、*iaŋ、*uaŋ 唸成〔aɯ〕、〔iaɯ〕、〔uaɯ〕；陝西扶風閻村、臨潼、同官梁家原的 *aŋ、*iaŋ、*uaŋ 唸成〔aɯ〕、〔iaɯ〕、〔uaɯ〕；雲南鳳儀中 *en/ŋ、*ien/ŋ、*uen、*iuen 讀作〔ɯ〕、〔iɯ〕、〔uei〕、〔yɯ〕。上面所見的例子是〔ŋ〕至〔u〕或〔ɯ〕的方向，漢語方言中還有〔u〕至〔ŋ〕的演變。如同前面所說，由〔i〕至〔n〕、〔u〕至〔ŋ〕是鼻音成份無中生有的變化，除非是特殊的語音環境不易發生，尤在整個漢語方言普遍失去韻尾的趨勢下，這種變化格外引人側目。

　　以〔u〕收尾的效攝，流攝在漢語方言中正進行單元音化的過程，這一點我們已在本文的第一部份中討論過了。以〔i〕收尾的蟹攝字單元音化的速度較收〔u〕尾的效流二攝快。如果從單元音化的角度來看，效攝的確較流攝快些，由於效攝傾向保留圓唇動作，因此最常見的效攝單元音化後的元音為〔ɔ〕。流攝字雖然少單元音化，但韻尾的變化卻多種多樣。一般說來，流攝字韻尾傾向於去圓唇動作，因此最常見的單元音化之後的元音為〔ə〕、〔e〕。下面是不同方言中效、流二攝常見的元音形式。

---

❿　在目前已發表的方言材料中，尚有蘇北呂四、山西祁縣、安徽銅陵、蘇中泛光湖、湘南嘉禾、贛南贛縣等地。

效攝： ＊au au、ao、eu、iu、aɯ、əɯ、ɤ、ɤ

流攝： ＊ou ou、əu、eu、iu、aɯ、əɯ、ɤ、ɯ

從形式上觀察，我們知道效流二攝撤經常合流爲一類。而〔u〕韻尾的去圓唇作用經常發生在流攝中，<u>湖南</u>方言即是如此。<u>雲南</u>方言的流攝字不僅去圓唇化，甚至在<u>華坪</u>、<u>龍雲</u>、<u>洱源</u>、<u>永仁</u>、<u>昭通</u>、<u>大關</u>、<u>永善</u>、<u>綏江</u>、<u>鹽津</u>、及<u>鎮雄</u>等地發現流攝唸成〔oŋ〕的例子。

	謀	某	畝	茂	否
華坪	moŋ	moŋ	moŋ	moŋ	fəu
龍雲	moŋ	məu			fəu
洱源	məu				foŋ
永仁	moŋ	moŋ	moŋ		fəu
昭通	moŋ 白moŋ				fəu
	məu 文				
大關	moŋ	moŋ	moŋ		foŋ
永善	moŋ	moŋ	moŋ		fəu
綏江	moŋ	moŋ		moŋ	foŋ
鹽津	moŋ	moŋ			foŋ
鎮雄	moŋ	moŋ			fəu

<u>雲南</u>境內方言流攝字的唸法絕大多數〔əu〕。上面所列的十個地點的流攝字都出現在幫組聲母字中，其它聲母並沒有發現相同的唸

法。漢語聲母與韻尾相配的限制之一是首尾異化，特別是雙唇聲母與韻尾的相互排斥格外明顯。深咸二攝獨缺幫組聲母字及少合口字的現象即可見一斑。流攝以〔u〕收尾也有明顯的雙唇動作，因此與流攝相配的聲母也是幫組字最少，又以明母為多。這種同發音部位的首尾異化在多變化的方言中已漸趨弱化，如前所提的永安、整源兩地鼻韻尾的變化已使幫組聲母也能和雙唇鼻輔音〔m〕相配。但從上述幾個地點的流攝字看來，這個首尾異化的限制仍然有相當的作用。上述這些字的讀法顯然經過兩個階段：

$$\llbracket u \rrbracket > \llbracket \mathrm{ɯ} \rrbracket，\llbracket ɤ \rrbracket > \llbracket \tilde{\mathrm{ɯ}} \rrbracket，\llbracket \tilde{ɤ} \rrbracket > \llbracket ŋ \rrbracket$$

去圓唇作用　　　鼻音化

雲南方言流攝多唸〔əu〕，其次是〔əɤ〕；效攝多唸〔ao〕，其次為〔au〕。上面流攝幫組字變化中的第一個階段是單純的去圓唇作用，由〔u〕至〔ɤ〕是雲南境內流攝字的次要唸法；但第二個階段是鼻音成份的無中生有，需要特殊的語音環境才容易發生。我們推測這種鼻音成份的無中生有是來自於聲母的鼻音成份。因此〔oŋ〕的唸法也就只出現在明母字中，至於非組字也偶見相同的讀音則可能是類比的結果。

Gui（1991）在討論昆明五十年來的語音變化時列出了六條音變，其中的第五條如下：

$$〔ŋ〕\quad \dashrightarrow \quad 〔ɤ〕\qquad / \quad V \qquad \underline{\qquad} \quad \#$$

$$\text{C}\qquad\qquad\qquad\qquad 〔-back〕$$

$$〔+back〕\qquad 〔-con〕\quad 〔-round〕$$

$$〔+temse〕$$

由此可見在雲南方言中〔ŋ〕與〔ɤ〕的關係極密切，而雙唇作用在這裡是不發揮功能的。四川是雲南的鄰省，在當地只有秀山、忠縣等十處的幫組流攝字不讀〔oŋ〕。

	謀	某	畝	茂	否	浮
成都	moŋ	moŋ	moŋ	moŋ	fəu	fəu
岳池	moŋ	moŋ	moŋ	moŋ 白fəu	fəu
				məu 文		
涪陵	moŋ	məu	məu	moŋ	fəu	
酉陽	moŋ 白	məu	məu	moŋ	fəu	fəu
	məu 文					
南江	moŋ	moŋ	moŋ	moŋ	foŋ	
長壽	moŋ	məɤ	məɤ	moŋ	fəɤ	fəɤ
蒼溪	moŋ	moŋ	moŋ	moŋ	foŋ 白	
					fəu 文	
蒲江	moŋ	muŋ	muŋ	muŋ	fuŋ	
羅江	moŋ	moŋ	moŋ	moŋ		

非組字少〔oŋ〕的唸法適足以支持鼻音成份來自於聲母的假設。雲

南、四川方言流攝字〔u〕韻尾的變化有一致的傾向，或者説雲南方言受四川方言的影響所致。

$$〔u〕>〔ɤ〕>〔ɣ̃〕>〔ŋ〕$$

首先，由於首尾異化使韻尾〔u〕變成〔ɤ〕，後元音的發音動作是將舌根向上提，這與發〔ŋ〕的動作相仿。〔ɤ〕與〔ŋ〕都是發音部位在後的音，除了鼻音與否外，並沒有什麼不同，鼻音成份的有無決定於共鳴腔的不同。元音以口腔共鳴，鼻音以鼻腔共鳴；因此所謂鼻音成份的無中生有實際上就是指共鳴腔的改變。四川與雲南方言中，由於聲母（明母）鼻音成份的擴散（spreading），使韻尾的共鳴腔由口腔改爲鼻腔，這種改變的目的是使易於發音，氣流不需改換共鳴腔。元音〔o〕在聲母與韻尾的包圍下也帶著一定的鼻音成份。其次，有些字有兩讀的音〔oŋ〕爲白讀；〔əu〕爲文讀，這表示〔əu〕的唸法可能是西南官話影響的結果；在昆明及成都，流攝字都一律讀作〔əu〕，且並沒有發現其它的讀法。我們推測雲南、四川方言的流攝字至少有兩個層次：〔əɤ〕/〔oŋ〕及〔əu〕。〔əɤ〕與〔oŋ〕屬於同一個層次，而〔əu〕是近年來西南官話影響下的語音形式，但顯然已成爲多數的代表。

　　蘭坪一地中〔oŋ〕的唸法不僅在流攝中看得到，效攝字也不乏其例。其它地區只有湖北的鍾祥出現〔oŋ〕的唸法。

　　雙唇作用的加強或減弱對韻尾發生極大的影響，雲南方言中存在著另一股加強雙唇作用的趨勢使流攝幫組字轉化爲自成音節的〔v〕或〔m〕。因此絕不與〔oŋ〕同時出現在同一個方言中。

	母	畝	婦	負	戊
元江	m	m			
富民			fv	fv	v
瀘西	m	m	fv	fv	v
邱北	m	m	fv	fv	
景東			fv	fv	v

　　本節中我們觀察了許多〔i〕與〔n〕，〔u〕與〔ŋ〕之間變化的例子，現在將它們的變化總結如下：

(1)共鳴腔改變，元音〔i〕成爲〔ĩ〕，更進一步成爲〔n〕。

　　　〔i〕＞〔ĩ〕＞〔n〕

(2)符合韻尾弱化的大趨勢，鼻音成份消失僅剩音段本身。

　　　〔n〕＞〔ĩ〕＞〔i〕

(3)雙唇作用加強使〔ŋ〕成爲〔ũ〕，鼻音成份仍保留使進一步成爲〔m〕。

　　　〔ŋ〕＞〔ũ〕＞〔m〕

(4)符合韻尾弱化的大趨勢，鼻音成份消失僅剩音段本身。

　　　〔ŋ〕＞〔ũ〕，〔ũ〕＞〔u〕，〔ɯ〕

(5)雙唇作用減弱，〔u〕成爲〔ɤ〕，後共鳴腔改變〔ɤ〕變成〔ɤ̃〕，再演變爲〔ŋ〕。

　　　〔u〕＞〔ɤ〕＞〔ɤ̃〕＞〔ŋ〕

參

　　語言變化是緩慢進行的過程，音變的行進中間以變異的形態出現，語音的變異形態常使我們看不清音變的動力及方向，因爲語音的變異形式仍是處於極端不穩定的狀態，在新的系統建立之前，任何因素都可能成爲新系統的平衡原則。以婺源方言爲例，山咸攝一、二等韻尾的變化便是依據聲母的不同而決定的，我們認爲山咸攝韻尾的演變原應如下：

$$[\text{*} n] > [\text{ŋ}] > [\bar{u}] > [m]$$

山攝原應收〔n〕尾，今卻以〔m〕收尾，這個〔m〕尾必然是後來的演變。但是我們該如何決定其早期形式爲何？我們認爲如果假設由〔n〕變至〔m〕，我們不能完滿地說明何以見曉組聲母字的韻尾演變不受元音圓唇作用的影響，反受聲母的影響而變成〔ŋ〕，其它聲母卻因元音的圓唇作用而變成〔m〕；我們更無法解釋通攝見曉組字收〔m〕的情況。因此，最合理的解釋便是假設山攝韻尾的早期形式應爲〔ŋ〕，也就是原〔n〕尾先變成〔ŋ〕，於是和通攝開始相同的演變由〔ŋ〕變成了〔m〕。通攝爲後元音與舌根鼻音的組合，在有類似變化的方言中，通攝字最易發生此種變化。見曉組聲母後的韻母一般較其它聲母後的韻母爲保守。山咸攝唸〔ŋ〕尾的字也可能是受到聲母的牽制而沒有隨著變化。於是，元音及聲母的條件成爲婺源方言新系統的平衡原則，打破了首

尾異化的限制而出現幫組聲母收〔m〕尾的情形。不僅如此，
〔m〕尾原是漢語音韻史上首先變化的陽聲韻尾，現又率先出現，
這是否代表陽聲韻尾的演變在<u>婺源</u>方言已完成一次循環？除了
〔m〕尾之外，<u>婺源</u>方言裡的〔ŋ〕尾也與原收〔ŋ〕尾的的字不
同，〔m〕與〔ŋ〕都是演變後新產生的鼻音韻尾。

　　韻尾脫落原是漢語方言演變的主流，但不同的方言間演變的方
式略有不同，<u>陳其光</u>（1991）歸納出下面幾種類型：（ ' · · '表
示一部份有此變化）

　　　1簡單合併：A〔m〕＞〔n〕/〔n〕＞〔n〕/〔ŋ〕＞
　　　　　　　　　〔ŋ〕

　　　　　　　　B〔m〕＞〔n〕/〔n〕＞〔n〕/〔ŋ〕＞
　　　　　　　　　〔n〕

　　　　　　　　C〔m〕＞〔m〕/〔n〕＞〔ŋ〕/〔ŋ〕＞
　　　　　　　　　〔ŋ〕

　　　　　　　　D〔m〕＞〔ŋ〕/〔n〕＞〔ŋ〕/〔ŋ〕＞
　　　　　　　　　〔ŋ〕

　　　2分化合併：A〔m〕＞〔n〕/〔n〕＞〔n〕/〔ŋ〕＞
　　　　　　　　　〔n〕、〔ŋ〕

　　　　　　　　B〔m〕＞〔n〕/〔n〕＞〔n〕/〔ŋ〕＞
　　　　　　　　　〔n〕、〔m〕

　　　　　　　　C〔m〕＞〔m〕、〔n〕/〔n〕＞〔n〕/
　　　　　　　　　〔ŋ〕＞〔ŋ〕

　　　　　　　　D〔m〕＞〔m〕/〔n〕＞〔n〕、〔ŋ〕/

〔ŋ〕＞〔ŋ〕

E〔m〕＞〔m〕/〔n〕＞〔n〕/〔ŋ〕＞
〔n〕、〔ŋ〕

3交錯合併：A〔m〕＞〔n〕、〔ŋ〕/〔n〕＞〔n〕、
〔ŋ〕/〔ŋ〕＞〔n〕、〔ŋ〕

B〔m〕＞〔m〕、〔n〕/〔n〕＞〔m〕、
〔n〕/〔ŋ〕＞〔m〕、〔n〕

4弱化：A〔m〕‧‧＞〔˜〕/〔n〕‧‧＞〔˜〕

B〔m〕‧‧＞〔˜〕/〔n〕‧‧＞〔˜〕/
〔ŋ〕‧‧＞〔˜〕

C〔m〕‧‧＞〔˜〕/〔n〕‧‧＞〔˜〕/〔ŋ〕
＞〔˜〕

D〔m〕＞〔˜〕/〔n〕＞〔˜〕/〔ŋ〕‧‧＞
〔˜〕

E〔m〕＞〔˜〕/〔n〕＞〔˜〕/〔ŋ〕＞〔˜〕

5消失：A〔m〕‧‧＞0/〔n〕‧‧＞0

B〔m〕‧‧＞0/〔n〕‧‧＞0/〔ŋ〕‧‧＞0

C〔m〕＞〔˜〕、0/〔n〕＞〔˜〕、0/〔ŋ〕＞
〔˜〕，0

現在我們知道上面的類別並不能包涵所有的漢語方言陽聲韻尾的變
化，因爲鼻音韻尾的脫落應可分爲鼻音成份，及音段兩個部份的脫
落；如此一來，漢語方言鼻音韻尾演變的類型應修正如下：

合併/

　　簡單合併（同上）

　　分化合併（同上）

　　交錯合併（同上）

弱化/

　　鼻音成份弱化（以〔i〕、〔u〕元音收尾）

　　〔n〕＞〔i〕、〔ŋ〕＞〔u〕、〔ɯ〕

　　音段弱化（鼻化元音）

　　鼻音及音段弱化（鼻音尾消失）

合併＋弱化/

最後一類′合併＋弱化′因此應有九種可能的情況，<u>婺源</u>方言咸深攝便是簡單合併（〔m〕＞〔n〕）後再加上鼻音成份弱化（〔n〕＞〔i〕）的結果。

　　漢語方言的塞音韻尾的變化速度較鼻音韻尾快許多，我們已不易觀察其演變的過程，但從鼻音韻尾的演變類型看來，似乎也可以解釋現存於方言中塞音韻尾的現象。至於塞音尾何以較鼻音尾演變速度快，我們認為是韻尾不同的發音方法所造成的結果。一般認為，韻尾的發音部位對元音的變化產生極大的影響，這種說法固然不錯，但韻尾的發音方法也有相當大的影響。元音與韻尾的互動不僅表現在發音部位上，也表現在發音方法上。塞音尾與鼻音尾在發音方法上最大的不同便是氣流釋出的速度。發鼻音與元音時氣流緩慢地進入鼻腔及口腔使聲帶持續振動，因此發音者可以自由調整音段的長度。發塞音時氣流是在一瞬間釋出造成破裂的音質，聲帶並不持續振動，若是濁塞音聲帶也只有在除阻之前振動，除阻之後聲帶便停止振動，這種發音方式使發音者不能自由地控制音段的長度。如果採用衍生音韻學的分析方法，元音韻尾、鼻音韻尾及塞音韻尾的表現如下：

	〔i〕	〔u〕	〔m〕	〔n〕	〔ŋ〕	〔p〕	〔t〕	〔k〕
〔back〕	−	+	−	−	+	−	−	+
〔high〕	+	+	−	+	+	−	+	+
〔nasal〕	−	−	+	+	+	−	−	−
〔labial〕	−	+	+	−	−	+	−	−
〔syllabic〕	+	+	+	+	+	−	−	−

於是我們可以清楚地看到塞音尾與元音尾，鼻音尾最大的不同便是塞音尾的不自成音節性，也就是這個特點使塞音尾成爲韻尾中最先演變的一類。鼻音尾與元音尾的相似我們已然討論過了，這兩種韻尾至今在大多數的漢語方言裡仍有不同程度的保留。而元音與韻尾之間的互動也可以從不同的發音方法上看到不同的情形。普遍存在於方言中舒促不平衡發展的現象便是最佳的說明；一般而言，陽聲韻的元音較入聲韻的元音變化大。換句話説，入聲韻元音較爲保守。

　　本文所討論的鼻音韻尾演變的類型並不是漢語方言的大多數，但這類演變卻明白地透露了元音與鼻音尾之間的關係。在塞音尾及雙唇鼻音尾消失之後，〔n〕與〔i〕，〔ŋ〕與〔u〕卻構成了一幅平衡的韻尾系統，演變的方向及速度也較一致。

　　雙脣作用的加强與否對韻尾有影響除了使韻尾產生變化之外，更可能使韻尾無中生有。山西祁縣方言的遇攝字唸〔u〕，由於雙脣作用的加强，遇攝字卻產生了雙脣擦音韻尾〔β〕（徐通鏘1984）。雙脣作用在某些地方被加强，也在某些地方被減弱，如四川、雲南方言流攝字的讀法。

　　韻尾位置的輔音和聲母位置的輔音有不同的演變命運，事實上它們也擁有不同的發音過程。聲母位置的鼻輔音與塞輔音在發音時從成阻到除阻都必須貫徹，否則不易分辨，可能因此影響溝通的功能。韻尾位置的鼻輔音與塞輔音則限於能量的不足常常只能完成成阻的動作，因此韻尾位置的鼻輔音與塞輔音通常只有發音動作而並不具備破裂的發音特質，與在聲母位置的發音有明顯的不同。正因如此，這些輔音在聽覺上易產生混淆，不易分辨。能量不足，再加上發音動作不能貫徹，韻尾的合併與弱化便不能避免了。韻尾因混淆而產生合併或因能量不足而產生弱化都是漢語方言韻尾演變的主流。

　　這兩類韻尾演變不僅發生在輔音韻尾，元音韻尾也有匹配的演變。塞音韻尾多單純的弱化，因爲塞音的主要發音特質—破裂成份—最易因能量不足而消失，使塞音韻尾成爲韻尾中最易發生變化的一類。在吳方言中，鼻音韻尾的速度與元音韻尾相當，多成爲單元音開音節，塞音尾反仍保留喉塞成份，入聲字的演變速度明顯較陰、陽聲韻慢。徽州方言陽聲韻的演變速度較陰、入聲韻快許多，陽聲韻尾甚至已完成一次循環演變，原已消失的韻尾又重新出現。湘方言原收〔m〕、〔n〕尾的字合流多以鼻化元音出現，收〔ŋ〕尾的字多仍保留原韻尾，塞音尾則多已消失，蟹攝單元音化較普

遍。雲南、四川方言的情況與湘方言類似。贛方言的塞音尾合併爲
一類，演變的速度較鼻音尾、元音尾快，但方式不同，鼻音尾多採
弱化。北方方言塞音尾多弱化，鼻音尾多先合併，元音尾多不變或
單元音化。以上是對漢語方言韻尾變化的粗淺觀察，只能大致說明
不同方言間韻尾演變類型上的差異。

參考文獻

王太慶　1983　"銅陵方言記略"，方言：99－119。

平田昌司　1982　"休寧音系簡介"，方言：276－284。

李永明　1992　"湖南境内三種較特殊的方音現象"，新加坡：第一屆國際漢 語語言學會議，1－3。

李如龍，陳章太　1991　《閩語研究》，北京：語文出版社。

周長楫　1990　"永安話的〔ｍ〕尾問題"，北京：中國語文，43－5。

徐通鏘　1984　"山西祁縣方言的新韻尾"，油印稿。

　　　　1990　"結構的不平衡性和語言演變的原因"，語言研究：1－14。

　　　　1991　《歷史語言學》，北京：商務印書館。

徐通鏘，王洪君　1986　"說變異"，語言研究：42－63。

陳其光　1991　"漢語鼻音韻尾的演變"，武漢：漢語言學國際研討會，122－29。

張琨　1982　"漢語方言中聲母與韻母的關係"，史語所集刊第53本：57－77。

　　　1983　"漢語方言中鼻音韻尾的消失"，史語所集刊第54本：3－74。

　　　1985a　"論吳語方言"，史語所集刊第56本：215－59。

　　　1985b　"切韻前 ＊a 和後 ＊ɑ 在現代方言中的演變"，史語所集刊第56本：43－104。

張光宇　1990　《切韻與方言》，台北：臺灣商務印書館。

　　　　　1991　"漢語方言發展的不平衡性"，北京：中國語文，
　　　　　　　　431 - 38。

張光宇　1991　"漢語方言見系二等文白異讀的幾種類型"，（未
　　　　　　　　刊稿）。

黃繼林　1992　"寶應泛光湖方言中的 m 尾"，方言：120 - 24。

楊思耐　1984　"近代漢語 - m 的轉化"，語言學論叢第七輯：1
　　　　　　　　6 - 27。

楊時逢　1969　《雲南方言調查報告》，台北：中研院史語所。

　　　　　1974　《湖南方言調查報告》，台北：中研院史語所。

　　　　　1984　《四川方言調查報告》，台北：中研院史語所。

趙元任　1928　《現代吳語研究》，北京：清華學校。

趙元任，楊時逢　1965　"績溪嶺北方言"，史語所集刊第36本；
　　　　　　　　11 - 113。

趙元作等　1972　《湖北方言調查報告》，台北：中研院史語所。

趙日新　1989　"安徽績溪方言音系特點"，方言：125 - 30。

熊正輝　1989　"南昌方言同音字匯"，方言：182 - 95。

潘家懿　1982　"晉中祁縣方言裡的〔 m 〕尾"，北京：中國語
　　　　　　　　文，221 - 2。

盧今元　1986　"呂四方言記略"，方言：35 - 58。

魏建功　1935　"黟縣方言調查錄"，國學季刊4：35 - 58。

Gui，Mingchao　1991　"The Phonological Developments of Kun-
　　　　　　　　　　　ming Chinesein The Past Five Decades"
　　　　　　　　　　　武漢：漢語言學國際研討會：159 - 65。

附錄一
第十一屆全國聲韻學研討會紀要

劉芳薇　王松木　黃金文　蔡妮妮

中正大學中國文學研究所碩士班

　　由中正大學中國文學研究所主辦，教育部與行政院文化建設委員會協辦的「第十一屆全國聲韻學研討會」於民國81年4月10、11日，假嘉義縣國立中正大學文學院演講廳舉行一天半的研討。共有來自臺灣與大陸的學者一百多人參加，發表論文23篇。開幕式由中正大學教務長鄭國順先生及中國聲韻學會理事長林炯陽先生共同主持。陳新雄先生蒞臨會場致詞，指出本次研討會的特色在於年青學人發表了多篇論文，意謂著聲韻學後繼有人。

　　本次研討範圍以漢語古音學、現代漢語方言、實驗語音學、語言風格學等為主。全程分成四場研討，每場再分成 A、B 兩組同時進行，為使與會學人暨關心此課題之人士能瞭解研討大要，謹將講者及特約討論人之發言略記於後。

　　第一場 A 組由鮑國順先生擔任主席，發表論文3篇。

1.應裕康　論《本韻一得》聲母韻母之音值

　　本文首先分別論述「陰陽」、「四聲」、「反切」、「韻圖」，藉以闡釋《本韻一得》之聲韻架構，進而以《等音》、《聲位》兩本時代相近，且同爲反映西南官話音系的韻圖，與《本韻一得》相互參證比較，擬測出《本韻一得》聲母和韻母的實際音值。

特約討論是大陸學者寧繼福先生，因不及趕辦來臺手續，未能如期出席。

2. 陳貴麟　《古今中外音韻通例》總譜十五圖研究

本文是將整理總譜本身的語料，疏釋特殊術語，通過「攝」的觀念，和《廣韻》的韻類相比較，明語音演變的分合。其次，藉十五圖內的題下小註及字位上的反切，朗現其內部的音韻架構，初步判定其當爲江淮方言。最後，比照方言實際語音，證明與南京話之音值相近，從而據此擬構總譜之實際音值。

特約討論大陸學者李如龍先生指出：本文對於術語的解釋略有誤差。建議可朝幾個方向思考：(1)此書之性質及寫作目的爲何？(2)此書之價值何在？(3)可多參證最新的方言調查報告。

3. 陳盈如　論嘉慶本《李氏音鑑》及相關之版本問題

本文是以嘉慶十五年原刊本、兩種同治戊辰年「木樨小房藏版」的本子，及光緒戊子年「木樨山房藏本」的本子，四種版本相互比較，再配合其他相關資料，初步探討《李氏音鑑》的版本問題。文中將幾個版本分列表格，以原刊本爲比照基準，考察得知：光緒十四年的木樨山房本，失誤較多。

特約討論林慶勳先生指出：本篇對主題掌握頗爲周到，惟既是以原刊本爲比較基準，不妨將題目改爲「論李氏音鑑之異文及版本問題」。仍需留意的有：(1)所校異文當要加註說明。(2)《李氏音鑑》成書於清代中葉，以國語「ㄩ」「ㄝ」解釋音韻現象，是否合適？(3)文末當附上參考資料，便於讀者參照。

第一場 B 組由陳新雄先生擔任主席，發表論文3篇。

4.王忠林　敦煌歌辭用上去聲韻探討

本文依任半塘編撰的《敦煌歌辭總編》爲材料，分析書中用上去聲韻的歌辭515首，將其押韻現象歸納成用本韻的（包含《廣韻》註明同用者），不同上去聲韻部（《廣韻》未註明同用者）通押的二種。後者又可依韻尾性質區分爲陰聲韻尾和陽聲韻尾。論文中逐條分析押韻情形，將結果列成表格附於文末。認爲敦煌歌辭上去聲韻通押是普遍的現象，與晚唐、五代、宋詞的押韻現象大抵相合，有少數例外，可能是方音影響、古音殘留或是押韻寬嚴不一所造成的。

特約討論張文彬先生提出幾點意見：(1)依論文所用的分析條例看，「紙、旨、止」、「寘、志、至」和「語、御」的標目，似有所衝突，宜將「語、御」析爲「語」、「御」二韻。(2)所舉王昌齡、陶翰詩有全用去聲韻，王維詩有全用上聲韻，與本文上去聲通押不甚相合。(3)文末附表中略有疏漏，可再多增補。(4)若能從各種角度細加歸類，應可得出更多的規律。

5.張光宇　閩方言的存古性質

本文試圖在閩方言音韻比較的基礎上，探討閩方言的性質。文中列舉閩方言和鄰近華南諸方言的語音，從聲母、韻母二方面，加以對照比較，從而歸納出閩方言聲母和韻母的特徵。就這些特徵的「質」而言，閩方言聲韻特徵散見於其他漢語方言中，但就「量」而言，沒有一個漢語方言具有完全等量的內容。閩方言的獨特現象，從北方方言望之似不可解，但在華南半壁的大環境下即顯得條理共貫，並認爲從詞彙的角度，探究閩方言的特徵，是有待開展的研究領域。

　　莊雅洲先生在特約討論中，肯定本文有幾個長處：(1)博綜古今，通貫南北，材料十分豐富。(2)能以現代語言學知識作深入的探討，方法十分新穎。然聲母部分對於其他方言舉例甚詳，但有關閩方言的例子常加以省略，似可再多加增補。其次，對於若干自讀本字認定的標準，有待商榷。並希望文中有引緒未竟之處，能再撰文發揮。

6.陳光政　段玉裁校訂說文聲符字形之音證

　　本文彙集段校與聲符有關之勘語，六十餘條，經以音韻，緯以形義，藉以探究段校說文聲符的全貌，文中逐條分析，歸納出段氏以聲韻校訂《說文》聲符的條例，且論及段氏牽強妄校之處。

　　特約討論李三榮先生推崇本文對文字、聲韻所下的工夫頗深。對本文有幾點意見：第一、著者既知有異部合韻之理，但論文中似乎沒有運用合韻通轉之理來解釋段校，其次，有幾處可能誤解段氏之原意，可再進一步考證。

　　第二場 A 組由葉政欣先生擔任主席，宣讀論文3篇。

7.向光忠　複輔音聲母與同源轉注字之參證

　　本文之論點不同於前人者有三：(1)前人研究轉注字，於形音義或有偏執，今則結合形音義全而進行辨察。(2)傳統六書分類，將六書分成象形與指示、會意和形聲、轉注和假借三組，今則將轉注與形聲歸爲一組。(3)由造字之本源而論，前人以爲形聲表音，今以形聲爲表意，轉注爲表音。基於以上幾點，以轉注字爲探討複聲母的材料，並藉複聲母之探究，作爲考察同源轉注字之根據。

特約討論戴瑞坤先生指出：前人研究複輔音聲母，大都從諧聲、異文、聯綿詞著手，而本文利用形聲字和轉注字的關聯，探究複聲母的聚結，可謂獨闢蹊徑。現代漢語中無複聲母，但在同語族之藏語、苗語中，仍存有複聲母，而古漢語有複聲母已爲學者所確認，然研究複聲母的類型，必須注意輔音結合的可能性，文中尚有幾處不太清楚，宜再論證。

8.竺家寧　《詩經》語言的音韻風格

本文是從聲韻學的角度，探討詩經語言的風格，試圖將聲韻學、語言學與文學相互結合。借助上古音研究成果，以《邶風·擊鼓》爲材料，探索詩中音節結構的音韻規律。就主要元音之音值，分析其韻律模式，就韻尾的發音狀況，觀察其韻律效果；在介音上，分析洪、細、開、合之搭配；在聲母上，探尋其變換的規律。文末，又舉《小雅、蓼莪》加以參證。

特約討論何大安先生認爲本文有獨特之處，但(1)上古擬音不同，是否會顯現出不同的風格？可從「比較風格學」的角度，再加思考。(2)不同的方音，在從音韻角度解析詩的美感經驗上，是否有所影響？可再申論。(3)運用語言學方法鑑賞文學作品，當有規律可循，宜再多加闡述。

9.曾進興　漢語語音切割的基本單位：論音節結構、字彙狀態與似字程度的作用

本文屬實驗語音學。運用「音素偵測」的方法，令受試者聽取由單音節「字」或「非字」組成的字表，並指定若干塞音爲偵側目標，對受試者反應的時間加以記錄。研究中發現受試者對「字」的音素偵測較「非字」爲快。而對「似字程度」的評定中，發現似字

程度可以解釋字優效果，若將似字程度也視爲音節屬性，則此屬性明顯地影響音素偵測反應。因此，音節爲漢語切割的基本單位。

　　特約討論鍾榮富先生認爲，辨認「非字」的反應時間較長，可能不是辨認過程的關係，而是在猶豫是否聽過；其次，實驗得知「似字程度」愈低，則辨認的時間愈久，但在時間久暫上，不很規律，是否似字程度對音節有所影響？還可作仔細的研究。

　　第二場 B 組由李威熊先生擔任主席，宣讀論文3篇。

10.鄭　縈　永安方言的 m 尾

　　本文指出永安方言中，有一不見於其他福建方言的音韻現象，即中古帶舌尖、舌根韻尾（包括山、梗、容、江、通攝各韻）今讀爲 m 尾。本文先考察永安方言 m 尾之中古來源，與周長楫先生的研究結果相印證；而後，又比較山西祁縣、安徽銅陵……等方言中 m 尾之中古來源。最後歸納出 m 尾的二種來源：其一來自通攝（含曾、梗或臻攝）的鼻音韻尾（主要爲-ŋ）與元音同化而成；另一則來自山成二攝的鼻化韻形成新的雙唇鼻音尾，而永安方言 m 尾之來源，兼具以上二種。

　　特約討論林英津小姐除了讚許本文有發展潛力外，並就寫作技巧、問題凸顯上提供意見，同時指出：⑴本文寫作期間前後二個不同版本之差異與重點。⑵應加強説明中古 m 尾在永安方言的演變與其他方言有異，而可能有不同的來源；其來源不同，究竟是受何影響所致？⑶對-m 尾，可直接比較各家韻母表，以避免引出旁枝問題。⑷關於「回頭演變」須充分説明。⑸可再進一步比較各個區域方言的 m 尾及其演變問題。

11.詹梅伶　廣西平南閩語之聲母保存上古音之痕跡？

本文對近來學者認爲平南語音系統內部保留之痕跡，如：平南古知精組及照系字殘留上古*st類型複聲母之痕跡，照系讀舌尖塞音 t、t'……等，感到懷疑。因此，文中先就語族遷移過程談起，再就古音構擬的方法及現代方言比較上 ，討論前述兩個問題。爲平南閩語中一些異於一般閩方言的特徵，其實只是語言接觸後的現象，非上古音之痕跡。

特約討論徐芳敏小姐提出四點意見：(1)語料出處當有所標示。(2)文中以廈門話和平南話對照，然就平南話的來源而言，當與漳州話對應較適當。(3)有關文白層次，本字等問題，仍值得進一步斟酌。此外，對於語言接觸後之演變規律，可再仔細研究。

12李如龍　聲母對韻母和聲調的影響

本文探討聲母對韻母和聲調的歷時演變的影響。首先舉例說明因聲母發音部位的差異對韻母變化的影響，其作用方式常見的有異化、同化、替代三種。其次，論述聲母的清濁和送氣與否，制約著聲調的分化和整化。

特約討論張孝裕先生提六點意見：(1)「凡」「法」的聲母何以爲「h」而非唇音？(2)縮寫讀音是否誤寫。(3)關於果攝開口一等歌韻，究竟爲順向或逆向同化？(4)論文中或言聲母韻尾同部位而異化、或言異部位而同化，標準爲何？(5)關於所謂聲調分化整合的「其他原因」，可再說明。(6)關於閩南客家話的聲調"不分上去但分陰陽"可附表說明。

第三場 A 組由周虎林先生擔任主席，發表論文3篇。

13.王本瑛 莊初崇生三等字在方言中的反映

本文根據方言材料歸納出莊系三等字的出現，主要元音多半較低，爲後元音，少有-i-介音，多半有-u-介音，聲母捲舌化也和知章母不同，莊系聲母的合口作用應爲後元音成分的保留。莊系三等字的演變，介音有舉足輕重的地位，其演變方式是：TS＞TSI＞TSR＞TSRU＞TSU＞TS＞TSY。整體而，莊系三等字的變化腳步比知章系快，在各方言中卻又顯現發展的不平衡性，以客贛方言發展最快，北京話居中，金華方言最保守。

特約討論姚榮松先生認爲章莊的分別是個老問題，本文放在方言裡來討論，非常特出。但根據這個題目名稱，似乎其他方言亦應交待，如果只找有特殊現象的方言，應將題目更精確些。

14.馬希寧 漢語方言陽聲韻尾演變類型之一：元音韻尾與鼻音韻尾的關係

本文基於對吳語、湖南、湖北、四川、雲南、閩方言的少數點，及以普通官話爲基礎的北方官話中，鼻音韻尾演變事實的觀察，認爲漢語方言陽聲韻尾的演變類型中，有一類變化是由鼻輔音轉化爲相對發音位置的元音，通常的情況是〔u〕＞〔w〕、〔u〕；〔n〕＞〔i〕。這種演變是可以雙向進行的，也就是〔u〕＞〔ŋ〕；〔i〕＞〔n〕的變化也能觀察得到。

特約討論李壬癸先生認爲本文收羅的方言資料豐富，但元音韻尾與鼻音韻尾的關係，這一問題是普遍的，與上古的-b、-d、-g尾也有關係，可以一併討論。

15.張屏生 從音節結構的分析看潮陽話的語音特色

本文主要從音節結構的分析，觀察潮陽話聲韻調的配合關係，以凸顯潮陽話的語音特色，並用潮陽話的韻母系統檢驗鍾榮富先生提出的「空區別特徵」理論中的兩條規律——同化律和異化律。本文認爲同化律和異化律的分析並不能對潮陽話的結構作一合理說明，而這些不合理論設計的韻母，恰好是潮陽話異於其他閩方言的特色。

特約討論洪惟仁先生認爲本文可分成兩篇，一是潮陽話的音韻結構，一是從韻母系統來討論鍾先生的理論，並指出語言研究上，田野派善於調查，書齋派精於理論，兩者當相互結合。

第三場 B 組由李鍌先生擔任主席，議程安排發表論文2篇。

16.李存智　重紐問題試論

本文除了界定重紐的定義，出現範圍及各家說法外，更由階段演變與音韻結構等方面，主張重紐主要之區別在於聲母，關鍵則是重紐 A 類有強度的顎化現象，而 B 類則否，同時提出中國境內漢語史文獻的反映，及域外對音如漢越語，漢藏對音等，以支持其說法。

特約討論董忠司先生讚許本文「有破有立」。並就：(1)語音區別，究竟爲音值或音類？是否有其他因素攙雜其中？(2)辯駁前人時之立足點。(3)儘管所有的統計數字指向聲母介音有區別，然而尚無法確定爲何？(4)對音問題。(5)反切上字同用問題。(6)何以有顎化與否之別等項提出質疑。

17.葉鍵得　《內府藏唐寫本刊謬補缺切韻》一書的特色及其在音韻學上的貢獻

本文對《王二》見存情形，體例上的特色，及在音韻學上的價值皆有申述。尤其在體例方面，先舉出十項特色，再提出《王二》所表現的音韻現象共八項，而後又論及其在音韻學上的十項貢獻，其中第十項更加以總結綜述。

特約討論孔仲溫先生先就此論文之重要性與内容作引介，再由漏失字、文意表達等方面加以補充，孔先生認爲避諱雖可用以判斷著作年代，但此篇所舉唐順宗之例，有待商榷。而作者認爲成書於李舟之前的説法，認爲必須再察考李舟、裴務齊等人的年代。其次，關於字形歸類的問題或可取其内部字形比較來説明。最後，有關詞義及語音史方面可更深入研究。

第四場 A 組由包根弟女士擔任主席，發表論文3篇。

18.沈壹農　說餐與飧之繆輵

本文指出「飧」當讀「且丹反」，《説文》爲吞食之義，而「餐」應讀爲原本《玉篇》之「蘇昆反」。文中援引古籍中之例證，且從語義來源和形聲系統上加以解釋。

特約討論柯淑齡女士認爲作者以《説文》段注引《詩經》言粲爲餐之假借仍有可疑，但古籍經典通假已成習慣，並不可疑。又作者指出《詩經》上去通押較不常見，平上通押較常見，仍以餐字爲宜，柯女士則認爲《詩經》既有上去通押現象，此處押上去並無不可。

19.莊淑慧　《玄應音義》所錄《大般涅槃經》中梵文字母譯音之探討

講者認爲「此聲」的規律性對漢語的重大影響是促使聲紐的産生，但「超聲」的「非倫次」卻是一種阻力，本文首先探討《大般涅槃經》翻譯和版本問題。其次，就玄應對於梵文字母的譯音，分別由「摩多」與「體文」方面討論。

特約討論金周生先生認為今本《一切經音義》有某些地方是有問題的，其是否較《亦應涅槃音義》可信，似有待商榷。其次，講者從梵文對應談到漢語現象，認為四聲長短依序是：去＞平＞上＞入，又關涉到複元音問題，似乎太複雜，而所舉的證據力量亦稍嫌薄弱。

20.魯國堯　《盧宗邁切韻法》評述

本文認為「等韻」二字連言，至明清始見，宋代只有「切韻之學」。盧書在漢語語音史上的價值是提供了若干宋代的語音資料，如：全濁上變入全濁去，非敷合一，知照合一……等。

特約討論耿志堅先生則從押韻上看，北宋至明代的押韻是遠於當時韻書而較接近於《切顯指掌圖》、《切韻指南》之類的等韻圖，一直到清朝才迴光返照，刻意遵守詩韻。

第四場 B 組由蔡信發先生擔任主席，發表論文3篇。

21.甯繼福　《禮部韻略》的增補與《古今韻會舉要》的失誤

本文首先列出孫諤、黃啓宗、黃積厚、吳杜等人增埔的字數與單字，指出《韻會》據禮韻續降所增字數於卷首統計與卷內標注不合，且卷內標注禮韻續降之單字部分疏漏達52處，考證得依其所增字數應為147個。又標示張氏補遺而有誤者18處，經詳加考訂，《韻會》據張氏補遺所增字實為61個。

特約討論陳新雄先生總結詳述「本文考古之功多，審音之功淺。」並提出三點質疑：(1)所據版本中，何以無較好之元刻本或朝鮮刻本？(2)何以《增修校正押韻釋疑》簡稱「紫雲韻」？與《聲韻補遺》的關係爲何？(3)何以用前而稱其有疏漏之卷內標注「禮韻續降」者152作爲數列計算之本？若對照下節所列式，則下節之張氏補遺者58較爲清楚。

22.林慶勳　《日本館譯語》的柳崖音注

　　本文以柳崖音注做爲十九世紀末漢語與日本語對音關係研究的材料，文中統計565條音注漢字，其重複刪除，共得156個漢字，但片假名則每字不一，有達三、四標注者。經彙整後依陰聲、入聲、陽聲排列，做爲各節討論依據。又日本語音節結構與漢語頗類似，文中以漢語聲母、韻母分別作比較討論。

　　特約討論向光忠先生，肯定本文能引介新的文獻材料，對於語音的探究提供新的方向。亦提出兩點質疑：(1)柳崖音注是否與當時漢語北方官話相符？(2)能否運用其他方言資料來考證柳崖的音注？當可再進一步思考。

23.吳疊彬　《眞臘風土記》裡的元代語音

　　本文就書中近60條譯語，查考出30餘條，以今之眞臘語和譯語比較，得出：(1)元代的浙江方音依然保存入聲韻尾-p、-t、-k及雙唇鼻音韻尾-m。(2)舌根音聲母尚未顎化。(3)知證二母已變爲塞擦音。(4)平聲的並定二母不送氣。(5)蟹攝開口韻母不帶-i尾，而蟹攝合口的「梅」則保有合口和-i尾。(6)喻三的「惟」聲母是〔ω〕。

　　特約討論李添富先生提出本文校勘、版本及方法上的優點，並指出(1)本文例證是否充足；(2)以現存柬埔寨語去檢視十三世紀的漢語譯音是否妥適？(3)周達觀個人的方言特徵……等問題，尚有待深入研究。

附錄二

第十一屆全國聲韻學研討會議程

八十二年四月 十日（星期六）							
13:30－14:00	報到（國立中正大學文學院一樓演講廳）						
14:00－14:20	開幕式：校長致歡迎詞 主席：林炯陽、莊雅州						
時　間	組別	地　點	主席	主講人	講　　　題		特約討論人
14:20－15:50 （第一場）	A組	文學院 第一講演廳	鮑國順	應裕康	論《本韻一得》的聲母韻母之音值		甯繼福
				陳貴麟	《古今中外音韻通例》總譜十五圖研究		李如龍
				陳盈如	論嘉慶本李氏音鑑研究及相關之版本問題		林慶勳
	B組	文學院 第二演講廳	陳新雄	王忠林 張光宇 陳光政	敦煌歌辭用上去聲韻探討 閩方言的存古性質 段玉裁校訂說文聲符字形之音證		張文彬 莊雅洲 李三榮
15:50－16:20	休　息			茶　　　　點			
16:20－17:50 （第二場）	A組	文學院 第一演講廳	葉政欣	向光忠 竺家寧 曾進興	複輔音聲母與同源轉注字之參證 詩經語言的音韻風格 漢語語音切割的基本單位：音節結構、字彙狀態與似字程度的作用		戴瑞坤 何大安 鍾榮富
	B組	文學院 第二演講廳	李威熊	鄭　縈 詹梅伶 李如龍	永安方言m尾 廣西平南閩語之聲母保存上古音之痕跡？ 聲母對韻母和聲調的影響		林英津 徐芳敏 張孝裕
17：50				晚餐			

四月十一日（星期日）						
時　　間	組別	地　點	主席	主講人	講　　　　　　　題	特約討論人
8：00－9：30 （第三場）	A組	文學院 第一講廳	周虎林	王本瑛	莊初崇生三等字在方言中的反映	姚榮松
				馬希寧	漢語方言陽聲韻尾演變類型之一：元音韻尾與鼻音韻尾的關係	李壬癸
				張屏生	從音節結構的分析看潮陽話的語音特色	洪惟仁
	B組	文學院 第二演講廳	李鍌	李存智 葉鍵得	重紐問題試論 《內府藏唐寫本刊謬補缺切韻》一書的特色及其在音韻學上的貢獻	董忠司 孔仲溫
9：30－10：00	休　　　　息　　　　茶　　點					
10：00－11：30 （第四場）	A組	文學院 第一演講廳	包根弟	沈壹農 莊淑慧	說餮與飱之舛鵡 《玄應音義》所錄《大般涅槃經》中梵文字母譯音之探討	柯淑齡 金周生
				魯國堯	《盧宗邁切韻法》評述	耿志堅
	B組	文學院 第二演講廳	蔡信發	甯繼福	《禮部韻略》的增補與《古今韻會舉要》的失誤	陳新雄
				林慶勳	《日本館譯語》的柳崖音注	向光忠
				吳疊彬	《眞臘風土記》裡的元代語言	李添富
11：30－11：50	閉幕式（國立中正大學文學院一樓演講廳）					

編　後　記

　　第十一屆全國聲韻學研討會在嘉義民雄的國立中正大學舉行，
共收論文二十三篇。其中，中國大陸學者魯國堯教授原來預定發表
〈盧宗邁切韻法述評〉一文，因故無法從南京市前來，因此實際發
表的論文有二十二篇。其議程、發表人、特約討論人如附錄二。

　　這次會議，除了有來自中國大陸的寧繼福、李如龍、向光忠等
三位學者與會，使大會增光不少。此外，另一個特色是：青年聲韻
學者特別多，計有陳貴麟、張屏生、沈壹農、李存智、鄭縈、莊淑
慧、詹梅伶、王本瑛、馬希寧、陳盈如等十位，他們大多是博士班
或碩士班研究生，這是由於中華民國聲韻學會理事會的鼓勵、以及
若干位聲韻學前輩的有意讓出，增加了後輩發表、討論機會。

　　會議後，由於應裕康、張光宇兩位教授的文章另有他用，陳貴
麟先生的論文已發表於他處，另有三篇論文，字數較多，因篇幅有
限，經本會第三屆第四次理監事會議討論後，只好割愛，以後若有
機會再編入，因此本論只收入十六篇論文。整個說來，這本論叢呈
現出多面性：有文獻的精心考訂、有聲韻系統的整理、有古典籍的
新探究、有新問題的再研討、有譯音的追索、有方言的分析：聲韻
學研究的活潑，似乎讓我們樂觀的看到了未來的發展。

　　最後，我們希望將來的漢語聲韻學者，除了更瞭解往日學者的
堅實成就以外，能夠兼包古今，不分遠近，溝通內外，以新材料、
新方法、新觀點、新路向，來爲人類學術永續服務。

草編者：董忠司

國家圖書館出版品預行編目資料

聲韻論叢. 第五輯
／中華民國聲韻學學會，國立中正大學中國文學系所主編.
-- 初版. -- 臺北市：臺灣學生，民85
面； 公分. -- (中國語文叢刊；26)

ISBN 957-15-0776-8 (精裝).
ISBN 957-15-0777-6 (平裝)

1.中國語言 － 聲韻 － 論文，講詞等

802.407   85009217

聲 韻 論 叢　第五輯　（全一冊）

主 編 者：中 華 民 國 聲 韻 學 學 會
　　　　　國 立 中 正 大 學 中 國 文 學 系 所
出 版 者：臺 灣 學 生 書 局
發 行 人：丁　　　　文　　　　治
發 行 所：臺 灣 學 生 書 局
　　　　　臺北市和平東路一段一九八號
　　　　　郵政劃撥帳號〇〇〇二四六八號
　　　　　電 話：三 六 三 四 一 五 六
　　　　　傳 眞：三 六 三 六 三 三 四
本書局登
記證字號：行政院新聞局局版臺業字第一一〇〇號
印 刷 所：常 新 印 刷 有 限 公 司
　　　　　地址：板橋市翠華街8巷13號
　　　　　電話：九 五 二 四 二 一 九
定價　精裝新臺幣四七〇元
　　　平裝新臺幣四〇〇元

中 華 民 國 八 十 五 年 九 月 初 版

80255-5　　版權所有 · 翻印必究
　　　ISBN 957-15-0776-8（精裝）
　　　ISBN 957-15-0777-6（平裝）

臺灣學生書局出版

中國語文叢刊